新八犬伝
【完本】
川村毅

新宿八犬伝〔完本〕◎目次

装幀——町口　覚
カバー写真——森山大道

新宿八犬伝〔完本〕

本書は小社刊『新宿八犬伝』『新宿八犬伝Ⅱ』に、シリーズ完結篇として書き下ろされた「第五巻　犬街の夜」を加え合本にしたものである。

第一巻　犬の誕生

登場人物

フィリップ・マーロウ
女
奥方 } 同一人物が演じる
警部
二十九時の姫君
せむしの男（紳士でありキリシマである）
皇帝ルドルフ
モモコ姫
シャロン

レバ刺し
ユッケ
ビビンバ
クッパ
雲子
珍子
安子
ヴァギ菜
影の滝沢馬琴
影法師1
〃 2
〃 3
警官
新宿カブキ町の人々

第一幕

新宿カブキ町……

瓦礫の都市が闇の都市として蘇生する。あの去年の冬の新宿一帯を襲った大火事は、江戸の大火以来の歴史的事象としていまも人々の記憶に生々しい。

カブキ町を火元として拡がった火の手は、小滝橋を素早くぬって、高田馬場は喜久井町方面にまで及んだという。火の粉は真冬の夜空を舞い、オリオン星座までを燃やし尽くしてしまうのではないかとも思われた。

騒ぎは、上野の森にまで響き渡り、動物園の動物たちはなぜか落ち着かず、それぞれの哭き声を無人の園内に轟かせていたという。

上野の森からはちょうど、火の海の中で四本の超高層ビルディングが、影法師のようにシルエットとなって屹立しており、それは金髪の陰毛に見え隠れする独身者のペニスのようだったともいう。死者百二十九人。うち性風俗関係女性死者、六十二人。そして野良犬と思われる犬の死骸が八つ……


闇の中で犬の吼え声。提灯の光に誘われて一人の男が花道をいく。

提灯を持っているのは女である。女、男を舞台に引き寄せていく。

男の背中の醜く巨大なコブ。

男　とうとうここまで来ちまった……
女　ここまでだって？　どこまでのことだい。
男　とうとうこんなところまで来ちまったって言ってんだい。闇の闇のそのまた闇をくぐりぬけてどこへ行くのかと

女　思ったら、こんなところってわけだ。闇の斜坑はもう本当にこれで終点かい。

男　おかしな人だねえ。闇だってさ、当たり前じゃないか。風営法のおかげで0時以後はここらは真っ暗さ。おまえさん、久しぶりなんだろここら。それに去年の冬の大火事でまだ電線が通ってないところだってあるぐらいなんだ。

女　光は？

男　ひかり？

女　それなら明かりがついてるところはどういうわけだと聞いてんだ。

男　（笑い）ありゃ、自家発電だよ。

女　自家発電……

男　明かりがなきゃ商売にならないようなところじゃ、アルバイト雇って地下室でもって一斉にせんずりかかせてるって噂だよ。ケケケ……

女　違うよ。

男　冗談、冗談だってば。なに怒ってんだいあんた。

女　あの明かりは、大火事で死んだ六十二人のマッサージ嬢たちの精さ。彼女たちが夜ごと集まってああやって輝いてんだ。憎くて愛しいこの街のために。

男　薄気味悪い人だねえ。

女　（立って）闇の闇のそのまた闇をくぐりぬけたおれさまはいまや闇の帝王だ！

犬の遠吠え。

女　やいてめえ、冷やかしならとっとと帰っとくれ。ちゃんと銭置いてな。

男　そんなつもりじゃない。そんなつもりじゃないんだ。ただ今夜はこんなにも闇が鮮明なもんで。

と、影法師。

影法師　そば屋です。たぬきそばお持ちしました。

女　なに？

男　いやなに、おれが頼んだんだよ。ちょいとばかり、腹ごしらえしてからと思ってな。

影法師　まいど。（去る）

男　こんな夜はたぬきそばがよく似合う。

女　こんな夜ってどんな夜。

男　さっきも言ったろう。なにもかもを受け入れて、なにもかも起こしてしまうようなそんな夜さ。空気が澄んじゃいやしないかい。

女　ケッ、ここはいつも濁りっぱなしさ。

男　そんなことはない。それは君、あまりにも、ありきたりだ。それに君という存在自体がありきたりだ。

女　どうせあたしゃ、つまらない女さ。

二人の背後で提灯の火がともされていく。女、男の背中のコブに触れて、

女　大きなコブ……

男　ん？

女　気にした。

男　いいや、気になんかしやしないよ。このコブのおかげでおれは小さいころからいつも人より得をしている。誰もがおれのコブを見ると、おれの影を踏まないように気をつける。もっとも映画館で映画を見るときは困りもんだけどね。座席から映画なんかまるで観れないし、一番前に座ってもこう亀みたいに首を伸ばさないと……

と、男その動作をする。

女　何が詰まってるのこん中。
男　影さ。影がたんと詰まっている。
女　おかしな人。まるでどこかにいそうなおじさんみたい。

背後の提灯は舞い始める。

男　闇の闇。影の影。
女　そばのびちゃうよ。早く食わなきゃ。
男　やっぱり食べるのは後にしよう。その前に見せておくれ、やっぱり。
女　あんた、もしかして恍惚の人？　そうするんなら最初からそうしてりゃいいんだよ。
男　内気な男はこんなもんさ。

女、股を開く。男、マッチを擦ってその中を覗き込む。

男　……ああ、ありがたや、ありがたや……

女　何だい、こいつ。

男　（マッチを擦って）観音様でございます。観音様でございますよ……

女　どっから来たのあんた。

男　なあに名乗るほどのところじゃござんせん。ありがたや、ありがたや……

女　あの夜はあたしもここにいたんだ。

男　（急に）あの夜——

女　あんたがさっき言ってたあの大火事の夜さ。カブキ町が火の元で新宿一帯高田馬場は喜久井町にまで火が及んだという大火事。原因はさくら通りのノーパン女の火の不始末だって言うけど、あたしは違うと思うね。こう見えてもあたしたちは意外と勤勉で慎重なんだ。そうでなくちゃこんなことやってられませんよ。どっかのふしだら女の煙草の火の不始末なんてとられたからにゃあ、あたしらホント泣くに泣けないよ。

男　じゃあ原因はなんだ。

女　知るかい。あの火事でミーコもスーも死んじまったい。バカなんだよあいつら、火の手がそこまで迫ってんのにパンツはかなきゃなんてやってたから煙に巻かれちまったんだい。あたしみたいに陰毛なびかせて飛び出しゃよかったんだい。

男　陰毛焦げたろ。

女　焦げたわよ。リップサービスの真っ最中で、奥の「火事だ！」の声とともにその大学生いっちまって、口からザーメンもなびかせて逃げたわよ、あたし。

男　その大学生は。

女　なに？

男　その大学生は助かったかと聞いてんだ。

女　知らないわよ、そんなこと。自分のことでせいいっぱいだし、何よあんた刑事《デカ》？

男　おまえはそれでいいのか。おまえだけが助かればいいのか。
女　だってあんなとき、他人のことなんか考えてられるかい。
男　火事のときには火事だからこそ他人のことも考えてあげなければいけないのだ。それが正義というものなのだ。
女　正義!?

女、けたたましく笑う。

男　なぜ笑う。
女　だって正義だなんて、あんた。
男　（何か異変）なぜ犬を助けなかった……なぜあのとき犬を助けてやらなかったのだ……
女　犬って——ちょっとあんた大丈夫?
男　コブが、背中のコブが焼けるう!

男、転げ回る。

女　誰か、誰か来てちょうだい!

八個の提灯、闇よりせり出してくる。八つの影法師。

女　ちょっとあんたたちそんなところに突っ立ってないで、この人なんとかして。

男、ゆっくり振り返る。その表情は闇に紛れて見えない。

女のすさまじい悲鳴。

八つの影法師、微妙に揺れる。遠くで拍子木。

女　あんたたち……

と、掛け声。「騒！　乱！　情！　痴！　遊！　戯！　性！　愛！」

男が、女に向かって飛びかかったようだ。天空に着物で着飾った姫君が浮かぶ。死体のように青白いその顔……

姫君　今宵はお日がらもよろしいようで。お月様が蒼白く光り輝いてとてもきれい。上野の森もさぞや森閑と澄んでいることでしょう。だってこんなに眺めもいいんだし。手打ちそばなど少しすすって床に入ろうとも思いましたが、もったいない。深夜の散策としゃれこみましたでございます。すべては現《うつつ》か幻の、夢のそのまた夢のあずま通り界隈でございます。あんな出来事はもうたくさん。体が幾つあっても足りませぬ。これ八房、どこへ迷いこんだのじゃ八房。おまえが退屈なのは先刻承知の上じゃ。しかしだからといってあまりおいたをしてはなりませぬ。われらは正義の使者、夢の使いであることを忘れてはなりませぬ。これ八房、おまえの不機嫌はわかっておる。その不機嫌を、せめてこの八つの玉で癒すのじゃ！

姫君、何かを投げる。と八個の提灯が舞い始める。男、吼える。

舞台、一挙にカブキ町夜の舗道へと変貌する。0時前のけん騒。

歩き回る客引きたち。酔客。反吐を吐く者。ホステスたち。浮浪者。寿司屋の出前。足早に行くホスト。闊歩する組員。たこ焼屋。店先に立つノーパン嬢。警官。おかま。ただわけもなくその場所に佇む男。男の頬を叩く女。その後二人は押し黙ったまま見つめあっている……
すべての人々がジグソー・パズルのように自分の位置と場所を選び、正確な動きを見せている。完璧な闇の前の一瞬のめくるめくような輝き。
物思いに沈んだ一人の奥方がその中を行く。左眼に眼帯。

奥方　……左眼の奥の疼きは、今朝になってまた強くなっている。靖国通り沿いのドラッグストアで血圧を測り、そのついでに目薬をもとめた。それを正確に三滴注ぎ込んで、本を読むのもテレビを見るのもやめていたけど、夜になっても疼きはまるで去らない。血圧は相変わらず低く、最高値がやはり九〇にもみたない。

組員風の男が奥方に近づく。

組員　いやね、奥さん、そう言うけど女は血圧が低いのに限りまさあ。血圧が低くて、朝はぼーっとあらぬ方をみつめるのがなんですねえ、アンニュイっぽくていいのよ。血圧高くて朝も早よからそうじ始める女ってのはあたしゃいただけない。
奥方　あなたは他人の苦しみというものをわかってないわ。
組員　あたりきよ。そんなもんわかったってこの小指が返ってくるってもんでもねえ。（と、右手を見せる）若い子いますよ。
奥方　は？
組員　ビンビンの朝立ちまがいのごつー若い子、ぎょうさんおりまっせ。
奥方　あたし、そういうことで来たんじゃあ――
組員　奥さん、トラホームでっか。そげなもん、遊べば治りまんがな。

奥方　い、い、い、まんがなだって、あたし関西弁嫌い。
組員　そいじゃさあ、行こうよお。
奥方　やめてください。

二人、もみあっている。
と、客引きの一人が天空を指差し、叫ぶ。

客引き　人だ、人が落ちるぅー！

と、落下してくる女の死体。悲鳴。
と、警笛を鳴らしながらやってくる警官たち。
人々を死体から遠ざける。死体を検証する。

警官　警部。
警部　どんな具合だい。
警官　やはり――
警部　やはり？
警官　子宮が抉られています。太股の部分にこんなものが付着しておりました。
警部　動物の毛だな……

と、風。そして無気味な笑い声とともに天空にせむしの男の影が現われる。

警官　何だ、あいつは！
警部　参考人だ、ひっとらえろ！
警官　がってんだ。

と、ともに野次馬たちもドッと行く。
一人、残された奥方。闇の中でタイプライターの打つ音。うがいをする音。おくびを吐く音。

奥方　あの……マーロウさんはおいでになります。カウンセラーのマーロウさん……

歯を磨いているマーロウ。タイプを打つ金髪のシャロン。

マーロウ　あ？
奥方　今朝電話しましたキリシマの家内です。
マーロウ　（歯ブラシを口に突っ込んだまま）ああ、キリシマの奥さん。君、お通ししたまえ。
シャロン　やめてください。歯を磨きながらしゃべるの。汚ない。どうぞ。

マーロウ、おくびを吐く。顔をしかめるシャロン。マーロウ、口をすすぐ。

マーロウ　はー、さっぱりした。いやね、歯を磨いてるとよくオエーッてなるでしょう。昔はあれ朝だけだったんです。朝会社に行く前、よく歯を磨きながらオエーッとなってたんです。何を隠そう私、脱サラ。八年前警備会社に勤めてました。会社やめたとたん、朝オエーッていうの嘘のようになくなりました。でもね、この仕事始めてから夜にオエーッとやり始めだしたんです。どういうわけなんでしょうね、これ。夜歯磨くたんびにオエーッって。一説によるとこれやっぱり胃が悪いせいらしいですね。ほら私のベロって真っ白。（と、舌を出す）奥さん、あなたオエーッは？

奥方　オエーッ？

マーロウ　オエーッだよ、オエーッ。

奥方　なぜ夜に歯を磨くの。

マーロウ　ハハッ、おかしな質問だな。すると奥さん、あなたは夜の歯磨きのしつけ受けていない？

奥方　寝る前には磨きます。

マーロウ　だろ？

奥方　でもあなたみたいに仕事の最中に磨くなんて。

マーロウ　そこが大いなる間違いだあなた。夜に歯を磨くということはね、奥さん、なにも眠るために磨くのではない。寝る前に磨くということはだね、単にもうこれから何も物は食べないから磨いてもいいだろうという日常原則に基づいての行為なんだ。

奥方　それで？

マーロウ　私はこれから何も食べない。

奥方　あの、あたし頭がこんぐらがってしまって。

マーロウ　簡単なことですよ、奥さん。私はもう歯を磨いた。ゆえに今夜、物を食べることはもうないであろう。簡単な方程式です。あらゆる事件もこんなふうに実は単純なものなんです。それを難しく考えてしまうのが人間ってやつで、そのために迷宮入りなんてことをやらかしてしまうんです。私に任せてください。ずいぶんと遅い時間にいらっしゃいましたね。

奥方　迷惑でしたでしょうか。

マーロウ　気になさらないで。いっこうに構いません。かえってこのほうがこちらとしてもありがたいくらいで。この事務所の営業時間は深夜から明け方までです。そのせいか、あそこは吸血鬼探偵事務所だなんて陰口も叩かれる始末でして。

奥方　昼間は、光がまぶしすぎて。

マーロウ　ははあ、それで目を痛めていらっしゃる。

奥方　そういうわけでも――

マーロウ　私もこのシャロン君も夜のほうが冴えわたります。お天道様が輝いているときに働くなんて人間として堕落ですよ。それにこの街の事件はすべて夜に関係しますからね。

奥方　すべて――ですか。

マーロウ　すべてです。夜を解明できればその事件は解決します。だから私たちとしては事件の中の夜をまず見つけ出すことが先決なんです。

奥方　事件の中の夜……

マーロウ　シャロン君、ファイルを持ってきて。

シャロン、マーロウにファイルを渡す。

マーロウ　（ペラペラとめくりながら）妻の浮気調査。結婚相手の前歴。蒸発者の探索。子供の素行調査。これらもすべて事件なんです。そしてすべてがそれぞれに夜を抱え込んでいます。私らプロフェッショナルにはその夜が見えるんです。あなた自身もたったいま夜を抱え込んでいる。そのキーワードは、その眼帯に覆われたあなたの左目だ。図星でしょ。

奥方　そんな、この左目はただ生活が原因なだけで。

マーロウ　生活。ほほう、私の辞書からはすでに消滅してしまった言葉だ。生活とおっしゃいますといったいそれはどんな生活で。

奥方　あたしたち、夫婦の生活です。

マーロウ　（シャロンに）君、記録を始めて。

シャロン　さっきからやっています。

奥方　キリシマ犬猫病院を御存知？

マーロウ　（笑って）奥さん、私は探偵ですよ。

奥方　失礼。

マーロウ　たまに私らは、猫の失踪までつきあわされることがあるんですよ。まったく、この街の連中ときたら、便利屋と間違えてやがる。キリシマ犬猫病院は、そのときの聞き込みでまわりました。西武新宿駅の傍のビルの確か三階。

奥方　それじゃあ、夫をもう知ってらっしゃる。

マーロウ　記憶にありません。たぶん、そのときはキリシマさんにはお目にかからなかったんではないかと。

奥方　あたしたち夫婦の生活は、平凡な中に二本の大きな柱がありました。いわば、平凡という平地の下をその二本の柱が支えていたんです。それは正確さと不安です。正確さとは文字通り、時間割りのようにきっちり決められた日々の空気の流れです。でもあたしは別にそのことを苦にしたことはないんです。だってこんなこと、普通の人はみんなやってることだし。ねえ、そうでしょ、マーロウさん。人間の生活なんてそういろいろなことがいつも起こるもんじゃありませんよねえ。おおむね、退屈なものでそのことをよしとしなければ、いけないのでしょう。

マーロウ　さあてね。私の場合その一見何事も起こらないかのような世界に、何かが起こってくれないと商売にならない職業についてるもので。
奥方　そう……そうでしたわね。で、何でしたっけ。
マーロウ　もう一本の柱、不安です。
奥方　そうだった……あらいやだわ、なんだか精神カウンセリングみたい。
マーロウ　いいや、構わないんですよ奥さん。日本も欧米並に精神カウンセラーが増えなきゃいけないんです。私立探偵なんてね、あなた、カウンセラーみたいなものなんです。人々のモヤモヤを解決するという意味では変わらんのですよ。私が「マーロウ私立探偵カウンセリング」という看板を掲げているのはそのためです。とにかくこの界隈には不眠症患者が多すぎますよ。それであなたの不安は。

と、奥方、ハンドバックを開けて、中に一杯詰まっていた錠剤などをぶちまける。

マーロウ　奥さん、こいつはやりすぎだ。
シャロン　（いちいち確かめつつ）ビタミン剤、トランキライザー、ブロバリン……
マーロウ　あなた、これを全部……
奥方　飲んでいるわけではないんです。ただ持ってるだけで。不安をバックに詰めているようで。それで少しは気分が楽になるんです。でもそれでもまだ、カーテンが風で少しばかり揺れたり、カップの中のコーヒーが小さな波紋を描いたりするとたまらなく不安になって。
マーロウ　お子さんはおありで。
奥方　ありません。新婚一年目で妊娠しましたが、流産してしまってそれからは。
マーロウ　セックスは週にどれくらい。
奥方　一回か二回。

マーロウ　奥さん、浮気の経験は。

奥方　（シャロンを気づかって）あの、そういうお話は二人だけで。

マーロウ　このシャロンのことだったら気になさらずに。こんな話はなあにたかが日常です。私たちにとってみれば。

奥方　あの……一度だけ。

マーロウ　マスターベーションは。

奥方　ごくたまに……

マーロウ　御主人を愛してらっしゃる。

奥方　それが……いるときはさほど感じずに、かえってあたしはこの人を絶対愛してはいないと確信してました。なんというかこういう場合よく言うことですけど、波長が合わないんです、まるで。でもこうやっていなくなってみると、それもあいまいになって。

マーロウ　御主人、いなくなった？

奥方　ええ。一カ月前から。

マーロウ　キリシマさん蒸発？

奥方　捜し出して欲しいんです。バックに詰めた不安の決着をつけたくて。

マーロウ　なんてこった。そうしたらこのカブキ町で病気にかかった犬猫どもは、いったいどこに行けばいいんだ。

奥方　そんなことよりも――

と、影法師。

マーロウ　シャロン！

と、シャロン、マーロウに拳銃を投げる。身構えるマーロウ。

影法師　ごめんください。そば屋です。御注文のきつねそばお持ちしました。

マーロウ　きつねそば……

奥方　あたしが頼んだんです。お夜食にと思って。マーロウさん召し上がる？

マーロウ　私は、私はもう歯を磨いた。

影法師　まいど。（去る）

奥方　あら、おいしそうこのきつねそば。

マーロウ　御主人のこともう少し伺いたいのですが。

奥方　ええ。

マーロウ　キリシマさん急にいなくなられた？　なんか徴候とか。

奥方　あの大火事からです。

マーロウ　十二月の？

奥方　幸いにして、私どもの犬猫病院は全焼を免れました。よかったよかった、さあ働くぞと主人もバリバリ朝のトーストを五枚もたいらげたほどでしたが、主人の夜遊びが始まったのは、その日からです。

マーロウ　御主人に愛人でも。

奥方　わかりません。そうこうしているうちに一カ月前からぷっつり消えてしまって……

マーロウ　奥さん、その眼帯は。

奥方　主人がいなくなってから、疼いて疼いて。

マーロウ　奥さん、こいつあ久々におもしろいことになりそうだ。若き人妻と私立探偵。蒸発者に夜の闇。奥さんこいつはここだけの世界では収まりきらないことになりそうですぜ。

シャロン、ばんと机を叩いて去る。

マーロウ ヘヘッ、あいつ実を言うと私の愛人《イロ》でね。女房が事故で死んでから、ずっとやつといるんです。浮気は公認ですのでご心配なく。おっと、（と、拳銃を取り出し）ほうら、おいでなすった。

奥方 何が。

マーロウ 奥さんには見えませんか。夢魔ですよ。最下等の悪霊どもが決まってこの時間にやってくる。（見えない何かをよけながら）ちきしょうだんだん数を増してきやがる。このビルもぼちぼちおしまいかな。夢魔どもめ。奥さん窓から行きますよ。

奥方 窓ってここは五階。

マーロウ 私にしっかりつかまっていれば大丈夫です。夢魔との闘いはいつもこんなふうなんです。それじゃあ奥さん、行くよ！

と、二人花道を行く。警部とシャロンが飛び出してくる。

警部 おいマーロウ！

シャロン はっ、窓ガラスが！

警部 あいつ、また全部を全部ゴッチャにしてやがる。（机を見て）ややっ、きつねそば。

シャロン あの女が頼んだんです。

警部 （汁の中から何かを取り出す）動物の毛、犬の毛だ……

暗闇。数個の鬼火が舞う。

数匹の犬の影が疾走する。吼え声。

浮浪者風の男が、叫び声をあげ、顔面血だらけでよろよろと舞台を横切る。明るくなると、数名の男女二手に別れて向きあっている。一方は、レバ刺し、ユッケ、ビビンバ、クッパ。彼らは長い竿をもって威嚇している。もう一方は、雲子《うんこ》、珍子《ちんこ》、安子《あんこ》、ヴァギ菜の一群。

雲子　おいガキども、いつまでこんなふうにしててもラチあかねえや。なんとか落とし前つけろい。
ユッケ　バカヤロー、落とし前つけてもらいてえのはこっちだい、なあ。
ビビンバ　そうよそうよ、イカのキンタマ。なにがファッションマッサージ「深海魚」だあ。てめえらそうやってでかい顔してるけどなあ、こちとら風営法前からのれっきとした老舗でえ。仁義を切るのはそっちのほうが先でえ。
安子　関係ねえよ、すっとこどっこい。
珍子　てめえら客取られてるもんで、いちゃもんつけてるだけだろが。
ユッケ　しゃらくせえぞ。てめえらごときでびくつくおれたちじゃねえやい。
ビビンバ　こちとらその名も高き二枚目揃いのホストクラブ「バイキング」でえ。てめえらごときの小便臭えコキコキ屋とは違わい。
雲子　なにー、コキコキ屋だとお。おまえらはなんでえただの男メカケじゃねえか。
ユッケ　男メカケのどこが悪い。
ビビンバ　おれたちにはな愛が介在してんだよ愛が。てめえらなんでえ、ザーメンが納豆みてえに糸引いてるだけじゃねえかよ。
ヴァギ菜　なによ、あたしらにだって愛はあるわよ。
ユッケ　コキコキ屋のどこに愛があるんだ！
雲子　くそったれい！

と、雲子、飛び込んで行こうとするが竿に遮られる。

安子　肛門野郎、終いにゃ血見るぞ。

ユッケ　おいレバ刺し、こいつらにいつまで言われとくつもりだよ。

レバ刺し、のっそり顔を出し、

レバ刺し　落ち着けい、まずは落ち着けクソガキども。

雲子　おまえだってクソガキだろ。

レバ刺し　黙れ、雲子さん。こんなことしてたら夜が明けちまわあ。カブキ町の夜ってもんは長いようでいてあっという間のもんよ。「都市の夜、前戯がねちっこい早漏者のセックス。ああ今宵も都市の夜が更けゆく」バイロン。知ってっかおめえっち。

珍子　知るかい。

レバ刺し　とにもかくにもこの際、問題点をはっきりさせようっち。雲子さん、あんたら生活かかってる。そりゃわかる、そりゃわかるよ。しかしだ、おれっちたちだって生活かかっちゃってんのよ。ホストクラブ「バイキング」。この店はなあんた、一、二年前にぽっと出てきたようなそこらのチンピラ性風俗業者とは違うのよ。わかるかい。あんたらマッサージ嬢、「深海魚」の諸君。伝統よ伝統!

と、安子の背中に飛び乗る。

安子　何だこれは！
レバ刺し　伝統の重みよ。
安子　おとといきやがれ！（ぶっ飛ばす）
レバ刺し　しかもだマッサージ嬢諸君。諸君は、たかだか二ヵ月前にやってきた新興業者であるというのに加えて、もうひとつのハンディを背負っている。それは諸君が闇でもって商売をしているということだ。時計を見たまえ諸君、時計の針はとっくに0時を回っておる！
珍子　それがどしたい。
ビビンバ　ポリ公呼んだろかい。
雲子　そうよ、確かにあたしらは闇の快楽密売人さ。お天道様の下じゃあ所詮呼吸できない生き物さ。そうさ、あたしらは深海魚、街の底でひっそり牙を研ぐ毒入りチョウチンアンコウさ。それがどしたい。なにが伝統だい。周りを見てみるがいいさおにいさん方、ここいらいまだに焼野原、大火事以来のコンコンチキ、伝統も新興もあるもんけ。あたいら豊かな闇市の子供らだい！
ユッケ　開き直ったな皆の衆。
レバ刺し　威勢のいいおねえさんよ。あんたらの言い分わかったぜ。雲子さん、おれは思わずあんたに惚れそうよ。一度おれっちのチンポもコキコキしておくんな。
雲子　てめえでコいてな。
レバ刺し　アホンダラ、冗談や冗談。てめえにコいてもらうぐらいなら、めんどりのマンコに突っ込んだほうがまだましだ。とにもかくにもあんたら、おれっちたちの目の上のタンコブよ。雲子さん、マッポ呼んでもええのかえ。
雲子　マッポでもトッポでも呼んでみるなら呼んでみい。その代わりあんたら秘かに焼肉売ってんのバラしてやるぜ。

レバ刺したち、動揺。

珍子　なんでホストクラブから焼肉の煙が出てくるのかねえ、レバ刺しのアニィ。
安子　こちとらあの焼肉の煙でムードもへったくれもない。商売あがったりだ。
レバ刺し　フフフフフフ。
雲子　笑ってごまかすな。
レバ刺し　バレていたのなら仕方あるまい。そこまでおっしゃるのならおのおのがた、わたくしども、開き直らせてもらいます。

と、ひらりと背中を見せる。と、そこに彫られている鮮やかなレバ刺しの刺青。

レバ刺し　レバ刺し！
ユッケ　（背中を見せ）ユッケ！（ユッケの刺青）
ビビンバ　（背中を見せ）ビビンバ！（ビビンバの刺青）
クッパ　（背中を見せ）クッパ！（クッパの刺青）

〽おれたちゃ焼肉バイキング
ユッケ　ビビンバ　クッパ
ユッケ　ビビンバ　クッパ
おれたちゃ焼肉バイキング
煙の出ないロースター

ユッケ　ビビンバ　クッパ
ユッケ　ビビンバ　クッパ
まだまだ食えるぞバイキング

レバ刺し　行くんだ、邪悪のバイキング、闇市のガキどもを蹴散らすんだあ！

と、「焼肉の歌」でもってマッサージ嬢たちに迫っていく。

雲子　コケおどかしにびびるな者ども、ロースターというのは嘘だ。現に煙は出ているぞ。使用済みコンドームを邪悪の奴らに叩きつけてやるのだ！

と、女たち、コンドームを投げつける。男たち、竿と歌で激しく応酬。
と、何かの気配に男たち、動揺する。
と、別世界から出現したかのように、芸妓姿の大いなるオカマ、モモコ現われる。

モモコ　何の騒ぎじゃ。御殿の廊下で何事のもめ事じゃ。
女たち　モモコ姫ー！
モモコ　神聖なる御殿、カブキ町はさくらの廊下で狼藉をはたらく者は、ええい誰じゃ誰じゃ。
ユッケ　てやんでえ。何が神聖なる御殿でえ、てめえらのためによ、ここいら風紀が悪くなるばっかりよ。
モモコ　なに、風紀とな？　ホホホホホ。
ビビンバ　何がおかしい。

モモコ　向こう隣りの「バイキング」のお兄さん方、おまえさん方やっぱし、ちょいとお若いようだねえ。あちきはこの御殿に奉公へきてから二十年でえ、二十年。この屋敷の聖も俗も、美も醜も体で感じて味わって二十年よ。そんなあちきに風紀道徳おしつけようとは笑止千万、ハハノンキだねえー。

ビビンバ　レバ刺し、あいつ、おれたちのことコケにしてますぜ。

モモコ　ホホホホ、コケにはしとらん。聖も俗もないのじゃ。男も女もないのじゃ。悩ましい曲線の股間に巨大なペニスをぶらさげている、右手でプラトニックをやりつつ同時に左手でペッティングに励んでいる。ウンコをしながら同時に食事をしている、聖なる殉教者の安らぎの俗なる地、俗なる強姦者の麗しき聖なる地、ありとあらゆる二律背反、相対矛盾を抱えきった屋敷。それがわが地カブキ町御殿ぞえ。それを風紀が悪いとぬかすとは田舎巡査にも劣る狼藉、新風俗営業法も国の尻目で苦笑する。そうであろうわが女官たち！

珍子　何が伝統でえ！

安子　何が風紀でえ！

雲子　てめえら、マッポの手先かよ！

ユッケ　黙ってりゃいい気になりやがって、このくされマンコどもが！

と、ユッケ、飛び出してくるのを、モモコ、素早く白檀の扇子を取り出して、その額をポンと打つ。転げ回るユッケ。

モモコ　ホホホホ。気張るな、気張るな。もっと気楽に生きるのじゃ、若い衆。諸君の未来は明るい破滅で輝いておる。気楽に生きるがよいのじゃ。いくら戦をしようともあちきらとあんたらも所詮は同じ種族じゃ。

レバ刺し　同じ種族？

モモコ　精液とバルトリン液の大河を泳いでいく外界の精子と卵子、それがあちきらとあんたらじゃ。

レバ刺し　外界の精子と卵子だと？

モモコ　あんたら精子、あちきら卵子。あちきら完全な人間ではないのじゃ。といって未成熟の子供というわけでもあらへん。あちきら、間違って外へ出ちまった精子と卵子というわけなのじゃ。普通の精子と卵子ならすぐ死んじまうけれども、あちきらの生命体はバッグンじゃ。だからこうやって、精液、子宮から飛び出ても生き永らえておるのじゃ。

レバ刺し　なに言ってんだあいつ。

ビビンバ　わかんねえのかよレバ刺し、あいつ結局おれたちのこと、ミジンコみたいなもんだってぬかしてんだよ。

レバ刺し　ミジンコだと！　やいおかま、おれたちがミジンコなら、てめえはさしずめ、おかまのゾウリムシかい。

モモコ　ええい狼藉者、あちきは断じておかまではない。豊かな胸と硬質の赤いペニスを携えた、カブキ町御殿をそのまま体現した哀愁の両性具有者《アンドロギュヌス》じゃ。

レバ刺し　おかまじゃねえか。

モモコ　精子と卵子の間を往復する、あちきらはいわば何者でもない者、すなわちカブキ町を人格化せしめたのが、このあちきではないあちきなのじゃ。

レバ刺し　ぐだぐだぬかしゃーがって。理屈はもういい、くらえ、ショウガ垂れの腐ったレバ刺しを！

そのレバ刺し、モモコの顔面に命中。

女たち　モモコ姫ー！

モモコ　フフフフフ。騒ぐでない女官たち。あちきは何をされても平気じゃ。そうちょうどこの焼野原となっても息づくこの町のように。しかしじゃ小童、世代論は好きではないが、おぬしらまだまだ世間の恐さを知らぬようじゃ、なんとなれば、あちきはレバ刺しはニンニク垂れが好きなのじゃ！

と、モモコ、扇子でレバ刺したちに襲いかかる。「やっちまえ」の掛け声とともにレバ刺したち竹竿で応戦するが、モモコは宙を飛ぶようにひらりひらりと身をかわす。

モモコ　（宙を飛びながら）ホホホホホ。若い若い、まだまだ若いのう。

モモコが軽く息を吹きかけると、レバ刺したち、突風に包まれたようになる。レバ刺し、モモコに押さえつけられる。

モモコ　いかがかな。これがこの街の肉体の忍法じゃ。

レバ刺し　くそー。

モモコ　この街ともっと寝るのじゃ。さすれば、おぬしにもこの術は可能じゃ。

と、花道に何かの気配。

モモコ　ややっ、この音色は？

花道に現われたオカリナを吹くその人。きらびやかな男装の麗人。鼻の下のクラーク・ゲーブルばりの口ひげ。

雲子　皇帝ルドルフ！

レバ刺し　来てくれたのかい、アニキ！

ルドルフ　この街と寝ろ、かい。二十年前確か聞いたこともあったセリフだな、モモコ。久しぶりに会ったかと思ったら、きさまお得意の都市の物語を聞かれるとは考えてもみなかったぜ。きさまがこのカブキ町という野っパラでアンドロギュヌスを名乗るなら、栃木県は女囚刑務所で八年勤め上げたこのおれは、カブキ町のケンタウロスとでも名乗らせてもらうかい。

モモコ　なに、ケンタウロスとな？

ルドルフ　そうよ、ケンタウロス。おれの下半身はすでにもう野獣だ！

と、モモコに札束を投げつける。
モモコ、泡をくって札を拾い始める。

ルドルフ　おまえが札ビラに弱いことは先刻御承知とくらあ。

モモコ　（はっとして）神聖なさくらの廊下を何と心得る田舎侍！

と、ルドルフ、再び札をまく。
と、モモコ、拾う。

ルドルフ　モモコ、育ちというものは恐いもんよなあ。

モモコ　（はっとして）退くのじゃ、退くのじゃー！

と、女たち、去る。モモコ、去ろうとするのを、ルドルフ、指先から何本もの糸を発する。糸、モモコの体にまとわりつく。

モモコ　何をなされる、何をなされるう。
ルドルフ　話はまだ終わっていないぜモモコ。いつかはこんな時が来なければいけないんだと、おまえ自身もわかっていたはずだモモコ。
モモコ　やめるのじゃ、はなしなされ皇帝殿。おぬしらしくもない、過去は捨てるのじゃ過去は。
ルドルフ　（引き寄せつつ）おれの、このおれの八年間はどうしてくれる、モモコ。
モモコ　金で返すわい。
ルドルフ　金で解決できないこともあるんだバカヤロー。
モモコ　八年間もサツにいたくせに甘いじゃないのさ皇帝。世の中金で解決できないことはないというのが、おまえさんの持論じゃなかったのかえ。
ルドルフ　てめえに言われる筋合いはねえ。
モモコ　もう一回、あちきと組もう皇帝殿。
ルドルフ　おっとその手にはもう乗らねえぜ、お嬢さん。（完全にモモコを引き寄せ）あの金はどしたい。
モモコ　（笑い）皇帝、あんたやっぱり変わってないんだねえ。
ルドルフ　しゃらくせえ。あの金はどこに隠してやがんだい。
モモコ　知らないねえ。
ルドルフ　てめえシラ切りやがって。

と、ルドルフ、モモコの股ぐらをつかむ。

ルドルフ　（はっとして）おいてめえ、こいつは何でえ！

モモコ　ホホホホ。さっきも言ったろう、あちきはもうあちきではないあちきだって。
ルドルフ　てめえ、こんなもんまでつけやがって。どれだけおれを裏切りゃすむってんだい。

と、モモコ、するりとぬけて、

モモコ　裏切ってなんかいやしないさ。ただあんたはあんた。そしてあちきは少しばかり、あちきとあんたになっちまったというだけさ。この子宮、舐めてみたいんなら、おといおいで。
ルドルフ　てめえら、つかまえろ。
男たち　おーっ。

と、モモコ、すっと消える。

レバ刺し　消えちまった……いまのも肉体の忍法なのか……
ユッケ　レバ刺し、まどわされるんじゃねえ。こんなのただの目くらましさ。
ルドルフ　バカヤロー！

と、ユッケを張り倒す。

ルドルフ　何も知らねえくせに意気がんじゃねえ。
ビビンバ　でもアニキ、おれたち、悔しくてよお。
ルドルフ　悔しいならその悔しさを、とっくりてめえの糧にしろい。特にクッパ。

クッパ、声をあげずにギョッとする。

ルドルフ　返事しろい。

クッパ　は、は、は、はい。

ユッケ　こいつまたどもりの真似してやがる。

クッパ　ま、ま、真似じゃ、ね、ねえよ。

ユッケ　おまえは都合のいいときだけどもりになるじゃねえか。

ルドルフ　クッパ、おめえ、連中に一言でも罵声浴びせてやったか。バカでもクソったれマンコでもいい一言でも言ったかよ。

クッパ　ぼ、ぼ、ぼくは……

ルドルフ　どもるんじゃねえ。（と、殴る）

クッパ　……痛えなあ。

ルドルフ　お、やっぱりどもんねえじゃねえか。この意気地なしがあ。おい、てめえらこいつの性根叩き直してやんな。

クッパ　や、や、や、やめてくれ。

レバ刺し　アニキいいじゃねえかよ。殴ったって人格変わるわけじゃないんだしよ。

ルドルフ　おまえがそうやって中途半端にやさしいから、こいつはいつまでもこんななんだよ！（と、レバ刺しを殴る）

レバ刺し　……肉体の忍法って何だい皇帝……

ルドルフ　！

レバ刺し　肉体の忍法だよ、皇帝。

ルドルフ　レバ刺し、おまえにはまだ早いぜ。そういうことはな、一流のホストになって、月収三百万稼いでから言うことだぜ。

レバ刺し　ヒントだけでもいい教えてくれ。

ルドルフ　もっと寝るんだレバ刺し。金と暇でだぶだぶになった有閑ババアのオマンコとよお。汗と愛液と体臭ともっともっとまみれててめえらの体中が臭くなるまで。おいクッパの性根叩き直せ。レバ刺し、おまえも加わるんだ。いいな、こいつは命令だ。終わったらおれのところにロース五人前だ。いいか、ロース五人前だぞ。

ルドルフ、オカリナを吹きながら去る。レバ刺し、ビビンバ、ユッケ、一斉にクッパをいたぶる。

レバ刺し　ごめんななんて言わないよクッパ。おまえのどもりが悪いんだ、おまえのどもりが。

レバ刺し、ユッケ、ビビンバ、去る。クッパ、ゆっくり立ち上がる。顔面血だらけ。

クッパ　……どもりじゃないよ……よくこうやってあのころも人に殴られて顔を地面に伏せてたっけ。死んだふりをしながら右耳をじっと地面につけてて、奴らが去っていく靴音を確かめてるんだ。その音が去るとゆっくり街の音がやってくる。今の今まで敵でしかなかった街が、やさし気な表情をして、おれの鼓膜からやってくる。アスファルトの底の街の音。もしかしたらその奥底にも一個の街が建設されていて、ことはもっと深い夜の世界がそこではざわめいているんじゃないかと思いながら。いや、もしかしたら、このざわめきは巨大な地下水道。六歳の子供に飽きられて便所に流された白いワニが大きく成長して夜の水遊びをしているのかもしれない。（地面に耳をつけ）このアスファルトの感触、臭い。もしおれがこの大地から生まれ育ったのだとしたら、おれのどもりはガタガタとアスファルトを揺さぶった工事現場の突貫作業の記憶のためかもしれない。あの工事の最中、おれたちの会話はひどくぶれたものだ。わわわわたたたたししししははは、、だだれれれだだだだ？？？？こうやって幾重にも響いてしまった〝わたし〟のぶれのために、おれはおれ自身をすでに遠くへ拡散してしまっているのかもしれない。おーい、ぶれてしまった、わたし――

ヴァギ菜、こっそり現われる。

ヴァギ菜　やい弱虫。

クッパ、急いで立ち上がる。

ヴァギ菜　やい自閉症。

クッパ　じ、じ、自閉症なんかじゃ、ね、ねえやい。

ヴァギ菜　やいどもり。

クッパ　（きっとなって）どもりじゃねえやい。はっ、ほんとにどもんない。

ヴァギ菜　殴ってみい、あたしのこと。

クッパ　……

ヴァギ菜　おまえはいつもいるんだか、いないんだかわかんない。

クッパ　お、お、親みてえなこと言うない。

ヴァギ菜　ほら、ぶったたいてみろよ。

クッパ　アスファルトに片耳をつけて聴いてみたことあるかい。
ヴァギ菜　なあに？
クッパ　よくこうやって（と、体を曲げ）股ぐらから、逆さまに世界を見たとき、いままで普通に見ていた世界が一変してることとあるだろ。あれと同じさ。ヴァギ菜、耳をアスファルトにつけてごらん。聴こえない音が聴こえてくるから。
ヴァギ菜　（地面に耳をつけて）何にも聴こえないぞ。
クッパ　もっとよく集中するんだ。ほら、なんだかざわざわと木々のざわめきのような……そうだ、この街の下にあるのは、ここことは違う地下の帝国でも、巨大な白ワニの棲息する地下水道でもなく、鬱蒼とした森、地下の樹海が拡がっているのかもしれない。木々たちがマンホールの小さな穴から微かに流れてくる風で枝々を揺らしているのかもしれない……
ヴァギ菜　（立ち上がり）やい、エセ詩人。てめえのポエーム、鑑賞してる暇なんかねえんだ。雲子姉ちゃんに隠れてこうやっててめえのために夜霧の逢瀬の段取りつけてやってんだ。こんなこと知れちゃったら、ホント、マンコに大根突っ込まれちまうよ。
クッパ　大根入るの。
ヴァギ菜　とぼけた小僧。（と、頬を叩く）
クッパ　いてえよお。ヴァギ菜ー、なんでおれは、人に叩かれてばっかなんだよお。
ヴァギ菜　それはねクッパ、おまえがいつも人が叩きやすい場所で、叩きやすい表情をしてるからなんだ。
クッパ　お、おいら、克服してえよお。
ヴァギ菜　だからこうやってあたしが遊んでやってんじゃないか。これはねクッパ、おまえの人生修業。男はねクッパ、女とガタついて大きくなっていくもんなんよ。
クッパ　お、お、おいら女とガタつきたくねえ。やりたいだけだよお。

ヴァギ菜　あたしを信じな、クッパ。あたし、もう千本以上の男のチンポ、コキコキやってやったんだ。それでわかったことは、男には二種類あって、女とガタついてだめになるのと、ガタついて大きくなるのがいるってこと。さあ、おいでクッパ。傍に寄ってこのあたしを殴ってみな。

クッパ、ヴァギ菜をつかまえようとするが、ケラケラと逃げられてしまう。

ヴァギ菜　ほら、好きだとかなんとか言ってみな。

クッパ　そういうこと、わ、わかんねえよ、おれ。

ヴァギ菜　なんでわかんないんだ。そんなことなら、もうおまえコキコキしてやんねえぞ。

クッパ　コキコキはもういいよ、本気でやりてえよ、おれ。

ヴァギ菜　だめだよ。

クッパ　なんでだめなんだよ。

ヴァギ菜　いいよ……

クッパ　わかんねえよお。

ヴァギ菜　だめだよ……

クッパ　え?

ヴァギ菜　嘘だよ。

クッパ　どっちなんだよお。

ヴァギ菜　へへ、なあにちょっとした乙女の心の動きさ。やろうよ、クッパ。

クッパ　いいの。

ヴァギ菜　うん。クッパ、おまえ全然、どもんないじゃないか。

ヴァギ菜、横になる。クッパ、いきなり腰を動かす、焦っているように激しく腰を動かすが、やめる。

ヴァギ菜　どした。

クッパ　だめだよヴァギ菜、うんともすんともしねえ。おかしいよ、コキコキのときはこんなことないのによお。

ヴァギ菜　どれどれ。

と、ズボンの中に手を突っ込む。

ヴァギ菜　手の平の中で……熱い。焼けた鉄の棒みたい。生き物みたい。動いて。おまえとは別の違う生き物みたい。（手を動かす）わかったよクッパ、おまえコキコキコキじゃなきゃだめなんだ。コキコキに慣れすぎちゃってんだおまえ。これ、あたしのせいかもしれない。コキコキばっかおまえにやってばかりいて。でも、そしたらこのあたしはどうしたらいいの。……自業自得か……

クッパ　……ヴァギ菜、やめないでくれよお……

ヴァギ菜　（急に）ちょっとおまえ匂うよ。おまえ臭いよ、風呂入ってないだろ。（クッパの体に鼻を押しつけ）犬の匂い……

と、犬の遠吠え。と、ともに三つの影法師。

影法師1　まいど。そば屋です。たぬきそば、持って来やした。

ヴァギ菜　誰もそばなんか頼んじゃないよ。

影法師2 まいど。そば屋です。きつねそば持って来やした。
影法師3 まいどそば屋です。カレー南蛮持って来やした。
ヴァギ菜 何だいこいつら。
影法師1 まいど。代金は結構です。
影法師2 まいど。だしは関西風にしやした。
影法師3 まいど。御贔《ひいき》にあずかりやして。
ヴァギ菜 気味悪い。クッパ、こいつらなんとかしてくれ。——ちょっと、おまえ臭いよ、本当に臭いよ。後は自分でやって。帰るよ、あたし。

ヴァギ菜、駆け去る。クッパ、手淫を続ける。

クッパ （手淫をしながら）何しに来た。
影法師たち アスファルトの精です。あなたを迎えに来ました。
クッパ この間いやだと言ったろう。
影法師たち しかし、あなたはアスファルトにあまりに近すぎる。あなた自身言ったではありませんか。アスファルトから生まれ、育てられたと。あなたが耳をつけたあの部分こそ、私たちの心臓部です。
クッパ 消えろ。
影法師たち あなたはもう体半分がアスファルトです。参りましょう、私たちの帝国に。
クッパ 帝国？ 何だそれ。
影法師たち 影の帝国です。カブキ町の風と神話が築き上げたここではない他の場所です。
クッパ そんな話聞いていない。

影法師たち　そこで博士があなたをお待ちしております。博士にはあなたが必要なのです。あなたのそのアスファルトの力の見返りに博士は本当の夜をあなたに授けるということです。

クッパ　本当の夜だと。

影法師たち　これです！

と、そばの丼をクッパに向ける。輝く丼の中身。

クッパ　ま、まぶしい。やめてくれ。

影法師たち　まぶしいのは当たり前です。本当の夜とはかようなまでに輝かしいものなのです。

クッパ　そんなもんいらない。

影法師たち　ばかな。これを手に入れれば、あなたは自分ではない自分になれる。

クッパ　自分ではない自分？　何だいそいつは。

と、銃声。影法師たち、さっと散る。花道よりマーロウ、飛び込んでくる。

マーロウ　くそー、夢魔どもめ。人が目を離しているとすぐこの騒ぎだ。おい、まだら若い君、大丈夫か。

クッパ　お、お、おれ、な、なにして、たんだよお。

マーロウ　きたない。ザーメンつけんな。

クッパ　お、おれは——

マーロウ　安心しなさい。最下等の死霊が取り巻いていただけだ。この町で放出された精液の精が渦巻いて創られた人間をかどわかす妄想の小僧っ子たちさ。さ、しっかりして。

と、レバ刺し、ユッケ、ビビンバ、飛び込んでくる。

レバ刺し 何でえいまの銃声は！

ビビンバ （マーロウを見て）お、てめえは！

マーロウ 久しぶりだな、レバ刺し。

レバ刺し なんだよ、まだこのへんちょろちょろしてんのかい貧乏探偵。てめえが追ってるような、ネタはもうここにはないぜ。

ユッケ 知りあいかい。

レバ刺し なあに、金持ちのたぬきに、女房の素行調査頼まれてよ、その有閑ババアが行き着く先が、たいていホストクラブってわけよ。よお探偵、人の快楽邪魔するのはやめろい。

マーロウ 今夜はそんなしけた仕事で来たわけじゃない。ガキども、尋ねたいことがあるんだが、この男を知らないか。

と、一枚の写真を出す。

マーロウ カブキ町の獣医キリシマだ。一カ月前、蒸発した。いや奥さんの話によるとね、キリシマさんそのケもあったらしくて、よく君らのところにも来てたらしいんだ。そっちのほうもやるんだろ、君たち。

レバ刺し おい、てめえまたいつかみたいにケツの穴にコーラビンぶちこまれたいか。

マーロウ 若者、そうやって若さにまかせて意気がってるとすぐ老いちまうぜ。今回はその若さをキンタマの袋の裏にでも隠しておいてまずはこの男の写真、見ろやい。

レバ刺し　マーロウ、覚えてるかい、ここはさくら通りだぜ。

マーロウ　（少し詰まって）それがどした。

レバ刺し　さくら通りは、二週間前の納豆みたいな思い出でいっぱいだとほざいたのは確かてめえじゃなかったのかい。（写真を見て）こんな男、知るかい。こんな面、朝の東口行けばごまんとうごめいてやがらあ。

と、写真を捨てる。マーロウ、それを拾おうとするところ、その手をレバ刺しが踏みつける。ビビンバ、ユッケ、クッパ、マーロウを取り囲む。

レバ刺し　ちょろちょろねずみはうるせえんだよ。

四人、マーロウを殴って回す。

マーロウ　（殴られながら、写真を手にし）この男を知りませんか、誰かこの男を知りませんか——カブキ町の闇に紛れたこの男でーす。

と、警笛！　警部とシャロンが走ってくる。

警部　騒乱罪適用！　騒乱罪適用！

レバ刺し　チッ、デカが。（去ろうとする）

警部　待てー、レバ刺し。（と、胸ぐらをつかみ）あんまり調子にのって騒ぎ起こすんじゃないぜ。

レバ刺し　何のこったい。おれたちゃ、静かに生活してるぜ、なあ。

ビビンバ　おやっさん、おれたちゃもうカタギもいいところですぜ、ホンマ。
警部　てめえらカタギのつもりでも、てめえらが行くところに騒ぎが起こるんだ。意識的に騒ぎ起こす奴らはまだ可愛いいが、てめえら、てめえらでそう思わぬうちにやっちまうから始末が悪いのよ。血だらけの浮浪者がちょっと前交番に駆け込み訴えだ。さくら通りから走ってきたよ、このさくら通りからよ。
レバ刺し　知るかい。（と、警部をふりきって）行こうぜ。
警部　いい死にザマしねえぞ、ニンニク野郎！
シャロン　平気。マーロウ。
警部　マーロウ、そろそろ自分の年考えろい。
マーロウ　あんたに言われる筋合いないよ。（口の血を拭い、笑って）どうだい三人が揃っちまったなあ。シャロン、さくら通りだぜ。
シャロン　やめてマーロウ。
マーロウ　過去なんて全部が全部、映画みたいなもんだよなあ。

シャロン、マーロウに抱きつく。

マーロウ　やめろ、やめろってば。（と、シャロンを引き離し）いまはまだ現在だ。映画じゃないんだ。わかるだろシャロン。
シャロン　だってここはさくら通り。
マーロウ　だから、過去は全部映画さ。
警部　そいつはないだろ、探偵さん。
マーロウ　あんたに言われる筋合いはない。

警部　なあ、マーロウ、戻ってこないか。
マーロウ　へヘッ、よく言うよ警部、見りゃわかるだろ、おれたちゃもう人種が違うんだ。あんたよくおれに言ってたじゃないか、「おまえは、普通の刑事と違う。おまえは夜を感知しすぎてる」って。あんたの言う通り、おれははみでちまったよ。
警部　あの事件がなければ――
マーロウ　映画さ。あれも映画なんだよ。
警部　人種が違うってのかいマーロウ。
マーロウ　その通りさ。あんたらは所詮、午前中の人間さ。昼間を司る夜の粉砕者さ。行こうシャロン。
警部　そいつは違うな、マーロウ。おれはこの年になってやっとわかったんだ。夜の路地に逃げ込んだ犯罪者を追う刑事。そのとき、刑事も犯罪者と同じ世界で呼吸してしまってるんだ。わかるかいマーロウ。刑事もその時点で犯罪者になっちまってるのよ。正義もクソもありゃしねえ。おれたちゃ闇の底をひた走る犯罪者と同じ歩調で駆け回っちまってんだ。そんなときそいつを追いながら、バカみたいに追っているそいつをいとおしく思っちまうんだ。世界がいまここでコナゴナになってもそれもしょうがないなんて思ったりするんだ。
マーロウ　(笑って)やっとわかったのかよ、遅すぎたぜ警部。もっともそれだから警部になれたんだろうけどな。
警部　戻って来いマーロウ。
マーロウ　腰ぬけ警察にいまさら戻れるかい。警部、去年の十二月のあの大火事のことはどうなったい。
警部　あの犯人《ホシ》はまだ――
マーロウ　犯人《ホシ》だと？　まだあれが放火だっていう線でやってんのかい。
警部　放火だ。そうに決まってる。それも計画的な。そうでなければ、あんな大火事が起こるわけない。
マーロウ　あれは犬が起こしたんだ。一匹の野良犬がよ。奴が迷い込んでこの街の主電源のコードをかみ切った。大停電が起こって、コードの火花が散って、またたくまに火が拡がった。真相は単純よ。

警部　そんなことで火が新宿区一帯まで拡がるかよ。

マーロウ　現場検証じゃ八匹の犬の死骸が見つかったっていうじゃないか。後の七匹が火だるまになって新宿中を駆け回ったのよ。ワオーッ、ワオーッてな。災いを背負って七匹がお茶の間に飛び込んじまったんだ。

警部　おまえらしくもない推理だな、マーロウ。

マーロウ　それじゃあ、おたくの言う放火犯をあげてみな。

警部　八匹の犬はいったいどこから来たんだ。

マーロウ　知らねえな。自分たちで調べな。

警部　ところが、いまはそれどころじゃないんだ。新宿警察もここへ来ていろんなもん抱えてしまって。

マーロウ　国民が怒るぞ。

警部　この界隈で次々と女が殺されているのを知ってるか、マーロウ。

マーロウ　新聞ぐらいとってるさ。

警部　この街に関係した女たちが何者かによって殺害されている。さしづめ連続美女殺人事件さ。

マーロウ　同一犯人かい。

警部　全員が全員、子宮を抉り取られてるんだ……

シャロン　ひっ！

マーロウ　子宮を……そいつは知らなかった。

警部　報道機関にそのことは書かないように押さえてある。あまりにショッキングだと思ってね。まったくその死体といったら芸術的なまでに見事に子宮が切り取られてるんだ。

マーロウ　手がかりは。

警部　いま、必死に捜査網敷いてるさ。

マーロウ　切り裂きジャックか。道理で最近バタバタしてると思ったぜ。

警部　ただ気になることがあってな。そいつが手がかりと言えば手がかりなんだが。
マーロウ　何だい。
警部　犬の毛だ。殺人現場にいつも犬の毛が落ちている。
マーロウ　ほうら、また犬だ。おれの言った通りじゃないか。
警部　火事とこいつは関係ない。
マーロウ　わかるもんかい。大停電、大火事、切り裂きジャック。すべては犬の一点でつながる。
警部　犬を見た人間など一人も出てきてない。
マーロウ　出てくるわけないさ。すべてはこの街が創り上げてしまった夢魔どもの仕業《しわざ》だからな。この街は邪悪に満ち満ちている。
警部　始まった。おまえその妄想癖は、人間を調査するものとして、最大の欠点だぞ。
マーロウ　その欠点のおかげで、おれは何枚もの賞状をもらったさ。
警部　偶然だよ。
マーロウ　そう偶然さ。夜の世界ってのは何億もの偶然で成り立ってるのさ。あんた、やっぱりまだ何もわかっちゃいないないな。
警部　じゃあ、これも偶然かい。

と、取り出したのはコーラのビン。

警部　これもおまえさんの言う夢魔の仕業ってわけか。
マーロウ　それが何だってんだ。
警部　青酸入りコーラだ。新宿の各所にさりげなく置かれている。その数二十三本。今日、最初の被害者が出た。死亡だ。切り裂きジャックに、愉快犯。どうだい、派手な世の中じゃないか。ま、とにかくおまえさんみたいにのんびり妄想に耽っていられる人がうらやましいよ。相変わらず浮気の調査か。

シャロン　さる人の夫を捜している。

マーロウ　あの奥さんは？

シャロン　帰ったはずだが。

マーロウ　家まで送ったの。

シャロン　いいや。

マーロウ　この時間に女を一人にするのは危ないぜ。

警部　しまった。

マーロウ

と、女の悲鳴。奥方、左眼を押さえながら、花道から駆けてくる。それを追って幾つもの影法師。

奥方　目が、目が疼いて！

マーロウ　奥さん、あんたの後ろは、邪悪の霊で一杯だ！

影法師、マーロウたちを取り囲む。影法師たち、コーラビンを振り回している。

奥方　主人を見つけたんです。駅前通りの傍の路地裏で。あたし追っていったら、いつのまにかどこにいるのだかわからなくなって、目が疼き始めて。

マーロウ　奥さん、ここはたまに迷宮の地になるんです。警部、こいつら切り裂きジャックか。

警部　違う。コーラビンを振り回している。

マーロウ　見えんのかい。
警部　ああ、いないようでいるような。何だいこいつら。
マーロウ　警部、あんたもおれたちの側へ一歩踏み込んできちまったのさ。

と、マーロウ、警部、シャロン、銃を撃つ。が、影法師たちはびくともしない。

警部　どうすりゃいいんだ、マーロウ。
マーロウ　わからん。夢魔の弱点をおれもまだつかんでないんだ。

と、影法師たち、迫ってくる。
影法師たちの掛け声、「騒！　乱！　情！　痴！　遊！　戯！　性！　愛！」それが際限なく続く。

警部　う、苦しい。（と、首を押さえ）青酸だ青酸をまいている。
マーロウ　違う、こいつは犬殺しの毒だ！

四人、苦しみだす。
と、オカリナの音色。

マーロウ　お、この音は！

と、影法師たちの動きが止まる。

と、闇の底からキンキラキンのルドルフ皇帝、ゆっくり浮上してくる。

ルドルフ　憤るでないアスファルトの精たちよ。おまえどもの怒りももっともだ。しかしだ、アスファルトの精たちよ、天空に涯てしなく浮遊するおまえどもの叡知と力はなにもおまえたち自身のためだけにあるのだと錯覚してはならない。思い上がるなよアスファルトの精たちよ。おまえどもの思考と行為は常にこの天空の動きと通底している。そこにおいて、天空の動きとは、この世界を包み込み、ありとあらゆるものを支配する影の作者の物語だ。おまえどもの物語はそのまま全知全能を司る天空界の物語だ。つまらぬ感情に任せて、憤るなアスファルトの精たちよ！

影法師たち、「ガルルーッ」と呻く。

ルドルフ　わがままをぬかすか、アスファルトの精たちよ。

影法師たち、激しくコーラビンを振り回す。いっそう苦しむマーロウ、警部、シャロン、奥方。

ルドルフ　おのれ、影の分際で。肉体の忍法その五十八番目をくらうがいい！

と、ルドルフ、指先から何かを発する。苦しみだす影法師たち。と、どろどろの音とともに白煙の中からモモコが出現する。

モモコ　ホホホホホ。皇帝殿おぬしだけの力では無理じゃ、無理じゃ。どら、あちきも加勢してしんぜよお。

ルドルフ　余計なお節介はよせ。
モモコ　呉越同舟とよく言うではないか。どれ、肉体の忍法その七十二番目じゃ！

と、モモコ姫、口から何かを発する。影法師たち、さらに苦しみだす。ルドルフ、モモコ、人差し指をたてて、両手を握り、何かを唱えだす。どろどろの音、さらに激しく。影法師たち、「キャンキャン」叫び声をあげて退散する。

モモコ　皇帝殿、そちの力も年のせいか、落ちたのう。
ルドルフ　ふざけるな。てめえが望むなら忍法の勝負をいまここでしたって構わないんだぜ。
モモコ　怒るな、怒るな。
警部　おれは、いまどこで何を見ていたんだ。
マーロウ　警部、こいつが夜ってやつさ。
モモコ　おぬしら、もうすんでのところで幽界にさらわれるところどすえ。
奥方　なに、いまの連中。
モモコ　何と聞かれたか、お嬢さん。
奥方　いえ、主人がいます。
モモコ　ホホホホ。わかっておる、わかっておる。いまのはただの世辞じゃ。奥方様、奴らは、あなたの不安でありんす。
奥方　なぜ、あたしのそれを。
モモコ　ホホホ、すべてあちきらはお見透しじゃ。のう皇帝殿。
ルドルフ　調子に乗ってんじゃねえぞ。

警部　ルドルフ、てめえム所から出てきてたのか。

ルドルフ　あの節は世話になったな警部さんよ。八年間、いやというほど豪華なメシ食わせてもらったぜ。

モモコ　ホホホ。美少年売春斡旋とはさえないもんよなあ。

ルドルフ　うるせえ。てめえも共犯のくせしやがって。

モモコ　シーッ。

マーロウ　皇帝、姫、夢魔どもの弱点を教えてくれ。

モモコ　アスファルトの精のことかえ。

ルドルフ　マーロウ、そいつはちょっと虫が良すぎやしねえか。あんたの隣りでまぬけた面してるおとっつぁんは、警部さんじゃねえか。なんでこのおれが警察の手助けしなきゃなんねえんだ。

マーロウ　警察のためじゃない。この街のためだ。

モモコ　なに、この街のためとな。この街と言うてもすでに焼野っ原。失うものなどもうあるまいに。

マーロウ　女たちの子宮が失われていってんだ。それに人の命。犬殺しの毒入りコーラで人の命が失われていく。

モモコ　ホホホホ。人の命とな。久しぶりに聞く正義の言葉じゃ。

ルドルフ　マーロウ、しばらく会わないうちにヤキがまわったかい。

モモコ　よいではないか皇帝殿。あちきらとて、元を正せば正義の物語の登場人物たちじゃ。

マーロウ　教えてくれ夢魔の弱点を。奥さん、こいつがわかれば御主人の居所だって——

モモコ　わかり申したぞよ、探偵殿。おぬしの申す夢魔の正体、アスファルトの精について述べてしんぜよう。しかしそのためにはまず闇のそのまた闇の、影のそのまた影の物語について語らねばなるまいがよいかの。

マーロウ　何でもいい、語っちゃってくれ。

モモコ　それはおぬしらがいま立っているその大地をくつがえすことにもなるが、それでもよいかの。

マーロウ　おれたちゃもうヤケクソだよ。なっ。

警部　（ぼんやりと）ああ。

モモコ　わかりあげた。それでは話してしんぜよう。皇帝殿、助太刀を頼む。なあに呉越同舟じゃ。ではまいるぞえ。闇のそのまた闇の、影のそのまた影の物語。あちきらはその物語の登場人物、影の滝沢馬琴に育て上げられた正義の者どもじゃ！

マーロウ　影の滝沢馬琴？

ルドルフ　そう。おれたちを創造した物語作者、影の馬琴。またの名を夜の博士。

モモコ　そしておぬしらは、その影の馬琴にまだ一行も書かれていない何者でもない者ども。すなわち、おぬしらはいまだ物語に記されていない架空の生きた霊どもじゃ！

ルドルフ　ハハハハッ、てめえらがいま目にしている世界などたかが空気、なんの実在もない煙みたいなもんよ！

奥方　ああ、崩れていく……目の前の世界が、崩れていく……

マーロウ　奥さん、しっかりして。

ルドルフ　ハハッ、もっと崩れさせてやるよ、奥さん。回転ベッドのセックスみたいに。ほうら、影の馬琴の、闇の物語でい！

と、巨大な紙芝居が出現する。最初の紙に、「闇の八犬伝　夜の博士著」とある。

ルドルフ　さあさあ紙芝居だよ、みんなが楽しみにしていた紙芝居の始まりだあ。ハイ、今日は新作「闇の八犬伝」の始まり始まり――さあさあ、焼肉でもつついてみんなで紙芝居を見るんだあ。

と、ルドルフ、携帯用のコンロと肉皿を持ってくる。一同、それを囲む。

マーロウ　おっちゃん、おれカルビ。
ルドルフ　あいよ。
奥方　あたし、レバー。
シャロン　あたし、ロース。
ルドルフ　おまえは。
警部　お、おれはキムチだけで。

と、ルドルフ、さっと紙を引く。現われる紙芝居の絵柄。

モモコ　昔々、カブキ町に一人の女の乞食がおりました。名前を伏子と言いましたが、名前通り伏目がちな乞食でした。そのせいか、街で座っていても、ほとんどお金を恵んでもらえませんでした。なぜなら街の人々は陰気な乞食をたいそう嫌がっていたのです。しかし、伏子には人には見えないものが見えるという特技があったのです。それは夜の闇の中で何もかもが見えてしまうというものです。そのために伏子は生き永らえているのです。(ルドルフ、紙を引く)ある晩のことです。昼間から降り出した雪はアスファルトの上をすでに五センチほど積もっていました。伏子は漠然とした気分のまま、ふらふらと雪の中を歩いていました。そのときです。中央通りのほうから銃声が聞こえてきました。雪に紅の汚点を落としながら、駆けてくるのは、指名手配の連続殺人魔、フィリッピン人のサミー、通称〝犬〟でした。(ルドルフ、紙を引く)血だらけの〝犬〟は、必死で伏子に何かを訴えるのですが、外国の言葉で何を言っているのかわかりません。とにかく、寝ぐらにしていたゴミ集積場所に〝犬〟を連れていきました。警官たちの足音が隠れた二人の前を幻のようにして通り過ぎていくのでした。(ルドルフ、紙を引く)と、〝犬〟が急に伏子の体をもとめます。血を体中からドクドクしたたらせながら。最初、伏子は抵抗しましたが、最終的には許しました。〝犬〟の目を見つめたとき、〝犬〟のことを信じられるような気がしたからです。冷たいものが伏子の体を貫きます。それは一本の氷柱のようでした、（ルドルフ、紙を引く）絶頂に達すると〝犬〟は急にがっくりしました。そして息も絶え絶えのなか、日本語で言うのです。
「おれは……悪人では……ないよ……」（ルドルフ、紙を引く）
〝犬〟の死体からナイフでもって伏子は、銃弾を取り除いてやりました。弾《たま》は八個ありました。死体をバラバラに切り刻んでマクドナルドに売りつけ、その金で闇屋から銃を一丁買ったのです。その銃に八個の弾を装塡し〝正義の銃〟と名づけました。（ルドルフ、紙を引く）しかし、はたと伏子は考えました。〝正義の銃〟といったところで、いったい何に向けて撃っていいかわからなかったのです。困った伏子はいっそ自分のこめかみにでも撃ち込んでしまおうかとも悩みました。（ルドルフ、紙を引く）そんなとき、現われたのが、夜の博士の弟子だという皇帝と姫でした。二人は口を揃えて言うのです。
「わたくしたちに任せなさい」（ルドルフ、紙を引く）
二人の言葉を信じた伏子は、銃を皇帝に預けました。と、皇帝は八個の弾をアスファルトに撃ち込んでしまったのです。驚いた伏子でしたが、姫は冷静に言うのでした。「弾はアスファルトに帰してやるのが一番よいのです。自然と正義の者として育つでありましょう」（ルドルフ、紙を引く）そして、二人は何か念仏のようなものを唱え始めるのです。すると、どうでしょう。いま撃ったばかりのアスファルトから、きらきらと輝く金色の玉が浮き上がってくるではありませんか。その数、八つ。玉は空中でいったん銃の絵柄を描き、それから風に揺られるようにして天空高く舞い上がり、消えていったのです。
「やがてあの子たちが邪悪の者たちを退治していくんだわ」
そう伏子は思いました。——おしまい。

見ていた者たち、拍手する。

マーロウ　うーん、それにしてもわからない。それじゃあ、あの夢魔どもがそのアスファルトに撃ち込まれた八つの弾の精だってのか。
シャロン　そしたらかれらは正義の者のはずじゃあないの。
マーロウ　その通り。
モモコ　悩むな、悩むな。歴史の矛盾、世の中の複雑怪奇じゃ。
奥方　あの、あたしなんだか気分が悪くて。
ルドルフ　奥さん、そんな弱気じゃ困るぜ。物語はまだ始まったばかりだ。奥さん、あんたにもこの物語にはいずれ登場してもらわなきゃならないんだぜ。
奥方　でも、物語って——

と、ドヤドヤと雲子を先頭にして、珍子、安子、ヴァギ菜、入ってくる。

雲子　やいてめえら、また焼肉食ってやがんな！
珍子　こちとら商売なんねえんだよ！
モモコ　ホホホホ。気がつかなんだ、気がつかなんだ。そういえば、ちとその煙は、煙たいのう。
ルドルフ　てめえ、何だいいまさら。
モモコ　呉越同舟は紙芝居と同時に終わりじゃ。
ルドルフ　そんなこったろうと思ったよ。

と、オカリナを吹く。と、やってくるレバ刺し、ビビンバ、ユッケ、クッパ。

レバ刺し　アニキ、この時を待ってたぜ。
ルドルフ　モモコ、きさまとの近親憎悪もそろそろ決着つけなきゃなんねえな。
モモコ　ホホホホ。金はどうする。
ルドルフ　いらんわい。

と、ルドルフ、日本刀を取り出す。

ルドルフ　斬る！

と、それにモモコは扇子で相対する。ルドルフとモモコのすさまじい殺陣。ルドルフの日本刀、モモコの心臓部めがけて。と、瞬間ひらりとモモコかわす。ルドルフの日本刀、クッパの股間部分に刺さる。

クッパ　ギャー！
レバ刺し　クッパ！
ルドルフ　しくじったか。

と、レバ刺しも急に股間を押さえて苦しみだす。
クッパ、レバ刺し、苦しむが、急にすっと立ち上がり、

レバ刺し　おれは、おまえ自身だ。
クッパ　おれは、おまえ自身だ。

レバ刺し　おまえは、おれだ。

クッパ　おまえは、おれだ。

レバ刺し　行こう。物語がおれたちを呼んでいる。

と、二人、ナイフを取り出す。

ビビンバ　おい二人とも、どしたんだよお！

レバ刺し　いいか、キンタマを狙うんだ。もう片一方のキンタマを。

ユッケ　やめろ！

と、クッパ、レバ刺し、互いの局部を刺す。

レバ刺し　舞い上がれ、勧善懲悪の物語の涯てに！

と、二人の頭上にきらきら輝く二つの玉。一方の玉には〝騒〟の一字。もう一方には〝乱〟の一字。二つの玉、ゆらゆら揺れる。

ルドルフ　モモコ、あれを見ろ！

モモコ　玉じゃ、伏子と〝犬〟のあの玉じゃ！

と、不気味な笑い声。ビルの向こうに佇む、姫君とせむし男。

姫君　八房、あたしは今宵も血が欲しい……
男　わかりました、姫君。
警部　切り裂きジャックだ！

と、男、何か合図する。
一斉に飛び出してくる三匹の犬。うなり声あげて、マーロウたちに飛びつく。犬たちの遠吠えが、あちこちで聞こえてくる……

幕　間

花道。そこは一番街通り。トランクを持った一人の紳士が佇む。紳士、あたりを見回す。

紳士　私は誰でしょう……いったいこの通りはどうしてしまったんです。ついこの間までは、ネオンの光で空は輝き、舗道だってまるでもうひとつの昼間みたいな賑やかさだったというのに。おーい、私の周りにいたみなさーん、どこにいってしまったのですかー。……さて、私は誰でしょう。

と、シャロン。

紳士　（シャロンに）私は誰でしょう？

シャロン　出勤の途中ですので。

紳士　教えてください。答えてくださいではないのです。私は誰でしょう？

シャロン　もっと若い娘誘ったら。

紳士　いや、あなたぐらいの花のＯＬ、大人の恋を経てきた人でないとだめなんだ。

シャロン　人呼ぶわよ。

紳士　あなた、現在愛してらっしゃる方がおありですね。

シャロン　なんでわかるの。

紳士　さて、私は誰でしょう？

シャロン　余計なお世話ね。

紳士　（シャロンが行きかけるのを遮って）わけがわからなくなってしまったんです。路地という路地を走りぬけるうちに。行く先々を、火と煙で遮られてしまって。ぽんと飛び出してきたのが、ここなんです。

シャロン　（と、まじまじと顔を見て）キリシマさんじゃありません？

紳士　キリシマ……それは名前ですか。

シャロン　犬猫病院のキリシマさんでしょ、あなた？

紳士　教えてください。私はいったい誰なんですか。手がかりといえるものは、これだけなんです。

と、トランクから何かを取り出す。一匹の犬の焼けた死骸。

シャロン　あなた、それは……

紳士　私の可愛がってる犬です。

シャロン　（後ずさりしながら）あなたいったい誰なの？

紳士　あなたは、どなたなのです。

シャロン　知らない……

紳士　さて、私は誰でしょう。

シャロン　知らない。何も知らない。

紳士　教えてください。だめと言うなら八十九階から叫びましょうか。いったい私は、誰なんだー！

シャロン、逃げる。紳士、あとを追う。

第二幕

ホストクラブ「バイキング」、店内。大衆キャバレー並みの音楽と嬌声。若いホストたち、有閑マダム、水商売の女、そして若干の中年の男たち。

安化粧の香り。安っぽい派手なだけの明かりは、時おり、彼、彼女らの厚化粧、疲労の上に塗りたくった青白い仮面の表情を照らす。

ボックスの中央にルドルフ。隅の方では、マーロウと奥方が焼肉をつついている。

舞台の中央にはマット。その中には愛液のごときミルクローションが注ぎ込まれており、ローションホストの出番を待っている。

やがて司会者が現われる。

司会者　お待たせしました。ホスト・ピンク・ローション・レスリングのお時間がやってまいりました。

湧きかえる店内。選手のコールとともに入場するのは、レオタード姿のレバ刺しとクッパ。

と、一斉に始まるトトカルチョ。その光景はさながら、うらぶれた一介の街の地下室で行なわれる闘鶏場である。

ゴングが鳴る。レバ刺し、クッパ、ミルクローションにまみれて格闘。闘いはレバ刺しの勝利で終わる。レバ刺し、肩車の上で勝利の雄叫び。レバ刺しのあとを、中年の男女たちが尾いていく。

マーロウ　どうです、御主人見えました？

奥方　いいえ、ここにはいないようです。

マーロウ　あなたが路地裏で見たというのは、確かに御主人？

奥方　あの肩ごし、あの背広の色はあの人のものです。五年間いっしょに暮らしてたんですもの。一目でわかります。

マーロウ　あの大火事のとき、御主人に何かが起こった……

奥方　何が起こったのかしら。

マーロウ　あのときから、御主人は物語の登場人物の一人になったのかもしれない。奥さん、そしてぼくたちもまた知らないうちに、物語に加担しているのかもしれないんです。

奥方　そんな……平凡な毎日でしたわ。物語なんて、そんなものひとかけらもない。わかりますマーロウさん、あたしは平凡さを唯一の拠りどころにして生きてきた、そんな女なんです。いままでの人生の何もかもが普通でした。何が起こるわけでもなく、事件と言えば、新聞やテレビの上だけのことだと思ってますし、物語だってそれは十代のころ、ベッドの中で読んだ『風と共に去りぬ』や『嵐ケ丘』の中だけのことです。でもそんな平凡な普通さに支えられた生活、それが大部分の人々の生活だとお思いになりません？

マーロウ　おっと、そこが落とし穴だ。確かに奥さんの言う通り、大部分の人々ってやつは、事件や物語を他人事だと思って見ている。自分たちに関係してこない限りね。しかしそこが微妙であいまいなところでね。よく考えてくださいよ奥さん、今日事件にまきこまれたその人は、昨日までは奥さんの言うように平凡で普通だったんです。つまり、少なくとも昨日まではその人にとって事件は新聞紙上だけのことだったんです。現に奥さん、あなたは自分を平凡だと言うけれど、すでに何かにまきこまれている。

奥方　事件？　それとも物語？

マーロウ　それがなんであるかはわかりません。すべてが判明したとき、それは姿を現わします。いや、そうなってもわからないかもしれない。

奥方　あたしは平凡な女です……

マーロウ　平凡なあなたが極度の不安神経症に陥っている。そしたらこの日本に生きる大部分の平凡な人々が同じように神経症だということが言える。
奥方　あたしはそれを神経症列島と呼んでいます。
マーロウ　（笑い）誰もが事件を抱えているんです。ただそれを露出するのが恐くて、平凡さのなかにひた隠しに隠すんです。私のところにやってくる男女たちは、そんな平凡な人々ばかりですよ。——奥さん、御主人との馴れ初めは。
奥方　商事会社に勤めてたんです、あたし。主人とはよく行く四谷のスナックで知りあって。実を言うと主人は再婚ですの。一度テレビの脇役でよく出てる、ほらナントカという女優と結婚しましたが、一年後に別れてるんです。
マーロウ　ナントカ？　誰だろうな。
奥方　ほら、よく主人公を売春に誘ったりする団地の向かいの奥さんの役かなんかでよく出る人。
マーロウ　ああ、あの人。名前知らないけど、顔はわかる。
奥方　平均週二回のデートで三カ月おつきあいしました。新婚旅行はグァム島。あたし、主人の両親とはあくまで別居が条件だったんです。だけど話がこじれて、いまの犬猫病院のあるビル、あのビル新築して主人の両親はあたしたちの上の階に住んでいます。
マーロウ　別居じゃないの。
奥方　でも毎日顔は合わすし、孫はまだか孫はまだかってうるさくて。
マーロウ　平凡だ、恐ろしいまでに平凡だ！
奥方　でしょう。
マーロウ　しかしビル新築しちゃうぐらいなんだから、金あるんだなあ。
奥方　医者ですから。犬猫相手でも。
マーロウ　御主人を愛してらした？

奥方　その質問、前も一度しませんでした?

マーロウ　そうだとしても構いません。ここがあなたと御主人のキーワードなんだから。

奥方　それは結婚するときは愛してました。でも暮らすうちに、そんなことは薄らいできますし、愛しているんだか愛していないんだか、わからなくなって、それからそんなことも考えなくなりました。

マーロウ　ま、おおかた夫婦なんてそんなもんですよ。お互いが空気のような存在になるというやつです。しかし人間、空気だけで生きていけるものだろうか。有毒な一酸化炭素だってたまには吸ってみたくなるもんですよ、ねえ奥さん。

奥方　まあ……

マーロウ　平凡な人間てやつはそんなもんです。私の一酸化炭素がシャロンだったんです。私の女房はね、このさくら通りで死んだんです。これもれっきとした物語というやつですよ。これこそ紋切り型です。でも紋切り型で人は愛したり悩んだり、ときには死んだりするわけでしょう、奥さん。

奥方　そういうことを考えたことはありません。

マーロウ　ごまかすな、奥さん。あなたのその不安神経症だってれっきとした紋切り型かもしれないんだ。

奥方　帰ります。

マーロウ　待ってください。語りかけてしまった物語が宙ぶらりんのままになってしまいます。私が警察を辞めるすぐ前のことです。刑事の妻ってのが、これまた独得のものでしてね。シャロンと私の情事のあとを尾けてきたんです。このさくら通りのホテルの前をうろついてましてね、商売女と間違えられるのは当たり前です。声かけてきた皮ジャンパーの男ともめた末、後頭部をホテルの石垣に殴打されたんです。事故と言えば事故なんですが。

奥方　犯人は。

マーロウ　いまだつかまっておりません。シャロンと私が探偵事務所を開いたのはそのためなんです。生き残されてしまった者たちの弔い合戦ですよ。でも、いまではもう諦めました。

奥方　そんな。なぜ。
マーロウ　この街には物語が多すぎます。しかも紋切り型のやつが。他人の物語に関係していくうちに、私は自分の物語を自分の中に埋めてしまいました。
奥方　可哀想……
マーロウ　誰がです。
奥方　あなた。奥さん。シャロンさん。
マーロウ　奥さん、ホテルへ行きましょう。
奥方　え!?
マーロウ　うらぶれた探偵と美人の人妻。ほら、舞台装置は揃ってるんです。これもまた、物語のひとつです。
奥方　離してください。
マーロウ　平凡だなんて言わせやしない。奥さん、あなただってもう逃れることをできやしないんだ。
奥方　そうやって何人口説いたの。
マーロウ　五十三人。はっ、何を言わせるんだ！

と、笑い声。ボックスの向こうにせむし男。血だらけの肉塊をくわえている。
と、警部が飛び出してきて、

警部　子宮だ、子宮をくわえてやがるぞ！

と、男、ボックス席にかけられていた黒布をとり去る。と、股間を真っ赤にしたシャロンの死体。

マーロウ　シャロン！

男、すっと消える。マーロウ、シャロンを抱え上げ、

マーロウ　なんという人生、なんと偉大な紋切り型なんだ！

と、シャロンを抱えたまま花道を行く。

警部　こらー、死体を動かしちゃいかーん！

と、マーロウを追う。ぼう然と見守る奥方。

奥方　いつかこんな所で、いつかこんな時があるんじゃないかと思っていた。小さいころから、あたしは人が楽しんでいるところで、同じように楽しむことができなかった。それは決して楽しくないからではなくて、こんな楽しいことが、絶対長く続くわけがないと、楽しい最中にもすでに思ってしまうからだった。そして実際にいつもその通りになるのだった。いつしかあたしは不安をこねくりまわしたり、抽出《ひきだ》しから出したりしまったりするのが得意になっていた。〝この瞬間はきっと嘘に違いない〟と絶えず思うようになっていた。本当のことなどどこにもないことがわかっているくせに。この瞬間はきっと嘘だ。なぜならこんなに人生が適当に平穏で、適当に軽やかで、適当に快適なわけがない。何かこれには理由があって、きっと強烈なしっぺ返しがくるに違いない。カーテンが風に揺られて少しばかり動いたとき、カップのコーヒーが小さな波紋を描いたとき、そう思った。そしてそんなとき、テーブルの向かいに座っているあの人を見たりすると、あの人は信じられないくらいにまぬけ

た顔をして、トーストにかぶりついている。不安など他人と共有できるものであるはずがないとわかっていながらも、この人はなぜ、あたしの不安を感じることができないのだろうと少しばかり腹立たしくなって、ああこの人とこれからもっと長い時間、暮らすのだなあと思って、思わずめまいがする。……平凡で普通であり続けるということは、恐怖なんです、あなた。恐怖との闘いが、平凡な生活をするということなんです、あなた。わかりますか、あなた。う、目が疼く。（と、しゃがみ込み）……あなたがどこかへ行ってからこの左眼が疼くんです。目の前の世界をそのままのものとして見てはいけないとばかりに、網膜の底から誰かが突っつくんです。

犬の遠吠え。

奥方　今夜も犬が鳴いている。この鳴き声もあなたは、物語の中の一行だと言うの……

〽夜の底　黄金の水
グラスの中から
犬の遠吠え
行き場所をなくした赤犬が
バーボンの中で駆け回る
自分のしっぽを
愛する女《ひと》と間違えて
街の海　黄昏の肉
輝くネオンの

犬の遠吠え
腹をすかした女の乞食が
ポリバケツにラブレター
自分の嘘を
愛する夢と間違えて

と、闇の底より拍手がする。「上手じゃ。上手じゃ」と声。
と、姫君が浮かび上がる。

奥方　だあれ、あなたは。
姫君　姫じゃ。二十九時の姫君じゃ。
奥方　二十九時の姫君？
姫君　どこにもない時計の針が示す魔の時間帯じゃ。
奥方　あなたは、そこに住んでいるの。
姫君　ようわからん。ただ、あそこはたいそう退屈でのう。御殿の生活はきゅうくつでたまらん。だからこのようにたまにこっそりぬけ出しては、二十九時までの世界を眺めにくるのじゃ。
奥方　どんなふうなの、そちらからこちらを見ると。
姫君　今宵は、お月さんも隠れてしもうてよお見えん。ええい、つまらぬ。あの火事以来、ネオンも焼けてしもうて、前ほど眺めがよくないわ。
奥方　全部が見えるの。

姫君　ここからは街全体が望めるのう。
奥方　あたしの主人、どこにいるのかわかる。
姫君　主人？　ええいそのようなもの、知らぬわ、知らぬわ。先ほどの歌、あたしのためにもう一度歌ってくれぬか。
奥方　忘れました。
姫君　嘘をつくな。
奥方　本当です。ただぼーっと感情の赴くままに口ずさんだだけで。
姫君　つまらぬ、つまらぬ。騒ぎでもどこかで起きぬと退屈で仕方がない。犬殺し入りのコーラを置いても、なんの役にも立たぬわ。また、大火事でも起こしたろうかしら。
奥方　え!?　いまなんて言いました。
姫君　やや、おぬしはあたしのいまの言葉まで聞こえたというのか。さては馬琴、そうとう書き進んでおるな。
奥方　馬琴という。
姫君　滝沢の馬琴殿じゃ。二十九時の御殿に住んでおられる。あたしはいわばその屋敷に囲われている妾じゃ。
奥方　さっき大火事とか言ってたけど。
姫君　馬琴に頼めば、何でもかなえてくれる。
奥方　もっとそのこと話してみて。
姫君　おぬしが直接、馬琴に聞いてみるがいい。それが一番手っ取り早い。
奥方　どうやって行けばいいの。
姫君　甘い甘い。ライバルのおぬしにかようなことを教えるものか。自分で捜すのじゃ。
奥方　ライバル？
姫君　馬琴がおぬしを書き進めておる。おぬしを新しい登場人物に選んだのじゃ。その証拠におぬしは、あたしの姿を見、声を聞くことができる。

奥方　そんな。あたしの人生はあたしの人生よ。
姫君　甘いぞよ、奥方。ハハッ、その甘さゆえにまだまだあたしの方がうわてじゃ。
奥方　馬琴に会わせて。
姫君　あの探偵にでも頼むがよい。あのお方は、強引にあたしどもの世界に割り込んできた荒事師じゃ。あのお方は、大火事の件もすべてお見通しじゃ、あれはあたしの戯《ざ》れ事がすぎた。

と、姫君消えかかる。

奥方　待って。何か手がかりになるものでも。

と、姫君、本を一冊投げて、消える。

奥方　（本を取り上げて）『新宿八犬伝』……（ページをぺらぺらとめくり）白紙だわ……

と、ビビンバとユッケがやってくる。

ビビンバ　なんてこったい。
ユッケ　なんてことだろう。
ビビンバ　またあぶれちまったい。
ユッケ　またあぶれてしまいました。
ビビンバ　どうしておれたちゃだめなんでえ。

ユッケ　どうして私たちはいけないのでしょう。
ビビンバ　焼肉かっくらって寝るかあ。
ユッケ　焼肉でも食べて寝ましょうか。

と、二人、奥方を見つけて目で合図しあう。

ビビンバ　（奥方に近づき）奥さん、淋しそうですね。
奥方　（ぼんやりと）ええ。
ユッケ　ええ、だってさ。（と、喜ぶ）
奥方　淋しそうに見える？
ユッケ　見える見える、大見え。
奥方　あんたたちも淋しそう。
ビビンバ　おれたちも⁉
奥方　だめよ、ホストがそんな淋しい顔をしてちゃ。夢を与えるのがあなたたちの商売でしょ。
ユッケ　夢と言ったってベッドに入ってシャワーを浴びるまでのことです。
奥方　それで十分。どうせ夢は長続きしないものなんだから。
ビビンバ　奥さん、あなたさしづめ悲観的なんですね。
奥方　いいえ。あたしはさしづめ紋切り型なだけ……どうしてるのかしら、マーロウさん……
ユッケ　それ、ご亭主。
奥方　こんなところで亭主の名前言うと思って。
ビビンバ　まったくです。ここに来る奥さん方を見てると世の中たまにわからなくなります。裏と表のある世界だと割り切ることもできない。裏表のそのまた裏と表があって、これで安心と思ってるとまたそれに裏があるんです。

ユッケ こいつ甘いこと言ってると思いませんせん奥さん。こんなだからね、こいつ一流になれないんですよ。

ビビンバ おまえだって同じだろ。

ユッケ そうなんです。奥さん、おれって才能なくって。

奥方 普通だと言いたいの?

ユッケ そう、それ。おれっていやになるほど普通なんです。

奥方 でも、普通ってどんなこと?

ユッケ そりゃ、普通に生活していくことですよ。

奥方 だから、その普通の生活ってどういうこと?

ユッケ そりゃあ、いわゆる生活ですよ。奥さん、あなたが一番よく知ってるはずだ。普通に笑って、普通に淋しがって、普通に嬉しがったりして日々を送ることですよ。

奥方 やってみせて。

ユッケ やってみせてって。困ったなあ。

奥方 お願い、やってみせて。あたしにはもうそのことがどういうことなのか、何がなんだかわからなくなってしまったのよ。(と、泣き伏す)

ビビンバ ほら、奥さん、泣いてるじゃないか。それが普通に泣くってことさ。

奥方、はっと顔を上げる。

奥方 もう普通にも泣けやしない……これも物語だというわけ?

ユッケ (ビビンバに) ほら、おまえが余計なこと言うから。

奥方　あたしを助けて。普通ってどういうことだったの。
ビビンバ　おいどうする。困ったぞ。
ユッケ　奥さん、落ち着いて。あなたはどこから見ても普通で平凡だ。
奥方　本当に？
ビビンバ
ユッケ　}本当です。

奥方、急に笑う。

奥方　どう、いまの普通に笑ってた？
二人　ええ、普通です。

奥方、怒る。

奥方　いまの普通に怒ってた？
二人　まるで普通です。

奥方、悲しむ。

奥方　いまのは、普通に悲しんでた？
二人　完璧です。

と、奥方、ぼんやりする。

二人　どこから見ても普通です。
奥方　いまのは普通のなんなの。ねえ、何に見えたの。
ユッケ　それは、なあ。
ビビンバ　その普通ですよ。
奥方　だから普通の何？
ビビンバ　だから、そのー、普通のナニですよ。
奥方　ふざけないで！
ビビンバ　おっと、奥さん、あんた普通に怒ってるよぉ。
奥方　（と、急にがっくりきて）いいわ。もう諦めた、あたし。
ビビンバ　そんなこと言わないで奥さん。ほら、見てください。ぼくたちが普通なんです。

と、ビビンバ、ユッケ、すっくと立つ。

ビビンバ　普通に悩まないで奥さん。ぼくらを見てください、ぼくらが普通の新宿の子です！
ユッケ　焼け野っ原で狡賢く生きる新宿の子たちです！
ビビンバ　どんなことにもすぐ挫けるが、深刻にならない新宿の子たちです！
ユッケ　明るくなくて元気もよくないけど、陰気ではない新宿の子たちです！
ビビンバ　責任感がなくて、逃げ足の早い新宿の子たちです！

ユッケ　正義感にまるで燃えてなくて、いたずらの好きな新宿の子たちです！
二人　ほら、見てください。ぼくたちが普通なんです。
奥方　……ありがとう。
二人　どういたしまして。
奥方　夜も更けてきたし。焼肉でもいただこうかしら。
ユッケ　待ってました。
ビビンバ　がってんだ。

と、焼肉が準備される。

奥方　あんたたち、新宿育ち？
ビビンバ　そうでがす。
ユッケ　世間は不良と言ってるでがす。
ビビンバ　普通の不良だよ。なっ。
ユッケ　おお。
奥方　いいわねえ。
ビビンバ　何がいいんじゃ。おれたちだって大変だよ。なっ。
ユッケ　おお。
ビビンバ　ほれほれ、奥さん、もうこれ焼けてまっせ。

と、ドドッと現われる雲子、珍子、安子。

雲子　やいやい、てめえら、また焼肉やってやがんな。

ユッケ　うるせい。しつこいぞ、ギャル。

珍子　しつこいのはてめえたちでい。

ビビンバ　いいからいいから、今夜は休戦。なっ、休戦にしようよ。おれたちだってゆっくり食いてえんだよ。ほら、てめえらにも食わせてやっからよ。

安子　どうすんだい雲子、あんなこと言ってやがるぜ。

奥方　ごくろうさま。さ、いらっしゃい。

珍子　何だこのババア。

奥方　みんなで普通に焼肉をいただきましょう。

珍子　どうする雲子。

雲子　どうする安子。

安子　どうしよう珍子。

珍子　おれ、食べたい……

雲子　おお……

奥方　さあ、いらっしゃい。

雲子　おお……行くか。

珍子　……おお。

安子　久しぶりだあ、焼肉。

と、焼肉の宴会が始まる。と、ボックスの向こうにクッパが現われる。焼肉の一同には気づいていない様子。

クッパ　……独り言ではどもらないのに、他人との会話になると言葉がぶれてしまうのはなぜだろう。夜になるとあまりどもらないのに、昼間は大きくぶれてしまうのはなぜだろう。ヴァギ菜と話してるとあまりどもらないのに、他の女の子と話すとまたたくまにぶれてしまうのはなぜだろう……ネオンの輝きもなく、ゲームセンターのけん騒もなくて、連れ込みホテル界隈のような奇妙にしんとした舗道。そんなところが、おれの場所だ。おれの夜だ。夜の空気、悪意とやさしさに満ちた気体が、おれを包み込み、全身の毛穴からおれの体内に侵入してくる。おれの体が、夜の空気で満たされていく……そこでしかおれは生きられない。呼吸をすることができない。（ポケットから一個の玉を取り出し、手の平に乗せる）もし、これが本当に物語が語るような玉だとしたならば、玉よ、おれに宇宙全体を司る力を与えたまえ。玉よ、この世界という世界を夜で満たしたまえ。そこでしか呼吸ができない臆病な夜行動物のために。

玉は光らない。一同、クッパに聞き入っている。と、反対方向よりヴァギ菜が現われる。ドレスアップしたその姿。

ヴァギ菜　きちゃった、あたし。

雲子たち、キッとなる。

クッパ　だ、だ、だ、だ、だれ。

ヴァギ菜　あたしだってば。どお、あたし。

クッパ　き、きれいだよ。ま、まるで七五三みたいだ。

ヴァギ菜　クッパ、おまえはもうどもる必要なんかないんだ。おまえは選ばれたんだから。

クッパ　選ばれた？

ヴァギ菜　おまえの頭上で輝いたあの玉。いつかどこかで、聞かされた物語。もしかしたら、あたしがあたしとして生まれてくる前の、前世のあたしが太古に聞かされた物語なのかもしれない。そこに出てくるのが、あの玉。クッパ、宇宙が見える？

クッパ　宇宙……

ヴァギ菜　あたしにはわかってたんだ。おまえは、あたしの子宮を通じて宇宙を見渡してるんだと。さまざまな惑星が輝き、流星が飛び交い、死者たちが浮遊するあまりに広大な宇宙を。クッパ、おまえはもう子宮を通さずに宇宙が見れる。だからクッパ、おまえはもうコキコキじゃなくて、ちゃんと子宮と対することができる。

クッパ　広大な宇宙……

ヴァギ菜、下着姿になる。

ヴァギ菜　脱いじゃった、あたし。

クッパ　宇宙が見れる……

ヴァギ菜、手を差し出す。クッパ、それに従う。と、雲子、珍子、安子すっくと立つ。

雲子　おっと、そうは行くかい。ヴァギ菜、おまえさん、そういうわけだったのかい。これまた、大胆なぬけがけやってくれたじゃないか。

ユッケ　てめえらだって焼肉食ったくせに。

珍子　やかましい！

雲子　ヴァギ菜、「深海魚」の掟知ってるだろうね。客に気をやっちゃいけねえんだよ。そのうえ、その客とやらがこの小便垂れどもの仲間ときちゃあ、生きてられないよ、あんた。

クッパ　ヴ、ヴ、ヴァギ菜。

安子　どもりはすっこんでろい。

ビビンバ　手を出すなクッパ。奴らには奴らの法則ってやつがある。もうおまえの出る幕じゃねえ。

と、雲子、珍子、安子の三人、ヴァギ菜を取り囲む。

安子　こいつう処女面しゃーがってよお。

珍子　裏切り者がどうなるかわかってんだろうね。

雲子　一言だけ、弁解聞いてやらあ。何か言ってみな。

ヴァギ菜　あたしは、ただ……クッパの光る玉を見たくて……

雲子　光る玉だと。てめえ、あんな下手な手品に惑わされやがって。

クッパ　て、て、手品じゃねえぞ。

雲子　じゃあ、もう一度いますぐここでやってみせろい。

クッパ　……

雲子　見ろ、できねえじゃねえかよ。子供だましであたしらの目ごまかそうたってそうは問屋がおろすかい。ヴァギ菜、覚悟はいいね。

と、珍子、安子、ヴァギ菜を取り押さえる。暴れるヴァギ菜。

奥方　ちょっと、あんたたちなんとかならないの。

ビビンバ　奥さん、奴らだってまがりなりにも新宿の子だ。裏切りはどんなことがあっても許されやしねえ。どんな理由があろうと、裏切る奴がいけねえんだ。残酷なようだけどここは見てるしかねえんだ。

押さえつけた二人、ヴァギ菜の股を開かせる。
雲子、割れたビールビンを手にする。

雲子　そうさヴァギ菜、あたしにはわかってるよ。なにもてめえが悪いんじゃない、ただてめえのこのくされマンコが悪いんだ。そうら、もうこいつで楽しめなくしてやるよ。

雲子、刺す。ヴァギ菜の悲鳴。
と、強烈な風が駆けぬける。と、ヴァギ菜の頭上に光り輝く一個の玉。

珍子　雲子、玉だ、光る玉だよお！

雲子　ちきしょう、てめえも下手な手品使いやがってえ！

と、雲子、ビールビンをかざすが、うんともすんとも上げた手が動かない。ヴァギ菜、手を血だらけの股間に持っていき、血のついた手で口のあたりを拭う。血がべっとりとつく。
玉の中から浮かび上がる〝性〟の文字。
一同、「おー」という声。

と、モモコが現われ、

モモコ　でかしゃったヴァギ菜。ホホホ、ざまを見るがよい皇帝殿。勝負はまだまだ。天はこちらにも味方をしたわい。でかしゃった、でかしゃったあ、ヴァギ菜。

雲子　姫、これはどういうことなの。

モモコ　あの玉を見るがよい。あの光り輝く玉こそ、その者が肉体の忍法を会得する資格の者である証拠。

雲子　嘘だ。どいつもこいつも手品を使ってやがる。

「手品かどうか、しかと見極めようぞ」という声。
と、どろどろの音とともに、ルドルフとレバ刺し登場。

ユッケ　レバ刺し、おまえどうしたんだよ。

ルドルフ　肉体の忍法のためにちょっとした準備運動。こいつはなかなかに飲み込みが早い。

モモコ　ホホ、負けるものか、皇帝殿。しかしそやつら、本当にその者たちであるのかのう。

ルドルフ　その心配は、てめえのほうでも同じだろうが。ここにこいつを連れてきたのも、それをしっかり見極めるためよ。レバ刺しとクッパの頭上に現われた二つの玉。確かに文字もくっきりとは見えたが、ただの偶然ということもありえる。だとすれば、いくら肉体の忍法を会得させようとしてもそいつあ猫に小判。豚に真珠。

レバ刺し　何だい、肉体の忍法って。

モモコ　闇のそのまた闇の、影のそのまた影の秘めたる力じゃ。目に見えぬ世界の、目に見えぬ邪悪の者どもと対決するためにある目に見えぬ力じゃ。ホホ、大方の人々は、目に見える眼前の世界しか信じとらん。ホホ、平和なものよなあ。目に見えぬ世界でどれほどの騒ぎが起こっているか、そやつらは知らんのじゃ。愚か者め、目に見える世界を支えているのが目に見えぬ世界。そして、その目に見えぬ世界を牛耳るのが肉体の忍法をあやつる者どもじゃ。

ルドルフ　すなわち、闇を鋭く感知できる者だけが肉体の忍法を会得できる。闇はそのとき、闇ではない。独立したもうひとつの光だ。さあ、おまえたち、おまえたちが、おれたちの捜し求めていた者かどうか首実験の始まりだあ。願わくは、このおれに燈台下暗しだったと言わせてみろい。

レバ刺し　皇帝、何すんだよ。

ルドルフ　おまえらが選ばれた者かどうか見るだけよ。肉体の忍法九十八。

モモコ　肉体の忍法九十九。

と、二人唱える。と、あたりが一変して雑踏の気配。

ユッケ　靖国通りだ、靖国通りが現われた！

雲子　なんて大がかりな手品なの。

と、雲子、行こうとすると、車のクラクションが鳴り、はねられそうになる。

モモコ　ホホホホホ。夜だというのに車が多いのう、ここは。

ルドルフ　さあて、レバ刺し、クッパ。この通りの向こう側まで一直線に歩いてみろい。

レバ刺し　え？

ルドルフ　目隠しをして向こう側まで行くんだ。

ビビンバ　そんな無茶な。

ルドルフ　肉体の忍法のための修練の手始め。おまえらのあの玉が本物かどうかしかと見極めてやるぞ。無事に向こうまで辿り着けば、それだけの運の持ち主。玉の真の所有者である証。そうでなければ――

ユッケ　死んじゃうじゃねえかよ。

モモコ　その通り。それもまたその者の運じゃ。誰の責任でもない。

ビビンバ　レバ刺しやめとけ。こりゃ何かのワナだ。

ユッケ　皇帝も姫も頭がおかしいんだ。

レバ刺し　（ゆっくりと）行こう。

ユッケ　レバ刺し！

と、レバ刺し、していたネクタイを外し目隠しをする。

モモコ　ホホホホ、強い強い、さすがじゃ。さてもうひとかたは、どのようにいたす。

クッパ　お、お、お、おれ？　や、や、や、やめるわ。

ヴァギ菜　意気地なし、おまえの宇宙とやらは嘘っぱちだったのかよ！

クッパ、キッとなる。

ヴァギ菜　死んだら死んだでかまわねえだろう！

クッパ　黙ってろい、女！

クッパ、素早くネクタイを外し、目隠しをする。

レバ刺し　準備はいいようだぜ。

ルドルフ　行け、者ども。夜の子たちよ。ここは地獄の一丁目、靖国通りの血の河だ。ゴボゴボ、真っ赤な血が煮えたぎり、堕ちた天使どもで一杯だ。さらわれるな。足を滑らすな。ごまかされるな。邪悪の掛け橋に気をとられずに、そのままで行け。てめえの運が奏でるリズムだけを信じて、行け、行くんだあ！

レバ刺し　クッパ、行こうか。

クッパ　うん。

レバ刺し、クッパ、そろそろと行く。響き渡るクラクション。乱れる車のライト。「バカヤロー、どこ歩いてやがる」と声。

ビビンバ　中央まで行ったぞ。

息を飲んで見守る一同。二人、なおも行く。

ヴァギ菜　あと一息……

と、クッパがよろけて、レバ刺しの肩に当たり、レバ刺しもよろける。

ビビンバ　危ない！

ヴァギ菜　クッパ！

雲子　ヴァギ菜、行くんじゃない！

と、ビビンバ、ユッケ、ヴァギ菜、雲子、珍子、安子がほぼ同時に二人に駆け寄る。と、車のブレーキ音。すさまじい轟音。一瞬の閃光と同時に、あたりは闇に包まれる。しばしの間、静寂。
奥方の声　誰かー、誰か来てー。何も見えない。
モモコの声　皇帝殿、これはどういうわけじゃ。
皇帝の声　わからねえ。ちきしょう、また大停電でも起こりやがったかな。
モモコの声　するとと、これは再びあの大火事の前触れ。
奥方　誰か、明かりをちょうだい。
と、モモコ、ルドルフがマッチを擦った。
と、同時に現われるのは八個の玉。「騒乱情痴遊戯性愛」

モモコ　玉じゃ、皇帝殿八個の玉じゃあ！
ルドルフ　信じられねえ。伏子と〝犬〟のあの弾の精がこんなところに潜んでいたとは！

と、八人が姿を現わす。

八人　闇のそのまた闇の、影のそのまた影より参りました。
レバ刺し　騒！

クッパ　乱！

ビビンバ　情！

ユッケ　痴！

珍子　遊！

安子　戯！

ヴァギ菜　性！

雲子　愛！

レバ刺し　物語の使者。夢の狩人。いまここに見参。皇帝、やっとわかったよ。こういうことだったのかい。

モモコ　（うれし泣きで）あのアスファルトの精たちが、こんなに立派になって。これで、〝犬〟も浮かばれることだろうなあ。

ルドルフ　八犬士の誕生だ。百戦錬磨のこのおれもこいつあ目の玉飛び出らあ。影の馬琴に会ってこりゃあいさつしてこなきゃなんねえ。

奥方　影の馬琴に会わせて。あたしのこの謎も解いてもらわなきゃ。

ルドルフ　あんたには関係ない。

奥方　そんなことはない。だってこのあたしも物語に書かれ始めてるんだから。

ルドルフ　なに、あんたも。

奥方　あたしももうれっきとした登場人物の一人。お願い馬琴に会わせて。

ルドルフ　登場人物なら仕方ねえ。

と、花道より声。「ちょっと待ったあ」ポンチョ姿のマーロウ、登場。

マーロウ　奥さん、早まったことしちゃ困る。あなたはまだ私の依頼人だ。なんかおかしくないか皇帝さんよ。最初からどうもこの事件はおかしいと思っていたのよ。八犬士の誕生かい、そいつはめでたい、しかしだ、こいつらが本当にあんたらの物語がいうところの、邪悪を滅ぼす正義の使者だってのかい。

ルドルフ　何が言いたいマーロウ。

マーロウ　おまえは誰だ！

八犬士　正義の使者です。夢の狩人です。

と、風とともに八犬士は消える。

マーロウ　逃げるか、犬ども。

ルドルフ　（拳銃を取り出し）マーロウ、おまえはこの物語には不用だ。

奥方　やめて！

ルドルフ、撃つ。が、マーロウ、立ち上がる。と、ルドルフ再び撃つ。マーロウ、立ち上がる。

マーロウ　心臓だ、心臓を狙うんだ、皇帝……

と、ルドルフ撃つ。

マーロウ　（立ち上がり）いい腕だ。しかしちょっと外れたぜえ……

ルドルフ　化けもんか、こいつ。

と、撃つ。が、マーロウ、立ち上がり、

マーロウ　化けもんのあんたがその言い草はないだろ。

モモコ　フフフ、読めたぞ。探偵殿、物語には物語とはよく考えたのう。しかしじゃ、おぬしの持ち込んだその物語はあまりにポピュラーすぎるよのう。

ルドルフ　モモコ、どういうことだ。

モモコ　まだわからぬか皇帝。きゃつの持ってきたのは『荒野の用心棒』、クリント・イーストウッドの物語。すなわち、あのポンチョの下にあるのは一枚の鉄の板。心臓を狙っても無駄じゃ、頭じゃ、頭を狙うのじゃ。

ルドルフ　よおし。

マーロウ　（焦って）うわー、それだけはやめてくれー。

ルドルフ、狙いを定める。

マーロウ　おれも物語の仲間にいれてくれー。

と、どこからか銃声。ルドルフの銃が飛ぶ。警部、現わる。

警部　（拳銃の煙を吹き消し）マーロウ、あんたの物語、つきあうぜ。

モモコ　小しゃくなこの小童どもが。喰らうがいい。肉体の忍法五十三じゃ。

警部　バカヤロー。てめえらの物語の登場人物じゃないおれたちに、そんなもん効くかい。

モモコ　おお、なんという盲点じゃ。
警部　重要参考人としてしょっぴくぜ。
ルドルフ　何の容疑だ。
警部　去年の冬から起こったすべての事件のよ。大火事、連続殺人事件、それに毒入りコーラ。
モモコ　あちきどもには関係ない。
警部　調べりゃわかる。

警部、ルドルフ、モモコに手錠をかける。マーロウ、鉄板を外して、

マーロウ　さあて謎解きの始まりだ。こんな夜はみんなで謎解きでもして楽しみましょう。奥さん、御存知かとは思いますが、探偵ってのはタフなもんでね。まあ、いろいろなことが起こりますよ。今回の事件で私は、再び愛する者を失うという失態をやらかしてしまった。私はそのショックで一週間酒を飲み続けた。何もかもすべてを忘れようと思って。でもね、これが探偵稼業の悲しさとでも言いましょうか。そんなときほど事件の解決の鍵が閃いてしまったりするんです。酔った頭の中で私は冴えに冴えました。奥さん、こんな事件に出会った私は本当に探偵冥利に尽きます。私の歴史の一ページに大きく深く刻み込まれることでしょう。こんな事件、たぶん私の作者、レイモンド・チャンドラーだって思いつかなかったことでしょう。奥さん、難解な事件は初めに帰ってみろと言います。私もその鉄則の通り初めに帰ってみたんです。いままで幾つもの事件がこの街の夜のせいだということで迷宮入りになりました。本当のことを言うとね、今回もその一歩手前だったんです。しかし、危うくそれを免れることができました。なぜならこの私が事件の糸口をつかんだんだから。その糸口とは、奥さん、あなたの眼帯の下に隠されたその左目だ！

と、マーロウ、奥方の眼帯をむしり取る。

奥方　やめてください！

マーロウ　やっぱりそうだ。犬だ、犬の目をしている！

警部　犬の目!?

奥方、泣き伏す。

警部　マーロウ、こいつあいったい――

マーロウ　事件の鍵はいつも女だ。わかりきってることなのに、いつもおれは惑わされちまう。さ、奥さん、洗いざらい話して。

奥方　……あたしの主人は犬なんです。

警部　犬!?

奥方　あたしの左目は主人の目なんです。……色彩も判別できず、視野も狭い犬の目はなにかと不便だと、主人が自分の目とあたしの目を交換したんです。あたし知ってたんです。切り裂きジャックはたぶん主人です。見えたんです……

マーロウ　見えたと言うと。

奥方　主人の片方の目は私の目です。だから時おり、左目の奥底が疼いて、主人の中にある私の目が主人の映像を私に送ってくるんです。あのいまわしい殺人の場面まで！

マーロウ　大火事のことは。

奥方　それはわかりません。

マーロウ　あの火事だって犬が関係してるんだ。奥さん、あなたはあの火事の秘密も知っているはずだ。
奥方　知りません。あたし知りません。
マーロウ　嘘をつけ！

マーロウ、奥方を殴りつける。奥方、転ぶ。犬の遠吠え。
と、花道にトランクを持った紳士。

紳士　さて私は誰でしょう。
マーロウ　なんだ、あんた。
紳士　わかりません。だから教えてもらいにここへ来たんです。さて、私は誰でしょう。
奥方　……あなた……
マーロウ　あなた!?　おたくがキリシマさん？
紳士　（舞台に上がり）私は誰でしょう。
奥方　……（泣きながら）……あなた。
紳士　あなたは、だあれ。
奥方　逃げて。あなた。
紳士　……あなたは、だあれ。
奥方　……あたしよ、あたしだってば……
紳士　あたし？　わからないなあ。さて、私は誰でしょう。

と、紳士、奥方の首に手をかける。

紳士　さて私は誰でしょう。
奥方　……あなた、さっ、戻りましょう。平凡で普通の生活に……あなた、何も起こらない平穏なあの日々に……
紳士　（手の力をさらに増し）さて、私は誰でしょう。
奥方　……だって、あなたもあたしも本当はとっても普通で平凡なんだから……
紳士　私は誰でしょう。（際限なく言う）

と、警部、紳士に向けて撃つ。

奥方　だめ！

紳士うずくまる。何かの異変。得体の知れない煙がたちこめる。
犬の遠吠え。

奥方　あなた……逃げて……

と、煙が一挙に去る。紳士から変貌したせむしの犬人間キリシマ現わる！

キリシマ　ガルルーッ！
マーロウ　犬だあ！

キリシマ三人に襲いかかる。
マーロウ、警部、拳銃をキリシマに撃つがびくともしない。

警部　マーロウ、どうすりゃいいんだ。
マーロウ　わからん。
ルドルフ　八犬士を呼べ！
マーロウ　八犬士を⁉
モモコ　正義の使者、邪悪なるものを滅ぼすために生まれてきたあの八犬士を呼ぶのじゃ！
奥方　お願い助けて、あたしの新宿の子たち！

と、風とともに八犬士、やってくる。

八犬士　まいど。そば屋です。野良犬そば、お持ちしやした。

と、差し出すは毒入りコーラ。

ルドルフ　なんだとお⁉
モモコ　皇帝、こりゃもうあちきどもの手に負えないところまできちまってんだよお。
マーロウ　姿を現わしたか夢魔ども。やっぱり最初からおれが思った通りだあ！

と、八犬士、コーラビンを振り回す。

警部　毒だ、毒をまいてやがる！

と、一同、敵味方入り乱れての騒ぎ。

奥方　なんとかして、この物語の作者、影の滝沢馬琴！

と、雷鳴が轟く。大音響とともに壁がぽかりと割れる。二十九時の姫君に付き添われて車椅子に乗った滝沢馬琴、現われる。手に筆と巻いた半紙を持っている。

馬琴　（筆を滑らせつつ）「と、雷鳴が轟く。大音響とともに壁がぽかりと割れる。二十九時の姫君に付き添われて車椅子に乗った滝沢馬琴、現われる。……」どうじゃ、わしの物語は。皆満足かの。近頃とみに調子がよくての。筆が進むは、進むは。

姫君　馬琴殿、少しは推敲をせぬと。

馬琴　ええい、わしに推敲など無用じゃ。

ルドルフ　馬琴、この八犬士はいったいどういうことだ。邪悪を滅ぼすどころかこいつらが邪悪そのものだ。

馬琴　（筆を滑らし）「と、ルドルフ、馬琴に迫る」

モモコ　あんたあちきどもを裏切ったね。

馬琴　「と、モモコも続いて迫る」

ルドルフ　答えろ！

馬琴　ええい、うるさい登場人物ども。偉そうな顔をしおって。わしがその夢想のなかにおぬしらを想い描かなければ、おぬしらは最初から存在せぬ者だったはずじゃ。ええいひかえい、この馬琴、おぬしらの産みの親を何と心得る。おぬしらを抹殺してしまうこともわしには造作もないことじゃ。すなわち、ここで「死ぬ」と一言書けば——

ルドルフ
モモコ へへーい。

馬琴 「と、ルドルフ、モモコ、ひれ伏す」

マーロウ だめだ。登場人物たちは弱味を握られている。奥さん、私たちでやらなければ。

奥方 あなたは何者なの!

馬琴 ほほう、わが物語の新しきヒロイン、このわしに何者と聞くか。

奥方 違う、あたしはあなたの物語から半分体をはみださせている。なぜって、あたしには、まだ何がなんだかわからないんだから。

馬琴 生意気をぬかせ。そちの左の目が犬の目となったそのときから、おぬしはすでにわしの登場人物じゃ。

奥方 殺してみるなら殺してみな。

馬琴 おのれ小娘。己れの創造主に逆らう気か。

奥方 創造主って何?

馬琴 はるか過去よりこの現在まで、この新宿で起きたすべての物語を書きつづってきたのが、このわしじゃ。さまざまな登場人物が、わしの深夜の夢想のなかより生まれ出た。いわばこのわしこそ、新宿というこの街の歴史という物語を司る影のストーリー・テラー。今回、連載を始めたこの『新宿八犬伝』こそ長年暖めてきた素材、馬琴生涯のライフワーク。

マーロウ 新宿八犬伝!?

馬琴 さよう。そちどもすでに十分承知であろう。新宿大火災から端を発したこの物語は、焼野原と化したカブキ町、いわばもう一度の闇市のごとき街における、闇の再生のドラマとして展開される。すなわちそのとき、八人の少年少女、その実、新たなる八犬士は、もう一度の闇市の子供たちとして夢想されるのじゃ。

警部　すると、あの停電と火災はあんたの仕業。

馬琴　わしの仕業ではない、すべてはわしが描く登場人物の織りなすスリルとサスペンスじゃ。わからぬか、読者たちよ。『新宿八犬伝』初版本をいま一度確かめてみるがいい。

と、奥方、二十九時の姫君からもらった『新宿八犬伝』を取り出す。

奥方　白紙のはずが……文字が書いてあるわ！

姫君　（笑い）当たり前のことよ。何をそう仰天しておる。

馬琴　（半紙を読む）「新宿カブキ町。瓦礫の都市が闇の都市として蘇生する。あの去年の冬の新宿一帯を襲った大火事は、江戸の大火以来の歴史的事象としていまも人々の記憶に生々しい。カブキ町を火元として拡がった火の手は、小滝橋を素早くぬって、高田馬場は喜久井町方面にまで及んだという。火の粉は冬の夜空を舞い、オリオン星座まで燃やし尽くしてしまうのではないかと思われた。火の海の中で四本の超高層ビルディングが、影法師のようにシルエットとなって屹立しており、それは金髪の陰毛に見え隠れする独身者のペニスのようだったともいう。死者百二十九人、うち性風俗関係女性死者六十二人。そして野良犬と思われる犬の死骸が八つ……」どうじゃこうして物語は始まったのじゃ。いったん走り出したこれをもう誰も止めることはできぬ。ああ、筆が走る、筆が走るぅー。

と、馬琴、書き進める。

警部 大火事の原因は！

馬琴 犬の目に聞け。キリシマの方の犬の目に。すべてを見ているその左目じゃ。

と、奥方左目を押さえて苦しむ。奥方がきっと正面を見据えたとき、舞台は、書物の中の炎に包まれる。

一同、驚く。

馬琴 安心せい、書物の中の炎じゃ。火傷はせん。いかがじゃ、キリシマの方。

奥方 ……犬が、八匹の犬が炎を抱えて……四方を駆けていく……（さらに幻の映像を見据えて）……あの犬は……犬の毛皮を被った人間！

馬琴 さよう。その犬たちは八犬士。

ルドルフ ばかな……

馬琴 新しきヒーローは邪淫の者どもとなって歴史の天空を駆け巡る。夜の闇の中でさらに黒々と光り輝く者として、そして物語の謎をさらに複雑に謎めいたものとするために。女乞食伏子と殺人鬼〝犬〟のストーリーは、かような縦横無尽の八犬士を生み落としたのじゃ。おお、筆が走る、筆が走るう。ほれほれ、また新たなる登場人物が生まれ出る。わが文章作法の秘密、深夜の夢想を実在のものとして造り上げる忍法。子宮じゃ、キリシマの犬よ、新しい子宮がいますぐ必要なのじゃ！

キリシマ ガルルーッ！

馬琴 キリシマの犬、新たなる登場人物誕生のために、その女の子宮を抉るのじゃ。（と、奥方を指差す）ええい、物語が続かぬ、物語が続かぬのじゃ。

マーロウ 読めたぞ。奥さん、これで謎解きは完成だ。御主人が切り取った幾つもの子宮は、馬琴の想像力の実体化に使われてたんだ。

奥方　どういうこと。

マーロウ　だからなんらかの方法で、書物の中から登場人物をぬけ出させてたんだ。

馬琴　その通りじゃ、探偵。ほら、この通り、わが姫君は人造ヴァギナじゃ！

と、二十九時の姫君股を開く。輝くヴァギナ。笑う姫君。と、よく見るとそのヴァギナと馬琴の頭の後方部とが一本の管で結びついている。

馬琴　わしの夢想はそのまま姫のヴァギナで受精する。わしの想念の襞々から生まれ出た愛しの登場人物たちは、姫のヴァギナで育てられ、実体のある物としてこの世に出現する。一人の登場人物には一個のヴァギナ。これこそ、虚と実の間に往復を可能にした想念ぬけがけの術。気がつかなんだか、ヘボ探偵。八犬士もこのヴァギナで受精した物語の子供たちよ。

姫君　（悶えて）ああ、馬琴殿、そなたの情が欲しい。

馬琴　わかっておるぞよ姫君。そうらキリシマの犬、姫の悶えを聞いたか。ストーリーを停止してはわが読者が黙ってはいまい。早くに新しい子宮を抉り取るのじゃ！

キリシマ　ガルルーッ。

と、奥方に迫る。じりじりと追い込まれる奥方、マーロウ、警部の三人。

奥方　どうすりゃいいの、マーロウ。

マーロウ　あんな姿になっても、あれはあなたの御主人なはずだ。奥さん、あなたが訴えてみて。

奥方　あなた、あたしよ。わかる、あなたを愛した、このあたし。さ、あなた帰りましょう。こんなことはやめて、あたしとあの家庭に帰りましょう。何もなかったんだから。あたしたちには何もなかった。そうでしょ、あなた。そんな生活は退屈かもしれないけど、あたしたちにはそんな平凡が一番似合ってんだから。ね、帰りましょう、あなた。

マーロウ キリシマさん、うちに帰ろう！

馬琴 無駄じゃ、無駄じゃ。もう片一方の人格が勝っておる。お目出たいぞよ、キリシマの方。しかと亭主の姿を見るのじゃ。人格などひとつにまとまるわけがなかろう。これがもうひとつの獣医のキリシマなのじゃ。すなわち、妻を愛しながらも、殺してみたいと思っていたキリシマじゃ。殺してみたいと思うキリシマが、いまでは勝っておるのじゃ。さ、行けえキリシマ。己が望みを叶えるがよい。

奥方 そんなの嘘。愛しながらも、殺してみたいだなんて。嘘だわ！

と、呻り声をあげてキリシマ、奥方に飛びつく。奥方、逃げる。

馬琴 ハハハッ、人格とは多頭の蛇よ！

マーロウ おい八犬士、てめえら正義の味方だろが。なんとかしろい。

と、八犬士、コーラビンを振り回す。

マーロウ やい馬琴、てめえ勝手に八犬士をこんなにしやがって、許されると思ってんのか。

馬琴 勧善懲悪が懐かしいか、探偵。

マーロウ 八犬士は正義の者のはずだ。歴史を勝手に変えていいわけがない。

馬琴 ならばこう言おう。物語は歴史に反逆を企てるものだと。退屈な歴史は、そのとき邪淫なる物語によって生を与えられ、血湧き肉躍るものとして息を吹き返すのじゃ。

奥方　あなたは誰？

馬琴　くどい。わしは一介の物語作者じゃ。

奥方　何のために？　あなたは権力者？

馬琴　ばかなことを言うではない。何のためにじゃと。わかりきったことを。読者じゃよ。街という街で退屈しきっておる読者のためじゃよ。

マーロウ　読者はこんな八犬士を望んでいやしない。

馬琴　ならば聞こう、探偵。正義とは何じゃ。

マーロウ　……

馬琴　おぬしの言う正義とは何じゃ。ほうれ答えられまいに。女たちの死霊が浮遊し、男たちの精液が渦巻くこの街で、正義と名のつく者がどれほど正義でいられようか。正義を名乗る登場人物が、どれだけ魅力に富んでいるというのじゃ。探偵、おぬしは正義のために生きてると言えるのかのう。

マーロウ　おれは……言える。

馬琴　嘘をぬかせえ。おぬしはたった今の今も、正義のためには動いてはおらん。おぬしのその傍のキリシマの方の体を欲しいと動いてるだけじゃ。すなわち、おぬしは愛欲に生きているにすぎん。

奥方　もう一度のお願い。八犬士、助けてあたしたちを。いまのあなた方は、あなた方じゃない。いまのあなた方は、影の馬琴にたぶらかされている邪悪の八犬士。

八犬士たち、耳を傾ける。

奥方　読者が望んでるのはそんな八犬士じゃない。正義だなんてもう言わない。けど邪悪な八犬士なんてのも嘘。正義なんて知らないよとうそぶきながらも、いつのまにか弱い者を知らずに助けている。ドジでひょうきんで不健康でいいかげんな、あなたは新宿の子たち！

八犬士たち、ぐらりと揺れる。

馬琴　卑怯じゃ、キリシマの方。問題をすり変えるでない。読者は邪悪な八犬士を望んでおる。
奥方　あたしは望んでない。
馬琴　おぬしは読者でない。登場人物の一人じゃ。
奥方　あたしはもうすっかりあなたの物語からぬけ出しました。八犬士、いや新宿の子供たち、あたしと同じようにあの人の物語から、こちら側へ脱出してきて。
馬琴　読者は、かような八犬士を望んでおる。いいか、キリシマの方、勧善懲悪を引きずっていては物語は成立せんのじゃ。その証拠にこの街を支配する闇を見るのじゃ。
奥方　だからあたしはもう正義だなんて言わない。
馬琴　それは問題のすり変えだというのに。おぬしらが勝つには、完璧な正義をわしらの前に提示する他、道はないのじゃ。
奥方　ビビンバ、ユッケ、あんたたち、あたしにえばって言ったじゃない。おれたちゃ、新宿の子たちだって。覚えてる。あのときのあんたたちが邪悪だなんて嘘、嘘なの。ここにいまあるものは全部嘘なの。

八犬士は、両者の言い分に聞き入っている。

馬琴　嘘ではない。もし今が嘘だとしても、それでは八犬士、おぬしらが起こしたあの大火事、そして手にしている毒入りコーラをどう説明するのじゃ。おぬしらは最初から邪悪の者として生を受けたのじゃ。あの女の言葉に惑わされるでない八犬士たちよ。おぬしらは闇のそのまた闇の、影のそのまた影の世界から生まれた新しきヒーロー。玉を見るがよい、おぬしらが持つあの玉の文字を。騒乱情痴遊戯性愛。この八つの文字こそおぬしらの邪悪の刻印じゃ。

奥方　違う、あれは邪悪の刻印なんかじゃない。

馬琴　たわけ。作者がそう言ってんだからそうなんだよ。

奥方　でもね馬琴、物語というのはそもそも作者の思惑から外れて自由に飛翔してしまうものではなくて。自由に物語を受け取れる。その特権をもっているのが読者でなくて。

馬琴　ええい、そんなことは許さん！

奥方　あなたが許さなくても読者は、勝手にそうするの。あなたさっき言ったじゃない、読者のために書いているんだって！

マーロウ　やった奥さん、あなたは馬琴を論破した！

馬琴　かみ殺せ、キリシマよ！

と、キリシマ、奥方をとらえる。

と、八犬士たち、キリシマを押さえつけて、一斉に棒で殴りつける。キリシマ、「キャンキャン」と鳴いて逃げる。

マーロウ　奥さん、やった、八犬士がこっちについたよ！

馬琴　ちょこざいな、作者はこのわしよ。この筆と半紙がある限り、物語はわしの思う壺よ。こうなったら八犬士を一分のスキもない悪の権化、人類の敵、地球上いや宇宙の悪魔として動かしてやるわい。（と、筆をとり）「レバ刺し、ヴァギ菜、ビビンバ、珍子の順で悪の権化と化していく。残った四人も――」

と、筆と半紙を姫君が取り上げる。

馬琴　ああ姫君、何をするのじゃ。

姫君　馬琴殿、情はまだか。あたしはもう待てん、欲求不満じゃ。

馬琴　これ、戯れるでない。

姫君　ほれ、こっちじゃこっちじゃ。

馬琴　姫、返せ、返すのじゃ。

姫君　ほれ馬琴殿、鬼ごっこじゃ。

と、姫君、キャッキャッと逃げる。

マーロウ　いまだ、馬琴にはもうなんの力もない。

と、マーロウ、警部、馬琴に飛びついて首を絞める。

馬琴　うう、何をする。

と、レバ刺し、ヴァギ菜、ビビンバ、珍子、日本刀をかざす。彼らは馬琴が書いた通り、すでに悪の権化となっている。四人、マーローウと警部をいまにも斬らんとする。

奥方　マーロウ！
マーロウ　奥さん、物語を書き継いで！
奥方　え!?
マーロウ　残った四人の物語を、あなたが書き継ぐんだよ！
奥方　残った四人を――

と、奥方、姫より筆と半紙を取り上げ、猛烈な勢いで書きだす。

奥方　「残った四人、すなわちクッパ、雲子、ユッケ、安子の四人は、先ほどの四人と違って、正義の四犬士として甦ったのです」

と、その四人、日本刀を抜く。

奥方　「こうして、八個の玉自身の決闘の火ぶたは切って落とされたのです」
マーロウ　いいぞ、奥さん！

八犬士、四対四で向きあう。

クッパ　敵同士になっちまったな、レバ刺し。
レバ刺し　こいつが物語だと言うんなら仕方あるめえ。おれたちは物語のために生まれてきたんだから。
ユッケ　仲間同士の殺しあいかい。

ビビンバ　悪と正義の対決よ。

クッパ　ケッ、思わぬところでこいつあ勧善懲悪の物語になっちまったい。

レバ刺し　こいつが巷で言うところのとりあえずの勧善懲悪よ。さあて御託はもういい。とりあえずの決着をそろそろこのへんでつけなきゃなるめえ。仲間同士の殺しあい、結構なことじゃねえか。なんだかんだ言いながらも敵も味方も身内から出てきやがんだあ。そいつが世の中ってもんだと言っちまえば、それまでだが、それでもやっぱり、それが世の中ってもんよ。さあクッパ、とりあえずの世の中の決着、つけたろうぜ！

と、八犬士、玉を手の平に乗せ、何かを念じる。光り輝く八個の玉。
「騒！　乱！　情！　痴！　遊！　戯！　性！　愛！」の掛け声。すさまじい風。
八犬士は巨大化していく。巨人となった八犬士は超高層ビルよりも高くすっくと立つ。

クッパ　行くぜい。

レバ刺し　おお。

と、四本の超高層ビルに乗っての八犬士のすさまじい殺陣。
夜空に響き渡る八犬士の掛け声。

レバ刺し　正義とは何だ、クッパ。

クッパ　わからん。

レバ刺し　わからずに戦うか、クッパ。

クッパ　そのわからなさのために戦うのだ。

レバ刺し　フフッ、詭弁を弄するか。
クッパ　ではレバ刺し、悪とは何だ。
レバ刺し　悪とはこのおれ自身よ。
クッパ　おまえが悪か。
レバ刺し　おまえを斬ろうとするこのおれが悪よ。
クッパ　では、おまえを斬ろうとするこのおれは悪ではないのか。
レバ刺し　悪を斬ろうとする、悪としての正義よ。
クッパ　わからんぞ。
レバ刺し　物語に聞いてみろ。
クッパ　物語はもはや答えてはくれない。
レバ刺し　なるほど。するとおれたちはもう物語の外の存在ということになる。誰がおれたちを書いているのだ。
クッパ　神か。
レバ刺し　神？　そんなばかな。
クッパ　それでは誰だ。
レバ刺し　誰もおれたちを書いていないのかもしれない。するとおれたちは風だ。
クッパ　風？
レバ刺し　吹きぬける風だ……

と、四人が四人を斬りつける。誰が斬り、誰が斬られたかは判別できない。

斬った四人　おれは、おれ自身を殺した。

と、そのままの姿勢で八犬士、再び等身大に戻る。風とともにいなくなる。舞台上には、マーロウ、警部、奥方、ルドルフ、モモコ、馬琴。

警部　消えた……

馬琴　（虫の息で）死ねんよ……わしゃあ、死ねん……物語を完結するまでは……おろか者めらが、邪魔をしおって、……これでは、歴史が優位に立ってしまうではないか……（と、コト切れる）

ルドルフ　いまだ、逃げろ！

ルドルフとモモコ、逃げる。

警部　待て！

マーロウ　追っても無駄さ警部。奴ら、結局なんの関係もなかったんだ。物語は終わりだ……いや、まだ続いているかも。奥さん、あの本を。

奥方　あの本……

マーロウ　『新宿八犬伝』ですよ。

と、奥方、『新宿八犬伝』を取り出す。
と、それはみるみるうちに砂と化す。

奥方　終わったんですわ、全部が。

警部　わからん。どこまでが真実でどこまでが幻だったのか、まるっきりわからん。あの大火事から物語が始まったとしたなら、あれからいままでのすべてがもしかしたら幻ってわけなのか。

マーロウ　警部、すべてが真実であり、すべてが同時に幻だったんだ。大事件にはつきものの、これが夜の仕業というやつさ。

警部　残ったのは一人の身元不明の老人の死体……また迷宮入りか。

と、舞台の奥よりみすぼらしい乞食の老女がもぞもぞ現われる。

警部　なんだ、あれは。

老女　お金を恵んでくださいまし……

奥方　二十九時の姫君ですわ。

老女　哀れな老女に、一銭でも恵んでくださいまし……

マーロウ　伏子さんですね。

老女　へっ？

マーロウ　殺人鬼〝犬〟とかつて交わった伏子さんですね。

老女　ええ。十円でもよろしいんですよ……

マーロウ　だめだ、完全にぼけている。行きましょう。

マーロウ、警部、奥方、去る。

老女　お金を、恵んでくださいまし……哀れな老女に、お金を恵んでくださいまし……

犬の遠吠え。

舞台、ゆっくり暗くなる。

花道。モモコとルドルフがボーッとしている。それはみすぼらしいただのオカマであり、レズバーのホステスである。

モモコ　（空を見上げ）星がいっぱいだよお。
ルドルフ　ああ。一面のキラキラだ。ネオンがなくたってなんてこたあねえ、あの光で地上は輝いてやがらあ。
モモコ　あーら、柄にもなく乙女チックね。
ルドルフ　乙女チックっていうんじゃねえよ、こういうのは。ただ、ちいとばっかしセンチになっちまってよ。
モモコ　あんたでもそういうことあるの。
ルドルフ　こういう夜にはな。
モモコ　……こういう夜だからね。
ルドルフ　こういう夜は、寒くもないのになぜかしみじみ人間にはこたえるぜ。
モモコ　どうしてだろうね。
ルドルフ　人間だからさ。
モモコ　どういうこと。
ルドルフ　人間は、そもそも夜の動物なのよ。そういうことよ。
モモコ　皇帝、あたしとあんた、似てるね。
ルドルフ　なんでえ、いまさら。
モモコ　ヨリ戻そうか。

ルドルフ　生活か。
モモコ　もちろん、前とは違うよ。あんたがダンナであたしが女房。
ルドルフ　でも、おめえには子宮があるけど、おれにはペニスはねえんだぜ。
モモコ　関係ねえさ。
ルドルフ　それもそうだが……やめとこう。やっぱりおれたちには生活は似合わねえ。いまのままでいいのさ。いまのままで……
モモコ　それもそうだね。あんた、あんまり他の女とやっちゃいやよ。
ルドルフ　ああ。それはそうと、おめえ、おれたちの金どしたい。もう言ったっていいだろ。
モモコ　ああ、あれならいまここにちゃんとあるさ。
ルドルフ　バカぬかせ。六千万の金がいまどこにあるってんだい。
モモコ　あたしのオマンコの中。
ルドルフ　なに!?
モモコ　ずっとここさ。あたし隠し場所にするためにモロッコまで行ったんだもん。
ルドルフ　てめえってやつは。
モモコ　どうするこの金、一軒お店でも――
ルドルフ　まいちまおう。
モモコ　えっ？
ルドルフ　高層ビルからみんなまいちまおう。いまさらしけた使い方したってしょうがねえ。お天道様みたいな気分に浸ってみんなまいちまおう。ちょっとしたネズミ小僧だぜ、こいつは。
モモコ　世直しね。
ルドルフ　冗談じゃねえ。そんなもんじゃねえやい。世騒ぎよ、世騒ぎ。この際だ、世間をあっと言わせてやらあ。

そうでもしねえと気が収まんねえ。

モモコ　おもしろいねえ。

ルドルフ　ああ、おもしれえのコンコンチキよ。

舞台からタイプライターを打つ音。
明るくなるとマーロウと新しい秘書。

マーロウ　（受話器を持って）よおチャンドラー、久しぶりじゃないか。え、事件？　いや遠慮しとくよ。そりゃあんたの物語につきあいたいのはやまやまだが、ちょっとばかし、疲れちまってな。なにって、物語にだよ。年だろだって？　冗談言うない。また少し経てば元気になるさ。ああ。そのときはまた呼んでくれ。チャンドラー、お互い体には気をつけような。

マーロウ、受話器を置く。秘書、マーロウにタイプの紙を渡す。

マーロウ　（読んで）何だい、この報告書は。あんた、小学校出てんのかい。

秘書　（ばんと立って）やめさせていただきます。

と、出ていく。

マーロウ　ブスが。

と、奥方やってくる。

奥方　こんにちは、マーロウさん。

マーロウ　これはこれは奥さん。それからいかがです。

奥方　ええ、すっかり。今日は調査費の精算にと。

マーロウ　それは、わざわざ。

奥方　あなた。

マーロウ　あなた……

と、紳士のキリシマやってくる。頭に綳帯を巻いているが、他は普通。

キリシマ　マーロウさんですね、妻から聞きました。大変お世話になりまして。これはお礼です。

マーロウ　そんな。お役に立てたのかどうか。

キリシマ　いや、あなたの活躍はそれは素晴らしいものだったとか。

マーロウ　お恥ずかしい。

奥方　（キリシマには聞こえないように）事件の記憶をまるでもっていないんです。何もなかったように帰ってきて、いまではすべて普通どおりです。

マーロウ　すべてが普通どおり……

キリシマ　それでは用事がありますので。

マーロウ　奥さん、ぼくは……

奥方　シャロンさんのことは本当になんて言ったらいいのか。

マーロウ　シャロン……ええ、まあこういう仕事ですから、ああいったことはつきものなんですが、奥さん……
キリシマ　（花道から）さ、昼休みが終わってしまう、行こう。
マーロウ　奥さん、ぼくはあなたを――
奥方　言わないで。――言わないでください。
キリシマ　さあ、フセ子、行こう。
マーロウ　フセ子!?

奥方、花道に足をかける。

マーロウ　フセ子さん、本当に終わってしまったんでしょうか。

奥方、立ち止まる。

マーロウ　あなたの名前をいま初めて知りました。フセ子さん、偶然とはいってもあなたが隠し通したこの名はあまりにできすぎだ。でもこのできすぎは、もしかしたらまだ物語が終わっていないことの証なのかもしれない。
奥方　あたしには普通で平凡な生活が待ってるんです。同じ時間に起きて、同じ時間に働く。週二回のセックスとたまに休日のショッピング。何も起こらないことをよしとする、退屈だけどそれなりに楽しい生活が待ってるんです。この二週間というものあまりにいろいろなことがありすぎました。でもそれは束の間の幻、海外旅行でのちょっとした火遊びのようなもの。あたしはいま生活に戻るんです。何もなかったこととして、再び生活を建て直すんです。なぜって、あたしは本当になんの取得もない普通で平凡な女なんですから。
キリシマ　おまえ、私は先に行くよ。（と、去る）

奥方　愛しているのか愛していないのかわからない夫とそれでもそれなりに快適な日々を過ごすんです。なぜって、あたしも夫も普通で平凡な存在なんですから。

マーロウ　それじゃあ奥さん今度カーテンが風に揺れたり、カップの中でコーヒーが波紋を描いたとき、あなたはどうするというんです。ひとつの書物をひも解き、そこに立ち現われる物語に出喰わすとき、フセ子さん、ぼくはあなたを思い出してしまうことでしょう。ほら、こうやって微かな風がいまでも物語を運んできます。ぼくはとりたててハンサムというわけでもないから、フセ子さん、あなたの物語に似つかわしくないと言うならそれで諦めもつきますが、あなたが自分で普通で平凡だからと言うなら、あまりにこのぼくが救われません。なぜなら美男美女の物語はとっくにどこかへ行ってしまって、フセ子さん、あなたのような普通で平凡な人が風となって吹き荒れるのがこの街の特権なんですから。

奥方　そんなことってあるの。

マーロウ　あるに決まってます。ほら、風が強くなってきました。あの八犬士が自分たちの登場場面を捜してこのカブキ町を舞い続けてるんです。正義でもなく悪でもない、どこまでも物語をはみだしたあの新宿の子たちが、風となって、あなたをいま待っているんです。

奥方　あたしを——

マーロウ　そう、あなたは伏姫。そしてこのぼくは八房！

マーロウ、犬のように吼える。と、背後に現われる八犬士。

「騒！　乱！　情！　痴！　遊！　戯！　性！　愛！」

レバ刺し　騒。かぐわしき一輪の花のような騒ぎを愛し——

クッパ　乱。乱れ飛ぶ蝶のような祭を画策する。

ビビンバ　情。あらゆる情欲には好奇心とともに貪欲に接し――

ユッケ　痴。幼児のごとき痴呆なる純真さを重ね持つ。

珍子　遊。おもしろき遊びとなれば、何千何万里離れたりとも、その地に赴き――

安子　戯。悪とも善とも同時に戯れる。

ヴァギ菜　性。むろんセックスとなれば地の涯て宇宙まで追い続け――

雲子　愛。そのすべてを愛する。愛しいものすべてを愛する。

八人　われら、八犬士。ただいま見参！

奥方、八犬士が発する見えない糸によって舞台に引き寄せられていく。マーロウ、吼える。
奥方、八犬士に包まれて見えなくなる。
と、そこには新宿の雑踏。行き来するさまざまな人々。
ルドルフとモモコが高層ビルより一万円札をまく。

ルドルフ　さあさあ、世騒ぎだ、世騒ぎだよお！

人々、札を奪いあう。
と、伏姫となった奥方、すっくと現われる。マーロウ、吼え続ける。
風の音。一万円札が、舞い続ける。
新宿の雑踏にすべては溶け込んでいく……

――幕――

第二巻　ベルリンの秋

登場人物

三原由紀彦
霧島美輪子（女）
支配人の大島
あざアンネ
めくらアンネ
いざりアンネ
どもりアンネ
アンネ・フランク
アドルフ・ヒトラー
ヨゼフ・ゲッベルス
ヘルマン・ゲーリング
ヘンリエッテ・フォン・シーラッハ
シェパード犬ブロンディ

騒太郎（若い清掃夫）
乱蔵（ＳＳ隊員）
情児（神田裕児）
痴草（もう一人のＳＳ隊員）
遊介（ペーター）
戯ル
性人28号
愛身
滝沢馬琴
嫁はん
清掃夫たち
カブキ町の犬たち
にせアンネたち

第一幕

記憶がぽっかりと欠落するように都市がある部分欠落する。

奈落の底に落下していくように、歴史の謎へか、はたまた物語の闇へか。

一枚の歴史的瞬間を写しとった写真。

歴史の登場人物が居並ぶなか、謎の影法師は、かまいたちのようにして記憶の頬を撫ぜる。

「左よりアドルフ・ヒトラー、マグダ・ゲッベルス、一人おいてヘルマン・ゲーリング……」

物語の闇は一枚の写真の中の「一人おいて」から展開される。

そのひととはいったい誰であるのか？

両眼の部分を長方形の目隠しで塗りつぶされているそのひととは何者なのか。


時空を超えて大量虐殺の香りがやってくる。

暗闇より一匹の犬の遠吠え。

まだどこでもない空間にシェパード犬ブロンディの毛並みが闇に輝く。

傍らにその綱を持った二人のＳＳ隊員。

ブロンディ、もう一度吠える。

と、一人の女が走ってくる。

女　ブロンディ！　こんなところにいたのブロンディ。
ブロンディ　ウウーッ、ググー。
女　どお、機嫌はいい？

SS隊員、黙ったままうなづく。

女　オシッコ、ちゃんとした？

SS隊員、指を差す。

女　また銅像の前で。総統にしかられるわ——でもいいか。総統の愛しのブロンディだもんね。あの人ったらおまえをしかってるときでもまるで楽しそうなんだもの。おまえのことしか頭にないっていうような顔して。あたしのことなんかちっともかまってくれないくせに。

ブロンディ　ガウー、ガウー。

と、女にすり寄る。

女　ああだめ。こんな骨なんか食べるものじゃありません。

女、ブロンディの口から骨を奪いとる。

女　また墓場で遊んできたねブロンディ。（SS隊員に）あれほどあそこへは連れていかないようにって言ったじゃない。この子はすぐ掘りかえしたがるんだから。はい、おまえはこれを食べな。

と、肉塊を差し出す。

女 ユダヤ人の肉。日本人の肉。

ブロンディ、がつがつ食べる。

女 でも墓場っていい気持ちよねえ。空気がひんやりしてて。夜のプールの底にいるみたいで……どお、おいしいでしょこの肉。

奥よりヒステリックな声。
「エヴァ、どこにいるエヴァ!」

女 呼んでる。あの人は自分が必要としてるときしかかまってくれないんだから。犬が好きなくせにあの人自身はまるで猫だわ。

「エヴァ、エヴァ!」

女 (笑い) 可哀想な猫……ほらこの肉全部お食べ。

女、大きな肉塊を投げつけて、去る。
ブロンディ、SS隊員の綱をふり払って肉塊にかぶりつく。

SS隊員　ユダヤ人の肉……

もう一人のSS隊員　日本人の肉……

SS隊員　肉が呼んでいるのか、黄昏が呼んでいるのかは知らないが、見てくれ、この手の震えを。何かがおれたちを呼んでいる。

もう一人のSS隊員　悪ふざけはやめろというわけか。

SS隊員　ばかな。これも天空からながめれば政治の一変種にすぎない。

もう一人のSS隊員　それでおれたちは。

SS隊員　夜を司る暗黒の空気。あるいは……

もう一人のSS隊員　あるいは……

SS隊員　この犬がたったいま食う肉の一切れ。

もう一人のSS隊員　いいのか、それで。

SS隊員　それしか方法はない。おれたちがユダヤの肉となり同時に列島の肉となる。

二人、ゆっくり玉を取り出し、手の平に乗せる。輝く二個の玉。

もう一人のSS隊員　痴。痴呆なる単一民族と知恵遅れのアーリア人。そしてどもらずにはしゃべれない片目のユダヤ人。

SS隊員　乱。遠吠えが路地という路地を走りぬける午前二時。世界はいま一度の乱れを描く。——行こうか。

もう一人のSS隊員　おお。

と、二人、ブロンディを押さえ込み、注射針を刺す。
ブロンディの悲鳴に似た吼え声。噴き出す鮮血。

ブロンディ　このおれに何をしろというのだ！
SS隊員　歴史の謎へ！
もう一人のSS隊員　物語の闇へ！
ブロンディ　この犬畜生どもめ！

そのまま二人と一匹は天空高く舞い上がる。
女が走ってきて、

女　（捜して）ブロンディ、ブロンディ！

と、花道で佇む男がいる。その男の頭上からは黒い薔薇の花弁が降っている。まるでその男の上にだけ降るように。
男、ゆっくり顔を上げる。
手にモップを持ち、清掃夫の恰好をしているのがやがてわかる。

男　花びらが、降ってきます。空から湧きでるように黒薔薇の花びらが、私の上にだけ降り続けます。これがもし国家と政治の宿命だと解釈して、この幾百枚もの花びらが我々の犯した罪の証だとしても、私は例えば世界史の教科書の一ページのような良心をもとうとは思いません。
なぜならこの花びらはごく自然に降ってくるのですから。人々の去ったあとの空間という空間をモップがけする私に、いつも決まった時間になるとこうやって花びらは舞い続けます。どこかへ置き忘れてしまった時間を取り戻せとばかりに。あるいは、あのころの世界の混乱を思い起こせとばかりに……確かに世界は混乱していました。しかしそれはあくまでいま思えばということです。あのときの我々からすれば、世界はゆっくりと混乱へ向かうしかない歴史のビルマ亀としてしか映らなかったのです。かようなまでに世界は普通のままでしかなかったのです。自らの権力を楯にして私は幾人もの女優と夜を過ごしました。その彼女たちの昼間の姿とは裏腹のベッドの上での姿態に比べれば、世界の混乱など豆粒みたいなものでした。——世界は混乱していたのか。こうやって一人になると私は秘かにその問いにNOと答えている自分に気がつきます。

男、上衣のポケットから一輪の黒薔薇を取り出し臭いを嗅ぐ。

男　総統が食卓、居間などに黒薔薇の束を花瓶にさし、その香りを好んでいたことは歴史のうえではあまり知られてはいません、……（顔を上げ）申し遅れました。私、一九四五年五月一日、ベルリンにおいて自殺したヨゼフ・ゲッベルスです。もっともこれもあくまで歴史のうえでのことですが……

と、男、清掃夫の衣裳をはぎとる。そこには若きヨゼフ・ゲッベルス。

舞台の上は騒ぎに包まれている。

銃声が飛び交い、たいまつが掲げられる。

それはさながら一九二三年におけるミュンヘン一揆のイメージか。空高く振られるハーケンクロイツの旗。そしてその中になぜか日の丸も数本混じっている。

「世界を変えろ！　時は来た、世界を変革せよ！」

と、口々に叫ぶ黒シャツの一群。

その中央にはヒトラーらしき男とゲーリングらしき男がしきりに何か熱弁している。

ゲッベルスは椅子に陣取り、マイクから人々に呼びかけている。


ゲッベルス　ドイツ民族の偉大な日がおとずれた。昨日は雨になりそうだったが、今日は太陽が輝いている。本当のヒトラー日和だ！　万事が上々に運ぶだろう。重要なのは予定せずに現われる内容と意義だ。ワァーッという歓声があがる。総統と大統領が同乗した車がついたのだ。老人と青年――ぼくらがつくった新生ドイツの象徴だ。感激した人々が、きちがいじみた興奮にとらえられる。正真正銘たったいま世界が力強く変わるのだ。明日はいよいよ各労働組合本部を占拠する。抵抗はあるまい。戦いは進む！

首相官邸の階上にある総統の住まいを引きあげ、総統と肩を並べて窓際に立つ。遠くからテンペルホーフを引きあげる群衆の合唱と万歳のどよめきが響いてくる。

いま行進の一隊がフォス街からウィルヘルム街へ入ってくる。首相官邸の前にハーケンクロイツの旗がひるがえり、幾つもの赤旗が総統の前に一団となり、総統に対して敬意をこめて挨拶する。そして若人の口からはホルスト・ベッセルの永遠の歌がほとばしる。「街々にいまぞはためくヒトラー旗……」

ぼくらは並んで腰かけている。やがて朝が訪れる。長い夜が終わった。太陽が再びドイツにさしのぼった！


騒ぎはさらに高まる。

しかしそこはミュンヘンではないどこか違う場所にも見えないことはない。

と、中央のヒトラーに向けての銃声。

ゲーリングがかばいヒトラーの楯となる。再び銃声。ゆっくり倒れるゲーリング。

と、群衆の間から舟が海上へ向かうように台がせり出してくる。

台の上には四人の少女が乗っている。

少女たちは麻でできた袋を被っており表情は見えない。

歌う少女たち。

〽月の砂漠を　はるばると
旅のらくだが　行きました
金と銀との　くら置いて
ふたつ並んで　行きました

歌いながら少女たちゆっくり麻の袋を取っていく。

〽金のくらには　銀のかめ
銀のくらには　金のかめ
ふたつのかめは　それぞれに
ひもで結んで　ありました

顔に大きな痣のある少女。
盲目の少女。
両脚がなく台車の上に身を置く少女。
顔面神経痛でどもる少女。

めくらアンネ　ねえこれからどこへ行くの。
いざりアンネ　ねえもっと遠くへ行くの。
どもりアンネ　も、も、もうど、どこにもい、い、い、いきたくないよ。

あざアンネ　もうどこにも行きません。ここでじっとして待つんです。
いざりアンネ　何を待つの。
あざアンネ　お空が白々と明けてくるのを待つんです。
めくらアンネ　そんなのあたしには見えないよお。ねえ空が白々と明けるってどういうふうなの。
どもりアンネ　そ、それはねめくらアンネ、初潮をむかえた朝のような、き、き、気分なんよ。
めくらアンネ　ふうん。でも、一度見てみたい。空が明けてくるって感じ。
いざりアンネ　皮膚で感じろ。このドめくら。
めくらアンネ　自分一人で歩いてみろ！

と、いざりアンネをはね飛ばす。いざりアンネ、亀のように転んで立てない。

いざりアンネ　皮膚で感じろ、皮膚で感じるんだ！
あざアンネ　助けてやるのです、どもりアンネ。
どもりアンネ　は、は、は、は、はい。
あざアンネ　もっと早くやるのです。

どもりアンネ、いざりアンネを助け起こす。

いざりアンネ　地獄へ落ちろ。
めくらアンネ　悪魔に食われろ。
あざアンネ　やめるのです皆さん。世の中がこんなになっているときに仲間同士の無益な争いはやめるのです。

いざりアンネ　あたしらがなぜ仲間同士なの。
あざアンネ　こうしていっしょにいるのだから。
めくらアンネ　だってこれはただの偶然。
あざアンネ　鏡を見るのです。

四人、手鏡を取り出す。しかし鏡の部分は客席のほうに向いており、光り輝く。

めくらアンネ　あたしはめくら。
いざりアンネ　あたしはいざり。
どもりアンネ　あ、あたしはど、どもり。
あざアンネ　見てごらんなさい。わかりましたね、あたしたちは同じ人種、同じ国籍をもった人種。
どもりアンネ　な、なんという国籍……
あざアンネ　知りません。
めくらアンネ　あたしたちの国はどこにあるの。
あざアンネ　わかりません。
いざりアンネ　そんな殺生な。
あざアンネ　ただペーターが言うには。
いざりアンネ
どもりアンネ　（身を乗り出し）ペーターが言うには？
めくらアンネ
あざアンネ　夜の夜の向こう側。砂漠の砂漠のあちら側。

四人、鏡をしまう。

あざアンネ　だからこんな夜には、あたくしどもはじっと静かにしているのです。おそとに行けば何をされるかわからない。なぜってあたしたち、アンネ・フランクなんだから。

いざりアンネ
どもりアンネ　（身を乗り出し）アンネ・フランクなんだから。
めくらアンネ

めくらアンネ　おそとには何があるの。

あざアンネ　おそとには国家と愛欲が充満しております。

どもりアンネ　つ、つ、つかまったらどうなるの。

あざアンネ　強制収容所に連れていかれます。

いざりアンネ　あたしたちがいったい何を悪いことしたっていうの。

あざアンネ　悪いことはひとつもしておりません。ただあたしたちは醜いのです。

めくらアンネ　醜いことはいけないことなの。

あざアンネ　いけないのです。この世界では。なぜって——

いざりアンネ　なぜって？

あざアンネ　なぜってこの世界はこんなに太陽がまぶしいんだから。

架空の太陽光線が四人を射抜く。
四人、悲鳴をあげる。

「月の砂漠」がゆっくりと流れてくる。

どもりアンネ　ど、どうすればいいの。ど、どうすれば助かるのあたしたち。

あざアンネ　亡命するのです。

いざりアンネ　亡命？　どこに？

あざアンネ　言ったでしょ。夜の夜の向こう側。砂漠の砂漠のあちら側。

めくらアンネ　どうやって。

あざアンネ　らくだにまたがって。広い砂漠をひとすじに。おぼろにけぶる月の夜を。ついのらくだはとぼとぼと。

いざりアンネ　あたし、死にたくない！

あざアンネ　砂丘を越えて行きました。黙って越えて行きました。

どもりアンネ　どうやったらそんなふうに行けるんだよお。あてにできるもんなんて何もありゃしない。

あざアンネ　ペーターが――

いざりアンネ
どもりアンネ（身を乗り出し）ペーターが⁉
めくらアンネ

あざアンネ　恋人ペーターがらくだの周遊券を買ってきてくれるはずです！

と、あたりにガス状の白煙。
四人、咳き込む。

どもりアンネ　く、く、くるしい。

めくらアンネ　これはガスね。
あざアンネ　そう。これは昔教科書で習った有毒ガス。世界史のなかのチクロンB。
いざりアンネ　あたしたちって死ぬのね。
あざアンネ　そう死ぬのです。世界史年表の通りに。

と、ガスの中から「死にやしないよ」の声。
白煙ともガスともつかぬなかから麻の袋を被ったペーターが現われる。

ペーター　物語がまだぼくたちを死なせやしない。だってこんなに早く死んでしまったら、君たちの登場はまるで無駄骨じゃないか。
四人　ペーター！

ペーター、ゆっくりと麻袋をとる。はっとするような美少年。

ペーター　そうぼくはペーター。君たちのつかのまの恋人ペーター。さ、行こう。あちら側の世界へひとっ飛びの亡命だ。砂漠をぬけてスタコラサッサだ。
いざりアンネ　水筒用意しなきゃ。
ペーター　そんな暇はない。チクロンBがもうこんなに充満している。さ、いますぐ行くよ。
あざアンネ　見つかったのね、らくだが。
ペーター　あいにくらくだはこの季節には見つからなかった。そんなぼくは犬で間に合わせたんだ。犬に乗って行くんだ。

あざアンネ　犬に乗って!?

と、唸り声をあげて現われる五匹の犬。

めくらアンネ　あたし恐い！

ペーター　しっかりつかまって。きっと誰かがぼくたちを必要としてるんだあ！

犬たちはペーターらの乗った台をそのまま動かす。
台は舞台の奥に引っ込む。
と、短い静寂の後、芝居がかった音楽が鳴り響く。
犬の遠吠え。それを合図に一人の女が走ってくる。

女　ブロンディ！　こんなところにいたのブロンディ。

舞台の上は女だけしかいない。

女　どお機嫌はいい？——オシッコ、ちゃんとした？

女はあたかもそこに自分の言うことに応答する人がいるように演じる。

女　また銅像の前で。総統にしかられるわ。でもいいか。総統の愛しのブロンディだもんね。あの人ったらおまえをしかってるときでもまるで楽しそうなんだもの。おまえのことしか頭にないっていうような顔して。あたしのことなんかちっともかまってくれないくせして。

見えない犬が女にすり寄ったようだ。

女 ああだめ。こんな骨なんか食べるものじゃありません。
また墓場で遊んできたねブロンディ。(誰かに)あれほどあそこへは連れていかないようにって言ったじゃない。
この子はすぐ掘りかえしたがるんだから。はい、おまえはこれを食べな。
――ユダヤ人の肉。日本人の肉。
――でも墓場っていい気持ちよねえ。空気がひんやりしてて。夜のプールの底にいるみたいで……
どお、おいしいでしょこの肉。

と、奥よりヒステリックな声。
「エヴァ、どこにいるエヴァ!」

女 呼んでる。あの人は自分が必要としてるときしかかまってくれないんだから。犬が好きなくせにあの人自身はまるで猫だわ。

「エヴァ、エヴァ!」

女 (笑い)可哀想な猫……

と、杖をついて憔悴し切ったふうのアドルフ・ヒトラー、現われる。

ヒトラー　エヴァ、ここにいたのかエヴァ。よかった。

エヴァ　あたしはいつだってあなたの傍にいますわ。

ヒトラー　いや、ブランデーを飲んでいたら、いつのまにか眠ってしまって、おまえが遠くへ行ってしまう夢を見た。

エヴァ　何を言ってるの、あなた。

ヒトラー　昼間の酒はただ神経を弛緩させ、思考を鈍らせる。夜とまるで逆だ。世界よ、早く夜をむかえろ！

エヴァ　何をどなったりして。

ヒトラー　ヒムラーが裏切りおった。連合軍はすぐ目前にいる。帝国の歴史は完了したよ、エヴァ。

エヴァ　でもあなたとあたしの歴史はまだ完了してないわ。

ヒトラー　どういうわけなのだろう。私は私に関わるすべての女性を不幸にしてしまう。

エヴァ　そんなことはありません。

ヒトラー　おまえは、こんな場所でこんな時をむかえてしまっても不幸ではないのか。

エヴァ　それは不幸なときもありましたわ。でもそんなときでもあたしはあたし自身の人生を嘆いたりは決してしませんでした。男と女にはいろいろなことがあるものだし、第一――

ヒトラー　第一――

エヴァ　たったいまの現在、あたしは本当に幸福なんです。

ヒトラー　なぜだ!?

エヴァ　あなたと死をともにできる唯一の女だから。

ヒトラー、エヴァを抱きしめる。

ヒトラー 夢の中で私は薔薇の香りを嗅いだ。黒薔薇の香りだ。間違いなくそれはおまえの香りだった。私は初めておまえを抱いたときのようにそのとき、初めて薔薇の香りを知ったように思えた。

エヴァ あたしの香りと黒薔薇の香りどちらがお好き？

ヒトラー それは……

エヴァ （ヒトラーからぱっと離れ）ほら、その逡巡が女を不幸にする。まだわからないのあなたには。

ヒトラー 私たちは砂上の楼閣を建設するために今の今までやってきた。十年経ち二十年経ったとき、良心という凡庸なる才能しか持ちあわせていない者たちはきっと私たちを攻撃するだろう。帝国構想はばかげていると。しかし私たち自身が一番よく知っていたのだ、これは砂上の楼閣なのだ、と。

エヴァ 私たち？

ヒトラー そう、私たち。

エヴァ ゲッベルスも、ゲーリングも？

ヒトラー ……

エヴァ ヘスも、ヒムラーも？

ヒトラー ……私が私たちと言うのは、私とエヴァ、おまえのことだ。

エヴァ でもあなたは一度だってあたしを愛したことなんてなかった。

ヒトラー そんなバカな。

エヴァ いいことアドルフ、あなたはエヴァ・ブラウン本人を愛したのではなくて、あなた自身が想念のなかで描いたエヴァ・ブラウンの虚像を愛したの。ちょうど祖国に対してそうであったように。

ヒトラー 祖国だって、何を言うエヴァ。

エヴァ　あなたはドイツを愛したんじゃない。ドイツという虚像を思っていただけ。

ヒトラー、ぶるぶると震える。

ヒトラー　今朝ヒムラーが裏切った……
エヴァ　あなたは誰に対してもそうだった。
ヒトラー　今朝ムッソリーニが殺された……
エヴァ　何事に対してもそうだった。
ヒトラー　今朝ゲッベルスが自殺した……
エヴァ　あなたは女を愛することができなかった。

ヒトラーの震え最高潮に達し、それをふり切るかのように、

ヒトラー　ハイル・ヒトラー！

と、ヒトラーの頭の上にだけ黒薔薇の花弁が舞う。

エヴァ　アドルフ、あなたは一人で生きていける人なの！

エヴァ、去ろうとする。
と、ヒトラー、右の手の平をエヴァのほうに向けて差し出す。

ヒトラー　グーテン・ターグ。

その手の平から何か目に見えない力が発せられてるかのようにエヴァは引き寄せられる。エヴァの頭上にも花弁が舞う。

エヴァ　何、これは……

ヒトラー　ドイツの力。第三帝国の影法師。

ヒトラー、ゆっくり銃を取り出す。

ヒトラー　おまえの言う通りだ。エヴァ。私は一人で生きていくことができた。しかし私は一人で死んでいくことはできない。

エヴァ　総統、帝国は……

ヒトラー　宇宙のタコ。

エヴァ　政治は……

ヒトラー　御不浄の砂々。

エヴァ　国家は……

ヒトラー　変革のイカ。

エヴァ　殺戮は……

ヒトラー　いつか見た夕暮れ。

エヴァ　アドルフ……

ヒトラー　いろんなものを見てしまった。もうやり残したことはない。

エヴァ　アドルフ……

ヒトラー　もし連合軍がすべて幻となってしまったとしても、私はこのまま死んでいくだろう。

エヴァ　アドルフ……あたし、ユダヤ人。

ヒトラー　!?

エヴァ　そして日本人。

ヒトラー　エヴァ！

と、エヴァ、銃を取り出し、ヒトラーの胸を射抜く。
ヒトラー、倒れる。

エヴァ　アドルフ。頭のてっぺんからつま先まで国家だったひと。

エヴァ、自らのこめかみに銃口を持っていく。

エヴァ　国家に愛はいらない。

エヴァ、引き金をひく。倒れる。
ヒトラーの死体に一匹の犬が寄り添い、くんくん鼻を鳴らす。やがて大きく吼える。
ゆっくり暗くなる。とともに盛大な拍手。

劇場の匂いが一挙にやってくる。
舞台明るくなり、死んでいたエヴァとヒトラーが起き上がり、拍手にこたえる。
カーテンコール。拍手高まり、二人深々とお辞儀をする。
照明が微妙に変わる。どうやら緞帳が下りた様子。
と、エヴァを演じていた霧島美輪子、ヒトラーを演じていた神田裕児をキッと見据え、

霧島 何度言ったらわかるの、痛いじゃないのあんなギュッと握って。
神田 だって、そんなこと言っても。
霧島 もうあたし体中痣だらけよ。
神田 興奮してくるとつい力が入っちゃって。
霧島 いい、我を忘れた熱演なんて所詮二流三流の自己弁護にすぎないの。わかる？
神田 でもぼくはそう教わったんだし。
霧島 どこで。
神田 どこでって——いろんな研究所渡り歩いて。
霧島 教わったことをただ鵜呑みにしてやってるんじゃだめなの。自分のものにしなきゃ。わかったの。
神田 はい。

三原由紀彦がやってくる。

三原 なんだよ大声で。客席に聞こえるぞ。
霧島 構やしないわよ。どうせ団体客でしょ。
三原 何があったの、神田君。

神田　いやちょっと。

三原　ちょっと何だい。

神田　お尻の穴がかゆくなっちゃって。

と、こそこそと去る。

三原　お尻の穴――いったい何のことだろう。

霧島　どうにかしてよあの子。

三原　なかなかがんばってるじゃないか。

霧島　あなたの目は節穴？　あのヒトラーは若すぎるわ。

三原　そこが今回の売りどころじゃないか。

霧島　（キーッとなって）それじゃあこのあたしはなんなのよ！

と、ドタバタ足で床を鳴らす。

三原　いいから早くメイク落とせよ。

と、上より一枚の大きなポスターが下りてくる。

柿落し公演『**愛と哀しみのファシスト**』
作・演出／三原由紀彦
主演／霧島美輪子
神田裕児（新人）
独裁者とともに生きともに死んだ女、エヴァ・ブラウン。
第三帝国が生んだ悲劇の女性をいま霧島美輪子が堂々演じる！
〃シアター森林浴〃

霧島と三原は舞台の一角に落ち着く。
そこは霧島のドレッシングルーム。
霧島、メイクを落とし始める。

霧島　最初にあたしがさんざん言ったことじゃない、ヒトラーは二十代ではできないって。
三原　それじゃあ、四十代の誰かにやらすってのかい。まるで予定調和だ。
霧島　予定調和、予定調和言うけど、あなたは本当に芝居の出来のこと考えてるの。あの子の演技は青春なのよ。青くさーい青春なのよ。
三原　いいじゃないか。おれたちだってそいつを通過してきたんだ。
霧島　いまさらつきあう気はないわね、あたしは。ねえ、ヒトラーは実際にあんな男だったの。
三原　実際のヒトラーなんて誰も知りやしないさ。あのヒトラーもこのヒトラーも作者という一人の人間が創り上げた深夜の妄想の滓であるにすぎない。
霧島　もしあれが実際のヒトラーだとしたら相当面倒くさい男ね。あたしだったら御免だわ、あんな男。

三原　わかりゃしないさ。君はなにも歴史の彼と立ちあってるわけじゃない。物語のヒトラーと対しているにすぎないんだ。
霧島　エヴァ・ブラウンていうのも実際あんな女だったの。
三原　だから言ってるだろう。君のエヴァも物語のエヴァなんだ。ただ実際エヴァは公式の場にはいっさい顔を出さないヒトラーの影のような女だったらしい。写真を見ても公の場ではエヴァはほとんど写っていない。死の直前に正式に結婚するまでエヴァは側近の者にしか知られていない、存在していないような存在だったらしい。
霧島　なぜ？
三原　いやだったんだろうなヒトラーが。彼は自分の愛する女がでしゃばって政治に口を出したり、他人と関係するのを極度にいやがったらしい。政治という男の世界に女は不要だということだろう。
霧島　いやらしい男。権力志向型の男の典型だわ。エヴァはいったい何が楽しくて生きてたのよ。
三原　ヒトラーの帰りを待ってたんだよ。ただ待ち続けたんだ。ぼろぼろになって帰ってくるヒトラーを。
霧島　何が楽しいってのよ。
三原　愛のために。
霧島　愛？　そんなことが愛だっていうの。そんなのまるで犬みたいじゃない。

一瞬の静寂。遠くから聞こえてくる数匹の犬の遠吠え。

霧島　なんなの。
三原　新聞に書いてあったな。カブキ町に野良犬が増え始めたって。
霧島　野良犬が……こんなところに新しく劇場なんかつくるからよ。もう品が悪くてやんなっちゃう。知ってる、あたし毎日、劇場に入ろうとして男に声かけられるのよ、「お茶飲みませんか」って。変なホストくずれみたいのに。

三原 もてるじゃないか。

霧島 冗談じゃないわ。赤坂プリンスで食事するあたしの職場がなんでカブキ町なのよ。

と、ヒステリックになり始める。

三原 むきになるなよ。

霧島 この賞取り女優がなんでこんな薄汚ないところでやらなきゃならないのよ。

三原 おれはここが好きだね。いやこの言い方は違うな。好きとは言えないが少なくとも嫌いじゃない。よくあるだろう、嘘臭くなくていいという言い方。この街はそれとは正反対なんだ。徹底した嘘に固められて、嘘だらけの、嘘から成り立っている街。それがこの街だ。わかるかい。高層ビルも、ネオンも夜空の星々もすべて嘘なんだ。そして人々は嘘ばかりつく。人々は互いの嘘を嘘と了解したまま、嘘を受け入れ、そのくせなんの混乱もおきない。

霧島 そういえば、あなたも嘘ばっかかね。

三原 十代のころ、おれはこの街でギラギラと眼光と股間を輝やかしていた。いつかこの街の嘘を見破ってやると。憎悪をたぎらせながら、通りという通り、路地という路地を歩き回った。ちょうど犬みたいに。犬はそんなとき世界のすべてが憎かったに違いない。でも、それはどこかが違っていた。何かが違っていた。

霧島 青くさかったのよ。

三原 そういうことかもしれない。嘘を見破ろうとしても、また新たな嘘が展開するだけだ。街はそれだけしたたかで巨大だ。嘘を見破ろうとする犬はもうその時点で犬自身が嘘でしかない。そこで犬は嘘をいっそのこと受け入れてしまうことを覚えた。そうすると、一挙に街がすっきりとした。前よりもはっきりと見える気がした。——

そう言えば劇場にくるときにもロッテリアの前で野良犬が数匹じゃれあっていた……

霧島　モノローグは終わった？

三原　……

霧島　嘘がうまくなったわ、あなたも。数年前よりも数段。送ってくださる、センチュリー・ハイアットの21階。

三原　（笑っている）くくくくく。

霧島　何がおかしいの。

三原　美輪子、君は犬が嫌いかい。

霧島　大嫌いだわ。あの何かを哀願するような目がいやなの。あたしは猫が好き。猫のしなやかさと気まぐれが好き。

三原　女性月刊誌のレベルで物をしゃべるな。

霧島　何だって！

三原　所詮は同じ育ちだろ美輪子。

霧島　キーッ！

と、三原にくってかかる。三原、霧島を押さえる。

三原　はいあがってきたはずだ、おまえだって。犬のようにして。このカブキ町から。何匹もの犬を蹴落として。

霧島　やめて！

三原　おれも同じだ。仲間であったはずの同じ雑種の犬どもを何匹も殺しておれはこうやってここにいる。しかしおれはそんなおれ自身を決して否定しやしない。おまえだって同じだろう、美輪子、いや——

霧島　言わないで。

霧島と三原向きあう。

霧島　（きわめて冷静に）言わない約束でしょ。あなた。

三原　……ああ……わかってる。

霧島　あなたは雑種。あたしも雑種。血統書なんか持ってやしない。でもいまその雑種は歩いて十分とかからないところへ行くのにもタクシーに乗って、買いたい本やレコードは全部買えて、ラブホテルじゃなくて本当のホテルの大きなベッドに眠れる。それでいいじゃない。

三原　……それでいい……

霧島　愛身《まなみ》。愛身！　まったくあの娘はのろまなんだから。

三原　また付き人変えたのかい。

霧島　のろまったらありゃしない。また変えようかしら。愛身！

三原　君についていける人間はそういやしないよ。

愛身、現われる。

霧島　一回呼んだらすぐ来るの。何度も名前呼ばせないの。わかった。

愛身　（小さく）はい。

霧島　これ、洗濯もの。十分経ったら表に車呼んでおいて。わかった。

愛身　はい。失礼します。

と、去る。

霧島　まったくはきはきしないんだから。

と、支配人の大島、扇子をパタパタやって出てくる。

大島　いやー、よかったがな、よかったがな。今夜の霧島はん、また一段ときれいでしたがな。仕出し弁当食べまっか。

霧島　あたし、いりません。

三原　ぼくはいただきます。

大島　いやー、センセ。さすがセンセ。最高やがな。やっぱり芝居は赤毛モンに限りまんな。

三原　赤毛モン……

三原は弁当を食べ始める。

大島　センセのようなお人に柿落し打ってもらって、わしも劇場つくった甲斐があったというもんや。シアター森林浴。森林浴でっせ、あんた。どういう意味かわかりまっかセンセ。

三原　森林のように大きな劇場。

大島　何言うてんのや。センセ、違いまんがな。森林浴やセンセ。森林浴、知ってまっかセンセ。森林浴は健康にいいのや。お客はんが森林浴したみたいに気持ちええ気分になって帰ってもらう。これがわしの願いだす。

三原　なるほど。

大島　それにしてもこの芝居は健康にようない。

三原、米粒をブッとふきだす。

大島　この芝居、観終わったあと気持ちよおないわ。どういうわけだすこれ、センセ。

三原　あんたさっきと全然違うこと言ってるよ。

大島　政治劇いいまんのか、これセンセ。政治劇いうんなら、もっと田中の角さんやら中曾根はんを出しいちゅうんや。

三原　だってこれはドイツが舞台なんだし。

大島　赤毛モンはあきまへん。

三原　あんたさっきとまるで違うよ。

大島　赤毛モンは暗いおます。

三原　おいおい。

大島　それにセンセ知ってまっか。この芝居はファシズム礼讃の芝居やいうて、毎日毎日左の人から抗議電話が一日百本でっせ。霧島はん、聞いて下はい。抗議電話が一日百本でっせ。

霧島　大変ですね。

大島　やっぱり芝居は大衆のもんだす。芸術はあきまへん芸術は。センセ、演出変えとくなはれ。

三原　変えとくなはれってそないなこと言われても、わし困るわ。

大島　そこをなんとか。男大島、一生のお願いだす。ほれこの通りや。

と、土下座する。

三原　あきまへん。

大島　今日だってセンセ、演出変えたやんか。あないなふうに頼みまんがな。

三原　演出変えた？　わしそげなことしとらんでえ。

大島　ほれ、ラストに犬が一匹でましたやろ。あれ良かったわ。いままでより全然良かったわあ。

霧島　そういえば、最後に犬が吼えてたわ。

三原　おれは知らねえぞ。

大島　あないなふうに徐々に芝居を変えていきゃええのや。芝居は水モンや。センセ、わし用意しときましたさかい。

三原　用意しといたって、あんた何を――

大島　（手をパンパン叩き）来とくれなはれー！

と、ドドッとやってきた旅まわりの一座。『森林浴一座』というのぼり。

三原　うわー、何だこれは。

大島　驚くことはないがな、センセ。これを芝居の中半にはさむんや。途中退屈でしょうがないでっしゃろ。

三原　おいおい。

霧島　ザマーミロ、演劇青年。

大島　さあ、皆の衆。御披露しとくなはれ！

と、一座の面々。演歌に合わせて歌謡ショーを演じる。

大島　これや。芝居はこうでなきゃあきまへん。

と、奥より「犬だあ！」の声。
一匹の犬が花道より舞台に駆けてくる。それを追って清掃夫たち。

清掃夫　犬が迷い込んできやがったあ！

犬、逃げる。清掃夫たちモップで追う。

大島　つかまえや、つかまえや。

犬、舞台上を逃げ回る。
舞台、混乱のなか、やがてつかまる。

清掃夫　この犬畜生が！
大島　外に追んだし。
清掃夫たち　へい。

と、犬がするりと逃げて霧島の足下にすり寄る。

霧島　あら……
大島　なんやこの野良犬。つかまえや。

清掃夫たち　へい。

霧島　待って。野良犬じゃないわ。立派なシェパード犬よ。

犬、鼻を鳴らして霧島にすり寄る。

霧島　ほら、首輪もしてるし。何か書いてある。B・L・O・N・D・Y……

三原　ブロンディ……

清掃夫たち、一斉に犬のように吼える

大島　犬や、犬だらけや。

清掃夫たち、吼えながら狂ったようにモップ掛けを始める。
ぼう然とする三原、大島。霧島はブロンディの頭を撫ぜている。
白煙がたちこめる。
と、風とともに一挙に白煙が消える。
舞台の上にはモップを持った若い清掃夫。軽く咳をする。

若い清掃夫　夜になって午前0時を過ぎると犬が集まる劇場。カブキ町のこんな噂を聞いたのは、確か十月のパリだったと思う。裏道にある高級コールガールのアパートメントで数カ月を過ごした。朝焼けに黄金色に輝く陰毛に顔を埋め、白色人種のチーズとバターをいっしょくたにしたような体臭の中で、おれは世界史年表を網膜の底でひも解いていた。そしてその裏側のあったはずの、なかったはずの幾億もの事象を読み取った。年表の一行に秘められた愛と憎しみ、影と光、ペニスとヴァギナ、血と砂を想った。
あったはずの歴史。
なかったはずの歴史。
はじめからなかった歴史。
あり得るはずだった歴史。
それらすべての歴史を包括した世界史年表をおれは食った。パリのカフェでバスルームで映画館でレストランで女の腹の上でおれは食い続けた。バリバリと。ムシャムシャと。すると数日後、歴史は糞となってパリの洋式便器の泉の中にボトリと落ちた。そんな糞の歴史をおれはしゃがんでながめた。そうやってパリの夕暮れを過ごした。窓からは花火が見えた。金髪娘のジャンヌは黄色人種は犬の匂いがするといって別れを告げた。
劇場でモップ掛けを志願したのは、パリで落とした歴史の糞をいま一度このカブキ町で消すためだ。
一九二三年十一月ミュンヘン一揆。(と、床をモップ掛けする)
一九二五年二月ナチ党再建大会。(モップ掛けする)
一九三三年一月ヒトラー、首相に任命さる。(モップ掛けする)
一九三四年六月レーム粛清。〝長いナイフの夜〟。(モップ掛けする)
一九三七年四月ドイツ空軍、ゲルニカ爆撃。(モップ掛けする)
パリからカブキ町まで何キロ。ベルリンからカブキ町まで何キロ。その距離がなんだというのだ。(腹を押さえて苦しむ)うーっ歴史が歪められている。咀嚼した世界史が消化されずに小腸を苦しめる。これは下痢だ。本格的な下痢だ。正露丸をくれ。誰か正露丸をくれ。
と、しゃがみこみ、口を空に向けて開ける。一斉に降ってくる正露丸。

若い清掃夫　誰だか知らぬがありがとう。

と、戯《ギ》ル。やくざ風の男。

戯ル　わいや、わいやがな。
若い清掃夫　戯ル。
戯ル　騒太郎、われこないなところで何しとるんや。
騒太郎　見りゃわかるだろう。そうじだ。
戯ル　そうじはわかっとるがな。こないなところまできてそうじやっとるわれはなんや言うとんのや。騒太郎、こげなことしとってもラチあかへんで。
騒太郎　なんや、おまえのなまりは。
戯ル　いろんなところでいろんなことしとったらこげななまりなっちまったべよ。言うなれば、おら全国人だす。
騒太郎　他の連中はどうしてる。
戯ル　さあ、知らんなあ。いろんなところでいろんなキャラクター演じてんのとちゃいまっか。他の連中のことはどうでもよろし。騒太郎、われは自分のこと考えなまし。清掃夫なんてわれ物語にも何もなりゃあせん。
騒太郎　そういうおまえは何なのだ。
戯ル　わしか。わしはヤクザや。ヤクザのヒモや。新人類の旗手やがな。
騒太郎　どこが新人類なんだ。
戯ル　おーい、おまえー。

と、出てくる剛毅なオカマの嫁はん。

嫁はん　はーい。
戯ル　うちの嫁はんや。よろしゅうひいきにしとくれなはれ。おまえ、騒太郎や。
嫁はん　騒はん、よろしゅう頼んますさかい。
戯ル　嫁はん、わてのこと好いちょるか。
嫁はん　好いちょる、好いちょる。大好いちょるや。
戯ル　ホンマか。
嫁はん　ホンマや。

二人、接吻する。

騒太郎　うわー。（と、目をそむける）
戯ル　どや、これが物語や。騒太郎おまんも物語らしい物語やらにゃあきまへんで。
騒太郎　おまえのどこが物語なんだよ。
戯ル　わからんか。

と、戯ルと嫁はん正座して茶をすすり、

戯ル　ローアングル。小津安二郎の世界や。
騒太郎　どこが小津安二郎なんだよ。
戯ル　わし好っきやあ、小津はんの映画。こないだ組の兄貴にこのこと話したんやけど「アホンダラ、小津安二郎好きなヤクザがどこにおる。『酔いどれ天使』見い、『昭和残侠伝』見い」ってどなられたんやけど、やっぱり『秋刀魚の味』はええわ。『麦秋』もええわ。泣けまっせホンマ。騒太郎好きでっしゃろ、おたくも。よく二人で小津安二郎特集見に行きましたやろ。騒太郎、わしの組に入りい。神戸は大変なんや。いま一人でも欲しいところやさかい。

騒太郎　おれはここにいる。やっぱりここが一番いい。戯ル、おまえだってこの地の生まれだ。わかるだろ。

戯ル　そりゃわかりすぎるほどわかるで。でもな騒太郎、いまは大阪のほうがおもしろいで。ホンマモンのドンドンパチパチ。ヤクザとヤクザの殺しあいや。おもしろいでっせー。東京はなんや、全然退屈やないか。

騒太郎　いまに何かが起きる。

戯ル　起きるもんかい。東京は不毛地帯や。新宿はガキのションベンや。カブキ町はザーメンが渦巻いとるだけや。

騒太郎　戯ル、おまえは何も感じないのか。

戯ル　何が感じるのや。わいの頭に性感帯はあらへん。わいの性感帯は足の裏や。

騒太郎　何かが歪みだしているぞ。

戯ル　歪んどるのはあんたのチンチンや。

騒太郎　ヨーロッパが燃えているぞ。

戯ル　それやったら『パリは燃えているか』、ルネ・クレマンや。あんたノイローゼとちゃうか。欲求不満や、欲求不満の証拠や。ほれ、わいの嫁はん一晩貸すさかい可愛がってやってや。

と、去る。

騒太郎　おいこら、簡単に去るんじゃない。

嫁はん　旦さん、今晩は。あちきが伏姫だす。

騒太郎　伏姫!?　このやろう、いいかげんな源氏名つけんな。
嫁はん　そないなふうに恥ずかしがらなくともよろしゅうおまっせ。
騒太郎　誰も恥ずかしがってないよ、いやがってるだけだ。

嫁はん、騒太郎に激しく迫る。

嫁はん　旦さん、わてもう濡れてまんがな。
騒太郎　何だおまえのなまりは。うわ、やめろ、やめろってば。

と、騒太郎、何かに気づいて嫁はんを羽がいじめにする。

嫁はん　何をなされるぅ、何をなされるぅー。

と、戯ルが飛び出してきて、

戯ル　おい騒太郎、きさま何やってんだ!
騒太郎　見たぞ悪霊。きさまの刻印を。
嫁はん　戯ル殿、助けておくなはれ、助けておくなはれー。
戯ル　おのれ騒太郎。

と、戯ル、騒太郎に斬りつける。騒太郎、とっさにかわし、嫁はんに斬りつける。

嫁はん、とんぼを切ってかわす。

戯ル　なんや、おまんは。

と、戯ルが近づくところを嫁はん、緑色の毒霧を口から噴く。戯ル、両眼を押さえ、悲鳴をあげて転げ回る。

騒太郎　正体を現わしたな悪霊。
嫁はん　よくぞ見破った騒太郎。
騒太郎　おまえはまだ存在していたのか。
嫁はん　カブキ町が存在する限り、わしは存在する。たとえ馬琴が死んでものう。
騒太郎　おまえは何だ！
嫁はん　悪霊よ、悪霊。たとえおぬしらが正義の者でなくとも、わしは悪霊のままじゃ。さらばじゃ。決着は後日。
騒太郎　待てー。
嫁はん　待てと言われて待つバカがどこにいる。ホホホホホ。

と、嫁はん、宙を飛んで去る。

騒太郎　情ないぞ戯ル。なぜ見破れなかった。
戯ル　くそー、性欲のこととなると目がくもっちまう。あかん、わいはあかん。なんやこれ。

と、嫁はんの吐き出した緑の液体を見つめる。騒太郎、近づき舐めてみる。

騒太郎　とろろだ。

戯ル　とろろいも……なんやねんあいつ。悪霊だ言うとったが、悪霊ってなんや。

騒太郎　奴は言っていた。おれたちが正義の者でなくとも自分は悪霊のままだと。

戯ル　何のことねん。なんでわしらが正義の者やねん。

騒太郎　戯ル、おまえは覚えてないのかもしれないが、遠い昔おれたちは正義の使者だった。

戯ル　アホくさ。するとわてらは月光仮面か。

騒太郎　記憶をたどってみればわかる。

戯ル　記憶なんてあらへん。あるのは今や。今だけや。それが犬畜生の生き方や。そういうことやおまへんか、騒太郎。

騒太郎　それはそうだが。おれはな戯ル、最近自分がどうしてこのカブキ町にいるのか知りたくなってきてな。

戯ル　アホらし。そないなこと知ったてなんの得にもならへん。わいらの母親は夜、父親は風。夜と風が物語の片隅でオメコして冗談半分でできたのがわいらや。それ以上のことはあらへん。騒太郎、おまえ考えすぎや。人生もっと単純に遊ばなあかん。

騒太郎、一冊の本を取り出す。

騒太郎　ここにおれたちのことが書いてある。（と、ページをペラペラとめくり、はっとして）すると、あいつは船虫。

戯ル、本を取り、

戯ル　『南総里見八犬伝』。知らんわ。わし古文苦手や。
騒太郎　戯ル何かを感じないか。
戯ル　そやからそれはあんたのノイローゼや。
騒太郎　物語がやってくる。何か大きな物語が再びこの街を覆い尽くそうとしている。
戯ル　どういう意味や。
騒太郎　外部の世界から大きな物語がやってくる。
戯ル　なんやそれ。物語は自分でつくり出すもんや。それが物語や。わしはたったいま、神戸の若いヤクザの物語をやっとる。チンピラの出世物語をやっとるのがいまのわしや。おまえは劇場のそうじ人というせこい物語をやっとる。キャラクターや、キャラクターの問題や。どれだけおもしろいキャラクターを見つけ出して物語をやるかの問題や。外部からの大きな物語なんてあらへん。それを言うならな騒太郎、歴史や、歴史。
騒太郎　歴史……歴史がおれたちを動かそうとしてるのか。
戯ル　どこでもええから、とにかくおまえもっとおもしろいキャラクター捜しい。
騒太郎　歴史と物語、どちらが大きいんだろう。馬琴に一度尋ねてみたかった。
戯ル　馬琴はもう死んだんとちゃうか。
騒太郎　そう。すべては手遅れだ。
戯ル　もうええからええから。考えるのはやめや。さ、パーッと焼肉でも食いに行こうや。
騒太郎　焼肉……どこか懐しい響きのある言葉。
戯ル　あんた考えすぎや。

と、闇より愛身が現われる。
手の平に一個の玉を乗せている。

愛身　総統、あたしはあなたのことを想っています。愛していると言わないのは、なにも照れくさいからではありません。人々はいとも簡単に口から発する愛があたしには謎のように思えてきたからです。その謎は、風に流れる雲のように、時おり脳裏によぎる幼少期の記憶のようにあいまいなままぼんやりとしています。（騒太郎と戯ルには気づいていない）総統、あなたは私を決して公の場に出そうとはしません。それがあなたのあたしに対する想いの表現だとすると、なによりあなたに忠実であることがあたしのあなたへの想いの表現になるのでしょうか。あたしは時おり不安になります。この不安に比べれば深夜、時おりやってくる死の恐怖などなんともありません。愛する人に忠実であることが愛する人への最大の愛情表現なのでしょうか。あなたが政治にかけずりまわっているとき、あたしは読書に耽ります。伝記物ばかりを読んでいたあたしは最近小説も読むようになりました。そこにはさまざまな不実な女が描かれています。しかしその不実な女たちがなんと美しく、情熱的でその愛情が深いことか。

総統、あたしはあなたの愛するシェパード犬ブロンディとは違うのです。

騒太郎、声をかけようとすると、「早く寝なさいエヴァ」という声とともにメイクを落として普段着の神田が現われる。

愛身、慌てて玉を隠す。

神田　エヴァ、明日は湖に行く。早く眠るんだ。

愛身　湖へ!?　うれしい。久しぶりね。

神田　すべてが一段落した。あとはゲッベルスとゲーリングがうまくやってくれるだろう。

愛身　寝るわ。晴れるといいな、明日。

神田　エヴァ。――なぜ悲しそうな顔をしていた。
愛身　そんな。
神田　恋しいか、日本が。
愛身　そんなことはありません。
神田　正直に言うが日本は危ない。
愛身　!?
神田　日本はいまのままいけばとてつもない運命を迎える。アメリカのアトミック・ボンブはいつでもゴー・サインだ。
愛身　アトミック・ボンブ……
神田　帝国は一瞬のうちにして滅び去る。それが帝国の運命だ。
愛身　総統、あなたの帝国は。
神田　（笑って）わが第三帝国は不滅だ。おまえはわが祖国ドイツにいれば安心だ。
愛身　わが祖国……ドイツ……

と、神田、自分に戻って、

神田　ずいぶん上達したじゃないか。
愛身　そうかなあ。でも誰も見てないのに足が震えちゃう。
神田　あのババアよりはましさ。
愛身　ババアなんて言わないでよ。霧島さんのこと。
神田　ホントあのババアの性格の悪さったらないぜ。

愛身　そうじゃなきゃスターになんかなれないよ。
神田　だとしたらおれはスターになんかなりたくないね。
愛身　嘘つけ。
神田　スターなんて自分のことしか考えていないファシストさ。おれは性格俳優でいくんだ。いいかいスターっていうのは大根と決まってんだ。奴らに何かを演じることなんかできやしないんだよ。
愛身　演じる必要がないからよ。演じなくても絵になるからよ。
神田　そんなもん役者じゃないよ。
愛身　でも演じるってどういうこと。
神田　他人の人生を生きることさ。
愛身　他人の人生……
神田　他人の悲しみを悲しんだり、他人の喜びを喜んだりすることさ。
愛身　だったら自分の人生は演じてるといわないの。
神田　そいつあ違うな。
愛身　なぜ？
神田　なぜってそれは自分の人生だからさ。自分の人生では本当に悲しんで、本当に喜ぶのが当たり前じゃないか。
愛身　でも本当に悲しんだり本当に喜んだりっていったいどういうこと。
神田　君は本当に悲しんだり、本当に喜んだりしたことがないのか。
愛身　わからない。
神田　わかった。君は不感症だ。その不感症をぼくが治してあげよう。

と、神田、愛身を抱いてキスしようとする。抵抗する愛身。

戯ル　こらー、青少年。きさまら何しとるんじゃい！

神田、驚いて愛身を離す。

戯ル　とんだ個人教授やっとるねえ、兄ちゃん。
神田　兄ちゃんとはなんだ、兄ちゃんとは。
戯ル　兄ちゃんじゃなきゃ、おたく誰よ。
神田　ぼくは新進男優の神田裕児だ。
戯ル　知らんなあ。正輝なら知っとるけど。
神田　シアター森林浴でヒトラーを演じている神田だ！
戯ル　じゃかましか、この神田！　ネチョネチョ女たぶらかすのはやめい。
神田　ぼくはただスターを夢見る愛身さんに演技指導してただけだ。
戯ル　じゃかましか、この神田！　クリトリス、コリコリすんのがきさまの演技指導か。
神田　そんな。ぼくはまだクリトリスにも触っていません。
戯ル　触んなくてよろし。この神田！
愛身　もういいよ。やめてよ戯ル。
戯ル　久しぶりよのう愛身。スターを夢見る少女とはええキャラクター見つけたよのう。
愛身　やめてよ戯ル。
戯ル　愛身に手えつけんのはやめい。のうこの神田！
愛身　あんたに言われる筋合いないよ。

戯ル　わしはな愛身、友情のために言っとるのよ、友情のために。のう騒太郎。

と、見れば騒太郎は必死にモップ掛けをしている。

戯ル　見てみい愛身。騒太郎おまえに惚れとるで。
愛身　騒太郎……
戯ル　もっともそうなりゃ近親相姦や。おおやべやべ。
騒太郎　うるさい！
戯ル　ほう。こいつは本物や。
愛身　騒太郎、おまえ。
騒太郎　近寄るな。
戯ル　遠慮することはあらへん。所詮わいら犬畜生や。
騒太郎　このやろう！

と、騒太郎、戯ルに殴りかかる。

神田　そうだ、やっちゃえ、やっちゃえ。
戯ル　おまえはじゃかましか！

と、今度は戯ルが神田に殴りかかる。

神田 顔ぶたないで。ぼく男優なんだから。
戯ル そないなら腹や!

と、腹に一発。騒太郎、戯ル、神田三人入り乱れての乱闘。

愛身 やめな、やめなってば!

西部劇さながらの大乱闘。
乱闘の最中、ブロンディが舞台の端に現われ、舌を出してハアハアしている。
三人、やがてやめる。荒い呼吸。

騒太郎 戯ル、決着はまた今度だ。
戯ル アホぬかし。あんたとケンカする気なんか最初からまるでなしや。犬同士やりあってもしゃあないわ。
騒太郎 犬、犬というな。
戯ル よお色男、おぬしもなかなかやるやないか。
神田 当たり前よ。おれだってこの新宿育ちよ。それなりのいざこざは何度もやってらあ。
戯ル おっと育ちがバレたね。
神田 ちきしょう。こんなところフライデーされたらどうするんだ。将来のある身だぜ、こちとら。
戯ル だとしたらこの愛身ちゃんだって将来のある身よ。下手に傷もんにすんのはやめとき。
愛身 戯ル、おまえは父親か。
戯ル おうよ。父親もいないわしたちだからこそ、わしみたいのがその代わりになんなきゃなんないのや。のう、この神田。われこの愛身と真剣な交際する気あるんか。

愛身　ちょっと待って。何よ真剣な交際って。

戯ル　わからんのか。結婚や。結婚を前提にしたおつきあいや。

愛身　（ケラケラと笑い）何言ってんのあんた。

戯ル　笑いよった。わしがこないに心配しとんのに。今日びのおなごの中身よおわからん。帰るわわし。もうやっとらへん。

と、去る。

神田　騒太郎君。あらためて自己紹介しておこう。ぼく売り出し中の新進男優、神田裕児です。今度ホーミン茶のCMにも出ます。

と、右手を差し出す。騒太郎、渋っている。と、神田、無理矢理に騒太郎の手を握る。

神田　大丈夫だよ騒太郎君。三角関係なんて古色蒼然たるドラマはぼくは真っ平さ。古典的すぎるし、なにより面倒臭い。ドラマは常に輝いてなきゃ、常にね。

騒太郎　（神田の顔をじっと見て）神田……裕児……

神田　愛身、君はスターになる。

愛身　そんなことわからないわ。

神田　いや、それがわかるんだ。物語の結末はそうなっているんだから。

神田、去る。

愛身　騒太郎……

愛身、騒太郎に近づく。

騒太郎　愛身、何かがまたこの街に近づいてるんだ。空を見上げてみるとわかる。この街に何かが起こる。

愛身　恐ろしいこと?

騒太郎　わからない……

と、二人キスしようとする。

と、ブロンディが吼える。と、その吼え声が何かの合図であるかのように二人はキスの寸前でぴたりと止まる。

と、二人ゆっくり四つん這いになっていく。二人の動きはゆっくりと犬の動作になっていく。喉を鳴らす。

ブロンディ、吼える。

騒太郎、吼える。

愛身、吼える。

愛身、四つん這いで走る。それを追う騒太郎。つかまったと思うと愛身はまた逃げ、騒太郎それを追う。二匹の犬はこのようにしてじゃれあう。と、五匹の犬がやってくる。

犬たちは、愛身と騒太郎を中心にしてそれぞれ戯れる。

と、愛身が何かに気づく。愛身、立ち止まり、ゆっくり二本足になっていく。

愛身　いけない。あの人が呼んでいる。

騒太郎　ガルルルー。

愛身　センチュリー・ハイアットの21階。行かなくちゃ、あたし。

と、ブロンディが愛身の傍に寄り添う。愛身、玉を取り出し手の平に乗せる。

愛身　騒太郎、また明日。

愛身とブロンディ、すっと消える。
騒太郎、大きく吠える。
犬たち、細かに吼えながら二手に別れる。
なおもたくさんの犬が現われる。二つの犬の大群が現われる。二つの犬の大群。
と、その大群の中から三原が、もう片方の大群からは霧島がすっと現われる。
ブランデーのグラスを傾けている二人。
犬たちはいつのまにかいない。
満天に輝く星空。

三原　物語は物語の中にしか存在しない。

霧島　考えられないわ。物語のない人生なんて。

三原　人間と人間の距離の中にすべては存在し得る。物語が意味するもの、それは死だ。

霧島　人生は物語を必要としているの。

三原　それはまだ君が人生を信じてるからさ。人生なんてものはありゃしない。物語とちょうど同じように。人生を描こうとする物語は死しか意味しない。物語を必要としている人生は怠惰であるにすぎない。

霧島　普通の人には物語が必要なの。観客席も物語を欲しているの。

三原　なぜだ。
霧島　安心したいから。自分の人生があまりに不安定だから。
三原　他人の人生など見て何が楽しい。怠惰な観客のためにおれは物語を書かなければならないのか。無理だ。おれは物語を書き継ぐことができない。
霧島　あなたはいまの芝居でも立派に物語を書いてるじゃない。
三原　あれは純然たる物語ではない。歴史の力を借りている。ナチズムとヒトラーという大いなる歴史を。
霧島　あなたが何を悩んでるのかあたしにはよくわからないわ。物語を必要としていないというならあなたには何が必要なの。
三原　何も必要としていないのかもしれない。
霧島　エゴイストね。昔からそうだったけど。――きれいな夜景ね。
三原　都市の夜はいつも美しい。こんな光景を見ると凡庸なる常套句はいかに偉大であるかがわかる。すなわちこうだ。まるでダイヤモンドのようだ。
霧島　ホント。ダイヤモンドみたい。
三原　もうひとつの常套句を言ってみせようか。まるで箱庭みたい。
霧島　ホント。まるで箱庭。あの箱庭の中で棲息してたのね、あたし。
三原　十年前。
霧島　ひっそりと。プランクトンのように。
三原　プランクトンのように、か。どうだい成功の香りは。やはり甘き美酒ってところかい。
霧島　現実になってしまえば、すべては退屈だわ。いまあたしが欲しいものわかる?
三原　さあね。
霧島　愛よ。

三原　凡庸なるセリフだね。
霧島　あたしは平凡な女。常套句が好きな女。
三原　嘘をつけ。君は平凡が嫌いだったはずだ。そのエネルギーをバネとしてここまできたはずなんだ。
霧島　あんまりいじめないで。
三原　十年前だ。
霧島　あら、何かしらいまの。
三原　ネオン輝く海の底。
霧島　犬だわ。犬が高速道路を駆けてる。
三原　むっとくる愛液の香り。サテン・ドッグ。
霧島　あらあそこにも犬。
三原　ルームナンバー7。お仕着せの少女の部屋。
霧島　あそこにも犬。
三原　狭いシャワー室。
霧島　ビルの影に犬。
三原　石けんのしずく。
霧島　街路樹に犬。
三原　長い髪。似合わない香水。
霧島　停まったタクシーに犬。
三原　やせた体。細い足首。
霧島　あなたには見えないの。
三原　さっきから見えてるさ。異常だ。異常すぎる。

霧島　犬が駆けていく……一四、二四、三四、四……八四……

と、愛身とブロンディがすっと闇より現われる。

愛身　お呼びでしょうか。
霧島　何でもないわ。今夜はもう帰っていいから。
愛身　はい。

と、ブロンディが霧島にすり寄る。

霧島　ブロンディ、おまえはいい子だねえ。こんなにあたしになついてくれて。まるで前からあたしを知っていたみたい……

と、空間が歪む。人々はストップモーションのまま。舞台空間が微妙に変化をとげていく。
時と空間が花火を散らす。と、そこは一九四四年のベルリン。ナチス帝国総理府。
と、霧島はヘンリエッテ・フォン・シーラッハ。三原はヨゼフ・ゲッベルス。愛身はゲーリングに変化している。
（無論、俳優は違う者によって演じられる）

シーラッハ　総統はどうなさってるの。
ゲッベルス　以前のままだ。疑心暗鬼に陥っている。我々も寄せつけようとしない。
ゲーリング　あんな大将についていっても仕方がない。誰か代わりをたてなきゃいかん。

ゲッベルス　言葉を慎め、ゲーリング。総統はあくまで総統だ。
ゲーリング　おまえも偉くなったなゲッベルス。
ゲッベルス　総統のおかげだ。そしておまえも総統のおかげでいまのおまえがある。
ゲーリング　じゃあどうしろというんだ。
ゲッベルス　待つんだ。総統が元に戻るまで。
ゲーリング　キチガイがマトモになるまで待てってのか。気の長い話だな。
シーラッハ　いろいろなことがありすぎたの。でも総統にはまだ一分の希望がある。それはあの暗殺計画でも命をとりとめたこと。彼はまだ自分の運の強さを信じることができる。
ゲッベルス　星占いでは我々が有利になるようにでている。きっと万事うまくいく。
ゲーリング　星占い！　星占いによって政策を決定してると知ったら後世の歴史家は大笑いだろうな。
ゲッベルス　どれもこれもわが祖国を思ってのことだ。ゲーリング、君は引き取ってくれたまえ。
ゲーリング　何をぬかすかこのカマキリは！
ゲッベルス　カマキリ!?
ゲーリング　祖国のことはこのわしが一番考えとる。考えとるからこそいまの総統では危ないと言ってるんだ。キチガイに国務が任せられるか。
ゲッベルス　総統をキチガイ呼ばわりするかこのドイツカバ！
ゲーリング　ドイツカバ!?　言ったなあこのトウヘンボク！
ゲッベルス　何をこのスットコドッコイ！
シーラッハ　議論してる場合じゃないでしょ。要は総統を正常な精神に戻すこと。

奥よりヒトラーの叫び声。

ゲッベルス　おいでになった。

ヒトラー、憔悴し切った様子で現われる。

ヒトラー　……ウパウパチンチン。ウパウパチン。
ゲーリング　何語だありゃ。
シーラッハ　わかりません。ただうわ言のようにつぶやいていて。
ヒトラー　ウパウパチンチン。ウパウパチン……
ゲッベルス　言語学者を呼んで調べてもらおうか。なにやらスワヒリ語のようだが。
ヒトラー　（急に）ブ・ロ・ン・ディ・ー！
シーラッハ　ブロンディーを呼んでます。どうしましょう。
ゲーリング　連れてくればいいじゃないか。
ゲッベルス　二日前から行方不明なんだ。
ヒトラー　ブ・ロ・ン・ディ・ー！
ゲッベルス　どうすりゃいいんだ。
ヒトラー　ブ・ロ・ン・ディ・ー！
ゲーリング　何でもいいから似たようなシェパード犬を連れてこい。
シーラッハ　そんなことしてもすぐばれます。

と、二人のＳＳ隊員。

SS隊員　ブロンディをお捜しで総統。
もう一人のSS隊員　それならぼくたちが知っています。
SS隊員　総統まずこれをお飲みください。

と、差し出す小さな瓶。

ゲーリング　何だありゃ。

ヒトラー、瓶を受け取る。

ゲッベルス　誰にことわってここに来た。
SS隊員　総統を助けにまいりました。
ゲッベルス　なんだと。
SS隊員　物語のほうから助けにまいりました。
ゲッベルス　物語に——

と、ヒトラーが瓶の中身を飲もうとするのを見て、

ゲッベルス　待って。飲むんじゃない！

と、ゲッベルス、ヒトラーに駆け寄ろうとするのをもう一人のSS隊員止める。
と、SS隊員が銃をぬくのを見てゲーリングが先に銃を発射する。ひざまづくSS隊員。
ヒトラーは瓶の中身をすでに飲み、喉をかきむしっている。

ヒトラー　ウパウパチンチン。ウパウパチン。ウパウパチンチン。ウパウパチン……

ゲッベルス　暗殺だ、暗殺計画だあ！

ゲーリング、SS隊員に何発も銃を撃ち込む。SS隊員、銃を受けながら、

SS隊員　総統まいりましょう。もうひとつの現在に。

ヒトラー　ブロンディー！

と、ヒトラーの声がかき消える。空間の歪み。風の音。時と空間が散らす火花。
と、そこはシアター森林浴。
ヒトラーはヒトラーを演じる神田になっている。シーラッハはエヴァを演じる霧島。ゲーリングは三原。SS隊員はユダヤ人を演じる俳優。ゲッベルスはブロンディ。それを止めに入っているもう一人のSS隊員は騒太郎。舞台稽古の真っ最中。俳優たちは本番通りのメイク、衣裳をつけている。（ここも演じる俳優は違う）

三原　早くその犬をどこかにやって。

騒太郎　はい。

ブロンディ　ガルルー。

騒太郎、ブロンディを連れていく。

神田　びっくりしたなあ。いきなり襲いかかってくるんだからな。
霧島　あなたが嫌いなのよ。
神田　犬は昔から好きなのになあ。あの目ったら本当におれをかみ殺しそうだった。あの犬、どうにかしてよ、霧島さん。
霧島　うるさいわね。あんたのヘボ演技みて頭にきたんじゃないの。犬だってお見通しよ。
神田　おれまいっちゃうなあ、もう。
三原　さあ、もう一回いくよ。さっきのところから、いいね。ヨーイ。

と、手を叩いて去る。神田、銃をとり出す。

ユダヤ人を演じる俳優　やめてくれ、殺さないでくれ。

と、神田、撃つ。ユダヤ人を演じる俳優はひざまずく。

神田　ああ殺してしまった。また罪もないユダヤ人を。おれはなぜこうしなけりゃいけないのだ。おれは呪われている。おれの人生は呪われている。
霧島　いいえ、あなたは呪われてなんかいやしない。あなたはただ怖がっているだけ。
神田　怖がっている？　何を。
霧島　あなた自身を。

神田　私自身を。

霧島　なぜならあなたは世界をすでにどうとでも変えられるから。あなた一人が世界の運命を握っているから。

神田　私自身がそれを望んだ。

霧島　でもあなたはいまそのあなた自身を怖がっている。

神田　怖がってなんかいやしない！

と、神田、霧島に銃を向ける。

霧島　総統、撃ってごらんなさい。そうこのあたしもいまではもうユダヤ人。

神田の銃を握った手、震える。

霧島　御覧なさい。アウシュヴィッツ焼却炉のあの亡霊たちを！

と、飛び出す森林浴一座の歌謡ショー。神田と霧島もいっしょになって踊る。
ショーが終わると、三原と大島出てきて、

大島　どないだすセンセ。おもしろいがな、最高やがな。これこそホンマの異化効果ゆうもんでっせ。これでお客はんは大喜びや。

三原　（がっくりきて）歴史が、歴史が歪められている。

大島　何言うてんねん、センセ。これ最高やがな。さ、昼飯や。みんなで弁当食べまひょ。

三原　大島さん、ぼくはやめさせてもらいます。

大島　そないなこと言うたって困りまんがな。

霧島　あら、このほうが前より全然おもしろいわよ。

三原　うるさい！

と、霧島の頬を叩く。

と、霧島、キーッと足をバタバタさせ、

霧島　なにさあんた、偉そうに。帰ってやる。もう今日は公演中止。帰ってやる。あたし帰ってやる。

大島　そないなこと言うたかて霧島はん──

霧島　愛身、帰るわよ。車呼んでちょうだい、愛身！

と、愛身、出てくる。

霧島　愛身、早く車呼んでちょうだい。

愛身　あのそれが……

霧島　何よ、どしたのよ。

愛身　劇場の周りが犬でいっぱいなんです。

三原　犬が？

と、騒太郎が飛び出してきて、

騒太郎　大変だ、支配人。犬が劇場の周りに数百匹取り囲んで、とても外に出られない。
大島　犬が数百匹ってあんた夢みてんのとちゃうか。
騒太郎　夢なんかじゃ――

と、騒太郎、苦しみだす。異常なほどに苦しむ。
と、周りから数百匹の犬の吼え声。

三原　本当に犬だ……

と、騒太郎、全身の力をふりしぼるようにして叫ぶ。
と、何かの衝撃音。白煙とともに現われるはヒトラー、ゲーリング、ゲッベルス、シーラッハ、二人のＳＳ隊員。

ヒトラー
ゲーリング
ゲッベルス
シーラッハ　ウパウパチンチン。ウパウパチン。

二人のＳＳ隊員、帽子をとる。顔がはっきりとわかる。それは乱蔵と痴草。

乱蔵　久しぶりだな騒太郎。こっちは相変わらずの平穏無事か。

痴草　騒ぎの火種を持ってきてやったよ。ほんの手みやげだ。
騒太郎　乱蔵、痴草、きさまら――
ヒトラー　ゲッベルス、ここはどこだ。
ゲッベルス　はっ。察するところもうひとつのベルリンのようで。
ヒトラー　もうひとつのベルリン……

そのヒトラーにブロンディが駆け寄る。

ヒトラー　ブロンディ！
霧島　なによ神田、いつまでやってんのよ。
神田　いやぼくはここにいます。
霧島　（驚き）じゃああれは誰。
三原　ヒトラーだ、本物のアドルフ・ヒトラーだ！

と、舞台には何枚もの壁が行き来する。戯ルが花道から、

戯ル　壁や、新宿区が壁に囲まれとる！
騒太郎　乱蔵、きさま何をした。
痴草　計算外だ、変なもん持ってきちまったぜ乱蔵。
騒太郎　乱蔵！
乱蔵　壁だ。ベルリンの壁だ。

壁、激しく行き来する。
騒太郎、乱蔵、痴草、戯ル、愛身、ブロンディ、一斉に吼えまくる。
やがて壁は集まり、巨大な一枚となって完全に舞台を隠す。
それぞまさしく一九六一年八月十三日に作られたベルリンの壁。
犬の吼え声が響き渡る。

幕間

どーんと何かの衝撃音。
と、「月の砂漠」が流れてくる。
花道にペーター、あざアンネ、いざりアンネ、めくらアンネ、どもりアンネ。
かなり疲れている様子。
五人とも麻の袋を頭から被っており、顔は見えない。

あざアンネ　ペーター、あたしたちどこへ行こうとしているの？
ペーター　安息の地さ。
いざりアンネ　それはイスラエル？
ペーター　いいや、ぼくたちにとって安息の地はイスラエルではありません。アンネたちよ君たちはユダヤの民か。
めくらアンネ　わからない。もうなに人だったのかわからない。
ペーター　その通り。時空間の磁場によって人種と国籍も微妙に湾曲します。
どもりアンネ　あ、あ、あたしたちはい、いまどこにいるの？
ペーター　どこでもない場所。時と空間の離れ小島。歴史と物語の波間に漂うぼくたちは漂流者。
いざりアンネ　この涯てしない砂漠がそうなの？
ペーター　この砂々は時空間の星くずです。
あざアンネ　時空間の星くず？

ペーター この星くずによって世界は成り立っているのです。
いざりアンネ ペーターは頭いいのね。
ペーター さかしまに生きるこのぼくはいつだってある種の天才さ。
あざアンネ さかしまに？
ペーター そうさ、さかしまに。なあに君たちも到り着いてみればわかる。さあ元気よく歌うんだ。終点はもうすぐだ。

五人、歌う。

〽時の砂漠を　はるばると
片輪の四人が行きました
メンスの周期も忘れ果て
歴史の彼方を行きました

いざりアンネ ああ、もうあたしだめ。
ペーター 歩くんだ。このいざり。

と、はりせんでいざりを叩く。

どもりアンネ も、も、もう、足がガクガク。
ペーター ちゃんとしゃべろ、このどもり。

と、叩く。

めくらアンネ　腰がぬけそう。

ペーター　よく見て歩け、このめくら。

と、叩く。

あざアンネ　お腹すいてもうだめー。

ペーター　ドーラン塗って隠せ、このあざ。

と、叩く。

ペーター　やや、アンネたちよ。見えてきたぞ、ぼくたちの安息の地が。

四人のアンネ　エーッ、ホントオー！

ペーター　ん？　壁だ。壁に囲まれている。

五人、舞台を凝視する。

第二幕

壁が一挙に去る。

カブキ町の人々は興奮状態にある。そこはカブキ町演説会場。人々の中に三原、霧島、大島、神田、ブロンディ、騒太郎、戯ル、愛身、ゲッベルス、ゲーリング、シーラッハがいる。

舞台の後方に落書きだらけのカブキ町の壁がある。

やがて鳴り響くロック。ヒトラー現われる。ヒトラー、ボーカルとして歌う。その傍に乱蔵と痴草。人々の手拍子、クラッカー、矯声と熱狂のライブ。

やがてゲッベルスがマイクをとって、

ゲッベルス　諸君、明日はいよいよ各ファッションマッサージ本部を占拠する。本番はあるまい。戦いは進む！　見よ、いま行進の一隊がさくら通りから一番街通りにはいってくる。首相官邸の前にハーケンクロイツの旗がひるがえり、幾つもの赤旗が総統の前に一団となり、総統に対して敬意をこめて挨拶する。「街々に、いまぞはためくヒトラーの旗……」
やがて朝が訪れる。長い夜が終わった。太陽が再びドイツにさしのぼった。ハイル・ヒトラー！

人々、口々に「ハイル・ヒトラー」を叫ぶ。と、ヒトラー、泡をふいて倒れる。

駆け寄るゲッベルス、ゲーリング。

ヒトラー　……ウパウパチンチン……ウパウパチン……

ゲッベルス、ゲーリング、ヒトラーを抱えて連れていく。

シーラッハ　総統は長旅の疲れをいやすため、しばし静養いたします。人民たちよ、もう一度確認しておきましょう。何が起ころうとわが祖国ドイツは不滅です。

シーラッハ、去る。

大島　いまの「ハイル・ヒトラー」のシーン、あんたが書いた芝居の一部やがな。なんでわいらがやらにゃあかんのや。

三原　ぼくに聞いたって仕方がない。

大島　何が祖国ドイツやがな。ここはニッポンやがな。三原はん、どないなっとるんや。

霧島　そういえばいまのシーンは一幕のプロローグだわ。

三原　おれたちはいま物語の中に足を踏み込んだのかもしれない。自分自身が描いた物語の中に。

霧島　あなたの物語論でこの事態が解明されるというの。あの壁は何よ、ベルリンの壁。あなたの物語の中にヒトラーやゲッベルスは現われてもあの壁は現われやしなかったわ。

乱蔵　一九六一年八月十三日、東ドイツ軍壁を建設。

痴草　現在、新宿区を囲んでいるあの壁は紛れもなく現在、一九八五年時点でのベルリンの壁と考えられます。

霧島　それじゃあベルリンのほうではどうなってるのよ。西ベルリンと東ベルリンの間に壁はなくなったっていうの。

乱蔵　わかりません。壁の向こうに出て確かめてみるまでは。

大島　あいつら長旅や言うてたけどどこかのドサ回りとちゃうねんか。
乱蔵　時空間の旅です。歴史の時間を越える旅。
大島　なんやそれ。
痴草　ベルリンと新宿が時空間の涯てで姉妹都市となったのです。
騒太郎　乱蔵、おまえ何をした。
乱蔵　なあにちょっとばかりヒトラーにたらしてやったのよ。
騒太郎　たらした？　何を。
乱蔵　黒薔薇のエキス。
戯ル　黒薔薇のエキス？
乱蔵　ヒトラーが秘かに愛した黒薔薇の香りのエキス。
霧島　あたし壁の向こうに出てみるわ。
乱蔵　やめとけ。
霧島　このまま新宿にとどまってたってらちあかないじゃないの。

と、霧島、後方の壁に向かう。

乱蔵　やめろ。壁に近づくな！

と、轟音とともに舞台奥より台が動いてくる。台の上には麻袋を被ったペーター、あざアンネ、いざりアンネ、めくらアンネ、どもりアンネ。吹き飛ぶ霧島。

霧島　なあに、なんなのこれ。

ペーター　時の砂漠からやってまいりました。わたくしども、迷える登場人物たちです。

三原　迷える登場人物!?

ペーター　歴史からも抹殺され、物語にも排除された家なき子がわたくしどもなのです。さあアンネたち、ここがわれらが安息の地だ。

四人のアンネ、ゆっくり麻袋を取る。と、四人は頭に三角巾をしたなんの障害もない美少女たち。

あざアンネ　着いたのね。やっと着いたのね。

めくらアンネ　見える。世界が見えるようになった。

どもりアンネ　あいうえお、かきくけこ。

いざりアンネ　歩けるわ。大地を踏んで歩ける。

どもりアンネ　さしすせそ。たちつてと。どもらない。あたしどもらない。

あざアンネ　あたしキレイ?

いざりアンネ　キレイよ。あんたとってもキレイよ。ねえ、あたしは?

どもりアンネ　あたしは?

めくらアンネ　あたしは?

あざアンネ　みんなとってもキレイよ!

四人のアンネたち　うわー。

と、はしゃぐ。

三原　また変なのでてきた。（と、頭を抱える）

大島　こないなドサ回りばかり集もうてしもうて、弁当代大変やがな。

あざアンネ　ねえここはどこなの、ペーター。

ペーター　もう言ってもいいだろう。ここはいままでの土地のどことも違う場所、現在。ただの現在。

四人のアンネたち　ただの現在？

霧島　あなたいまの意味を解明して。

三原　だめだ。おれの物語論からはとっくにはみだしてしまってる世界だ。

ペーター　悩んでいるあなたは察するところ物語作家。

三原　いやぼくは別に物語を書いてるわけじゃ――

ペーター　つまらぬ弁解は不要です。ここは現在。ただの現在。

戯ル　あんまり調子に乗んねえほうがいいでえ。

ペーター　!?

戯ル　聞き覚えのある声やがな。わいとは一年前行ってきた島原の乱のとき以来や。のう遊介。

ペーター　くっくっくっくっくっ。

戯ル　治らんのう。おまんのロリコン趣味は。

ペーター　よくわかったな戯ルのアニイ。

ペーター、ゆっくり麻袋をとる。ペーターの顔、露わになる。ギョッとする一同。ペーター、実は遊介の顔、左半分が醜く焼けただれ、左眼球が流れて頬のあたりにある。

四人のアンネたち　ペーター！　どうしたのペーター！

戯ル　遊介、きさま。

遊介　ひどい顔だろ。時の旅行のやりすぎだ。時空間の磁場をあまり浴びすぎるとこうなる。乱蔵、おまえもあまり遊びすぎるとこうなるぜ。

乱蔵　おまえみたいなヘマはやらんぜ。

遊介　たいそうな自信だな乱蔵。ところで今回はすげえもん運んできたじゃねえか。

乱蔵　なあに、事の成りゆきよ。

四人のアンネたち　ペーター。あなたは本当にペーターなの。

遊介　そう、ぼくはペーター。こんな顔をしてたって変わらない君たちの恋人ペーターさ。

四人のアンネたち　わーい、ペーター。

と、四人、遊介に抱きつく。

大島　えらいこっちゃ。こりゃえらいこっちゃ。

霧島　これはどういうことなの。騒太郎、あなたあいつらと仲間なら、このことを説明してちょうだい。

騒太郎　ぼくたちは犬なんです……

三原　犬!?

騒太郎　時をかけめぐる犬なんです。

と、風の音。騒太郎、戯ル、愛身、乱蔵、痴草、遊介、ゆっくり念じ始める。あたり暗くなる。

騒太郎　あとの二匹はいまどうしているのかわかりません。どこか違う時間の違う土地で活躍しているのでしょう。ぼくらは八匹の犬なんです。騒！

戯ル　戯！
愛身　愛！
乱蔵　乱！
痴草　痴！
遊介　遊！

と、天空に六個の玉。「騒」、「戯」、「愛」、「乱」、「痴」、「遊」が光り輝いて浮かぶ。

騒太郎　ぼくたちは影の馬琴によって種をまかれて育った八匹の犬なんです。
三原　影の馬琴？　あの滝沢馬琴のことか。
騒太郎　滝沢馬琴であると同時に滝沢馬琴ではない。影の馬琴です。カブキ町伝説における影の馬琴です。

と、宙に浮かぶ馬琴の霊。一同、「おー！」

騒太郎　カブキ町伝説における最大の功労者、馬琴です。しかし現在はもう死んでいません。あなたたちがいま目にしている馬琴はいわば活字上における馬琴にすぎません。馬琴はぼくたちを駆使してこのカブキ町を舞台にさまざまな物語を書きました。その物語群がいまの、カブキ町伝説となって夜と風の谷間に残されています。夜と風の谷間に建てられた闇の図書館に。
三原　闇の図書館……

騒太郎　われらの母は夜、父は風、その図書館にはカブキ町とわれら八匹の犬に関するさまざまな文献が残されているということです。とにかく、ぼくたちは馬琴の筆と半紙によっていろいろなことをさせられました。しかしぼくたちはいやになったのです。すべてがいやになってしまったのです。
三原　なぜだ。
騒太郎　物語通りに動くのがいやになってしまった。なぜなら、ぼくたちは自由が欲しかったから。
乱蔵　（笑い）そんな言葉を使うと笑われるぜ、騒太郎。
騒太郎　ならばどう言えばいい乱蔵。おれたちを作者殺しへと駆り立てたのが、自由への衝動以外のなんなのだ。
三原　作者殺しというと。
戯ル　続けな騒太郎。
騒太郎　馬琴を殺したんです、ぼくたちが。そしてそうやって作者殺しを経たぼくたちには時空間を自在にワープできる力が備わったんです。すなわち、これです！

と、巨大なパネルが現われる。そこには次頁のような図解がある。馬琴の霊と玉は消える。

大島　これがなんやねん。
騒太郎　歴史と物語の構造を描いたウンチ星雲です。
三原　ウンチ星雲!?
騒太郎　中央のウンチをよく御覧ください。世界とはこのようにウンチ状にとぐろを巻いており、我々が立つこのたったいまとはウンチの中の一部にすぎないのです。
大島　くっさー。
騒太郎　黙って。このウンチはこのように下部より歴史の数々を吸収して成り立っております。しかしこのウンチの

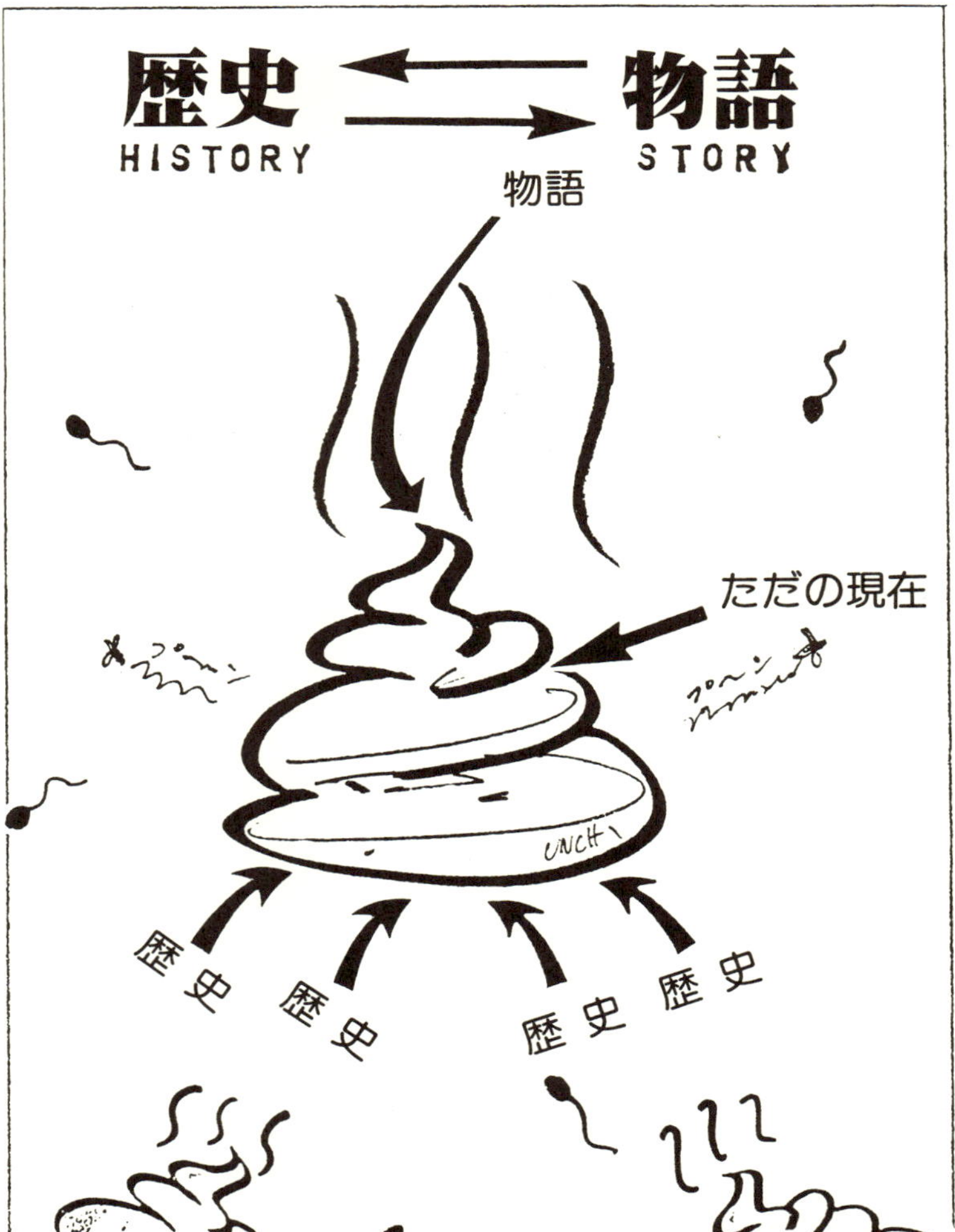
歴史
物語
HISTORY
STORY
物語
ただの現在
UNCHI
歴史
歴史
歴史
歴史
迷える民

構造は複雑に入り組んでいます。上部を御覧ください。上部のこの小さな入口より物語が侵入してきます。量は歴史より劣りはしますが、この物語の力はさもすれば歴史より絶大なるものをもっています。このように歴史と物語が拮抗しあい、またあるときはなれあいながらとぐろを巻いているウンチの中央部分が我々がいま立つ現在です。

三原　すると、我々とはウンチの中に蠢めくただのぎょう虫にすぎないというのか。

騒太郎　そうとも言えます。ウンチ星雲には、このようなウンチが幾億個と浮遊しています。つまり幾億もの歴史と物語、そして現在が存在するというわけです。

三原　幾億もの現在だと。だとすればいまここの現在以外にも現在があるというのか。

騒太郎　その通り。

三原　現在はひとつだ。ひとつだからこそ現在であるはずだ。

乱蔵　古いぜあんた。過去のドラマツルギーに縛られすぎてるぜ。

三原　幾億もの現在の中のひとつである現在は現在なんかじゃない。

騒太郎　だから言ってるんでしょう。ただの現在だと。現在がどれほど重要なものであるというのです。世界は現在一個から成り立ってはいません。このようにウンチのごとくとぐろを巻いた中にうじ虫のようにして存在し、そのウンチが幾つも浮遊しているのがこの世界なんです。だからこの現在はただの現在、とりあえずの現在。

三原　とりあえずの現在だと!?　じゃあおれがいままで書いていたものはいったい何だったんだあ!

乱蔵　お目出たいぞよ、物語作家。おまえはとりあえずの現在に生き、ただの現在を素材にとりあえずの物語を書いているにすぎない。

三原、頭を抱える。

乱蔵　おれたちは歴史のほうからヒトラーを連れてきた。ちょっとしたこれはお遊びだ。どこに現われるかは、現われてみるまでわからなかった。まさかこのカブキ町に到り着いたとは、これもまた何かの因縁か。なあ騒太郎。しかしこうも簡単に事が運ぶとは思わなかった。どれもこれもこれのおかげだ。

と、取り出したのは一輪の黒薔薇。

乱蔵　歴史と物語の往復作用にこの黒薔薇のエキスは何かの効力を発揮する。ヒトラーの官邸にも山荘にもいつも黒薔薇が花瓶に孔雀の羽根のように存在する。ある意味じゃこれも運命だったんだ。黒薔薇を好んだアドルフ・ヒトラーの。

三原　それじゃあ本当の歴史はどうなるんだ。

乱蔵　本当なんて概念はどこにもないさ。これは世界史からはみだしたもうひとつの歴史なんだ。物語からはみだしたおれたちの手にかかれば、すべてははみだしたものとなる。

騒太郎　乱蔵、この壁はどういうわけだ。

乱蔵　こいつは計算外だった。黒薔薇の力の副作用だ。力が強すぎて余計なものを運んできちまったらしい。

戯ル　乱蔵どないしてくれるんや。わいらあの壁のせいで新宿から一歩も出られへんで。

霧島　どうにかしなさいよあんたたち。

遊介　どうにもなりゃせんよオバサン。

霧島　オバサンとは失礼ね。

遊介　壁の向こうは時と歴史の渦巻くパラレル・ワールドの波が流れている。その波頭に少しでも触れればおれみたいになっちまうぜ。

霧島　なによ、誰かなんとかしてよ。こんなんじゃもう赤プリで食事もできないじゃないの。

と、ブロンディが吼えながら舞台の奥の壁に向かって駆ける。
ブロンディ、壁を越えようとする。
と、銃声。ブロンディ、「キャイーン」と鳴いてはね飛ばされ、「キャンキャン」と去る。
と、壁の向こう側に幾本もの黒薔薇が出現する。

乱蔵　やっぱり思った通りだ。時空間の黒薔薇だ。あっちのほうがまだうわ手だぜ。

三原　おまえたちにもどうしようもないのか。

騒太郎　ぼくたちにもまだわからないことはたくさんある。例えば、この世界である一個のウンチはいったい誰がしたウンチなのか、と。

乱蔵　騒太郎、そいつは作者だよ。

騒太郎　作者？

乱蔵　作者よ。馬琴とはまた違うもっと巨大な作者がしたウンチよ。だからおれたちまだ自由ではないわけよ。

めくらアンネ　聞いたアンネ。

どもりアンネ　聞いたわよアンネ。

いざりアンネ　自由じゃないって。壁に囲まれてるって。

あざアンネ　あたしたちはまだ自由じゃないんだわ。まだ何かに怯えて生きていかなきゃならないんだわ。ここは安息の地ではないんだわ。

四人のアンネたち　ここは安息の地ではないんだわ！

と、泣く。

乱蔵　遊介、なんだこのうるさい連中は。
遊介　時の砂漠で行き場所を失くした迷える民さ。
戯ル　どないすんねん、こいつら。
遊介　大丈夫。ここに連れてきたからには元に戻る。
戯ル　元に？
遊介　（腕時計を見て）ほら、もう時間だ。

と、四人のアンネたち苦しみだす。と、空中で四人固まったと思うと、衝撃音。白煙の中に立つ一人の少女。ノートに日記を書いているその少女。
少女、ゆっくりと顔を上げる。

騒太郎　アンネ・フランク！
遊介　アンネ。さあぼくがペーターだ。

アンネは黙ったまま日記を書き続ける。

三原　ああ。なんだか目まいがしてきた。

と、去る。

大島　えらいこっちゃ、えらいこっちゃ。弁当人数分や！

と、三原を追って去る。神田も追う。遊介、アンネに近づき、

遊介　わからないのかアンネ・フランク。ぼくは君に会いたかった。歴史のなかの可哀想な美少女アンネ・フランク。ぼくは君に会いたかった。だからぼくは苦労して君をここまで連れてきたんだ。さあ、ぼくがペーターだ。君の恋人ペーターだ。

アンネ、明らかに怯えている。

遊介　こんな顔になっても君は愛してくれるねアンネ・フランク。さあキスをしておくれ。あの日記の中のようにキスしておくれ。

遊介、迫る。アンネ、耐えかねて逃げる。

遊介　バカな。歴史と違う。歴史と違うぞこれは！

と、アンネを追う。

痴草　あのスケベが。

戯ル　遊介は自分の趣味のために力をムダ使いしとる。たまらんわ。

騒太郎　乱蔵、きさまどうするつもりだ。

乱蔵　そう怒るなよ。おまえの性格変わらんなあ騒太郎。おまえみたいの田舎の生徒会長っていうんだ。どうにかならあよ。

戯ル　どうにかなるいうたって、わし神戸に帰れなくなってしもうた。戦争おきたらどないすんや。オヤジに顔むけでけん。

痴草　違うキャラクターを捜せ、戯ル。

乱蔵　そうよ戯ル。神戸のチンピラなんざせこいキャラクター見つけよって。

戯ル　じゃかましか。わいはこのわいのキャラクター気に入っとんのや。やっと見つけたキャラクターや。

痴草　ケッ。

乱蔵　愛身は愛身で『Wの悲劇』かよ。少女趣味ね、あんた。

愛身　うるさいなあ。

乱蔵　役者になんかならなくてもおれたちゃ最初から役者みたいなもんじゃねえか。それにしても騒太郎、おまえは地味だなあ。そうじ夫だってよ、そうじ夫。

と、痴草とバカにしあう。

騒太郎　あのヒトラーたちどうするつもりだよ。

乱蔵　ほっとけ。好きに動くだろうよ。おもしろいじゃねえかよ。どうせ何も起こらないカブキ町だろ。奴らの動きで騒ぎが起こりゃおもしろくなるぜ、こりゃ。

戯ル　おい、わしはファシズム国家好かんで。

乱蔵　どうなるかわかりゃしねえよ。歴史通りいくわけないさ。ここは現在だ。わかるか騒太郎、これはゲーム、歴史ゲームだ。

と、ゲーリングがビールを飲みながら笑ってやってくる。

ゲーリング　いやあ、わが親愛なる同志たちよ。

と、乱蔵、痴草、靴を合わせて、

二人　ハイル・ヒトラー！
ゲーリング　ハイル・ヒトラー。この土地のビールもなかなかにうまい。いいところへ連れてきてくれた。
乱蔵　総統のご病気の療養にはここが一番かと思いまして。
ゲーリング　結構。実に結構。空気は澄んではいないが、すべてが発達しておる。総統もきっとよくなるであろう。さあ、同志たちよ、ビールだ。ともにビールを飲もう。
乱蔵
痴草　はっ。

と、ゲーリング、乱蔵、痴草去る。

戯ル　うまそうやなビール。わいもちょっといただいてくるわ。

戯ル、あとを追う。残ったのは霧島、騒太郎、愛身。

と、霧島、一挙に緊張がとけたかのようにばったり倒れる。愛身がかけ寄る。

愛身 大丈夫ですか。

霧島 これからどうなるの。あたしたちはどうなるの。

騒太郎 ……もうひとつの歴史が始まろうとしているんです。このカブキ町に。いやもうひとつの物語かも……

騒太郎、去る。巨大なパネルは消える。

霧島 ホテルに戻るわ。それからもう一歩も出やしない。何がなんだかわからない。悲しいんだか、うれしいんだかわからない。こんなときいつも感じるわ。あたしは結局のところ誰も愛してない。その報復としてあたしは誰からも愛されていない。

愛身 しっかりしてください。そんなことはありません。

霧島 愛身よく聞いとくがいいわ。成り上がっても喜びはつかの間。すぐに日曜日の夕暮れのような退屈さがやってくる。どうしようもない退屈さ。それを紛らすために決まった相手とベッドの上で愛しあっても、なんの変わりもない。深夜、古い映画のヴィデオを見ながら夜が明けるのを待つ。そんな日々よ愛身。そんな日々でしかないのよ、あたしたちは。

愛身 ……

霧島 車を呼んでちょうだい。ホテルへ帰るわ。

愛身 はい。

愛身、去る。

ゲッベルス、現われる。

ゲッベルス　あなたは女優だそうですな。
霧島　あなたは誰?
ゲッベルス　ほう、私を知らない人がいるとはこれは驚きだ。宣伝相のヨゼフ・ゲッベルスです。
霧島　ああ、あなたが。戦争映画で一度聞いたことがあるわ。
ゲッベルス　映画。映画というとリーフェンシュタールの『民族の祭典』?
霧島　知らないわ。
ゲッベルス　『意志の勝利』は?
霧島　知らない。お願い一人にしておいてくださらない。
ゲッベルス　わがドイツのことで何か御存知のことと言うと?
霧島　ドイツ?　ヘルツォーク。ファスビンダー。ヴェンダース。
ゲッベルス　どれも知らん名だ。
霧島　ディートリヒ。
ゲッベルス　ディートリヒ!?　あの淫売。
霧島　知ってるの。
ゲッベルス　知ってるもなにも、あの女はドイツを売ったメスブタだ。
霧島　あら、あたし好きよ。『モロッコ』も、『嘆きの天使』も。
ゲッベルス　――まあいいでしょう。その代わりそのことを総統の前では言わないように。
霧島　そう言えば『ニュールンベルグ裁判』にも彼女は出てた。
ゲッベルス　何です、それは。

霧島　『ニュールンベルグ裁判』よ。あなたを見て思い出したの。
ゲッベルス　あなたにお願いがあります。総統にあなたの舞台を見せてあげてください。

と、霧島の手を取る。

霧島　え？
ゲッベルス　総統は現在、心の病に侵されています。なにか元気の出る舞台で総統の病をいやして欲しいのです。
霧島　元気の出る舞台って――
ゲッベルス　あなたならそれができる。私にはわかる。あなたは魅力的だ。

と、ゲッベルス、霧島にキスしようとする。霧島、よける。

霧島　ちょっと何する気、あんた。
ゲッベルス　おとなしくするんだ。私の名前はヨゼフ・ゲッベルス。
霧島　それがどうしたのよ。
ゲッベルス　私の名前を聞いて私のことを拒んだ女はドイツに一人もいない。人々は私のことを言っているよ。女優キラーのヨゼフとね。
霧島　あたしには関係ないわ。
ゲッベルス　それが関係あるのさ。なぜなら私たちはもう出会ってしまっているんだから。

ゲッベルス、なおも迫る。

霧島　やめて、やめてってば。

と、シーラッハ。

シーラッハ　ゲッベルス！

と、ゲッベルス、慌てて離れる。

シーラッハ　あなたって人は本当に男でしかない男ね。
ゲッベルス　私は総統のことを思って任務をまっとうしてるだけであって——
シーラッハ　お黙り。（霧島に）この人には近づかないほうがいいわ。何かあったら直接この私におっしゃってください。
ゲッベルス　そういう言い方はないだろう。
シーラッハ　これを読むがいいわ、ゲッベルス！

と、一冊の本を投げる。ゲッベルス、受け取る。

ゲッベルス　（タイトルを読む）第三帝国の興亡……
シーラッハ　そこに私たちのことが書いてあるわ。いや正確に言えばあなた方のことが。

ゲッベルス、ページをめくる。


ゲッベルス　（読む）一九四五年一月十九日、ドイツ軍ポーランド主要都市より撤退。

アウシュヴィッツ収容所解放。

二月十三日、ブダペスト撤退。

三月十九日、ヒトラー、全ドイツの破壊を命令。


読みながら次第にページをめくる手が震え、興奮してくる。


ゲッベルス　四月十三日、ウィーン撤退。

四月二十二日、ソ連戦車隊、ベルリンに突入。

四月二十九日、ヒトラー、ヒムラーとゲーリングの逮捕を命令。

四月三十日、ヒトラー自殺。

五月一日、ゲッベルス、ソ連軍に対する降伏がいれられず午後八時半頃、妻子を道連れに自殺する。

五月二日、ベルリン陥落。

（本を床に叩きつける）こんなものはユダヤの陰謀であるにすぎない！

シーラッハ　歴史よ。これがただの歴史。

ゲッベルス　もしこれが歴史であるとするなら、我々はその歴史を変革すればよい。これだけのことを成し得てきた我々だ。既成の過ぎ去った歴史を変えられぬわけがない。

シーラッハ　それならゲッベルス、あなたは私たちがいま直面しているこの現実を認めるってわけね。

ゲッベルス　この現実？

シーラッハ　私たちがいま、一九八五年十一月のニッポンにいるって現実よ。そしてあの壁。ベルリンの壁。あなた方の戦争によってつくられたというベルリンを分けるあの壁。あなた方が残したものは結局あの壁だけだったという戦後の現実。

ゲッベルス　これは何かのカラクリにすぎない。そうきっとカラクリだ。我々を陥れるためのワナだ。そう、きっと総統の暗殺を計画した一味の残党に違いない。くそー。それにしてももしここが本当に一九八五年のニッポンだとしたら、この私とはいったい何なのだ。

シーラッハ　あなたにもわからないことがあるの、ゲッベルス。

ゲッベルス　この私とはいったい何者なのだ……

シーラッハ　答えてあげる。あなたは女たらしのファシスト。

ゲッベルス　（怒りを抑えながら）ハイル・ヒトラー！

と、去る。

霧島　あなたは誰？

シーラッハ　ヘンリエッテ・フォン・シーラッハ。総統のことは幼いころから知っています。もっとも私はナチではありません。総統は言うなれば私にとってやさしいアドルフおじさんというところです。

霧島　なぜあなた方はここへ来たの。

シーラッハ　わかりません。これはたぶん物語のいたずらでしょう。歴史でなく物語の。

霧島　ヒトラーは病気なの。

シーラッハ　総統は極度のウツ状態にあります。誰にも心を開こうとしません。このことは人民には内密にしてありますが。あの人はいままでがあまりに強すぎました。

霧島　強すぎた？

シーラッハ　物事を成し遂げるためには旧友を抹殺することも平気でした。御存知ですか、〝長いナイフの夜〟。あの日レームが処刑されました。

霧島　知ってる知ってる。『地獄に堕ちた勇者ども』でしょ。

シーラッハ　総統には傍でやさしく自分を愛してくれる女性がいなければならないのです。その女性がいることによって総統の精神のバランスはやっと保てられるのです。ところが総統に近づいた女性はいつも悲劇的な死を迎えてしまうのです。姪のゲリィ・ラウバルがその象徴です。総統はお嘆きになっています。「私は女性を不幸にしてしまう」と。総統には献身的な愛が必要なのです。

霧島　献身的な愛……犬のような愛……

シーラッハ　総統は現在、レームとゲリィの霊に苦しめられています。

霧島　エヴァがいるじゃない。

シーラッハ　エヴァ？

霧島　ヒトラーにはエヴァ・ブラウンという立派な愛人がいるじゃない。

シーラッハ　そのような女性は存知あげません。総統は誰か女性を待っています。よろしかったら、あなたが。

と、去る。霧島、見送りながら、

霧島　あの有名なエヴァを知らないの。いまあたしが演じているエヴァ・ブラウンよ。

と、三原が黒薔薇の束を持って現われる。

三原　さあて逆襲だ。物語の逆襲だ。これから歴史をぎゃふんと言わせてやる。
霧島　あなた。
三原　大いなる歴史がいまおれたちの目の前にある。おれたちはもしかしたら歴史の一ページに立ち会ってるのかもしれない。しかし物語は歴史に負けやしない。美輪子、いまの芝居を大幅に改訂する。もっと壮大な物語にしてみせる。
霧島　やけに元気ね。
三原　おれたちは歴史とともにいま生きてる。その歴史を利用しないという手はない。ヒトラーに言い寄るんだ。
霧島　なに、あなた。
三原　ゲッベルスもあの女も言ってたろう。ヒトラーに言い寄れ。口説くんだ。
霧島　聞いてたのね。
三原　その現実をおれは物語にする。本物のヒトラーの肉声が聞けるんだ。ヒトラーと東洋人女性の愛。ほら、おれが描いたフィクションと恐ろしいまでに符合するじゃないか。美輪子、少しの間ヒトラーの女になるんだ。
霧島　あきれるわね、まったく。
三原　おまえは歴史に名も残せる。
霧島　余計なお世話ね。
三原　最後のおれのお願いだ、美輪子。
霧島　最後？
三原　それで芝居が成功したら、結婚しよう。
霧島　ケッコン!?　こんなときによくしゃあしゃあと言えるわね。ばかね、あんた。（と、涙ぐみながら）ホントにあんたばかね。
三原　おれは真剣だぜ。

霧島　遅いのよ。全部が全部遅すぎるのよ。
三原　遅すぎやしない。

と、霧島、三原の頬を張る。

三原　叩くがいいさ。どうせおれたちは同じ種族。品行は直せても品性は直せやしない。――ほらやってくる。大芝居を打つんだ、美輪子。一世一代の大芝居だよ。

と、花束を美輪子に渡す。

霧島　でも献身的な愛なんて……
三原　やるんだ、美輪子。

と、三原は去る。
乱蔵と痴草を傍に連れ、車椅子に乗ったヒトラー、現われる。下を向きなにやらブツブツつぶやいている。

ヒトラー　ウパウパチンチン……
霧島　大臣でいらっしゃいますね。
ヒトラー　大臣!?
乱蔵　バーカ。総統だよ総統。
痴草　大臣だってよ。

霧島　あの総統でいらっしゃいます。私の家の庭に咲きほこった薔薇です。

霧島、花束を差し出す。ゆっくり受け取るヒトラー。

ヒトラー　ウパ。（香りをかぐ）レーム。来るんじゃないレーム。私のせいじゃない。おまえが悪かったんだ、おまえが。（と、急に大声で）ゲリィー！

乱蔵がヒトラーを取り押さえる。

ヒトラー　ウパウパチンチン、ウパウパチン！
霧島　いいかげんにしたら。
ヒトラー　ウパ？
霧島　いいかげんにそのキチガイの真似やめたら。

ヒトラー、がっくり力を落とす。

霧島　総統、あなたもずいぶんの役者ね。
ヒトラー　（小声で）誰だ君は。
霧島　舞台女優の霧島美輪子です。
ヒトラー　（小声で）なぜわかった。誰にもわからなかったのに。
霧島　そうじゃないかなと思って賭けをしてみただけです。

ヒトラー　やるね、なかなか。
霧島　なぜそんな真似を。
ヒトラー　歴史が私をキチガイと呼んでいる。梅毒病み、パラノイヤ、神経症と。だから私はそれに応えてキチガイになっている。
霧島　歴史はあなた自身ではありませんか。
ヒトラー　私が歴史か。そんなバカな。
霧島　あなたが一時期歴史の運命を握っていたのです。
ヒトラー　一個の人間が歴史を左右する。この魅惑的な幻想にとりつかれたとき、人間は人間でなくなる。相変わらず人間であるくせに。どこかまた別の時間で歴史は動いている。（薔薇の香りをかぎ）その謎は黒薔薇の香りとともにベルリンの夜を駆ける。
霧島　弱気なんですね。
ヒトラー　滅亡を前にしている。
霧島　誰の。
ヒトラー　私という人間の幻想の。
霧島　祖国は。
ヒトラー　知らない。
霧島　あなたは根っからの芸術家なのね。
ヒトラー　私ははみだした芸術家だ。もし歴史が私を画家にしたとしても、いずれ私ははみでていただろう。
霧島　なぜ。
ヒトラー　世界を変えたいから。
霧島　どういうふうに。

ヒトラー　やさしく滅亡できる世界に……私はいま滅亡を前にしている。人間は所詮一人であるにすぎないという思いが私を楽にさせている。
霧島　助けて欲しい？
ヒトラー　わからない。
霧島　あなたにはエヴァ・ブラウンがいるじゃない。
ヒトラー　誰だその女は。
霧島　あなたの愛人よ。あたしが舞台で演じているあなたのエヴァ。
ヒトラー　それならば君がエヴァ・ブラウンだろう。
霧島　何言ってるのよ、あたしは日本人じゃないの。いいこと。

と、霧島床に落ちている『第三帝国の興亡』を取り上げ、ページをめくる。

霧島　エヴァ・ブラウンというのはね――あら？――ないわ、どこにもない――あったはずのエヴァの写真も文字も。どこにもないわ！
ヒトラー　（笑って）おもしろい人だ。
霧島　あなたは本当にエヴァを知らないの。
ヒトラー　私に女性はいない。
霧島　エヴァはあなたと死ぬのよ。帝国総理府の地下塹壕で。
ヒトラー　死ぬ？　なぜ。
霧島　それがあなたたちの運命なのよ。
ヒトラー　いつだ。

霧島　それは――（と、ページをめくり）一九四五年の四月三十日。
ヒトラー　そうか……やはりそうだったのか。しかし私は間違ってはいなかった。そのことだけは言える。
霧島　可哀想な人。
ヒトラー　私のことか。
霧島　そう。
ヒトラー　なぜそう思う。
霧島　ただなんとなく。
ヒトラー　栄光に永遠はない。夜に永遠がないように。朝は必ずやってくる。その朝を私は憎む。
霧島　それじゃああなたはずっと夜の世界にいたの。
ヒトラー　その通り。深い夜に。幾人もの女性たちが私を朝に導こうとした。しかし無駄だった。
霧島　あたしが連れていってあげましょうか。
ヒトラー　いまさら無理だ。
霧島　あなたの女性たちはあなたを朝に連れて行こうとしたから失敗したの。あたしは違う。もっと違うところへ。
ヒトラー　私をどこへ連れて行こうというのだ。
霧島　より深い夜へ。
ヒトラー　より深い夜。
霧島　朝ではなくより深い夜へ。

ヒトラー、霧島、見つめあう。

ヒトラー　君たちさがってくれたまえ。

乱蔵
痴草｝ハイル・ヒトラー！

と、去る。

ヒトラー　どこにある、その場所は。
霧島　黒薔薇の影。あるいはあたしの体の奥底。気まぐれの麦畑。

霧島、ヒトラーにキスしようとする。と、どこからともなく日記を抱えたアンネ・フランクが駆けてきて、ペン先をヒトラーの首に突き立てる。

ヒトラー　（首を押さえて）ぐえーっ。何だ何だこいつは。
霧島　アンネ・フランクよ！
ヒトラー　何だそれは。
霧島　あなたが殺したユダヤの少女よ。
ヒトラー　ユダヤか！

と、なおもアンネ、ヒトラーに迫る。ヒトラー、自分で車椅子を動かして逃げる。アンネ、ヒトラーに突き立てる。と、その腕をすんでのところでヒトラー押さえる。

ヒトラー　憎むがいい。思う存分この私を憎むがいい。

アンネ　……

ヒトラー　ぐえー。（と、血を吐く）

と、乱蔵、痴草、飛び出してくる。

乱蔵　総統！

と、アンネ、ヒトラーから離れ、乱蔵らと向かいあう。

乱蔵　やつは本物のアンネ・フランクじゃない、にせアンネだ！

と、銃を撃つ。アンネの胸に命中。と、数人のアンネ・フランクが出現する。

乱蔵　悪霊だ！

と、アンネたち、けたたましく笑う。
と、三原が出てきて、

三原　さ、美輪子逃げよう。

霧島　また立ち聞きしてたのね。

と、その逃げ道をアンネたちふさぐ。
けたたましく笑うアンネたち。

乱蔵 この化けモンが！

と、乱蔵、痴草、銃を撃つが、アンネたちびくともしない。

乱蔵 だめだ。やっぱりこの世界の武器じゃだめだ。

と、乱蔵の肩に飛んできたペン先が刺さる。見ると、アンネたちはアーチェリーを手にし、ペン先をビュンビュン放つ。

痴草 何だ、これは。
乱蔵 キャラクター殺しの作者のペン先だ！
三原 作者のペン先!?
乱蔵 これでやられるとおれたちは弱い。うっ、インクの毒が体を流れていく。ここはひとまず退散だ、ひけー、ひけー。

乱蔵、痴草、三原、霧島、ヒトラー、逃げる。笑いながら追うアンネたち。
無人の舞台。
遊介、戯ル、騒太郎、愛身、ゲーリング、ビールを飲みながらヘロヘロとやってくる。

遊介、戯ル、騒太郎、愛身、酔いながら「君が代」を歌う。

戯ル　どや、これがわいらの国の国歌や。
ゲーリング　結構。まことに結構。わが同盟国ニッポン。

と、握手を求める。

戯ル　そないなこと言いましてもオッサン、ニッポン、戦争に負けましたんや。
ゲーリング　そんなことはないない。わがドイツがついている限りニッポンは負けけん。
遊介　オッサン、そのドイツも負けたんだぜ。
ゲーリング　そんなことないない。
遊介　オッサン、このカブキ町でもう一度戦争起こしてくれって、乱蔵が言ってましたぜ。
騒太郎　やめろよ遊介。
ゲーリング　戦争はもう起こっとります。確実に起こっとります。君たち志願はしたかね。
愛身　何に？
ゲーリング　祖国のために志願したかと聞いているのだ。
愛身　祖国のために何と戦うの。
ゲーリング　この世のいけないものとだ。
戯ル　なんやいけないものって。
ゲーリング　ユダヤ人をはじめとする邪悪なものたちだよ。奴らは世界をだめにする。
戯ル　軍人やねえ。

愛身　でもそれならアンネ・フランクはどうなるの。
遊介　その通り。愛身ちゃん、なかなかのヒューマニズムね。アンネたちを助けたのはこのぼくです。
戯ル　おまえのは下心丸見えや。
愛身　ねえオジサン、祖国って何。
ゲーリング　誇り高きものです。祖国があるからこそ我々もこうしていられるのです。さあ、若き同志たちよ、ともに戦いましょう。

と、握手を求める。

騒太郎　確かにぼくたちは戦う運命にあります。戦う気がなくても、戦わざるを得ない運命にあります。目に見えない世界の目に見えない巨大なものがぼくたちを駆り立てるんです。その巨大なものが何であるかはわかりません。ぼくたちにはわからないことがあまりに多すぎます。その謎の多さと戦っているのかもしれません。ヘルマン・ゲーリング、あなたのその屈折のない明解さと屈託のない信じやすさがぼくにはうらやましい。まずぼくたちには信じられないんです。
ゲーリング　何が信じられん？
騒太郎　この世のすべてのことです。あなたが信じきっている事柄のすべてが、ぼくたちには信じられないんです。
ゲーリング　わしをバカにする気かね。
騒太郎　そんなつもりはありません。ただ戦う相手の見えるあなたと、謎のようななにかグニャグニャしているものを相手にしているぼくたちとは生きる場所が違うと言えるでしょう。
戯ル　言いすぎやで騒太郎。オッサン悩み始めたわ。
騒太郎　この街を見てください。この街はいま、歴史と物語と現在を一手に抱えこんでいまにもパンクしそうです。

ヘルマン・ゲーリング、あなたは物語と歴史、どちらが巨大だと考えます。

ゲーリング　わからん、何もわからん。

戯ル　ほらほら、オッサンは単純なんだから。おーよしよし。

遊介　物語のほうが格が上だ。騒太郎。

騒太郎　わからんぞ。歴史には謎があっても物語にはない。

遊介　物語にだってあるさ。

騒太郎　歴史は人類の誕生という最大のものを抱えこんでる。

遊介　それは歴史か。物語のほうでも人類誕生は神話としてとっくにからめとってるがな。

騒太郎　しかしそれは事実じゃない。

遊介　じゃあ歴史はすべて事実か。事実から成り立ってるのか。

騒太郎　しかし事実とは何だ。

遊介　あー、やめだやめだ。頭がこんぐらがってきた。

愛身　あたしたちはどっちなの。歴史の側それとも物語の側？

騒太郎　わからない。

と、乱蔵、痴草、三原、霧島、車椅子のヒトラー、逃げてくる。追ってくるのはにせアンネたち。

騒太郎　乱蔵！

乱蔵　騒太郎、悪霊どもだ。気をつけろ。作者のペン先を持っている。

と、アンネたち、作者のペン先を放つ。

戯ル きさまら、じゃかましか！

と、アンネたちと六犬士の殺陣。
と、一カ所に追いつめられたアンネたち。
六犬士たち、一斉に斬りつける。
と、ボンと白煙。アンネたちは消え、どろどろの音。現われるは白髪の老人。

乱蔵 おまえは、馬琴！
騒太郎 生きてたのか！

と、馬琴、ニヤリと笑って宙を飛び消える。
ゲーリングがヒトラーに駆け寄る。ヒトラー、ぼう然としている。

ゲーリング 大丈夫ですか、総統。医者だ、医者を呼べ！

と、ゲッベルス、シーラッハ、出てきてヒトラーを連れ去る。ゲーリングも追う。

乱蔵 馬琴の野郎、生きていやがった。

と、ガクリと膝を落とす。

遊介　大丈夫か乱蔵。

乱蔵　作者のペン先にやられた。物語の毒が体を駆け巡る。

騒太郎　まずいぞ。毒が広がれば、乱蔵は活字の中に封じこめられてしまう。永久に書物の中の登場人物でしかなくなってしまう。

戯ル　わいにまかしいや。ちょっと荒療治やでぇ。

と、戯ル、刀で乱蔵の肩の肉をえぐる。乱蔵、犬のように吼える。戯ル、乱蔵の肩の肉に咬みつき、毒を吐き出す。犬のようにがつがつと行なう。戯ル、口の周りを真っ赤にして、

戯ル　どや、これで大丈夫やがな。神戸仕込みのチンピラ治療や。

三原　すごいもんだねえ。

戯ル　てめえが犬だってこと思い出しゃ何でもできるんよ、わいら。

と、一本の矢がビュッと飛んできて壁に刺さる。矢には紙切れが結んである。騒太郎、紙切れをとる。

騒太郎　（読む）「夜と風の谷間、闇の図書館にて待つ」……馬琴だ。

愛身　いよいよってこと。

乱蔵　決着つけなきゃなるめえ。

遊介　行こうか。

騒太郎　おお。

三原　おれも連れていってくれ。その闇の図書館に。いろいろなことを見てしまった。おれだって作者だ。すべてを見るまではもう一行も書けなくなる気がする。

乱蔵　勝手にせい。

三原　美輪子、君はここに待ってなさい。おれは行ってくるから。

霧島　亭主面しないで。あたしだって行くんだから。愛身お願いね。

愛身　はい。

三原　だって危ないから——

と、六犬士、玉を取り出し念じる。

騒太郎　二人欠けてる。相当な力が必要だぞ。

乱蔵　わかってる。

騒太郎　騒！

乱蔵　乱！

痴草　痴！

遊介　遊！

戯ル　戯！

愛身　愛！

と、頭上に輝く「騒乱痴遊戯愛」の六個の玉。

風の音。舞台が割れるとそこは決戦の地、夜と風の谷間、闇の図書館。
本がひしめきあい、風が吹くその地。

三原 闇の図書館……すごい量の本だ。
霧島 寒い。
乱蔵 奴は。
騒太郎 じらしている。心理作戦だ。待つしかないだろう。

六犬士、腰かける。

三原 （本の背表紙を見て）すごい。古今東西の名作が揃っている。（ページをめくり）白紙だ。

次々に本を取り上げていく。

三原 どれもこれも白紙だ！

と、耳をつんざくばかりにさまざまな声が響き渡る。

騒太郎 登場人物たちだ。本の中の登場人物が一斉にしゃべりだしている。
三原 登場人物たちが。
騒太郎 この図書館に閉じ込められている連中さ。

声さらに高まる。耳を押さえる一同。と、すっとやむ。

霧島 やんだわ。

と、ネズミが一匹チュウチュウと舞台を横切る。一同、ネズミを目で追う。

霧島 やだわ、ネズミ。

ネズミ、舞台の上で遊んでいる。

乱蔵 気をつけろ。

ネズミ、去ってしまう。

乱蔵 うむ。ただのネズミであった。

と、またネズミが出てくる。

霧島 こらー、うるさいぞこのネズミ。

と、霧島、ネズミを追う。と、ネズミ、一挙に馬琴になる。

霧島 キャーッ！

馬琴 ハラハッハ。ハラハッハ。

馬琴は巨大なネズミである。

騒太郎 現われたか滝沢馬琴。

馬琴 久しぶりよのう、きさまら。

乱蔵 死んだと思ってたぜ。

馬琴 確かに作者であるわしは死んだ。きさまらの作者殺しのドラマにからめとられてのう。しかしわしは復活した。作者ではなく、きさまらと同じ登場人物の一人として。すなわちわしはもう影の作者滝沢馬琴ではない。「新宿八犬伝・第二巻」の登場人物、巨大なネズミよ！ チュウチュウチュウ。

と、一同に飛びつく。逃げる一同。

馬琴 わしをかつての手で殺そうと思ってもムダじゃムダじゃ。わしはもう作者ではないからのう。ほうれ最初から筆も半紙もくれてやるわい。

と、筆と半紙を投げる。三原、それを拾う。

三原　これが何だってんだ。ただの筆と半紙じゃないか。

馬琴　さよう。思えばただの筆と半紙よ。しかしそんなものでわしは負けてしまった。わし自身が創り上げた登場人物にわしはそのとき復讐を誓った。この闇の図書館に葬られたわしはさまざまな方法を考えた。そこで思いついたのがこの方法じゃ。ミイラと化し、わし自身が登場人物となること。そしてわしはこの図書館の本という本の登場人物のエキスを吸い尽くしたのじゃ。これぞまさしくブックス・バンパイアの術！

と、馬琴、両手を広げる。そこには羽根が生えており、今度はコウモリのようにして飛ぶ。

馬琴　キー、キー、キー。

遊介　今度はコウモリになったぞ！

馬琴　（飛びながら）ハラハッハ。ネズミもコウモリも同じようなもんよ。さあて犬ども、対決よ。わしの新しい味方を紹介するぞ。出でよ性人28号！

と、現われるは手に玉を持ち自分の上半身ほどもあるペニスを携えた性人28号。

性人　ガハハハハハ。馬琴殿われらが敵はどちらで。

馬琴　あの犬どもじゃ、性人。

戯ル　おい性人じゃねえか。

痴草　裏切りやがったのか。

乱蔵　わからん。

騒太郎　たぶらかされてんだ馬琴に。

愛身　性人、あたしたちよ。忘れたの性人。
性人　わしは性人28号や。
騒太郎　だめだ。自分が何者かわからないでいる。
馬琴　やれ性人！

と、性人、自らのペニスをしごく。と、ペニスより白い液体が飛び出し、一同にかかる。一同、苦しがる。

馬琴　ハラハッハ。殺意のとろろいもじゃ。暗殺のスペルマじゃ。

と、馬琴は緑の毒霧を吐く。性人のスペルマと毒霧で一同、打つ手なし。馬琴、地上に降り、

馬琴　物語に叛逆した報いよ。犬ども、きさまらはいま一度活字の者となりこの図書館で眠るのじゃ。きさまらは活字の世界だけで活躍していればよい。
三原　おい、てめえら意外と弱いな。
霧島　なんとかしてこのネバネバしたの。
性人　ピュッ、ピュッ、ピュッ、ピュッ。
乱蔵　騒太郎、手だては。
騒太郎　わからん。
戯ル　くそったれい！

と、戯ルが性人のペニスに咬みついた。

性人　うぎゃあ。

暴れる性人。と、馬琴が戯ルを斬りつける。戯ル、倒れる。
乱蔵が馬琴に斬りつける。と、馬琴、刀で受け、毒霧を顔に吐きつける。乱蔵、目がくらんで後退。

馬琴　勝てん、勝てん。物語には勝てん。

霧島　ヒトラーよ、ヒトラーをここに呼んで。

三原　どういうことだ美輪子。

霧島　あなた言ってたじゃない。ヒトラーは歴史そのものだって。だから馬琴の言う物語にヒトラーを対置させるの。

三原　そんなことしたって。

霧島　やってみなけりゃわからないわ。連れてくるのよ、歴史を！

騒太郎　やってみよう。

と、犬士たち念じる。

馬琴　うっ、なんだこの気配は。この空の色は。

と、現われるヒトラー、ゲッベルス、ゲーリング、シーラッハの一行。

四人　ウパウパチンチン。ウパウパチン。

ヒトラー、車椅子に乗っていないが首に繃帯を巻いており、手話で伝達している。
ヒトラー、手話をする。

ゲッベルス 総統は喉を負傷され話せる状態にありません。私ゲッベルスが通訳あいつとめます。

ヒトラー、手話をする。

ゲッベルス ここはどこだ？

これ以後ゲッベルスのセリフはすべてヒトラーの言葉。

三原 総統、ここが物語の総本山、闇の図書館です。
ゲッベルス 闇の図書館。
馬琴 歴史や。歴史が現われよった。

馬琴と性人、後退する。ヒトラーたち、威厳をもって進む。

ゲッベルス 誰だ奴は。
三原 馬琴です。
ゲッベルス 馬琴、知らんなあ。

と、騒太郎がたじろぐ相手を見て、性人のペニスを叩っ斬る。転がるペニス。性人、叫んで転げ回る。
と、乱蔵が馬琴を斬ろうとすると馬琴、再び飛ぶ。

ゲッベルス　飛んだ……
馬琴　卑怯ぞ、犬ども。歴史を使うとは卑怯ぞ。
騒太郎　歴史と物語どちらが大きい馬琴。
馬琴　知るか。
騒太郎　おれたちは知りたい。
馬琴　歴史の側についたものが何をほざく。
乱蔵　おれたちは誰なんだ！
馬琴　きさまらは物語の犬ども、ただそれだけのこと。
騒太郎　歴史は関係しないのか、この大いなる歴史は。
ゲッベルス　ゲーリング、ゲーリング、あのコウモリは目障りだ。殺せ。

ゲーリング、馬琴に向かって撃つ。

馬琴　こしゃくなこの歴史ども。

と、地上に降り、ヒトラーたちに斬りつける。ヒトラーたち、逃げまどう。

ゲッベルス　バカモノが。物語が歴史に敵うわけがなかろう。

馬琴　物語はどこにでも存在し得る。人の数の分だけ物語は存在する。それら人間たちの個々の物語の前で歴史がどれだけの力があるというのじゃ。

ゲッベルス　歴史が人間の運命を決定する。物語よりも歴史のほうが先だ。

馬琴　旧約聖書を見てみい、新約聖書を見てみい。歴史より物語のほうが先じゃ。

ゲッベルス　あれは歴史だ。物語ではない。

馬琴　歴史は物語にくくられているのじゃ。

ゲッベルス　違う。歴史がまず存在しなければ物語も生まれてこなかったはずだ。

馬琴　物語が先だ。

ゲッベルス　いや歴史のほうが先よ。

乱蔵　どっちも譲らないぞ。どうする騒太郎。

騒太郎　とにかく馬琴を倒すことが先決だ。

痴草　面倒臭い、歴史も物語も死ね！

と、痴草、愛身、馬琴に斬りつけるが、馬琴、さっとかわして二人を斬り捨てる。

馬琴　のう犬ども、なぜこの極悪非道の歴史の者を助ける。

乱蔵　別に助けちゃいない。しかしこれだけは言える、歴史のなかで善人も悪人もいない。

ゲッベルス　よくぞ言った。

馬琴　助けちょる。やっぱり助けちょる。きさまらすべて歴史に食われろ。

馬琴、刀を振り回す。
遊介、馬琴に斬りつける。馬琴が刀で受ける。

遊介　歴史が勝とうが物語が勝とうがおれたちは構わない。ただおれたちは知りたいのだ。

馬琴　知りたいだと、何を。

乱蔵　歴史の謎を。物語の闇を。

馬琴　そんなものわしも知らん！

馬琴、乱蔵と遊介を相手にする。
と、乱蔵と遊介、同士討ちし、互いを互いが刺す。

乱蔵　うっ、遊介……

乱蔵、遊介、倒れる。

馬琴　ハラハッハ。勝ちじゃ。物語の勝ちじゃ。見たかドイツ人ども。物語が物語の通りに進んじょる。

ゲッベルス　これが物語だというのか。

馬琴　その通り。

ゲッベルス　するとこの我々も物語の登場人物。誰かが我々をあやつっているというのか！

馬琴　その通り。

ゲッベルス　許せん！

ヒトラー、怒り狂い、何かをしゃべろうとするが声にならずカッと口を大きく開く。と、馬琴の顔にヒトラーの口から発せられた血痕がべちょりとつく。馬琴、よろける。

馬琴　……歴史の痰や。

騒太郎、斬りつけるが、馬琴、よける。

馬琴　きさまらすべてが物語の一部であるにすぎない。
ゲッベルス　歴史は物語とは別に動いている。物語に自由はないが歴史は違う。
馬琴　歴史は他のどの場所にも動いてはおらん。物語がすべてを司る。動いている歴史などない。歴史は停止を意味する。
ゲッベルス　物語は死を意味する。
馬琴　動いている歴史などない。

「ここで動いているよ！」という声。神田、ヒトラーの姿で現われる。

神田　馬琴、ほら歴史はこうやって他のところで動いている。
馬琴　ヒトラーや。（ヒトラーと神田を見比べ）また別のヒトラーや。どっちがホンマモンや、どっちがホンマモンの歴史や。
神田　ホンモノもニセモノもない。舞台も現実もない。どちらもが歴史のアドルフさ。

馬琴　わからんようになった。わからんようになった。

騒太郎、馬琴を斬る。

馬琴　うぐっ。よくやった騒太郎。しかし悔るなよ騒太郎。歴史も物語もどちらにせよきさまらの味方はせん。そのことをよく覚えとくがいい。決着はまた後日……

と、馬琴、消える。

三原　ふー。一時はどうなるかと思った。
霧島　歴史が勝ったの。物語が勝ったの。
三原　わからない。ただどちらも巨大すぎた。あるいはどちらも同じということなのかも。
騒太郎　（神田に）おまえは。
神田　まだわからないのかい騒太郎君。

神田、玉をとり出す。

三原　
神田　ほらぼくが三番目の犬士。情児さ。
騒太郎　おまえが情児か。

と、二人、手を握りあう。

情児　しかし今回は犠牲が多すぎた。
騒太郎　ああ。
三原　お、あれを見ろ。

と、ヒトラーたちの頭上に黒薔薇の花弁が降っている。

騒太郎　乱蔵と痴草の効力が消えたんだ。帰っていくんですよ、ベルリンに。

と、ヒトラーが必死に声を出し、

ヒトラー　エヴァ。エヴァ・ブラウン。
霧島　え！
ヒトラー　エヴァ。私といっしょに来ておくれ。私には愛が必要なんだ、愛が。

と、霧島、吸い寄せられるようにしてヒトラーの方に行く。

三原　美輪子！

霧島、振り向く。

三原　おまえはエヴァ・ブラウンなんかじゃない。美輪子、おまえは霧島美輪子だ。
ヒトラー　エヴァ。私のエヴァ。

ヒトラーたち、消えかかる。

三原　美輪子！
ヒトラー　私は一人では生きていけない。おまえと同じだ、エヴァ。

霧島、三原の方を向いたまま足はヒトラーのほうへ行く。

ヒトラー　歴史が私たちを待っている。帝国総理府の地下塹壕が私たちを待っている。エヴァ……

霧島、ヒトラーの方へ倒れ込む。
と、同時にゆっくりヒトラーたちは沈んでいく。

三原　（ぼう然と）美輪子……

微かに風の音。

三原　そうか。彼女が歴史上のエヴァ・ブラウンだったんだ……
騒太郎　おそらくいままではもう壁も消えていることでしょう。すべてはベルリンに帰ったはずです。さあ情児、最後の仕事だ。こいつらを生き返らせる。

情児　どうやって。

騒太郎　この図書館の本という本の登場人物のエキスを吸い取るんだ。ちょうど馬琴がそうやって甦ったように。

情児　やってみよう。

と、二人、四つん這いになり犬と化す。二匹、吼える。吼え続ける。雷鳴。黒い雲。と、倒れていた他の者が吼え始める。ゆっくり四つ足で立ち始める他の六犬士。雲が晴れるとそこには八匹の犬。八匹の犬、じゃれあい戯れる。そうしながらその場をやがて、一匹二匹と去っていく。舞台には三原のみ。と、舞台が微妙に変化する。

三原　（はっとして）こ、ここは劇場。

と、大島があたふたとやってきて、

大島　ああ、こないなとこにいはった。三原はん。開場二時間前でっせ。お客さんはもう長蛇の列やがな。準備してえな。霧島はんはどこだす。

三原　美輪子は消えました……

大島　消えたって、ホンマかいな。困ったのう。そなら代役たてまひょ。ほらいたやんか霧島はんの付き人。あの娘セリフ全部入っとるがな。そやそやあの娘にやらせまひょ。愛身や。そうや愛身ちゃんや。

と、去る。

三原　人生には物語が必要だ……か。

三原、手にしている馬琴の筆と半紙を見つめる。
ゆっくり暗くなる。
花道にあざアンネ、めくらアンネ、いざりアンネ、どもりアンネ。四人とも、美少女でなく元に戻っている。

いざりアンネ　やっぱりここもだめだったのね。
どもりアンネ　そ、そ、そう。だ、だめだった。
めくらアンネ　どうすればいいのあたしたち。
あざアンネ　わからない。
いざりアンネ　死んじゃおうか。
あざアンネ　と言ってあたしたち心中しちゃえばそれはあまりにありきたりよ。
めくらアンネ　そうね。それはありきたりね。
どもりアンネ　あ、ありきたりはいやだわさ。
あざアンネ　こう考えるとあたしたちって素直なようでヘソ曲がりね。
めくらアンネ　そうね。ヘソ曲がりね。
いざりアンネ　ねえ。
あざアンネ　なあに。
いざりアンネ　もしかしたら。
どもりアンネ　も、も、もしかしたら。

いざりアンネ　もしかしたらあたしたちって幸福なのかもしれないね。
あざアンネ　あたしたちって幸福よ。
めくらアンネ　そうね、あたしたちって幸福ね。
あざアンネ　そうよ。幸福よ！

四人、空を見上げる。
盛大な拍手。舞台明るくなると情児と愛身が手をつないでお辞儀をしている。カーテンコール。やがて緞帳が下りた様子。明かりが微妙に変わる。
手を叩きながらやってくるのは騒太郎、戯ル、乱蔵、痴草、性人、遊介。

戯ル　ブラボー。
騒太郎　よかったよ愛身。

情児と愛身に花束。それは黒薔薇。

愛身　足がガクガク震えちゃって。
情児　いやなにたいしたもんさ。
愛身　本当？
戯ル　きれいでしたでホンマ。
性人　おれマスかいちゃった。
乱蔵　おいおい。

遊介　これだよこのガキは。
痴草　おまえはおれたちに何したかわかってんのか。
性人　何にも覚えてないよ。のぞき部屋に一週間入りびたってマスばっかかいてたら、そのうちボーッとなって——
乱蔵　性人、おまえは騒太郎の傍にいろ。
騒太郎　おれだってやだよこんなの。
性人　性人28号だ。
痴草　バーカ。
遊介　これからずっと公演か。
愛身　そう。これから一ヵ月間。
戯ル　大変やねえ。でもええなあ。スター街道まっしぐらや。
乱蔵　そいじゃ。おれたちゃ行くぜ。
愛身　もう行っちゃうの。
乱蔵　カブキ町に騒ぎ起こしてやろうと思ったらてめえに火の粉がかぶってきただけだった。もう一度やり直しだ。別のキャラクター探しだ。
騒太郎　ほどほどにしとけよ。
乱蔵　わかってらあよ、田舎の生徒会長。おめえはどうすんだよ。
騒太郎　おれも行く。
愛身　行っちゃうの騒太郎。
騒太郎　ああ。どこかにおれに合ったキャラクターがあるはずだ。その姿になってまたカブキ町に戻ってくる。
愛身　（涙ぐみ）騒太郎。
騒太郎　確かにおれたちはただの犬だ。しかしそのただの犬のおれたちはどの物語へもどの歴史へも行くことができる。おれたちはとりあえずの自由をとりあえず獲得できている。いろんな街へ行ってみるつもりなんだ愛身。

乱蔵　うんうん。さすが生徒会長の言うことは立派立派。おれたちゃ遊びや。のう遊介。

遊介　遊びも遊び。適当にやってりゃ適当に道も開けるで。

戯ル　おまんら進歩ちゅうもんがなかよ。

遊介　人それぞれよ、人それぞれ。

乱蔵　おれは最初からまっとうな道外してる。それでええがな。最後まで外していくつもりや、それでええがな。

騒太郎　尻ぬぐいは御免だぜ。

乱蔵　さ、キャラクター探しの旅だ。これが作者を殺しちまった者の運命と言えば運命だが、旅も悪くはない。行こうか。

騒太郎　もしかしたら永遠に探し続けるかもしれないぞ。

乱蔵　望むところよ。一個のキャラクターまっとうするよりはましよ。

と、花道より四人のアンネやってくる。

あざアンネ　あの。

遊介　（アンネたちを見て）いけねえ、忘れてた。

あざアンネ　あの、あたしたちはどうすればいいのでしょうか。

いざりアンネ　幸福なあたしたちはどうすればいいのでしょうか。

騒太郎　ついてくればいい。

めくらアンネ　いいんですか。

騒太郎　安息の地とは言えないけど、少なくとも普通には暮らせる。よかったらついてくればいい。いいだろう乱蔵。

乱蔵　ああ。

四人のアンネたち　わーい。

愛身　淋しくなるね、ここも。

戯ル　なあに少しの辛抱やがな。

乱蔵　行こうか。

騒太郎　行こう。

八個の玉が宙で光り輝く。

八個の玉を残して、暗くなる。犬の吼え声。と、花道にブロンディ。

ブロンディ、吼えている。と、一人の清掃夫がやってくる。帽子を被っていて顔はよく見えない。

清掃夫　ブロンディ。おまえもぐんと老いてしまったねブロンディ。

と、ブロンディ、清掃夫に鼻を鳴らしてすり寄るがガクッと倒れる。

清掃夫　ブロンディ……死んだ。（帽子をとる。白髪）今晩はヨゼフ・ゲッベルスです。歴史が証明しているという言葉がありますが、その言葉にいったいどれほどの意味があるというのでしょう。私たちは間違ってはいなかった。いや間違っていたかもしれないがどうしようもなかった。実際あの歴史とはまた別の歴史がありえたのでしょうか……ブロンディとこの私が取り残されてしまったことは誰も知りません。あれから一カ月、時間のいたずらでしょうか、私とブロンディは急速に衰えてしまいました。しかしそれが歴史の私に対する報いだとは思ってはいません。ブロンディ、私を残して先にいってしまった……本当のことをいえば私はわざと残ったんです。恐かったんです。年表に記されていたヨゼフ・ゲッベルスの運命の一行が。……わたくしカブキ町の清掃夫ヨゼフ・ゲッベルスです。

と、舞台に三原。

三原　舞台は好評のうちに幕を閉じました。馬琴が残していった筆と半紙で一晩で私は『愛と哀しみのファシスト』の改訂版を書き上げました。最後の一行を書き終え、筆をおいたとき、私の脳裏をよぎったのは美輪子の最後の顔でした。美輪子と呼んだとき、なぜ自分はそのあとに行かないでくれとつけ加えなかったのかと私は自分の不甲斐なさを責めました。そして歴史の方へ旅立ってしまった美輪子のことを思い、その不可思議さに呆然としました。

ゲッベルス、舞台に上がりモップ掛けをしている。

三原　歴史はいまも動いているんです。この現在のように。それが過去の歴史であってもです。霧島美輪子。本名、犬島映子。十年前、私と犬島映子はこのカブキ町のファッションマッサージ「サテン・ドッグ」の個室で出会いました。性的飢餓にある客と女優志願のマッサージ嬢として。犬島映子はその過去を隠したがりました。映子が女優としてデビューしたとき、私はすでに文壇にデビューしていました。そのとき映子と契約したのです。過去のことはいっさい触れないと。映子の体を代償に。

ゲッベルス　あのもうすぐ鍵閉めますので。

三原　いまから思えば私がエヴァ・ブラウンが東洋人女性であったと設定したときから歴史と物語の時空間は微妙に歪んでしまったのでしょう。私の書いた物語が、歴史を呼びこんでしまったのです。芝居が終わって一週間して私は西ベルリンに旅立ちました。秋を迎えた西ベルリンに。犬島映子の幻影を追って。

と、三原の背後の舞台は現在の西ベルリン、ベルリンの壁の前となる。舞台の後方には落書きだらけのベルリンの壁。

ゲッベルスは隅にしゃがんでいる。

三原　私はなにか懐かしいような気持ちでベルリンの壁に向かいあいました。秋に包まれた西ベルリンは繁栄とけん騒の中にあり、ふと私はこのベルリンをヒトラーが見たらどう思うだろうかと考えました。ヘンリエッテ・フォン・シーラッハは六十を越えたいまもミュンヘンの小さなアパートで存命していました。私はシーラッハと連絡をとり、壁の前で会う約束をとりつけたのです。

白髪のシーラッハ、現われる。

シーラッハ　ミハラよく来てくれたわね。もう四十年も前でしたっけ。

三原　シーラッハが私を覚えているのには驚きました。ただ時間の感覚が違っていました。私には一カ月前のことが彼女には四十年前なのです。

シーラッハ　あれからあそこで見た本の通りになったわ、すべてが。

三原　あの映子、いやエヴァは。

シーラッハ　ああ、ミワコは献身的にヒトラーを愛したわ。

三原　そういう女です。あれは。

シーラッハ　今度私、エヴァやゲリィのことを書いた本を出したの。読んでみて。

シーラッハ、差し出す。三原、受け取り、ページをぱらぱらとめくり、あるページで目をとめる。

三原　本の中の一枚の写真に私は目を離すことができませんでした。たぶんパーティーの最中の写真でしょうか。写真の説明にはこうありました。「左よりヒトラー、マグダ・ゲッベルス、一人おいて、ヘルマン・ゲーリング」と。その中の一人おいてのその人こそ犬島映子でした。もっともヒトラーの影に隠れて日本人だということもはっきりとはわかりませんが、私にはわかります。その横顔、写真の中の一人おいては間違いなく犬島映子でした。歴史のなかにやはり犬島映子は生きていたんです。

と、ゲッベルスが中央に出てくる。

三原　ゲッベルス！

シーラッハ　どうしたの青い顔して。

三原　ゲッベルスがそこに。

シーラッハ　誰もいないわよ。

三原　そんな。ほらすぐそこに。

と、西ベルリンの若者たちがドイツ語をしゃべりながら舞台を横切る。その若者たちはどこか八犬士に似ている。

三原　（はっとして）君たちは八犬士じゃありませんか！

と、舞台はシーラッハを中心にして三原の側は西ベルリンに、ゲッベルス側はカブキ町になる。
八犬士たち、三原とゲッベルスを取り囲む。

三原　君たちはあの八犬士ですよね！

三原の側の若者。

若者A　（ドイツ語で）何言ってんだこのオッサン。

若者B　（ドイツ語で）キチガイじゃねえのか。

ゲッベルス側の若者。

若者C　八犬士だってよ、何のことだい。

若者D　知らねえな。頭おかしいんだ。

若者E　いこいこ。

と、若者たち行きかける。

三原　待ってくれ。おれは知りたい、もっと知りたい！

と、八犬士の若者、正面を見る。すさまじい風。西ベルリンとカブキ町の境界線がなくなり、人々は両方を行き来する。

ゲッベルス　ここはどこだ。
三原　西ベルリン。そして――
ゲッベルス　そして？
三原　そして同時にカブキ町！

と、黒薔薇の花弁が舞う。

三原　そのとき、私たちはすでに漂っていたのです。時と空間を越えた歴史と物語の波の中を！

風の中で「騒乱情痴遊戯性愛」の掛け声。

三原　幾億もの現在の波の中を！

三原とゲッベルス、何かに連れ去られるようにして動く。

騒太郎に似た若者　はみだした歴史へ、はみだした物語へ！

西ベルリンとカブキ町の人々の上に花弁は舞う。
壁が倒れる。その向こう側からヒトラーとエヴァが現われる。疾風が吹き荒れ、黒薔薇の花弁は客席を襲う…………

——幕——

参考文献および引用文献

『ヒトラーをめぐる女性たち』ヘンリエッテ・フォン・シーラッハ著、シュミット・村木真寿美訳、三修社、一九八五年
『大崩壊——ゲッベルス最後の日記』ヨゼフ・ゲッベルス著、桃井真訳、講談社、一九八四年
『ゲッベルスの日記——第三帝国の演出者』ヨゼフ・ゲッベルス著、西城信訳、番町書房、一九七四年
映画『ことの次第』ヴィム・ヴェンダース監督、一九八二年

第三巻　洪水の前

登場人物

花岡
森高
林田
高田
姫野
菅原
ミナコ
ジュディ・コング
青年
兵士
宗教家
産婦人科医
都知事
少女

秘書
弁当屋
サダム・フセイン
ただのバカ
ミスター・モッコリ｝同一人物が演じる
司会者
ルドルフ
アシスタント｝同一人物が演じる
かごかき1
かごかき2
緑の怪人（滝沢馬琴）
滝沢馬琴二世
少年
看護婦
刑事
カブキ町の人々

第一幕

幕によって舞台は見えない。
幕の前に男の司会者と女のアシスタントがいる。

司会者　あんな人もいる。こんな人もいる。わからない世の中にわからない人物。ぼくも、わたしも、ダンナも後家さんも腰をぬかす。
アシスタント　万国ギョウテンショー、今日最初の方は。
司会者　さてギョウテンショー!
アシスタント　裏チベットはハタリハタマタ共和国からいらした超能力者ジュディ・コングさんです。
司会者　それでは最初の。
二人　ギョウテン。

司会者とアシスタント、それらしきふりをつける。
花道から「エイホ、エイホ」とかごかきが江戸時代のかごを担いでやってくる。

司会者　このジュディ・コングさんはなんと三歳のときから超能力を発揮していたそうなんですね。
アシスタント　ええ。ハタリハタマタ共和国の王族の方々の業病を次々と治し、ピサの斜塔をなんと真っ直ぐにしたり、奈良の大仏のあのパンチパーマをストレートにしてしまったり数々の偉業を成し遂げられた方なんですねえ。

司会者　ジュディさんの今世紀最大の超能力は各国の科学者そして医学の面からも大変注目されています。

アシスタント　政治の世界からもジュディさんの力が必要であるといまやひっぱりだこだそうです。

司会者　ＣＩＡもクレムリンもそして遠い中東も狙っている二十世紀最後の超能力者そして予言者と呼んでも差し支えないでしょう。あのジュディ・コングさんが日本にやってまいりました。皆さん拍手でお迎えください。

しかし、かごのなかはしんとしている。

かごかき1　姐さん着きやした。

かごかき2　ゼニっこおくんなさいまし。

かごのなかから艶しい声色で、

ジュディ　ここはどこかえ。

かごかき1　へえ。日本でやんす。

ジュディ　日本というと。

かごかき1　世界の端っこに位置するちんけな島国でやんす。ところが働くのが好きでいつの間にか世界の中心になっちまった成り上がりの国でやんす。

ジュディ　成り上がりはあちき嫌いだよ。

かごかき2　そんなこと言っても姐さん、経済の中心は成り上がりで構成されてんだから。

ジュディ　成り上がりは居間に暖炉作りたがったり、二階に風呂場作りたがるからいやなんだよ。

かごかき2　そうはいってもいい人間たちですよ、日本人ってのは。臆病で退屈してて。口で言わなくてもお互い考えてることすぐ通じちゃうんです。これツーとカーって言うらしいですけどね。

かごかき1　あうんの呼吸とも言うんだぜい。

かごかき2　おや、そうかい。

かごかき1　ロシア人とは全然違うんだよ。ロシア人って、あれ、議論好きだろ。そいでもって議論ばっかしてるうちに国亡びちゃったのよ。アメリカなんかもさ、多数決ばっかやってるうちに失業者増えちゃったのよ。あれバッカだよなあ。

かごかき2　なあ。日本みたいにな黙ってわかりあってりゃいいのよ。日本人って目と目だけで会話できるんだからさ。（急に）うわーっ。

かごかき1　ど、どうしたダンナ。

かごかき2　おれいますごいこと気がついたちゃったべよ。

かごかき1　な、なんだ。

かごかき2　日本人ってみんな超能力者かもしれないぜえ。

かごかき1　あうんの呼吸ってのはテレパスのことだったのか。

かごかき2　こいつはてぇへんだあ。

かごかき1　てぇへんだあ、てぇへんだあ、銭形のオヤブーン。

司会者　あの、おたくたちは。

かごかき2　おたくとはなんだおたくとは。

かごかき1　おれたちゃ王国のお茶屋峠から歴史の裏街道通ってジュディ様をこの経済大国日本にお連れしたさすらいのかごかきよ。

かごかき2　そうよ、さすらいよ。やいニッポン、おれたちゃ異人様だけんど排除すんなよ。観光ビザなんかじゃねえ、ちゃんと就労ビザはとってあらあなビザンチン。

と、二人取り出して見せる。

司会者　痛てて。殴ることないだろ。
かごかき1　そういうこと言ってるから日本人なんだよっ。（と、ぽかり）
司会者　いやぼくは一度黒人女と寝てみたい。
アシスタント　あら、あなたでしたの。
かごかき1　うるせい。てめえだろ埼玉で色の黒い人がレイプしまくってるとか噂たてたやつは。
司会者　あのう巻きなもんで。

と、ドタバタ。かごのなかから、

ジュディ　うるさいんだねえ。この日本とやらは。

ジュディ・コング、出てくる。アラビアン・ナイトの美女風の衣裳。ヘソが出ていて顔半分はベールに覆われている。が、どうやらこいつは男であるようだ。

かごかき1　よおよお姐さんゼニおくれ。くれないとパンチくらわす。
かごかき2　そうだそうだ。

かごかき１　よおよお奥さんゼニっこくんろ。くれないとオナラかがす。

かごかき２　そうだそうだ。

二人　ソーダ、ソーダ。炭酸ソーダ。

ジュディ　お金なんか、ないわ。

かごかき１　なんだとお、やい奥さん、ただで体動かすのはカアちゃんと寝るときだけだ。

かごかき２　そうだそうだ。おいらいまカアちゃんいねえんけど。

かごかき１　なめるねえ、アマっちょこ。

かごかき２　ナマッちょこ。

ジュディ　お金はないけどあるんだよ。そういうもんがお金というもんさね。それにしても不思議だよねえ。そんなもんでこの世の中動いてるんだから。

かごかき１　なにマルクスみてえなこと言ってやがんでえ。

ジュディ　マルクスなんか読んじゃいないさ。ただの一行たりともねえ。なぜってわかるかいダンナ衆。世界はもうマルクスを超えたのさ。

かごかき２　てめえさしづめ世の中変えようってハラだな。

ジュディ　そんな野暮なこと思いついたりするもんかね。カッコつけで言ってみることはあっても誰が本気で思うもんかね。あちきはいつだって満足しているさね。

かごかき１　やい奥さん、そんなこと言ってるとお里が知れますぜ。さしづめ奥さんあんた九〇年代の人だね。

ジュディ　時代になんか興味ないねえ。そいつはほらこんなふうに動いてはいるけどねえ。

と、手品のごとく札束を出す。

かごかき二人　おおーっ。

ジュディ　資本論はあちきの手の平の中さね。さあ者ども、ありとあらゆる思想とイデオロギーの使徒たちよ。ジュディ様の苛烈なまでの無思想の術を目のあたりにするがよい！

かごかきの手によって準備がなされる。ジュディ、巷の手品師よろしく月並みなマジックを淡々と披露する。

司会者　あのちょっとすいません。これ超能力ですか。

ジュディ　その通り。なぜならここにはタネも仕掛けもありません。

司会者　でも私、王様のアイディアで売っているの見ましたけど。

ジュディ、急に司会者に指を突きつける。と、屁の音。

司会者　あれ、失礼。

次々にジュディ、指を突きつけていく。

アシスタント　（屁の音）キャッ。

かごかき1　（屁の音）おっと実が出ちまったい。

ジュディ　皆々様の愛しのオーナラはあちきのオーラによってなされました。

かごかき2　おいらには効かなかったど。

ジュディ　嘘です。あなたのはすかしっぺ。俗にいうくさプーです。

かごかき2　バレたか。
ジュディ　視聴者の皆さん。テレビ画面を見つめてください。じーっと心の奥より集中して。
司会者　何が起きようとしているんですか。
ジュディ　視聴者の皆さん、一人残らずがこれより十数秒後、大腸に微かな異変を感じて愛しのオーナラを大気中に発するでしょう。
司会者　一億人のオナラ！
ジュディ　オーナラとともにガスを発散させた皆々様にはいままで味わえることのなかった心の平和が必ずや訪れるでありましょう。
アシスタント　心の平和ね！
司会者　皆さん、画面を見つめてください。ジュディ・コングさんの一挙手一投足にご注目ください。
ジュディ　なんじゃかんじゃうんじゃえーんじゃあー。

幕が開く。舞台のやや上方に女子便所が八個。便所の扉には上手から「ホンコン」、「パリ」、「ニューヨーク」、「ローマ」、「ハワイ」、「シンガポール」、「バリ」、「ロンドン」と札が掛かっている。

ジュディ　なんじゃかんじゃうんじゃえーんじゃあー。

八個の扉が無気味に青白く光り出す。

ジュディ　一億人のガス抜き！

巨大な屁が響き渡る。八個の扉が一斉に開く。なかには用便中の八人のＯＬ。「キャーキャー」言いつつ逃げまどう。「ローマ」の便器から緑色の腕が伸びる。一人のＯＬが立ち止まる。緑の手、おいでおいでをする。ＯＬ誘われていく。

ＯＬ　ローマ、憧れのローマ……

夢うつつのまま便器に近づき、吸い込まれるようにその洋式便器のなかに消えていく。
花岡が電子手帳にインプットしながらつぶやいている。

花岡　田中重男、四十七歳。自動車会社営業部課長。鈴木俊治、五十一歳。商社勤務。小林三郎、五十歳。外食系産業営業課勤務。斎藤徹、三十九歳。都市銀行支店長……桜井登、四十三歳……

横で怒鳴っている男がいる。林田である。

林田　次長、花岡次長。聞いてるんですか花岡次長。

花岡　（はっとして電子手帳をしまい）あ、林田君、君いつからいたの。

林田　いつからって会話の最中だろうが。まったくボケんのにもまだ早い年だってのに。カミさんに逃げられてからますますひどくなってる。花岡次長、夢を見るのは夜眠っているときだけにしてください。昼間は困ります。しかも勤務中は迷惑です。

花岡　夜に見る夢は日が昇れば決まって恥ずかしいものだが、昼に見る夢は限りなく真実に近いものだ。ヴォルテール……

林田　夢に見合った服装がそれというわけですか。

花岡　服装だって。

林田　なぜ礼服を着て出勤してきたんです。いったい誰の結婚式です。

花岡　結婚式、ばか言っちゃいけないよ。葬式だよ葬式。

林田　だって白いネクタイ締めてんじゃないの。

花岡　あれえ、間違えた。

林田　ぼけてる。やっぱりぼけてる。なんてこった、こんなところに都庁を建てるからだ。

花岡　それとこれとがどう関係あるんだ。

林田　知りませんか花岡次長。どうやら私たちはとんでもないところに拠点をかまえてしまったらしいんです。ここにやってきてから科学と理性では判断できないことが起こりすぎます。深夜二時二十分になると第二本庁舎は十九階の住民局の全ファックスが作動します。

花岡　誰かのイタズラだろう。

林田　すべてのファックスが同時にですよ。しかも送られてくる文字原稿も皆同じ。「無」という一文字がファックス用紙に大きく書かれているんです。

花岡　お、粋だねえ。

林田　「無」という一文字のどこが粋なんですか。これは明らかにいやがらせです。しかもその「無」という一文字にあてられてか、現実に我々都職員に奇妙な疲労症状が蔓延している。

花岡　なんですかそれは。

林田　虚無症です。体の芯がどこかだるく、十分に睡眠をとってもそのしこりは消えることがない。物事を楽観的に見ることのできない虚無の病です。興味をもてることといったら食べることだけなのです。つまり次長、あなたの早すぎるボケもこの虚無症の一変種にちがいない。

花岡　どうでもいいけど君、黒タイ持ってないかね。
林田　誰が黒タイなど持って歩いているもんですか。
花岡　若いぞよ、若いぞよ林田一郎。いまやね君、植木等の時代以上に無責任な時だよ。君ね、時代は果てしなく無責任なんだよ。これは中途半端な無責任じゃあないよ。スーダラはもう伝説になってるんだからね。
林田　なんですかスーダラってのは。
花岡　スーダラ節だよ。ま、カラオケで森高千里ばかり歌っている君は知らんだろうがね。
林田　あれ歌うとけっこううけるんだよ。
花岡　君の噂なら知っているよ。君のことだろう、クリスマス・イヴに都内のホテルはしごしてる生活文化局の無責任ペニ棒野郎ってのは。
林田　はははは。かたじけない、かたじけない。はははは。
花岡　どうするとそんなにもてるのよ。
林田　ま、気取ってBMWなんざローンで買って乗り回さないことですな。それを見てとるや否やわれらが愛しき女性たちは私どものペニスよりも車を利用しようとしますからね。私は女性諸氏のかごかきになることは御免こうむりますよ。
花岡　どうしてそんなにしたいのよ。
林田　ここは戦場なんです。わかりますか旧世代の花岡さん。この日本をですよ。これから支えていくのがわれら三十歳を迎えた男と女だとしましょう。われらは笑っちゃうくらいに限りない自由を獲得しています。これは比喩ではありません。なぜならわれらは旧世代の花岡さんより全然、まったくのところ自由だからです。
花岡　旧世代旧世代と言うなよ。
林田　しかしながらその自由の代償としてわれらは戦場をこの身に宿してるのです。戦場といってもですよ、誤解しては困りますよ花岡さん。あなた方のような旧世代がすぐさまイメージしてしまうような戦場ではないのです。

こいつはすごいもんですよ。愛という一言が結びの言葉として機能しない未曾有の世界なんです。やってもやっても満足はしないわけです。やってもやっても結論には辿り着かずに、しかしやめることができないのです。このような戦場のイメージを抱え持つペニスを花岡さん、私がここまで語り明かしたあとでもまだ無節操ペニ棒と呼ぶのだろうか、花岡さん！

花岡　……おれちょっとションベンしてくる。

林田　花岡さん！　あなたのペニスはいまやションベンを排泄するためだけのものなのか。

花岡　なにい。

と、次々とOLが出てくる。一人のOL、林田を何発も平手打ちする。

林田　殴られても殴られても立ち上がるのです。

一人のOL、蹴る。

林田　蹴られても蹴られても立ち上がるのです。

一人のOL、唾を吐く。

林田　唾を吐かれても吐かれても歌うのです。〽春も夏も秋も冬も、ヘソも口も腰も背中も。

花岡　なんだそれは。

林田　森高千里です。〽風も雲もイモも砂も〽赤も黒も白も灰色も。

三人のOLたち、林田をはしゃぎつつ取り囲む。

花岡　これが君たちの戦場なのか！

便所の八枚の扉が無気味に輝く。
爆音。林田の周囲に鬼火が舞う。

花岡　ややややややっ。

林田　花岡次長見えるでしょうか。この私めの自由の代償として獲得した水子の霊です。戦場の戦利品としての水子の霊です。

花岡　なんたることかっ。

林田　こんなことが起こり、こんなことが見えてしまうのです。起こってはいけないことが起こり、見えてはいけないものが見えてしまうのです。なにもかもこの土地のせいです。わかるでしょうか、花岡次長、私どもは大変なところにこの都庁を建築してしまったのです。これが各部署にまき散らされた早朝サーヴィスの怪文書です。

林田、ビラをまく。

花岡　（読む）「すべての都職員に告ぐ。美食にあけくれ、飲食暖衣に浸る者どもよ。おぬしらは眠り続けていた物語の封印を解き放った。もう何が起ころうと知らぬ。東方のはなれ小島で緑の太陽が現われ、白い星が流れるとき、大洪水がやってくる。洪水から免れるものは八個のイチゴ大福をほおばるであろう。新宿のファントマより」

鬼火消える。林田、急にがっくりとする。

花岡　……あの、君黒タイ持ってないかな。……あ、持ってないんだ。さっき聞いたんだっけ……

林田、黒ネクタイを差し出す。

花岡　あ……君それ。
林田　無責任な時代なわけでしょう。人間の死ですらも無責任にやってくる。だからこの時代に生きる者は突然やってくる葬儀の準備をいつもしていなければならない。花岡さん、あんた酔って一度ぼくに説教したじゃありませんか。けっこう素直なんですよ、こう見えても。誰がお亡くなりになったんです。
花岡　大学時代からの友人でね……いや営業をやってたんだけど、働きすぎたらしくてね……カミさん朝起こしにいったら仏だったってね。疲れた疲れたとは言ってたらしいんだけどね。
林田　まだ若かったんでしょう。
花岡　ああ。
林田　花岡さん、あんたも別れた女房への未練タラタラやってないで、ちょいとはりきんないとぽっくりいっても誰も気がつかないで何日間もそのままってことになりかねないですぜ。
花岡　だからもてる秘訣を教えてくれってさっきから聞いてんだろが。
林田　ま、車は下手に持たないことです。女たちのかごかきにされるのがオチですからね。

花岡　それはさっき聞いたよ。なんかさあもっとナウい秘訣を教えてくれよ。だいたいいまのヤングは何をトレンディーだと思ってるんだい。

林田　だめだな、こりゃ。

花岡　そんなに私はなにかね、オジン臭いというやつかね。

林田　あんたオジン臭いよ。

花岡　足の裏あたりがオジン臭いのか。

林田　女便所の扉にだよ。パリとかローマとかホンコンとかつけようっていう発想がオジンなんだよ。あれあんたの発案だろ。

花岡　あれのどこがオジン臭いんだよ。あれOLの行ってみたい場所ベストエイトだぜ。ただウンコやオシッコするのって味気ないじゃないか。おれたちゃなんたって最先端の東京都庁だぜ。世界が注目している国際都市トーキオの中心に居るんだぜおれたち。だからさあ便所だってちいとばっかし工夫しなきゃ毛唐に笑われるよ毛唐に。なんだ都庁のトイレってまるで普通じゃないかって。いいと思うんだよなあ、あのトイレ、おれ。あたし今日はシンガポールでオシッコしましょ。今日はパリでしてみようかしらって、生活にうるおいが保てられると思うんだけどな。なんといってもそういうの考えることがわれら生活文化局の役目だろ。

林田　それがオジン臭いってんだよ。オジンはオジンらしくしてろよ。それが一番オジン臭くねえってことよ。若者に迎合すんなよ、若者に。

花岡　お、てめえ言ってくれるじゃねえかよ。

林田　どうせそこいらの雑誌の受け売りだろ。情けねえなあ。自分の知ってる町の名前吊してみろってんだよ。オジサンの逆襲よ。錦糸町とかよ蒲田とか北千住とかよ。そのほうが受けるぞお。

花岡　受けるかね。

林田　受けるよ。

花岡　よしいまからそう変えよう。

と、便所に行きかけるが、すぐに振り返り、

花岡　バカにしやがってこの野郎！

殴りかかる。

林田　待った待った。おれは本当のことというと、あんたが新しい恋に出会えるかもしれないネタを教えてやろうと思って。

花岡　何だいそれ。

林田　緑の手だよ。

花岡　緑の手。

林田　それももしかすると新宿のファントマが警告してきた超常現象の一種かもしれない。都庁第一本庁舎二十四階、生活文化局の女子便所に緑の手が出没すると。手はＯＬたちがおすわりしていると便器の底より現われ、お尻を手の平で撫でるのだと。その被害者はあとを絶たず、生活文化局はいったい何をしているのだと、だいたいパリだとかローマだとか変な便所作るから変なものを呼びこんでしまったのだと。

花岡　言いがかりだ。

林田　だから花岡さん、ここはわれらが生活文化局凸凹コンビが緑の手の真相を解明していっちょう女子職員たちの拍手喝采を浴びましょうや。

花岡　そういうハラか。

林田　次長、おたくの再婚ももう間近にせまってるっとくらあ。さあまいりやしょう、女子便所へ。ヒヒヒヒヒ。
花岡　しかしおれたちがその痴漢と間違えられないかな。
林田　痴漢なんかじゃない、こいつは超常現象というやつですよ。

無気味な衝撃音。「パリ」の扉が開く。なかには大股を開いて便器に座るＯＬと無気味な産婦人科医がいる。

産婦人科医　虚無が見えます。恐ろしいまでの虚無が育っています。現在三カ月です。取り出すにはまだ大丈夫です。

扉、ばたりと閉まる。

林田　見たでしょう次長。

二人、女便所へ駆け上がる。「パリ」を開ける。なかには誰もいない。

花岡　幻だったのだろうか。見たことも会ったこともないような産婦人科の医者だった。
林田　幻ならば同じものを同時に二人の人間が見ることはありえません。ぼくの見たものも確かに医者だった。しっかしすごいなあこの落書き。女便所って初めて入るけど女も落書きするもんなんだなあ。どうですこのチンコの図、細かいところも書けてるじゃありませんか。
花岡　うーむ。よく観察してるんだろうねえ。「昨晩は赤坂で彼とドッキング。彼ったらすごくて三回イッちゃったあたし。どううらやましい？」だってよ。
林田　やるなあ。

花岡　「生活文化局の林田君のアレってすごい」だってさ。

林田　なんだあ。

花岡　でそこに矢印あてて別の人が書いてるぞ。「ウソウソ。確かめたけど人並み。誰オグリキャップ並みなんて言ってた人は。ところであたし有馬記念あてちゃった。ザマーミロ」だってさ。お、ここにも君のこと書いてある。「林田さんってエッチしながら『いい？　いい？』とか聞くから嫌い」だってよ。ギャハハハハハ。

林田　なんだってんだよ。こいつら。

と、ハンカチで消しにかかる。

花岡　無理だってば。悪事の刻印は消えやしないよ。

林田　だから女はずるいんだ。互いに条件はフィフティ・フィフティの戦場であるはずなのに。

無気味な音が「パリ」の扉からする。

二人、近づいて開ける。と、ＯＬ森高がぼーっと立っている。

林田　こ、これは森高さん。

花岡　森高さん、ぼく好きです。

林田　え。

花岡　はっ。

森高、倒れる。二人、受け止める。

林田　どうしたチサト。
森高　リンダ。
花岡　リンダ!?
林田　彼女が言うぼくの呼び名です。
花岡　林田がリンダだとお。てめえ森高さんにも手を出したのか。
林田　モーションをかけてきたのは森高さんのほうからです。
森高　緑の手よ。緑の手がブルーレットで青に染め上げられた便器の奥底から、まるで植物が生えるようにニョキーっと伸びてきて、あたしね、恥ずかしいけど言っちゃうけどお尻にオデキできちゃって、そいでそれがかゆくてお尻を便器から上げたの。だから救われたんだわ。そのとき、奥底から生えてくる緑の手が見えたの。あのままお尻をかかずに座っていたらあの手にお尻を撫でられて便器にひきずりこまれていたはずだわ。
林田　よかった。無事だったんだチサト。
森高　やめてリンダ。あたしはどこかのお姫様でもお嬢様でもないんだから。
林田　君はぼくのお姫様だよ。
森高　知ってるわ、あたし。そのセリフは高田さんや姫野さんにも言ったでしょう。でもそうだとしてもあたしはそれでいいの。でもねリンダ、あたしあんたに謝らなければならないことがあるの。
林田　七面倒なことはどうだっていいんだよ。
森高　あんたはそうやっていつも物事を単純に考えすぎるんだわ。だからリンダ、あんた女をわかっていないんだわ。
林田　このぼくに何を言うんだ。
花岡　おい誰かくるぞ。

三人、「パリ」のなかに入って扉を閉める。ＯＬの高田が鼻歌まじりにやってくる。

高田　クックルピップップー。鏡よ鏡よ鏡さん。今日のあたしも十分美人？　そう、そうよね。どうか今日も性格の悪さが顔に出ませんように。お友達はみーんなあたしのこと言うわ、カズコは性格悪いって。そんなこと言われなくたって自分がよおく知ってるよーん。でもこれはあたし自身のせいなんかじゃない。あたしをこんなふうにした世の中が悪いんだわ。本当に生きるってストレスがたまることばっかり。

と、「バリ」の扉がゆっくりと開く。なかで産婦人科医がニヤリとする。

産婦人科医　そのストレス、私が堕してあげましょう。

高田　（医者には気づかずに）え？

「パリ」の扉、閉まる。

高田　まったくやんなっちゃう。幻聴まで始まっちゃった。さてと、カズコちゃんは今日はどこに飛ぼうかしら。ニューヨーク、パリ、ハワイは飽きたし、バリにしよっと。

「バリ」に入る。二人のＯＬ、姫野と菅原がやってくる。

菅原　ええ、じゃあチサトと林田さんが。

姫野　そうなのよ。

菅原　それじゃあカズコのメンツ丸つぶれじゃない。最初にチサトに焚きつけたのはカズコでしょ。でもカズコはまさか本当にチサトがアタックするとは思わなかったんでしょ。
姫野　「生活文化局のエリート女子職員はみんな林田さんと寝てるものなのよ。そうでないあんたは子供ね」とか言っちゃってさあ。カズコはね、あの娘が本当に林田さんのこと好きなの知ってたのよ。それでわざとあんなこと言ったのよ。
菅原　わかんないわ、あたし。
姫野　鈍いわねあんた、これいっつものカズコのやり口じゃない。そうやってチサトを林田さんから遠ざけようとしたの。
菅原　それがまるでやぶへビだったってわけね。バカねカズコったら。
姫野　いい気味よ。あいつ調子に乗ってるから少しは痛い目に遭ったらいいのよ。
菅原　まあ友達同士だってのにあんたよく言うわね。
姫野　面と向かっては言わないけどね。でもチサトも可哀想よね。さんざっぱらカズコにいじめられて、林田さんを手に入れてこれでカズコに勝ったと思ってるでしょうけれど、いずれ捨てられるわよ、林田さんに。
菅原　経験者は語るってわけね。
姫野　なによあんた。あんただって同じ穴のムジナでしょ。
菅原　いいえ、あたしはムジナではありません。林田さんとはただの遊び。
姫野　よく言うわね、そのときはもしかしたらって思ってたくせに。あんたもっと正直になりなさい。傷ついたときは傷ついた顔しとくもんなのよ。変に強がり言ってちゃだめよ。そういうの可愛くない女って言われるのよ。
菅原　いいわ。あたしは男の愛玩動物なんかになりたくないわ。
姫野　それが強がりってのよ。
菅原　現実をよく直視しなさいよ。クラーク・ゲーブルみたいな男なんていまの時代いやしないのよ。

姫野　誰がクラーク・ゲーブルよ。
菅原　あんたよく言ってるじゃない。
姫野　言ってないわよ。
菅原　言ってるわよ。
姫野　あたしのはターザンよ。
菅原　あら、あんたそんなのもっといないわよ。
姫野　そうかしら。
菅原　男が男でいて女が女でいる時代じゃあないのよ、いまは。男らしい男ってほめ言葉でもなんでもないのよ。中身もさしてないくせに偉ぶってる男のことよ。
姫野　それじゃああんたはナヨっとしたのがいいの。そんなのそこらにウジャウジャいるじゃない。
菅原　そういうんじゃなくってさ、男であって男じゃない、男でなくって男であるような、それでもって男である男がいいのよ。
姫野　（しばし考え）それオカマじゃない。
菅原　そういうんでもないのよ。とにかく男を特権化しているような男はいやなのよ。
姫野　あんた男性経験豊富すぎるのよ。さ、パリでもいって東京のアカでも落としなさい。

と、「パリ」の扉を開ける。なかでギョッとした表情の花岡、森高。林田はこれ以上ないといった感じの苦虫をかみつぶした表情。しかし姫野も菅原もなかの三人には気がついていない。

菅原　パリのショッピングにも飽きたわ。フランスの男もたいしたことないし。
姫野　わがままね、あんた。

と、扉を閉める。

菅原 （扉の前を行ったり来たりしつつ）どの街も飽きたわねえ。

姫野 いい気味だわカズコったら。男を手玉にとってたつもりなのよ。でもそうそう男もバカじゃないわね。

菅原 あんたとカズコ、林田さんのとりっこしたものね。

姫野 冗談じゃないわ。テレビドラマじゃあるまいし。

菅原 あんたも強がってんじゃない。

姫野 弱味を見せちゃだめなのよ。林田さんはよく言ったわ、「ここは戦場なんだ」って。だからあたし林田さんと戦ったの。でも林田さんの言う通りに正直に戦ったあたしはバカだったわ。うまい具合に弱味を見せたふうにぬけがけしたカズコが勝ったのよ。だからね、弱味を見せちゃだめだけど、うまく見せなきゃだめなのよ。

菅原 やれやれだわ。女同士いっつも張りあってなきゃなんないのに男ともそうしなくちゃいけないの。あんた結局まだ好きなんじゃない、林田さんのこと。

姫野 あの男もいずれ痛い目に遭わせてやんなきゃだめね。無言電話くらいじゃこりないからね。あの男。

菅原 あんたそんなことやってんの。

姫野 してないわよ。

菅原 やれやれだわ。

姫野 あたしが悪いんじゃない、この時代が悪いのよ。

菅原 疲れ切っている人間に限って他人のせいにするっていうわよ。

姫野 チサトとの仲絶対ぶち壊してやる。

菅原 アカを落としたほうがいいのはあんたのほうじゃない。あたし、一足先にバリ島行ってるからね。

「バリ」を開ける。なかに大股を開いた高田と産婦人科医。医者は巨大なペンチを手にしてふんばっている。

菅原　キャー！

産婦人科医　虚無が顔を出しています。もう少しです。ほらふんばってもっとふんばって。

菅原　なんなの、なんなのよこれ。

産婦人科医　ほら君たちもボケッとしてないでいっしょに引っ張って。

姫野　何を引っ張るのよ。

産婦人科医　虚無の人工流産だよ。

菅原　まあカズコったら。

姫野　きっと林田さんの子よ。ひどい。

産婦人科医　ひどいことなどない。いまのうちに堕胎を済ましておかないと死をむかえるのだ。さあいっしょに引っ張って。

二人、加勢する。何かが抜けた模様。その反動で転がる三人。
しかしペンチの先には何も見えない。「パリ」の扉が開き、花岡たちもその様子を見る。

花岡　何も見えんぞ。

菅原　なあにあんたたち。

姫野　林田さん、あなたの子よ。責任とりなさい。

林田　ケッ、あの女にはうんざりだよ。つまらねえ手練手管ばかり使いやがって。

姫野　それじゃあカズコにあんたを譲ったあたしの立場はどうなるのよ。

林田　立場だと。冗談言っちゃいけませんよ。譲ったの譲らねえの、さっきからなかで聞いてりゃ人を物扱いしやがって。確かにこのおれはワルかもしれねえ。しかしだあ、つまらねえ見栄とプライドふりかざしながら、調子のいい時だけ被害者面するおめえたちはどの面下げて新しい男に愛をささやくってのかね。一度見てみたいもんだぜ、おめえたちのそのいけすかねえしたたかぶりをよお。なあオトッツァン。

花岡　いや、その、なんだかぼくにはわからない。

姫野　無責任よ。あんたの子どうすんのよ。

林田　そんなもんどこにも見えねえよ。

林田、医者のペンチをはたく。

産婦人科医　虚無が、虚無が逃げたあ！

見えないそれを追う。

産婦人科医　ボケッとしてないでみんな追えよ。せっかくつかまえた虚無なんだから。

仕方なしにみんな、四方八方追い求める。

菅原　なにやってんのよ。まったく暇よねえ、この新都庁も。

と、あくびをする。

産婦人科医　うわー、あくびをしちゃいかーん！

菅原、何かを飲み込んだ様子。

産婦人科医　虚無を飲み込みやがった。

菅原　おいしーい。なにこれ。こんなおいしいもの初めて。ねえこれどこのレストラン行くと食べられるの。

産婦人科医　レストランなどにありません。私がこうしてここに採集しているのです。

と、産婦人科医は腰にぶらさげている巨大なビーカーを手にする。ビーカーには蓋が閉められている。

菅原　うわー、こんなにいっぱい詰まってる。

花岡　何も見えんぞ。

産婦人科医　一度それを体内に宿した者にはそれが見えるのです。それにしてもお嬢さん、あなた体なんともない。

菅原　もっと食べたあい。

産婦人科医　うーむ、するとあなたは以前からもう症状に冒されていたというわけか。

姫野　そんなにおいしいんなら、あたしにも食べさせてよ。

と、ビーカーの蓋を開ける。

産婦人科医　うわー、うわー、みなさん口を閉じて、口を閉じてー。

姫野、口を開けて何か飲み込んだ様子。菅原はぱくぱくと食べている。

姫野　あまーい！

菅原　おいしーい！

産婦人科医　虚無が逃げる。みなさんつかまえてー。

無気味な衝撃音。「パリ」の扉が開き、便器から手が伸びる。

林田　緑の手だ。

花岡　おいでおいでをしている。

菅原、姫野、誘われていく。

菅原　ボン・ボヤージュ。ムッシュウ。

菅原、姫野、「パリ」に向かう。産婦人科医、便器に引き込まれようとする二人に抱きついて止める。

産婦人科医　行ってはいかん。行ってはいかんのだよ君たち！

三人が入ると扉がバタリと閉まる。林田、駆け上がって扉を開ける。誰もいない。

林田　消えた……

花岡は懸命になって頬をつねっている。

森高　どうしようリンダ。あの人たち消えちゃった。

林田　ケッ、自業自得ってやつだ。チサト、君があいつらのこと心配することないだろう。さんざっぱら君をいじめた連中じゃないか。

森高　それとこれとは問題が別だろ。

林田　いいかいチサト、そういった聖母様面はね、いまは流行んないんだぞ。そんなことやってるとね、誰かに足を引っ張られたり、パクリと飲み込まれたりするのがオチなんだ。

森高　あたしは自然にしているだけ。

林田　その自然さが問題なんだ。チサト、君はまだまだ子供だ。いいかい。世の中は君の考えるように単純でもやさしくもない。ここは戦場なんだから。

森高　リンダあんたが可哀想。戦場なんかどこにもありやしない。あんたがそう思い込んで勝手に作り上げてるだけ。それにあたしはあんたが思っているような女じゃないの。それにあたし謝らなきゃ。なぜってあたしリンダのこと好きなのかどうかもわからない。

林田　なんだと。じゃあなぜあのとき。

森高　高田さんたちにからかわれて、それで悔しくってリンダと寝てみただけで。だってリンダと寝ることはこの都庁じゃ勲章みたいなものでしょう。

林田　おれはブランド品かっ。

森高　だからあたしもあんたの嫌いな見栄とプライドにまみれた女にすぎないのよ。あんたのこと好きだったけどあのときにわかったの。本当はリンダのこと好きなのかどうかわからないって。

林田　おれを信じてみろよ。

森高　そのセリフも他の人に何度も言ってるんでしょう。

林田　違うってば。

「バリ」の扉の前で晴れやかな表情をした高田が立っている。

高田　森高さん。

森高　高田さん。

林田　あ、おまえ立ち聞きしてたな。おいわかってんだぞ、毎晩二時ごろ無言電話かけてくるの、おまえだろ、やめてくれよ、ああいうのは。

高田　森高さん、あたしはいますっごくすっきりした気分。林田さんのことよろしくね。いろんなこというけどこの人けっこう純なのよ。これつまらないものだけど。（菓子折を渡す）それじゃあね。

森高　でも高田さん。

高田、去る。

林田　だまされるなよ。だまされちゃいけないよ。あんな殊勝なこと言ってやがるけどなんか企んでやがんだ。

森高　リンダ、あんたよっぽどひどい目に遭ってるのね。

花岡　いやー、そうでしょ、そう思うでしょ。私もずっと感じてたんですよ、森高さん。

森高　次長、あんたは陽気な人ね。

花岡　あたしゃ女房に逃げられてますけどね、全然こたえないの。女房の悪口なんかこれっぽかしも言ったことないの。

森高　偉いわ。

林田　中年がいいんならさっさとそっちでひっつきやがれ。

森高　ひどいわ。

花岡　そういうひねくれ方はないだろう、林田君。若い子のさ、キライキライは好きのうちっていうじゃないの。

林田　あんたに言われる筋合いはないよ。

ラッパが鳴る。気がつくと三人はまだ女子便所にいる。

花岡　おいまた誰かくるぞ。

三人、「ニューヨーク」のなかに入って扉を閉める。秘書が出てくる。

秘書　東京都知事殿のご総見。

聖徳太子のような都知事が威風堂々と現われる。なぜか手袋をしている。

知事　都知事のマスゾエです。私に他意はございません。この都庁移転に関しましても決して他意はございません。

私のかような登場にも他意はございません。東京の施政にもまた他意があるわけではございません。

外のほうでスピーカーからがなる声が聞えてくる。何を言っているのかはよくわからない。

知事 むむ、何事であるかなあの騒ぎは。

秘書 ははっ。つい先頃の知事殿の発言に不適切な箇所があるとの訴え。日の丸をかかげつつ街を走る者たちが抗議の活動をしているとのこと。

知事 だからあの発言にも他意はないと何度もいうとるのにのう。

秘書 して殿はどのような内容の発言をなされた。

知事 ただ私はこの殺風景な世の中を明るくしてやろうと、テレビのインタビューでこう言ったまでよ。「皇太子様エッチしてーん」この発言に誓って他意はございません。な、秘書よ、おまえもそう思うだろう。

秘書 うーむ。

知事 皇太子様エッチしてーん。これのどこが悪いってのよ。

秘書 悪いと思う。

知事 なんで。

秘書 つまりあなたは国民のものを一人じめしようとした。

知事 国民国民ってひとくくりすんなよ。八百屋と焼鳥屋が同じであってたまるかい。

秘書 君はそれでも政治家か。

知事 なんでえなんでえ、こういう政治家がいたってかまわねえだろう。国民なんてわかんねえよ、都民なんてわかんねえよ。都民がこの新都庁に文句言ってるだと。ケッ、笑わすない。どこに都民って名前のダンナ衆がいるってんだい。

秘書　マジョリティーってものです。
知事　マジョリティー、マジョリティー、マジョリティー。この世は全部それで動きやがる。君らはそんなに多数が好きか。多数の論理は万人の好む劣悪なる文化を生んだにすぎないではないか。つまり私はこう言いたい。あらゆる政治家が常に喉元でおさえとどめた一言を。大衆とはバカだ。
秘書　開き直ったな。大衆に殺されても知らないぞ。
知事　その心配はいらーん。なぜなら都民という名のダンナ衆がいないのと同様に大衆などどこにもいないからなのだ。秘書よ、君には聞こえるか、大衆の声なき声が。
秘書　聞こえまへーん。でも知事、声なき声を聞きとるのが政治の役割では。
知事　違う。断じて違う。声なき声として聞いてしまった声は実は邪悪の者のそれであるにすぎない。おそらくそれは地の底から湧き出てくるものであろう。しかしそれが邪悪と一言で片づけてしまっていいものかどうかもわからない。その声を聞きながらあらゆる政治家は眠れぬ夜を過ごし、政治家としての自分を見つめてきただろうから。スターリンもルーズベルトも。おそらく田中の角さんも。だから私は言うのだ。声なき声を特権化する大衆などこの日本にはどこにもおらーん。
秘書　しかし知事、いったい大衆とはなんなのでしょう。
知事　まだわからぬか、愚か者め。大衆とは、名もなく貧しく美しく。これに究めり。この条件を満たす大衆がどこにいると。
秘書　知事、います。
知事　どこにいる。
秘書　大衆とは、この私です。
知事　ふざけるな、スットコドッコイ。すぐテレビに出たがり、人より目立ちたがり、株式市場とスーパーＭＭＣに明け暮れ、うまいもん食ってどでかいウンコを垂れ、しかもよくお尻を拭かないおまえのどこが名もなく貧しく美しくなんだ。

秘書　尻ならちゃんと拭きます。

知事　嘘をつくな。

秘書　そんなに言うんなら、私の便所での仕種を一度見てください。それで判断してください。

知事　おまえは絶対ちゃんと拭かない。なぜならおまえはせっかちだからだ。せっかちなおまえは十センチほどのトイレットペーパーで一回肛門を往復するだけで、たまに爪の間にウンコを挟み込んでしまったりもするのだ。

秘書　賭けますか。

知事　よかろう。何を賭ける。

秘書　都知事の椅子を。

知事　選挙は終わったばかりだというのに。

秘書　怖いのね。

知事　大衆を恐れぬ知事に怖いものなどない。

秘書　よおし、もらったぞ知事の座を。なぜならここは全階ＴＯＴＯウォッシュレットだからだあ！

秘書「シンガポール」の扉を開ける。とそこに学生服姿で日の丸の鉢巻きをした青年が立っている。

青年　きさまが知事か。

日本刀で秘書を斬りつける。

秘書　（かわして）知事はあちらです。

知事　あ、おまえずるいぞ。
青年　きさまか、国体を侮辱する不敬の輩は。
知事　なんだあ、おまえは。
青年　憂国の士だ。

斬りつける。知事、かわす。

知事　皇太子様エッチしてーんのどこが悪いんだよ。
青年　まだこりぬか。（斬りつける）
知事　（かわし）きさまさしづめ私に嫉妬しているな。
青年　なにっ。
知事　皇太子と私の仲を嫉妬しているだろう。私はもう知ってるのだよ、いっさいのイデオロギーは嫉妬から生まれるものだってねえ。
青年　違う。これは断じてイデオロギーではない。国を思うこの心情がどうしてイデオロギーでありえようか。国体とはわが熱き血潮よ。
知事　その国体がイデオロギーにすぎんのよ。
青年　国体とはわが肉体なり。（斬りつける）
知事　（かわして）これまたつまらねえものに寄り添ったじゃねえか。ぽっかりあいちまった心の穴に右翼の日の丸を詰めこんだって魂胆かい。
青年　なにきさまこそ。権力欲に毒された成り上がり者め。
知事　なあに政治はハナっから空洞よ。なあんにもないのよ。空洞に空洞を埋め込んでさらなる空洞を前にして、まずはこの東京を手始めに日本中を空洞化しちまおうってのがおれのハラさね。大衆を小バヵにする政治家の顔を被ってなあ。

青年 それでは日本は滅びる。

知事 滅びさせてやんな。その日本とやらもまたただのイデオロギーにすぎないってわけでさあ。

青年 やはり斬らねばならん。

斬りつける。と、知事、飛ぶ。

秘書 おお、空飛ぶ都知事。

知事 どうです、かようにしていれば都民全体の幸福と健康が見渡せます。

青年 どうしてもおれに斬らせまいとするのだな。するともう一度おれに演じさせようというのだな、あのハラキリの芸を。

知事 ハラキリ!?

「パリ」の扉が開く。迷彩服の兵士。機関銃で乱射する。

兵士 ただいまあ。

乱射する。青年、伏せる。

兵士 よおよおそんなに熱き血潮がたぎって燃えるんならよお、おいらといっしょにアラブに行こうぜ、アラブ。

秘書　どなたですか。
兵士　一人海外派兵です。優柔不断な政府の決断に従うことはできません。
青年　アメリカの手先め。
兵士　てめえ石油こっそりもらってんな。
青年　アメリカに侵された哀れな青年よ、目覚めよ。そしていま一度日本の美に立ちかえるがよいのだ。
兵士　おまえにだってすでに脈々と流れているはずだぜ、ポップ文化の極彩色の血がよ。おれたちゃアメリカにオカマ掘られた日本人の三世だぜ。いまさら処女面するのはやめよーや。
青年　君はそれに満足しているのか。
兵士　してねーよ。だから一人でアラブくんだりまでいって機関銃ぶっ放してんじゃねえか。サッカーやったよ、ラグビーやったよ、でも全然燃えねえから戦争やりにいったのよ。
青年　熱き血潮を浪費するな。
兵士　日本の美に熱き血潮はあるのか。
青年　日の丸の赤き丸こそ、その象徴。
知事　（まだ飛びながら）イデオロギーだ、それこそイデオロギーだ。それで欧米はごまかせてもアジアはごまかせないぞ、アジアは。
青年　空飛ぶ知事。帝国主義に侵された野蛮人。ウォッシュレットの好きな秘書。これがいまの日本の現状だとするなら、私の居場所はいったいどこにあるというのだ。
知事　もっと気楽にやれ、青年。
秘書　名もなく貧しく美しくくだ、青年。
兵士　戦争へ行こう、青年。
青年　惑わすな烏合の衆よ。見せてやる日本の美、男の心意気を。

と、駆け上がり、「ホンコン」のなかに入る。便器の上に坐り、日本刀で腹かっさばく。扉が閉まる。秘書が近づき開けてみる。誰もいない。ただ便器から水がチョロチョロと出ている。

秘書　ただそこにウォッシュレットの温水が湧き水のように噴き出しているのみであった……

知事　尻をかざしていろ。

秘書　はい。（と、坐り）位置がちょっと違うな……

知事　（地上に下りて）いやあ、君は実に頼もしいねえ。どうだい私の警備を担当してくれないかね。なにせ私は大衆をバカにした知事だからね、いろんなのに狙われているんだよ。

兵士　東京に戦争でも起こしてください。そうしたらあんたを守ってやりますよ。

知事　ハハハハ。戦争は起こってるじゃないか。東京にとは言わんが、少なくともこの新宿にね。しかも中心はこの都庁だ。退屈はしないよ。退屈な者はただ怠慢であるだけさ。

兵士　変わった知事だな、あんた。

知事　人は私を空飛ぶ知事と呼ぶ。

兵士　おもしろそうだが、おれはフセインの首をとるって大仕事が残ってるんだ。それが済んだら戻ってきてやるよ。誰もがおれのことを言うぜ、珍しくあいまいさのない日本人だってな、アメリカ人もイラク人もクウェート人もな。じゃあな。

と、「ニューヨーク」の扉を開ける。と、ドッと外に出てくる花岡、森高、林田。

知事　なんだあおまえら！

兵士は無視して「パリ」のなかに入り、閉める。

秘書　3Pやってたんですよこいつら。

知事　仕事場離れてなに3Pやってんだてめえらは。そうでなくてもここは問題の多い職場じゃなかったのか、え。

秘書　この階ですよ怪奇現象が起きるっていうのは。

知事　そんな噂が外部に流れてみろ、東スポの一面にでかでかと載っちまうぞ。人面魚ですら一面に出ちまう東スポだ。都庁の女便所でだよ、怪奇現象が起きたりとか職員がなかで3Pやってるとかいったら、もうおまえ東スポの全ページそれで埋まっちまうぞ。

森高　もう違うんだったら。

知事　おれにもやらせてけろ。

森高　セクシャール。

と、知事の手をつかんで投げ、戻ってくる知事に森高、水平パンチ。

森高　ハラスメント！

知事　バカヤロウ、オスがメス求めることのどこがいけないんだ。

森高　あたしはあなたをオスだなんて認めていません。

知事　へへへへ。おれがオスじゃなかったらこの手はいったいなんだというんだい、お嬢さん。（と、いやらしい手つき）

森高　あの緑の手よ！

と、便所の方を指さす。

森高　リンダ、あたしトイレのなかにずっと閉じ込められているとき思ったの。あたしのお尻を撫でようとした緑の手は間違いなくセクハラの手よ。セクハラが話題になり始めてから若い男たちはさらにグニャグニャになったわ。まるで欲望という欲望を失くしたかのように。少しでも欲望を表に出すとすぐにセクハラと思われるからなの。だからもう東京中の男たちはセックスを口にしないでただあいまいにニヤニヤ笑っているだけなの。リンダ、あのときあたしが決意したのはね、あなたがマティーニ一杯目でもうあたしを見つめて「オ××コしたい」と、まるで手の平でウンコをふいてしまうような大胆さであたしを口説いたからなの。

林田　愛はなかったのだろうか、テレビドラマのような愛は。

森高　テレビドラマの愛ももう曖昧よ。キャーッ（と、足をバタつかせ）やめてんやめてん、愛なんていうの。フジテレビですら使う言葉言わないでんでん。

林田　チサト、ぼくはいますぐここでオ××コしたい。

森高　キャーッ（と、足をバタつかせ）、そのお見合いでいきなり着物の上から乳房をつかむような言い方が好きー。

林田　よおし、チサトやっぱり君はおれのことが好きだな。

森高　スキ！

花岡　私はどうだ。

森高　その哀愁がスキ！

花岡　営みしたい。

森高　キャーッ（と、足をバタつかせ）、そのオシッコ全部出しきったと思ってパンツはいたら、まだボウコウに残っていてジワーッとパンツに染み込んでくるような言い方が好きー。

知事　てめえらやっぱり3Pやってんなあ。

森高　あの緑の手はセクハラで欲望を断ち切られた男たちの怨念、元凶は都知事のあなた。知事、あなたがセクハラ問題をこの都庁でとりあげたんですからね。ところが知事、あなたはあなたの言葉で自分がセクハラをできなくなった、その通りでしょう、秘書、証言してください。

秘書　は、はい。確かに知事は二人っきりになっても何もしなくなりました。

森高　だから言うなれば、あの緑の手は知事の手なのだったあ！

花岡　謎は解けたぞ。

花岡、知事を羽がい締めにする。林田、知事の手袋をはぎとる。

林田　緑じゃない、黄色だぞ。

知事　み、みかんを食べすぎました。

森高　あいたー、チサトまた早合点しちまったあ。許してくりくり。

知事　お出ましください、今世紀最大の超能力者ミスター・モッコリ！

「エロイムエッサイム、エロイムエッサイム」と声が響き渡る。階段の上から成金ホスト風衣裳のミスター・モッコリ現われ、伏見直樹の「夜の小劇場」を口ずさみながら下りてくる。

モッコリ　ミスター・モッコリです。新宿における謎はお任せください。この私こそ新宿の権威。さまざまなことを見てまいりました。古くは六〇年代、そして七〇年代と私は生き延びてまいりました。さまざまなものどもを見てまいりました。クラゲと思っていたのがネズミであったり、イヌと思っていたのがウナギであったり、タヌキと思っていたのがフンコロガシであったりと、まことに人の世は不思議なものでございます。これほど時代が移りゆくものであるのになぜ私は生き延びているのか、ひとえに、それは私に節操がないからなのです。

知事 素人推理のボロが出たところで、このプロフェッショナルのミスター・モッコリに頼んでみようじゃないの。バッキャロー、この怠慢職員ども。おれはなもう情報ききつけて先手打っといたのよ、少しは黒沢の『生きる』見て改心しろやい。

花岡 ……生きない。

林田 次長！

知事 ミスター・モッコリ、この女子便所の謎を解いてくれ。

モッコリ 女子便所、ああ懐かしい匂いがする。化粧品とうち捨てられた生理用品の香り。懐かしい。私はむかし女だったのです。男でありながら女だったのです。それほどまでに新宿はさかしまの地だったのです。さかしまに生きることがこの地に生きることだったのです。ところが、なんだかもうしっちゃかめっちゃかになっちゃったんで、節操のない私は男に戻ったのよ。ま、いいじゃないの。

花岡 そのしっちゃかめっちゃかの内実をもっと見つめ直す必要があるのではないだろうか。

モッコリ 内実など、ない。ただ思想という風俗が漂うばかりなり。風俗に節操はなし。これすなわち真理なり。

花岡 すると我々は何を拠りどころにして生きればいいのだ。

森高 真剣に考えちゃだめ。

花岡 ……生きない。

モッコリ、探索するうちに「ニューヨーク」の前で止まる。

モッコリ やや、ここが怪しい。臭います、臭いますよプンプンと。きさまの仕業であったかルドルフ。

扉を開く。なかからキラキラのドレス姿のルドルフ、歌い出す。

ルドルフ （歌い終わり）サンキュー、サンキュー。ワタシ、サクセス、サンキュー。ワタシ、ノーリコン・サンキュー、〽マツダー・セイコー、ノーリコン、〽ノーリコン、ノーリコン。

知事 この女子の仕業ですか。

ルドルフ あれ、さっきまでカーネギーで歌っていたのに、なにこのトイレットペーパーは。やや、モモコ。

モッコリ ルドルフ、あんたも出世したもんだねえ。

林田 お知りあいですか。

ルドルフ なんだよお、おれのひのき舞台邪魔しやがってよ。あと一歩で富と栄光をかちとるところだったんだぞ。

モッコリ ルドルフ、あんたも変わったねえ。

ルドルフ あたりきしゃりきへのカッパよ。おれはなとっくの昔にこの日本なんざ愛想つかしたのよ。バカをバカとも呼べずに、バカが大手振って、バカをバカとしか言えないバカが空しさ承知にバカっ騒ぎしてるバカの大安売りの日本にうんざりしたのよ。そんなおれをなんでわざわざ呼んだんだい。こんな所におれはもう未練も何もありゃしねえんだ。愛もねえよ、だから憎しみもねえよ。そんなおれをほっといてくれよ。ちきしょう、遠くへ行ってもこの日本はおれを追いまわしてきやがる。

モッコリ あんたが日本人だからよ。

ルドルフ パスポートは捨てたよ。ああ久しぶりに目にするぜ。日本か。まるで砂漠に見えるぜ。どうせここじゃどいつもこいつもオアシスの蜃気楼相手にあくせくやってるだけなんだろう。

モッコリ なあにいっくら偉そうなこと言ってても日本人は日本人から逃れることはできないのさ。

ルドルフ うるせい。

知事　あのどちらさまで。
モッコリ　この方も偉大なる超能力者、ルドルフ皇帝。ここはひとつ二人の力で謎の解明にあたろうと。
ルドルフ　おれはやだよ。
林田　やい、都知事。あんた情報に耳ざといカタログ人間であるのはいいが、どうやらあんたの秘密兵器は内輪もめの様子じゃないか。それではここいらでこっちの秘密兵器ご披露といこうじゃないか。超能力の流行はすでにこっちも把握している。インチキ超能力者なんざうっちゃって、生活文化局にまかしとけって。さあ、ご登場ください、ハタリハタマタ共和国の使者ジュディ・コング！

ジュディ、かごに乗って花道からやってくる。ジュディ、顔を出す。

ジュディ　ここはどこかえ。
林田　新宿です。都庁です。よく来てくれましたねジュディ・コングさん。
ジュディ　ギャランティはスイス銀行に振り込んどいてね。
モッコリ　なんでえ、こんなアラビアン・ナイト野郎に何ができるんでえ。
林田　どうだろう知事、この三人で超能力合戦をしてみれば。
知事　おもしろい。よかろう。
ルドルフ　おれはやだよ。
知事　優勝者には東京の危機を救ってくれたお礼として金五億円を。都の年間予算から捻出させていただきます。
ルドルフ　〽やったるでえ、やったるでえ。〽なにもかもやったるでえ。
モッコリ　よ、いいぞ、日本人。
知事　ヒントはこの怪文書のなかの予言です。

秘書　（読む）「東方のはなれ小島で緑の太陽が現われ、白い星が流れるとき、大洪水がやってくる。洪水から免れるものは八個のイチゴ大福をほおばるであろう。新宿のファントマより」

知事　おそらくこの予言を解読できた者に勝利の女神は微笑むでありましょう。

サイレンが鳴り響く。と、一同あたふたと退場する。残るは花岡とルドルフ。

ルドルフ　なんでえ、なんでえ、何が起きたんでえ。空襲か。

花岡　正午の昼休みを告げるサイレンです。いえね、近頃食べる所が少なくなってね、昼飯食べるのにも並ばなきゃなんないし、もたもたしてると食いっぱぐれちゃうんで、みんな必死なんですよ。

ルドルフ　チェッ、昼飯もゆっくり食えないんざ、日本だねえ。まったくのところ、いやになるくらい日本の風景だねえ。ああやだやだ。昼休みは四時間あって食事に二時間、真昼の情事に二時間ってのがやっぱり人間の営みってやつだよなあ。

ぶつぶつ言いつつ去る。
弁当屋が風鈴売りのように弁当を吊り下げ、「弁当、弁当」とやってくる。

花岡　よお弁当屋さん、シャケ弁ひとつ。

弁当屋　まいど。いやあ次長、本当に次長のおかげですよ。都庁で弁当売り申請してもらってこの西新宿の弁当戦争に一歩二歩もリードさせてもらった。どうですミソ汁もつけますか。

花岡　（見つめあい、笑い）冗談いっちゃいけないよ。ところでミソ汁売れてる。

弁当屋　バッチリです。（花岡の衣服を見て）またどなたかお亡くなりに。

花岡　ああ……過労だよ。
弁当屋　いやですね。
花岡　ああ……頭にくるよ。

森高、駆けてくる。

森高　お弁当ちょうだい！　ああんよかったあ。また食べそこなうところだった。だってエレベーター待つので二十分でしょ。お店まで歩くの十分でしょ。お店で並んで待つの二十分でしょ。もう一口も食べられなあーい。ねえねえまだ余ってる。
弁当屋　ありやすでげすよ。
森高　幕の内とミソ汁ちょうだい。
花岡　（強く）ミソ汁は売り切れだそうだよ。
森高　うわーん、ザンネーンくりくり。
花岡　森高さん……
森高　なんですかあ。
花岡　あの……いっしょにお弁当食べない。
森高　いいよ。

弁当屋は去る。二人、並んで腰かけ弁当を食べる。

花岡　君はなにかね。

森高　なんですかあ。

花岡　林田君と結婚する気かね。

森高　わっかりまへーん。

花岡　でもあれだろ……やっちゃったんだろう。

森高　へい。

花岡　君はなにかね、そういうこと平気なの。

森高　なんですかあ。

花岡　いやなに、古いって言われちゃえばそれまでなんだけどね。

森高　そげなこと思っとりませんがな。

花岡　ほほう、君どこの生まれ。

森高　東京。

花岡　なるほど。

間。

花岡　私と妻が最初に営んだのは……いや、やっぱりやめとこう。……庭に黄色い花が咲いていてねえ。きれいなんだ。いままでそんなことまったく気がつかなかった。ま、心の余裕がないってことだったんだろうけどね。あの黄色い花を見たとき、越してきてよかったと初めて思ったんだ。ローンはあるし通勤には三時間かかるしね、なあんにもいいことないと思ってたんだけど、初めてね。家を持って初めてよかったと感じたんだ。でもそのときはもう妻はいなかった。一人で風呂にお湯入れてね、登別カルルス放り込んでぐったりしてるとね、庭で咲いてる黄色い花の映像が浮かんできたんだ。その花がなんであるのかわからない。花岡なんて苗字のくせに私は花の種類のことなんかまるで知らない。花に思いを寄せる余裕なんざまったくなかった。おそらくそんな私に嫌気がさして妻は出ていったと思うんです。もし話していたとしてもですよ、黄色い花を黄色い花としか言えず、それをただきれいと紋切り型にしか言えない私につまり、嫌気がさしたと思うんです。

森高　次長……

花岡　自分を大切にしたまえ、森高君。

森高　次長、顔からフェロモンが分泌されています。

花岡　ええっ!?

森高、花岡を押し倒す。

森高　営みましょう、営みましょう。

花岡　や、や、やめなさいってば。

音楽が鳴り、秘書がでてくる。

秘書　新宿都庁世界万国びっくらショー！

森高　うわーん、やっぱり全部食べる時間がないよーん。

秘書　超能力を競いあう三人の方々です！

三人、現われ、紹介されると用意された椅子に坐る。

秘書　新宿の裏も表も知り尽くして五十年、オカマバーからホストクラブまで水商売一直線、ミスター・モッコリ、菊池モモコさんです。びっくらしたなあ、もう。飽食ニッポンを呪い続けて五十年、いまや国際人として世界を股にかけて陰毛を剃り続けハイレグ美女もびっくりの皇帝ルドルフさんです。びっくらしたなあ、もう。そしてハタリハタマタ共和国からの命を受け、新宿を救うためにやってきたレコード大賞超能力者ジュディ・コングさんです。びっくらしたなあ、もう。

知事、林田もいつしか見ている。

秘書　世紀の超能力がいま私たちの前で火花を散らします。科学、理性では解明できないこの力が今世紀末混迷し続ける時代を救い得るただひとつのものとなるでありましょう。それではまずミスター・モッコリさんです。

モッコリ、おごそかに歩み出てくる。

モッコリ　ウーウウウウー、ウウウー。じゃらん。エロイムエッサイム、エロイムエッサイムウウウウウー。火いの山山のオンタンチンの山山のう。エロイムエッサイムウウウ、ウーウウウウー。じゃらん。エロイムエッサイムー、エロイムエッサイムーウウウウウウ、あっ。

衝撃音。「ホンコン」の扉から兵士が飛び出してくる。ガスマスクをしている。

兵士　細菌兵器だ。イスラエルの民よ、マスクだ、マスクをせよ。

と、続いて便器から出てくるサダム・フセイン大統領。

知事　サダム・フセイン！

フセイン、ニヤリと笑い、兵士と銃撃戦を展開する。二人、そうしながら花道より去る。

ルドルフ　ハハハハハ。何やってるんだモモコ。おまえの混乱好き、ぬけ切れてねえじゃねえか。謎の解明どころかさらなる混乱を出現させやがって、世騒ぎはもうお終いよ、世騒ぎはよお。騒ぎは騒ぎでしかないのよ。ヴィジョンなき騒ぎの堂々巡りに世の中はもううんざりしてるとくらあ。

モッコリ　しゃらくさい。あたしはただ世の中の一部を出してみただけのこと。アラブを解けば世界が見えてくる。

ルドルフ　そんな情勢論なんかやめちまえ。情勢論の堂々巡りにもうんざりとくらあ。少なくともこの皇帝ルドルフ様にはなあ、行くぜえ。

秘書　どんぞ！

ルドルフ　ボバンボバンボンブンボバンボバボボバンボバンボンブンバボン。まだまだかなあ。ボバンボバンボンブンボバボバボボバンボバンボンブンバボン。

衝撃音。「ロンドン」の扉が開き、便器から白い煙が噴出する。知事たち、近づく。

知事　こ、こいつはコカイン。

林田　メデジン・カルテルだ。

花岡　なんだそれ。

林田　コロンビアの麻薬密売組織です。首領の麻薬王パブロ・エスコバルは影の大統領と呼ばれています。アメリカへの密売が以前より困難になって日本をターゲットにしているんです。
知事　とうとうメデジン・カルテルが都庁に上陸し始めたか。
ルドルフ　見たか者ども。すべての元凶はそのコカイン。人々の虚無と疲労はすべて悪夢の白い粉による。すなわち怪文書のなかの白い星とはコカインを意味する。
知事　なるほど！
林田　よおし麻薬密売人をこの都庁から洗い出すんだ。そいつはきっと緑の手をしているにちがいない。

と、「ローマ」の扉が開き、ドロだらけの産婦人科医がごほごほと出てくる。

産婦人科医　まいった、いままで見たことないすさまじいまでの無の深淵だ。虚無の果てだ。世界の終りの光景だ。
ルドルフ　それ、あやつだ緑の手のコカイン密売人。

林田、産婦人科医をとらえ、手にしているゴム手袋をはぎとる。

林田　違う、緑じゃない。
産婦人科医　コカインだと。ばか言っちゃいけねえ。虚無の根っこはこのトイレの奥底にあるぜ。ああ恐ろし。あんなのは初めてだ。おれはいままでＯＬたちの体に宿った虚無と疲労を人工流産させてきた。知ってるかい。このおれが西新宿の赤ひげ、ヒューマニズムの堕胎医よ。ヒューマンな姿勢を笑うんじゃないよ。なんたっておれのヒューマンは本物よ。なぜって本当はいろんなＯＬの性器見たいという動機だからよ。本当のヒューマニズムってのはな不純な動機から生まれるもんよ。この新宿中にひろがる虚無症の謎に関わって早や五年。いまやおれはオーソリティよ。そのおれでも便器の底のそのまた底の光景にはまいったぜ。堕胎するだけじゃ間に合わねえ。このなかの世界に足を踏み込まなきゃ何も解決できないぜ。

ジュディ　してその世界とは。

産婦人科医　虚無の深淵。いやどう形容していいかわからねえ。とにかく自分で行ってみるこった。

ジュディ　まいりましょう。便器の底へ。

林田　いったいどうやって。

ジュディ　私にお任せください。私の力によって皆さんをその形容し難き世界へと導きましょう。

林田　よし行くぞ。

産婦人科医　生きては帰れぬかも。

花岡　行ったるで。

産婦人科医　後悔しても知らぬぞ。

森高　私も。

産婦人科医　見てはいけないものを見てしまうぞ。

知事　よおし、秘書よおまえ行ってこい。

秘書　ええ!?

モッコリ　ルドルフ、あんた行くのかい。

ルドルフ　あたりきよ、おれは国際人だぜ。こんなつまらねえ、狭っくるしい日本は真っ平よ。なんだってかまやしねえ、ここではない他の場所ならな。

モッコリ　よおし、あたしも見届けようじゃないのさ。

産婦人科医、秘書、林田、花岡、森高、ルドルフ、モッコリ、それぞれ便器に腰かける。

秘書　（泣きながら）知事ー。

知事　がんばれ。帰ってくれれば都知事の席が待っている。

ジュディ、踊り、やがて便器にすわる。

ジュディ　なんじゃかんじゃうんじゃえーんじゃあー。

八人、便器のなかに吸い込まれて消える。

知事　治してくれ。一億人の虚無症を！

八個の便器からそれぞれ緑の手が伸びる。知事、猛烈に苦しがる。

第二幕

幕は閉じられたまま。ジュディ、花岡、林田、森高が疲れた様子で花道を歩いている。

森高　便器のなかの水はブルーレットのせいで真っ青だったわ。その青が目の前いっぱいにやってきて、女子便所の天井が最後に見えたわ。小さいころ海で溺れたときのことと、初めてお寿司のイクラを口にしたときのことを思い出したの。あたしいまでもイクラは嫌い、ウニは好きだけど。ブルーレットの水はちょっとしょっぱかった。女のオシッコってみんな少しばかりしょっぱいんだわ。それから強い風に飛ばされたかと思うと、土管みたいな真っ黒い管のなかを落下していったわ。下を見ると同じように超能力者や花岡次長がわーわー言いながら落ちていくのが見えた。落下の時間があんまり長いものでそのうちその状態にも慣れちゃった。重力のある無重力状態みたいな感じで肩こりや腰の痛みが飛んでいくようだったわ。管の壁には幾重にもひだひだがついていて触ってみると柔らかかったわ。手が真っ黒になって、摩擦で焼けたの。朝の納豆みたいな臭いがしたわ。何時間落下し続けたんだろう。時たま水しぶきが上のほうから落ちてきて顔にかかって、その味もしょっぱかったから、たぶん誰かがオシッコしたんだとわかったわ。そのうちあたしは眠ってしまって、目が醒めると曇り空のなかを落下していた。地下に近づくと急に落下速度がゆるくなって、体が砂の上にゆっくり着地していったわ。一面の緑色の砂漠だったわ。周りにいたのはこの三人で他の人たちとははぐれちゃったみたい。どこか別のところで緑の砂を踏みしめているに違いないわ。あたしたちはジュディの勘だけを頼りに歩き続けた。新宿にこんなところがあるなんて知らなかったわ。きっとすぐ近くにあったのにいままで素通りしていたんだわ。帰ったらみんなに教えてあげなきゃ。でも有名になるときっとどこかの企業が手をつけるんでしょうね。みんなやさしかったからつらくはなかったけど、少しばかり飽きたなあと思っていると、地平線からロバに乗ったサダム・フセインがやってきたわ。まったく人騒がせな男よ。でも正直言ってブッシュよりフセインのほうがあたしは素敵だと思うわ。

ロバに乗ったフセインが幕の前を行く。太股が血だらけである。

フセイン 太股のなかに一個の弾丸がめり込んでいる。厄介なこの弾丸を自らナイフでえぐり出して見せよう。こういうことができるだろうか日本人よ。自らの肉体にめり込んだ弾丸を取り出すことが君たちにできるのだろうか日本人よ、そのようなナイフを持ちあわせているのだろうか日本人よ。（ナイフを太股にたてる）イテテイイテテイテテーオ。

フセイン、ロバで走り去る。

森高 サダムの言葉には誰も答えなかったわ。どうでもいいと思っていたのかもしれなかったし、言おうと思ったらもうそこにはいなかったということかもしれない。どういうことだかはよくわからないわ。世の中なんてそんなもんよ。そんな偶然を意味づけしたくて仕方ないだけなんだわ。ぼんやりする暇もなく、なんかがまた出てきたわ。

兵士、生首を持ってやってくる。

兵士 砂漠の戦争はよ、やってもやっても指の間からこぼれるみたいでよ、やった感じがしないぶんこいつはいつまでも続けられるぜ。足はぼこぼことられて夢のなかみたいにもどかしくてよ。視界は砂ぼこりでよく見えねえ。口も鼻も砂でじゃりじゃりよ。とにかく手に触れてきたやつの首かっ切ってやったのよ。砂のなかで六時間、体全体が砂になったみたいでよ、やっとこさ息の根止めてやったぜ。おれは確信してるぜ、砂のなかで確かに砂の感触を受け止めて、こいつの血を体全体に浴びてやった。間違いないこりゃサダム・フセインの首だ。

ジュディ　おいフセインはたったいま明後日の方向に走り去ったぞ。

兵士　そんなばかな。そうだとするとこれはいったい誰の首なんだあ。（首を掲げる）

花岡　うわー、産婦人科医だあ。

ジュディ　しくじったな、一人派兵。そいつはおれたちの水先案内人。

兵士　どうする。おれを責めるか、おれを殺すか。

ジュディ　いいやよくあることだ。おまえが悪いんじゃない、視界のない砂漠でおまえに触れたこいつが悪いんだ。

林田　うーむ、一人味方を失ったか、こいつはとんだ桃太郎の鬼退治になりそうだ。

白装束の宗教家が出てくる。

宗教家　煩悩が多すぎるのじゃ、煩悩が。

林田　なんだ、あれは。

森高　ギョエエエエエッ。

宗教家には首がなく、胴体から切り離された首を両手で持っている。

宗教家　煩悩が多いからかようなことが起きるのじゃ。偶然の出来事と弁明したいのじゃな。そう顔に書いてあることよ。偶然ではない。煩悩が多いからこそ必然的にかようなことが起きるのじゃ。かような人間同士の葛藤が生まれ落ちるのじゃ。葛藤から虚無が生まれ落ちるのじゃ。

ジュディ　虚無症のことを何か知っているのか。

宗教家　わしはすべてを見た。人間は人間でいる限り、いまの状態から逃れることはできん。しかも人間はもはや進化も放棄したとわが首斬り役人ホラーの神は告げられた。

ジュディ　ホラーの神だと。

宗教家　わが神です。江戸は文化文政のとき、首斬り役人として仕えていた高山助之丞は都合二千人目の首を斬り落としたとき、澄み渡る空と噴き出す胴体からの血より突如啓示を得たのです。それこそがホラーの神の教え。突如目覚めた助之丞はそれから諸国漫遊の旅へと出、首斬り教を完成させたのじゃ。

ジュディ　首斬り教だと。

宗教家　煩悩を断ち切るには愚かなる理性と感情の源、この頭を豊かなる肉体より切り離さなければなりません。距離をもってながめ、常に観察し批判的でなければなりません。進化から見放されたわれら人間は、自ら変化をこの肉体に課さねばならないのです。さあ煩悩の源、頭を斬り落としましょう。これこそが首斬り教の真理。わたくし、ホラーの神の使者ルカ山本です。

ジュディ　砂漠の道を教えてくれ。

宗教家　あなたは首を斬りますか。

ジュディ　斬らん。

宗教家　あなたは。

花岡　ほっといてくれ。

宗教家　なんたる煩悩多き者ども。しかし、この地の光景を一目、目にするや、おぬしらもすぐさま首斬り教の信者となるであろう。いっさいの苦悩から解き放たれたいがためにのう。

森高　痛くはないの。
ジュディ　本気で相手にしちゃだめだ。こいつはもう死んでるんだから。
宗教家　死者も生者も区別はない。生者のみが活躍するドラマはここにはない。ま、いずれわかるであろう。はっ。

と、いきなり大きな剣を振る。一同、首をすくめる。

ジュディ　ひーっ、なにすんでえ。
宗教家　俗なる者たちよ。それほどまでにおのが首が惜しいか。
森高　お、惜しいです。
宗教家　愚か者め、信じればすぐさま救われるものを。ならばついて来い、砂漠の道を。これぞまさしく福音の旅じゃ。見ていますか高山助之丞、ホラーの神よ。一番弟子のルカ山本は迷える小羊たちを従え、神の信仰へと旅立ちます。
兵士　そこにフセインはいるのか。
宗教家　ああ御布施ならちょうだいします。まいりましょう。〽首を斬りましょう。陽気に首を。あ、斬れ斬れ。さあともに祈りましょう。
一同　〽首を斬りましょう。陽気に首を。あ、斬れ斬れ。

蝶々が多数、一同に襲いかかる。

ジュディ　なんだこれは。
宗教家　時代の亡霊じゃ。忘れ去られたことに怨念を抱く最下等の悪霊じゃ。普段は砂漠の居酒屋で酒をあおるだけなのだが、若い者を見ると吸血蝶々となって襲ってくる。

林田　血を吸うのか。

宗教家　若い血を吸ってまたカムバックしようと思っているのじゃ。

森高　吸血蝶々はまったくいやになるほどしつこかったわ。まるでふってもふっても電話してくるあいつみたいに、あたしたちは逃げたの。逃げて逃げて逃げまくるうちに急に道が開けたの。結局誰が水先案内人というわけじゃなかった。自然に道は開け、都立大久保病院が現われたわ。

幕が開く。うらぶれたアパートのような建物。八枚の扉があり、下手より一号室から八号室と札が掛かっている。「都立大久保病院」と看板がある。吸血蝶々は扉のなかの部屋へと消えていく。

林田　都立大久保病院だと。カブキ町にあった病院のことか。

宗教家　その通り。兵隊さん、おぬしが首を斬った産婦人科医は実はここの医者だったのだ。

兵士　（生首を見て）おまえかっ。

と、生首、兵士の手から離れ宙を飛ぶ。

花岡　ややややや。

産婦人科医の生首　おいてめえら、六号病室に気をつけろ、六号病室にな。（消える）

森高　なんだか頭痛くなってきたよーん。

宗教家　この病院は霊界のあらゆる物象を飲み込んじまう悪食の化けものなのじゃ。なぜならばこの病院自体が一個の怨念なのじゃ。新都庁の建設の代償として都立大久保病院は壊されたのじゃ。その恨みをバネとしてこの砂漠に病院はそびえ建っている。

花岡　なんてこった。都庁の地の底に大久保病院があるなんて。恨んでるんだろうなあ。大久保さん許してくださあーい。

森高　ええ!?　大久保病院って大久保っていう人が院長だからなの。

花岡　なんだか知らないけど許してくださあい。

看護婦が出てくる。

看護婦　院長先生のご回診！

『白い巨塔』の田宮二郎のような院長、登場。マスクをしている。

院長　院長の大久保です。

花岡　ほらね、やっぱりそうじゃない。

院長　ささ、見学者の方は下がって。なあにぼくの手術みたいの。ぼくのオペ技術盗もうっての。ただじゃ見せないわよ、ただじゃ。出すもん出してからにしてちょうだい。

ジュディ　その声に聞き覚えあり。

マスクをはぎとる。

ジュディ　やいモッコリ、こりゃどういうことだ。なんでおまえが院長やってんだ。

モッコリ　人手が足んないっていわれたもんで。

ジュディ　どうです皆さん、この節操のなさ。新宿の輩なんてさしづめこんなもんでさあ。

モッコリ　生きるためよ、生きるためにやっていることを他人からとやかく言われる筋合いないわ。あんた、あたしが飢え死にしそうになったらお金をくれるっていうの。あたしに意見してさ、あたしがあんたの言う通りにして落ちぶれたとして、そのときあんたはあたしを助けてくれるの。それだけの決意がなければ人に意見することなんかやめなさい。とにかくあたしはずうっと生きてきてるんだから、この新宿によ。親切そうに微笑んで忠告するやつ、君のことを思って言ってるんだとばかりに目と目の間にしわを寄せて意見してくるやつ、そんなやつらの言うことを本気にしちゃだめ。誰も他人のことなんかわかりゃしないし、本気で思っちゃいないのよ。そういう役割をしてみたい自分のためにやっているだけ。もしバカな人間がいたとして、そのとき忠告や意見の虫が胸のなかで騒いだとしても絶対するべきではないわ。バカは何を言ってもバカだし、わかってる人間には言わなくてもわかってるのよ。そして忠告してやりたいなんて思いついた自分のゲスな根性をしっかり見つめるがいいんだわ。

ジュディ　おれはな、おまえのその変わり身の早さを言ってるんだ。人助けというささやかなナルシシズムにおかされたてめえの貧乏根性をね。

モッコリ　変わらない人間がこの世にいるもんかね。変わらない自分なんていうもんかね。ただそれぞれ変わる速度が違うだけじゃないのかねえ。変わることが悪いなんてあたしゃこれっぽっきりも考えちゃいない。変わってるくせに変わっちゃいねえとほざく輩がゲスなだけさ。変化こそを身上とするおまえにしちゃ甘いこと言うじゃないか、え、騒太郎。変わらない自分があるというなら見せてもらおうじゃないか、騒太郎。

ジュディ　ケッ、くだらねえ。

モッコリ　おまえのほうから仕掛けといて何を言うか。

ジュディ　なあにちいとばっかし浪花節にのっとっておまえさんにふってみただけよ。モモコ、おまえこそ浪花節の権化だと思ってなあ。

モッコリ　世界は変革せり。
ジュディ　いいや変わっちゃいねえ。世界はいまでも浪花節のままだ。見てみろ、人々はいまだ浪花節を望んでいる。
モッコリ　それもまたずいぶんと甘いお考えのようだねえ騒太郎。世界といってもあたしたちがいま踏み込んじまってる世界はこれまたずいぶんと違う世界なわけさ。浪花節に慣れきっちまってるあんたについていけるかねえ。
ジュディ　バカぬかすんじゃねえ、慣れてなんかいやしねえや。
モッコリ　まだわかんないのかい。浪花節をバカにしくさるおまえさんもまた浪花節なんだよ。
ジュディ　そんなことわかってらあ。
モッコリ　さらにわからせてやるわい。

八個の病室からうめき声がする。

看護婦　先生、人手不足なんで。
モッコリ　院長の大久保です。さて患者さん今日はいかがかな。
ジュディ　いかがかなって、おまえもうそんなに診察してるのか。
モッコリ　今日初めてです。
ジュディ　医師免許持ってんのか。
モッコリ　原付き免許なら持っています。
ジュディ　なんたるいい加減。
モッコリ　甘いぞよ。この世の中でいい加減でないことが……
看護婦　先生もういいから。不毛な論争はやめてください。
モッコリ　愚か者め、不毛でない論争がどこにある。思想もイデオロギーもすでに不毛であるというのに。不毛でないものとはただひとつ、それは病気だ。

一号病室の扉を開く。患者がいる。

モッコリ　どこが悪いんですか。

患者　それを調べるのが医者だろう。

モッコリ　なるほど。すると悪いのはこの私だな。

宗教家　だめじゃなあの医者は。

森高　どこが悪いの、あの方。

宗教家　B型ラクダ肝炎に冒されています。他人との接触をいっさい拒否しています。コミュニケーションをしなければしなければと無理をしすぎたのじゃ。他者との衝突によって変革しようとした自己が破壊されたのじゃ。追いつめられた自己にすでに他者を呼び寄せる余裕はない。彼はいまなにより閉鎖を望んでおる。元から閉鎖をベースに生きてきた者が、外部の要求で門を開いたとき、押し寄せる外界の事象に免疫のできてない自己がショートを起こしたのじゃ。限りない閉鎖のなかにいま再び彼はたたずんでいる。しかし一度外の空気をまがりなりにも知ってしまった自己は門を閉じたとてかつてのような安息を得られることはない。つまり彼は開かれてもいなければ、閉じられてもいない。

モッコリ、二号病室を開く。患者がいる。

宗教家　A型ガチョウ炎ビブリオじゃ。いまの患者と逆の回路のなかにいる患者です。つまり彼は閉じてしまうことをひたすら恐れ、他者がいなければ生きていけないというありさまじゃ。彼は確固とした自己があるわけではない。自己は他者とコミュニケートしようとする野望に拡散してしまっておる。彼は静かにたたずんでいることが恐いのじゃ。立ち止まるともうそれっきり動けなくなるのではないかという焦りを持っている。活発で好戦的な彼は表向きはスタミナあふれる人物として賞賛されるが、彼の門はまっとうに開かれているわけではない。門から は自己が外出し続けるばかりで他者を受け入れる余裕をもたない。実に厄介な自閉症とも言えましょう。

三号病室。

宗教家　おなじみの舞踏病です。ご覧のように果てしなく踊り続けています。彼は幻の祭が見えるのだと言いはります。祭が現実にあろうとなかろうとすでにいっさい関係がないのじゃ。もし踊らされているにすぎないとしても彼はそれでかまやしないのじゃ。このようにして死ぬまで踊り続けるしかないのです。

四号病室。

宗教家　人間的なあまりに人間的な病気という名の病です。美食と美女を好み、なにより快適な生活を求めています。見栄によって行動は決定され、富と自由な時間が最上のものなのです。でもこのことが悪いことなのでしょうか。悪いわけはありません。つまり、この病気は病気をもたないという病気をもっている。なぜなら病気こそが世界認識の方法であるのだから。彼はどうすればいいのか。どうしようもないのです。どうなりようもないのです。彼は人間的であるからです。適度な社会常識も知識も彼に獲得している。彼は自分が一番普通だと思っている。しかし彼ほど不幸な人間を私は知らない。彼は病気という原理をいっさい放棄し拒絶している。彼は自分が一番普通だと思っている。こんな不幸がかつて人間にあっただろうか。病気でもない彼は人間的なという言葉の下で何者でもないのだから。またこの病気の特徴はクリスマス・イヴになるとホテルを予約してセックスしなければといった強迫観念をもっております。

花岡　林田、おまえじゃないか。

五号病室。

宗教家　ただのバカです。バカにもいろいろな種類がございますが、ただのバカです。

ただのバカ、病室から出てくる。

ただのバカ　なんだこりゃ、またたんと人がいるでねえか。祭かや。うれしいのう。たんと人がおってにぎやかかやのう。

林田　虚無症がいないじゃないか。緑の手にさらわれたオフィスレディーたちはどうしたんだ。

ただのバカ　おい青年、大声は出さんでけれよ。アッタマ痛くなるからべな。

林田　次長、こんなことで時間を浪費している暇はありません。虚無症の根っこはこの病院のどこかに存在するはずです。ここはもうぼくたちで。

ただのバカ　おい青年、あんまり焦るなべよ。おいらと酒っこ飲んでタンコ節歌うなましよ。

ただのバカ、林田の肩に手をかける。

林田　（バカの手を見て）緑の手だ！

花岡　おお!?

林田　きさまだったのか。きさまだなＯＬのケツ撫ぜてたのは。

ただのバカ　ウマッコのケツならなめたことあんど。
林田　このバカっ。（ぽかりと殴る）
ただのバカ　いてえよお、先生。バカと言われたあ。
看護婦　先生!?

ただのバカ、六号病室を開ける。一人の紳士が出てくる。その名もアントン・チェホフ。

ジュディ　気をつけろ、問題の六号病室だ。
チェホフ　バカをバカと言ってなんの発展性があるのでしょうか。
看護婦　まあ院長先生、こんなところに隠れてたのね。
モッコリ　ゲッ、ホンマモンが出てきよったあ。
看護婦　まったくどういうお気持ちでいらっしゃるの。
チェホフ　ほめればいい気持ちだし、やっつけられるとそれから二日は不機嫌を感じますね。
看護婦　あなたの生活は素敵な生活ですわ。
ただのバカ　先生あたいの頭のモヤモヤどこかにやってけろ。そうでないとあたいいまにも人殺しでもやりそうだ。

チェホフ、ジョーロを取り出し、バカの頭に水をかける。

チェホフ　強迫観念というものがありますね。夜も昼もひとつ考えがしつこく私にとりついて離れない。それは書かなくちゃならん、書かなくちゃ、書かなくちゃというやつです。やっと小説をひとつ書きあげたかと思うと、なぜか知らんがすぐもう次のにかからなければならん。それから三つ目、三つ目のお次は四つ目。いやはや野蛮きわまる生活ですよ。

宗教家　やや、あのセリフは。

ジュディ　チェホフだ、アントン・チェホフだ。

チェホフ　極寒のサハリンに辿り着いて早や一週間。なぜかくも困難な旅に駆り立てられたのか。なぜ自ら進んで苦境に飛び込んでいったのか。本当のことを言えばその謎は私自身にもわからない。ああ、サハリンの旅。わが大地ロシアのことをどれほどまで深刻に思いつめていたかどうか私自身にもわからない。あるいは私をサハリンへと駆り立てたのは文学者としての私ではなく、医師としての私かもしれない。私は知りたかったのだ。わがロシアに巣喰うロシアという名の病気を。

森高　ここはどこなの。

チェホフ　サハリン。辿り着いたのだよシベリア鉄道で。

一同、困惑。

モモコ　あー、助かった。こいつやっぱりインチキ野郎だわ。

看護婦　院長先生に何を言うの。

モモコ　うるせい。この砂漠のどこがサハリンなんだよ。

チェホフ　東京のサハリン。

モモコ　な、なんでえわかってんじゃねえか。

チェホフ　うっ、やってくるな、いまはやってくるんじゃないわがふさぎの虫よ。君たちは見たことがあるだろうか。ふさぎの虫を。広大なる大地から生まれたこの虫を。どこまでも続く果てしのない大地。そこに一人で立ち尽くしたときの漠たる不安と寂蓼感を知っているだろうか。ロシアの不安はその大地から生まれた。恐怖にも似た冷たい風にさらされ、ぬかるみの地面より育つものは憂うつの植物だけ。そしてその植物に巣喰う害虫、ふさぎの虫。この害虫は憂うつまでも滅ぼしてしまうのだ。ご覧ください。これです。

取り出す植木鉢。奇妙な植物が植わっている。

チェホフ 憂うつの植物が育っています。土はことごとくサハリンの大地から取り寄せたもの。そしていま成長を妨げようとふさぎの虫が葉に茎に貼りついています。

花岡 見えるか?

林田 いいえ、まったく。

チェホフ このふさぎの虫こそ虚無症の根源。研究するのだ、その細菌の生態を。

森高 そういうことなのね!

チェホフ ここにおいてサハリンと東京は確かな通底の図を描いた。ロシアという病と同様に全日本人はたったいま日本という病に冒されている。その根源こそふさぎの虫、わがロシア人を苦しめるふさぎの虫。わかるだろうか日本人よ、アメリカばかりにかまけていてはならぬ。君らの心の奥底にはロシアが重く横たわっている。わかるだろうか、ふさぎの虫にとりつかれる日本人とは、日本人自体がサハリンでしか育たぬ憂うつの植物なのだ!

チェホフ、再びただのバカにジョーロをかける。と、バカ、口から花を咲かせる。

チェホフ 憂うつの花です。ここまでくればもう植物として生かし続けるしか手がないのです。

林田 治す手だてはないのか。

チェホフ ふさぎの虫の研究しか手段はありません。そのためには私の著書を読み、ロシアという病の研究に身をささげるしかないのです。さあ皆さん、お買いください。チェホフ全集です。一冊三千円です。円かドルでなければいけません。ルーブルはお断りです。

森高　買うわ。

林田　おれも。

花岡　わしも。

モモコ　ちょっと待ったあ。見えたぞ正体。

と、チェホフのひげを取る。

チェホフ　なにしやがんでえ。

ルドルフである。

モモコ　最後になって馬脚を現わしやがったなルドルフ。どうも筋書きがうますぎると思ったのよ。日本という病だと。調子いいこと言いやがって。最後の最後には金むしりとろうとするてめえこそ立派な日本という病の病人よ。

ルドルフ　いいから黙って読みやがれ。

モモコ　インチキばかりぬかしやがって。

ルドルフ　ふさぎの虫のことは本当だぞ。

モモコ　往生際が悪いぞ。

ルドルフ　ほうれ群れをなして飛び始めやがったぜ。見えねえのかよ、ふさぎの虫が！

病室の患者が一斉に本を読みながら出てくる。その手はすでに緑色。

森高　みんながみんな緑の手よ！

緑の手のＯＬたちが本を読みながら出てくる。なかに姫野、菅原も混じっている。

森高　みんながいる、便所から消えたみんながいるわ！

ルドルフ　なんと罪深い病なのだろうか、日本という病は。見てみろ、みんながみんな憂うつの植物になりたがっている。

ジュディ　なんで本を読んでるんだ。

ルドルフ　冒瀆してやがるんだよ。本という本を読み、虚無を促進させようとしてやがるんだ。

ジュディ　どういうことだ。

ルドルフ　解決を見い出そうとしているのさ。ところが本に解決策が載っていたためしがあったかということよ。本のなかの人類の知性と文化の堂々巡りをとっぷりと味わって、さらなる虚無へとつっ走ろうって寸法よ。これを人類への冒瀆と言わずになんと言おうか、わが祖国よ。

緑の手の人々、いつしか行列になって突き進む。

花岡　あ、ミナコ……

林田　なんです。

花岡　私の元の妻だ。おいミナコ、おまえこんなところで何やってんだ。

ミナコ、行列から離れ、

ミナコ　あらあなた。

花岡　家へ帰ろう、と言って同じ家があるわけじゃなし。

ミナコ　だめね、あなた。まだ紋切り型の堂々巡りやってて。

花岡　紋切り型の堂々巡り？

ミナコ　それから逃れて真の人間になりたくてこうしているの。

花岡　真の人間なんかじゃない、おまえはいま植物になりつつあるんだぞ。

ミナコ　そうだとしたら植物という名の真の人間よ。だめねあなた、堂々巡りに縛られてて。そんな人間はもう終わりよ。

花岡　おまえは病気なんだよ。

ミナコ　あらこっちから見ればあなたたちが病気よ。あたしを助けようっていうの。助けてどうするのよ。堂々巡りじゃない。なんにも変わらないじゃない。あたしはねあなた、あなたが嫌いで別れたんじゃないの。堂々巡りがいやで飛び出したの。でもあたしは何もわかっていなかった。そのこともまた堂々巡りだったのよ。

花岡　バカだな。堂々巡りを堂々巡りとして諦めて、その清らかな諦念のなかで暮らすのが人間の生き方ってものなんだ。

ミナコ　あたしはそれがいやなの。ここにいる人たちはみんなそれがいやな人たちなの。バカみたい。あなたの周りの人たちみたいに諦めて働いて、また諦めてまた働いて過労死していく人たちみたいになりたくないの。

花岡　それが人間だから……それが日本だから仕方ないじゃないか。

ミナコ　ほらみなさい。日本という病に冒されているのはあなたのほうじゃない。

花岡　帰ってきてくれ。

ミナコ　あなた恥ずかしくなるくらい紋切り型ね。男と女の堂々巡りにはうんざりだわ。さあ、もう無の儀式の邪魔しないでちょうだい。

林田　無の儀式？

花岡　ミナコ。

ミナコ、カッと口を開く。花岡、衝撃によろける。

森高　花岡さん、もういいのよ、もういいんだってば。

ただのバカ　われらが真実の人間のために無の儀式を始めます。

林田　ただのバカがもうただのバカでなくなってる。

ただのバカ　救われたのです。無に。

宗教家　こ、これは一種の宗教ではなかろうか！

ただのバカ　持ってくるのです。緑色の人間革命を。

患者とOLたち、巨大な瓶を持ってくる。瓶から二本の憂うつな植物が生えている。人々、瓶の周りを取り囲む。

ただのバカ　無のお湯に放り込み、溶かし尽くすのです。諦念の知識と文化を。

人々、瓶のなかに次々と本を投げ込む。

ただのバカ　知識は欲望の方便であるにすぎぬ。知識を捨てよ。
人々　ナーダ。
ただのバカ　感情はわれらを果てしのない諦念に導くものであるにすぎない。感情こそヒステリカルな人間の言い訳。あらゆる紛争も闘争も殺傷沙汰も感情より生まれ出る。感情を捨てよ。
人々　ナーダ。
ただのバカ　歴史こそ知識と感情が織りなす堂々巡りの源。歴史に変革があったためしはない。歴史はただ諦念に基づいた堂々巡りであるにすぎぬ。
人々　ナーダ。
ただのバカ　われらは堂々巡りを拒絶する。
人々　ナーダ。
ただのバカ　いっさいに関与せず、いっさいに参加しない。
人々　ナーダ。
ただのバカ　ただ自らの肉体の芯で育成させられた夕暮れ刻の疲労を見つめる。疲労から派生される病気を崇める。
人々　ナーダ。
ただのバカ　疲労は母であり、病気は真実である。
人々　ナーダ。
ただのバカ　希望をもたず、絶望も無関係。
人々　ナーダ。
ただのバカ　過去をもたず、将来も見つめることなし。
人々　ナーダ。
ただのバカ　緑色のなかに肉体をひたし、われらは植物のような無表情で街角にたたずむ。

人々　ナーダ。

ただのバカ　これこそが真実の人間。

人々　ナーダ。

ただのバカ　虚無を生み出すのです！

人々、「ナダ、ナダ、ナダ」と唱えながら瓶の周りを踊る。衝撃音。なかから緑の怪人が上半身を現わし、虚無を口から出し、また引っ込む。

ルドルフ　生まれ出たぞ虚無が。気をつけろこっちに近づいてくる。

ただのバカ　一個しか生まれません。まだ力が足りないのです。力が拡散されています。なぜならこの儀式の列にあのようないまだ紋切り型の人間たちがいるからなのです。

人々、ジュディたちに怒りを向ける。

宗教家　この宗教は間違っておる。

ただのバカ　宗教ではありません。われらは何も信じておりませんから。

宗教家　何も信じないことを宗教とするただの邪教にすぎん。

ただのバカ　あなたはただ自分の理解の外にあるものを無理に名づけようとしているだけのこと。人々は名づけられることを拒否している。

人々　ナーダ。

ただのバカ　この人々のナダが歴史を母とする宗教であるわけがありません。

人々　ナーダ。

宗教家　これもただ薄汚れた思考の末の結果であるにすぎぬ。考えるな人民たちよ、その頭を胴体から切り離すのじゃ。

剣をふりかざす。人々、「ナダ、ナダ」と言いつつ逃げまどう。宗教家とただのバカの殺陣。追い詰められるただのバカ。

ただのバカ　おいちゃん、やめておくんなさいまし。バカをいじめて何が楽しいってんだべさ。

宗教家　いまさらバカになっても無駄じゃ。

ただのバカ　取り除くのだ、紋切り型の人間どもを。

人々、「ナダ」を唱えながらジュディたちに向かう。

兵士　くらえ、多国籍軍の銃撃を。

機関銃を連射する。人々、平気である。

ジュディ　だめだ、人々の無は弾丸をも無化させてしまう。

林田　おい、あんたの超能力でなんとかしてくれ。

ジュディ　よおし。なんじゃかんじゃー。

口を大きく開ける。ジュディは何かを飲み込んだ様子。

ルドルフ　いかん、虚無を飲み込んじまったぞお。

ジュディ、猛烈に苦しがる。

モッコリ　医者だ、医者を呼べい。
ルドルフ　おまえも医者だろ。
モッコリ　そうか、どうすりゃいいんだい、皇帝。
ルドルフ　チェホフを読め。ロシアの病を読み取れ。オペの準備ぃ！

モッコリとルドルフ、ジュディを抱えて去る。兵士と宗教家もそのあとから逃げる。残された花岡、森高、林田に人々迫る。

森高　キャイーン、どうすればいいのポンポコリン。
花岡　もう終わりだ。それぞれの人生を思い返し、しみじみしよう。
森高　キャイーン、そんな暇ないよーん。
林田　森高さんとならともかく、こんなオヤジといっしょに死ぬなんておれはイヤだ。
森高　リンダ、あんたも全然頼りになんないよーん。あたしってどこでもいじめられる運命なんだよーん。

人々、襲いかかる。人々が散ると一本の太い木の棒に三人は後ろ手にくくりつけられ、猿ぐつわをされている。

ただのバカ　なけなしの元気さを装う人間は抹殺しましょう。

人々　ナーダ。

一斉にナイフをとり出す。と、爆撃音が遠くから聞こえてくる。

ただのバカ　むむ、どうやら戦争が始まってしまったらしい。

人々、去る。瓶も持ち去られる。花岡、必死に何か叫んでいる。ミナコ、振りかえり、やってくる。

ミナコ　なにさ。

森高も何か叫んでいる。ミナコ、森高の猿ぐつわを下ろす。

森高　奥さん、おたくの名前叫んでるよ。花岡さん。何か言ってやってもいいんじゃないかよん。

ミナコ　うるさいわね小娘。

森高　小娘はね、人生を知らないぶんだけ全部わかっちゃうんだよん。あなたはまだ花岡さんのこと気になってるんだよん。

ミナコ　若いわね。

森高　うあー、すごい紋切り型。

ミナコ　あたしが紋切り型だってえ。（森高の頬をつねる）

森高　うわー、またいじめられてるぅ。

ミナコ　いじめたくなる顔してんのよ、あんた。あんたもいずれ人生を一度やってみりゃわかるんだ、ナダの力がどれだけ心地よいかを。（去る）

森高　……人生なんかやりたくないよ。知らないよ、人生なんか。でも人生って何。

花岡、フガフガしている。

森高　なになに。（と、花岡の言葉を通訳する）人生とは困難なものだ。人生とは空しいものだ。なんだそんなら花岡さんも虚無症にかかってるんじゃない。なになに。違う。私はその困難さと空しさをすべて請け負い、新たなる人生に旅立とうとしている。そのためには森高君、君が必要だ。キャイーン、どうしよう。どうしよう。

林田、フガフガしている。森高の通訳。

森高　なになに。そんなオヤジの言うこと信じちゃだめだ。そいつは人生の落伍者で結局はさっきの連中と同じだ。現にこいつの女房はあんなになってしまっている。ダンナがそもそも虚無を抱えていたから女房はあんなになっちまった。

花岡、強くフガフガ。

森高　あの女のことなんか関係ない。あの女の性格の悪さにはもうこりごりだ。性格の悪さと虚無は不可分の関係にある。（林田を聞き）そんなのはデタラメだ。虚無とは高級なものだ。（花岡を聞き）すると君は虚無を認めるのだな。やっぱりそうか。いまの若い男なんて虚無をのみこまないうちに虚無にかかっていやがんだ。森高君、若い男になんか興味をもっちゃだめだ。ひとつここは人生を知っているこのぼくと。

林田、強くフガフガ。

森高　こんなオヤジの口車に乗るんじゃない。いろいろな女とつきあってきたけどこんどは本気だ。チサトいっしょになろう。

花岡、林田、強烈にフガフガ。

森高　キャイーン、チサトどうしよう。これが人生というものかしら。もう勝手にして。二人で直接話しあって。

花岡と林田の猿ぐつわとれる。

花岡　おいおれはこんなこと言ってないぞ。

林田　おれだって言ってない。なんだ勝手に脚色しやがって。

森高　キャイーン、でも二人の気持ち代弁してたでしょ。

林田　代弁してない。

花岡　こんなときそんなこと考えてる場合か。

森高　キャイーン、すぐ自分をドラマのヒロインだと思いたがる女の悪い癖にすぎなかったのポンポコリン。

林田　もうこいつはほっといて、どうします次長。

花岡　とにかくこの場を離れよう。私たちの力だけではこの場所のことは無理かもしれない。帰って知事に相談しよう。
林田　そうですね。
森高　キャイーン、男の友情には女は不要なのねんねん。
林田　おまえうるさい。

三人、棒をつけたまま立ち上がる。ただのバカがやってくる。

ただのバカ　あたいと遊んなましょ。
林田　ただのバカがただのバカに戻っている。
ただのバカ　ねえダンナ衆、せっかく娘っこが一人いるんでやんす。みんなでやっちまうべよ。ダンナ衆だって本当はそうしたいんでやしょ。
花岡　なに言うんだ君は。
ただのバカ　（ナイフをとり）恰好つけんなよサラリーマン。
花岡　おいこら。
林田　やめろ。
ただのバカ　（森高に迫り）見てってけれ、見てってけれ、やっとるとこ。
森高　キャイーン。

人間の雄叫びが聞こえる。

ただのバカ　ん？　タ、ターザンだ。

花岡　何を言ってるんだ、またこのバカが。

と、雄叫びをし、植物のつるにぶら下がってターザンが現われ、ただのバカにキックを見舞う。バカ、気絶する。

ターザン　忘れていたね、このぼくを。
花岡　知事の秘書！

秘書はターザンの恰好である。三人を解き放ち、

秘書　さあ帰ろう都庁に。ぼくにはわかっている。いいかいこれはみんな幻だ。霊の仕業さ。壊されちまった大久保病院の霊が、新しくやってきたピカピカの都庁を呪ってんだ。
花岡　やっぱりそうか。
秘書　さあ都庁へ帰ってみんなで供養をしようじゃないか。といっても帰り道がわからないぞ。

一同、がっかり。と、先ほどの儀式に加わっていたらしい一人の少女が手招きをする。

秘書　ん？　チータの登場かな。
少女　こっちこっち逃げ道はこっち。
秘書　チータだ、やっぱりチータも現われたんだ。
少女　早くってば。
林田　信じていいのだろうか。

秘書　大丈夫。ターザンにはチータがつきものさ。
森高　するとあたしはジェーンね。
林田　どうでもいいから、早く行こう。

行こうとするとゆっくりOLの患者たち、出てきて取り囲む。

ミナコ　どこに亡命しようっていうんだい。あんたたちは根っからの日本人。日本人には亡命は似合わないのさ。この国は自由なんだからね。
秘書　霊です。これは霊であるにすぎません。お経を唱えるのです。さすれば消え去ります。

一同、お経を唱えるがじわじわと人々は迫る。

花岡　東京都政のターザンよ、やっぱり物事はそう単純じゃないようだよ。今度は本当に終わりかもしれない。こんなときになんだが、森高さん、ぼ、ぼくのパンツを洗っておくれ。
林田　ずるいぞ次長。チサト、結婚しようとは言わない。ただ実験的に半年同棲してみよう。
森高　キャイーン。やっぱり二人はそうなんじゃない。
林田　この際だ、はっきりしてくれ。
森高　あたしはどちらでもないよお。いまのままでいいんだよぉ。
林田　てめえ、二人の男を手玉にとって、頭悪いくせに頭よぶってる浅野ゆう子気分でいやがんな。
森高　そうじゃないの。ただまだ人生をやりたくないの。人生なんて知りたくないの。
花岡　いいだろう。いずれいやでも知るときがくるんだから。そのときになって困難と空しさを背負いこめるかどうかだ。林田君、君に譲るよ。若い者はやはり若い者同士がいいだろう。

林田　なにこんなときにエエカッコシイしてやがんだ。

花岡　林田君、ぼくは君が大嫌いだったよ。

林田　次長、ぼくもあなたが大嫌いでした。

森高　キャイーン、やめてけれ二人とも。

花岡　わかるだろうか森高君、これが人生さ。

一同、逃げる。一斉に追う人々。

舞台、無人の静けさに包まれる。七号病室の扉がゆっくりと開く。なかから日本刀を持った青年が出てきて、舞台の中央に正座する。青年の頭上からは桜の花びらが散っている。宗教家が同じように日本刀を持って青年の傍らにたたずむ。青年、短冊と筆を取り出し、

青年　日のもとであいまいさにて戯るる
冬の波間で憂う国あり

青年、切腹する。

青年　介錯たのむ。

宗教家　やっとその気になりおったか、しかし遅すぎたぞ愚か者め、首の前になぜ腹を切る。

青年　わが国土のために、われは絶望の淵にあり。惰眠をむさぼる日本国民に一撃を与えん。わが忠義の切腹にて覚醒を試みん。

宗教家　ただ死んでしまうだけではないか。

青年　わが血潮が一億の魂に不時着することただそれのみを願わん。

宗教家　アイロニーか。

青年　違う。

宗教家　パロディか。

青年　違う。

宗教家　きさま、本気だな。

青年　目を覚ますのだ、わが祖国よ!

宗教家　入信せよ、首斬り教に!

刀をふり上げる。と、銃声。弾丸は宗教家の刀に命中した様子。

青年　誰ぞ、邪魔をするきゃつらは。

兵士、ピストルを持って登場。

兵士　無駄死にはやめとけよ。

青年　なにぃ。

兵士　おまえさんの死で日本が変わるぐらいならとっくにこの国は変わってるだろうさ。よくて三面記事の片隅に載るだけさ。そいでもって少しばかりインテリ連中の酒場の話題にでもなればもうけもんってところさね。

青年　わが憂国の志は……

兵士　憂うに価するほどの国があるのだろうかね同志よ。

青年　アメリカに犯されているきさまに同志と呼ばれる筋合いはない。

兵士　処女面するんじゃないよ。美しい日本とやらに犯されているおめえがよ。

青年　おれは日本人だぞ。日本人が美しい日本を想って当然のことだろう。

兵士　いったいどこにあるんだい、その美しい日本とやらは。

青年　ないからおれは腹を切っている。

兵士　そんなもん初めからありゃしねえや。

青年　かつてはあったのだ。それがことごとく消え去ったのだ。

兵士　それを望んだのだろう日本人が。

青年　アメリカが……

兵士　アメリカアメリカと言うけどねおめえ、そんなに日本人はアメリカ人かね。そいつは違うと思うね。日本人はいつまで経っても日本人であるにすぎない。だからおまえさんの言う美しい日本は日本人としてそのまま残っているのかもしれないぜ。アメリカがそこにいなくても日本はいずれはいまのようになっていただろうよ、あんたの嘆くいまのようにな。誰のせいでもねえ、日本は好きでこうなったのさ。美しい日本は残ってるよ。よお、あんたもこんなところで腹切ってないでおれといっしょにアラブで二人多国籍軍とでも名乗ってみねえか。おれはもうなに人でもないのよ、あんたは日本人を名乗る気だろ、だからなに人でもねえおれと日本人の多国籍軍よ。そこから日本を眺めてみな。たぶん日本は美しい日本であるだろうぜ。どこまでも優柔不断でどこまでもあいまいでどこまでもぜい弱であるというこの美しさ！

青年　きさまは国体を侮辱している。美しい日本とは強い日本のことを言う。

兵士　するってえと美しい日本は強さを取り戻して、強くなっちまった統一ドイツとまた連合するかい。御免だな。戦争するのは退屈しきってるおれぐらいでいい。戦争やりたいやつはおれみたいに一人で勝手に行きゃいいんだ。

いやな人間をかりたてることはない。美しい日本があるとしよう、それは弱い日本だ。まるっきしだらしのない日本のことよ。戦争に参加せよと言われた日にゃ「あのちょっと」とか「考えときます」とかのらりくらりしている日本のことよ。どうだい美しいじゃないか、政治に無知なるこの人民は！

青年 違う、違う、違う！

兵士 あんたは見たことあるのかよ、美しい日本を。

青年 ある。

兵士 若い君にあるはずなどない。

青年 海だ。巨大な生物としての海。聖なるさざ波を形造る海。この星で最初の生物こそ海だった。その海に囲まれた大地、つまり島こそがこの世で一番聖なるものなのだ。漂う島は海が生んだ最初の子供なのだ。太陽が上るときの波間の輝きの美しさ。その光線はいつもそのまま島を照らしにやってくるのだ。海の流れに沿ってやってきたそのエネルギーで島の人々は生きいきと暮らすのだ。なんの確執もなくなんのこだわりももたない黒髪の人々が、自然体のままで生きるのだ。そんな美しい日本を私は胸の奥底にもっているにすぎません。バカだと言われるなら私は言われる通りにバカとして生きましょう。確かに美しい日本を私は見たことはありません。そのような美しい日本がやってくる保証もまるでありません。するとこの地では国を憂うことが美しい日本を想うことなのだ。この憂国はおそらく永遠のものだろう。美しい日本とは永遠の憂国の志である。

兵士 袋小路だ、まったくの袋小路だ！

青年 すると君は惰眠に溺れろというのか。

兵士 もしそれを惰眠と呼ぶなら、この惰眠こそ日本の美しさではないのか。

青年 行動こそ美徳なり。

兵士 だからおれはこうやって行動している。

青年 君はもはや日本人ではないではないか。

兵士　ともにいこうアラブの戦場へ。
青年　なんでそれを早く言ってくれなかったのよ、もう腹切っちゃったじゃないの。
宗教家　あのー、おとりこみ中まことにすみませんが、首のほうはどうしやしょ。
青年　もう腹だけで十分だよ。ほらもうこんなに血が出ちまった。
宗教家　へい。
青年　ああ、腸が大腸が飛び出てくる。

と、腹から転がり出てくる一個の玉。

兵士　おまえ、これは。

手にとる。

兵士　乱の文字。（と、自分も一個の玉を取り出し）おれのは痴。

と、気がつくと宗教家も玉を取り出している。

兵士　おまえもか。
宗教家　意識をもったときからなぜかこの玉は傍らにある。浮かび上がるは戯の一文字。

笑い声がある。八号病室がゆっくりと開く。パソコンを前にした少年がいる。

少年　政治談義が終わったかい、青年諸君。

青年　なにやつ！

少年　気張るなよ、右翼はすぐ気張るからきれえだよ。（と、玉を差し出す）

兵士　遊の一文字!?

少年　どういう由来かは知らねえが、無関係じゃなさそうだな青年たち。

と、パソコンのキーを叩く。少年が口にするのは上演時の国内外の政治情勢である。

少年　さてとこれで明日の世界の動きの入力は終わったい。

兵士　なんでえ、パソコン坊やかい。

少年　おたくをバカにする気かい。ケッ、オヤジだなおめえも。おたく族を甘くみるとひでえことになるぜ。美しい日本とやらも強いアメリカも悩めるソ連も無気味なイラクも全部このパソコンのなかに詰め込まれてらあ。まったく飽きねえよこの地球という星のゲームは。ちょっと静かになったかと思うと性懲りもなくまた善玉と悪玉が出てきやがる。滅亡に向かわすには簡単だがもう少し遊ばせてもらおうな。（と、キーを叩く）

宗教家　その思想は全人類に対する冒瀆であるぞ。

少年　おとっつあん、こいつは思想なんかじゃねえよ。世界は現実にこのなかに詰まってやがんのよ。嘘だと思ってやがんな。よおし証拠見せてやる。（キーを叩く）テロリズム。上陸する日本赤軍。パレスチナへ愛を込めて。東京某三カ所。

爆音がする。

兵士 なんてこったい。

少年 日本なんてちっぽけな国、特に簡単だぜ。やってみるかい。

兵士 やらせろ。

と、部屋に入り、キーを叩く。

兵士 フセイン暗殺される。これにより中東の世界は……

少年 おいそんな遠い場所だと結果がすぐわからないぜ。近所のことにしとけよ。

兵士 よおし、新都庁テロにより破壊される。

少年 大胆にでたな。

静かである。

少年 （笑い）やっぱりおれの力じゃねえとだめらしいな。おれはな、ぼちぼちこの日本をひっくり返してやろうと思ってるんだ。もう退屈しきったからな。おたくらの美しい日本がどうしたこうしたって話も結局おたくら退屈してるからだろ。わかるんだよ。同世代だもんな。ひとつ混乱を引き起こしてやろうじゃないの。（キーを叩く）もうすぐ物語作家の死に辿り着くからな。そのドタバタに乗じていっちょ大騒ぎよ。ちきしょう、もう物語論には足をとられないぜ。しかしこの大騒ぎにはちいとばっかし手助けがいるんだなあ。悔しいが仕方があるまい。さあ再度登場してくれ、騒の字の玉を持つ男！

キーを叩く。ジュディがぼんやり出てくる。

宗教家　おお、虚無を飲み込んだ君。

少年　チェッ、いつまで芝居してやがんでえ。おまえさんがそんなもんにやられるはずないだろう、え。騒太郎。

ジュディ　チェッ、ばれたか。派手にやってんな遊介。

少年　いいかい、ぼくたちは混乱を引き起こすのだ。

ジュディ　やめとくさ。混乱にヴィジョンはない。

少年　混乱にヴィジョンがあってたまるかい。ケッ、どうだいこの保安官ぶりは。アメリカのような男だな君は。

ジュディ　そうとも、だからジュディ・コングとアメリカ名を名乗っている。

少年　まあいまはそれでいいさ。いいかもうすぐ作家が死ぬ。そうすればおまえも騒ぎに関わらざるをえなくなる。いくら正義の味方ぶろうとおまえは騒太郎だからな。

ジュディ　いつ死ぬのだ。

少年　わからない。地上ももう大騒ぎだろうぜ。その死をめぐってなあ。先を進めるぜ。

キーを叩く。看護婦登場。

看護婦　院長先生のご回診です。

現われる院長姿のモッコリとチェホフ姿のルドルフ。

二人　院長です。

モッコリ　ここは日ソ共同で。
ルドルフ　はいはい。

二人、握手する。と、一斉に一号病室から四号病室の扉が開く。なかには一号から順に花岡、林田、森高、秘書がそれぞれの病にかかっていて、症状を呈している。

モッコリ　かかってしまったのか、この人々も！　どうするチェホフ先生。
ルドルフ　こいつらがこうなったからにはもうここにいる意味はねえ。ずらかろう。
モッコリ　よしきた、ほいきた。
少年　待てい。この病人を残してどこへ行く、医師たちよ！

と、激しくキーを叩く。巨大な病院ベッドが出現する。傍らには点滴がぶら下がっている。その病人に先ほどの少女が飛び乗り首を締めている。

モッコリ　ややや、助けろ病人を。

ルドルフ、モッコリ、少女を引き離す。

ジュディ　愛身！
少女　騒太郎、全部こいつの仕業だよ。こいつを殺さなきゃ、こいつを。

と、その病人、ゆっくりこちらを向く。緑の怪人。

ジュディ　滝沢馬琴!

怪人　定石通りに出て参りました。

少年　おれが出させてやったのよ。

怪人　偉そうな顔をしやがって、この登場人物どもめ。

少年　待ったあ。馬琴、おまえさんの物語論はもう聞き飽きたぜ。いいかいいっさいはおれの目の前のモニターに映し出されるテレビゲーム、タイトルは「馬琴おおいに怒る」ときたかあ。

怪人　(笑い)何をそう意気込んでおる。

少年　なんだと。

怪人　不思議だ、まったく不思議だ。揃いも揃って目の玉をひんむいてみなさんで何をそう意気込んでおるのじゃ。ほほう、あなたは超能力者、あなたは宗教家、あなたは兵士、あなたは憂国の士、あなたはOL、あなたはパソコン少年。わかりました。ただそれだけのことでしょう。ただそれだけのことに何をそう意気込んでおる。ここはただの日本なのでありましょう。諸君!

ジュディ　カマトトぶんじゃねえぞ。

怪人　私にすでに無理はありません。だってわしはただの老いたる病人であるのですから。

少女　開き直りよ、あれは単なる開き直り。

怪人　アジの開きなら好物です。

ジュディ　これ以上何をしようというのだ、馬琴。

怪人　何もしやせんよ。だってわしは何もしてないのだから。

ジュディ　あの人々の病は。

怪人　勝手にかかったのであろう。働きすぎじゃ。なんときさまは人々の過労死までもわしのせいにするというのか。まったく調子のいいこったこの日本は。

宗教家　虚無症を放つ者はおぬしであろう。

怪人　虚無症？　なんのことかわからぬ。ただわしは生きている。ただそれだけの存在よ。どこからか必要だという声がするからただ生きているにすぎない存在よ。

少女　おまえなんか必要ない！

怪人　そんなバカな。するとわしに聞こえてくるこの声はなんじゃ。わし自身はもうゆっくり安らぎ、虚無を食べつつ眠っていたいというのに。

ジュディ　虚無を食べるだと。

怪人　美味なる虚無を食べつつ、毎日このベッドで本を読みながら過ごす。これがわしの日常じゃ。そうやって本という本から人類の英知を学び、穏やかな陽差しのもとでやさしい愛について思いを馳せ、いまゆっくりと枯淡の境地へと向かいつつあるわしにいったい何をしろというのじゃ。

一同、顔を見合わす。

怪人　虚無症なる病があるとてわしは知らぬ。これこそ人々の勝手というもの。わしは虚無を吐き虚無を食べる。

兵士　やっぱり虚無を吐いている。

怪人　それのどこが悪い。自ら吐くものを食べ、吐くものを食べ、言うなればわが肉体を食べ続けるわしは単なる自己完結であるにすぎん。

ジュディ　吐いては食べるその自己完結が問題なのだ。

怪人　なぜ。

ジュディ　それが虚無であるからだ。

怪人　わしのせいでは断じてなあい。わしを必要とするこの日本のせいであるにすぎん。

兵士　やっぱり日本か。日本、日本、日本、みんなでそればかり言いやがって。それがいったいなんだというんだ。

怪人　正直に言おう。わしはもう死にたい。わしはこの日本にかかずらって心身ともに疲れ切った。者どもよ、なぜわしを呼ぶ、なぜわしを必要とする。もうわしにかまうな。わしに安らぎを与えよ。

ジュディ　必要となんかしていない。

怪人　必要としたから呼んだのだろう。

ジュディ　死んでもらうためだ。

怪人　ほうれ、やはり必要としている。いいか、わしは戦いもせぬ叫びもせぬ。いまやわしはもう死にたいだけなのだから！

兵士、ピストルで馬琴を撃つ。

怪人　そうだ、撃ってくれ。撃ちまくってわしを死なしてくれ。（はっとして）なぜわしは死なん。もうこんなにも老い、こんなにも病んでいるというのに。（と、咳込む）

ルドルフ　注射を。

看護婦　はい。（馬琴に注射を打つ）

怪人　やめろ、わしを生き長らえさせるのは。わしのなかにもう物語はない。八犬士たちよ、物語はおまえら自身が生んでいるにすぎない。わしはわしの力でこうしているのではない。わしの登場は遊介の持つパソコンのなかにあるにすぎない。

と、自分の生首を抱えた首のない産婦人科医が出てくる。

産婦人科医　みなさん気をつけて。大量の虚無がやってきます。口を大きく開けないで。

怪人　食うぞ虚無を！

と、ＯＬ、患者たちがやって来て虚無を口にしようとする。花岡たちも同様にする。

怪人　何をするわしの虚無を。

人々、「ナダ」をつぶやきながら馬琴に迫る。

少年　馬琴を助けろ。

犬士たち、剣を持つ。

ジュディ　傑作だぜ。このおれたちが馬琴を助けようとしている。

騒！

青年　乱！

兵士　痴！

少年　遊！

宗教家　戯！

産婦人科医　性！

少女　愛！

人々と七犬士の殺陣。と、犬士のすきを狙って人々、馬琴に襲いかかる。人々、馬琴の周囲に集まった虚無を飲み込み、去る。馬琴、ベッドに倒れている。モッコリ、脈をとる。

モッコリ　平成××年、×月×日午前四時五十二分、崩御せられました！

街の雑踏が大きく襲いかかる。舞台はゆっくり暗くなる。花道に森高がたたずんでいる。

森高　人生なんてバカにし尽くせばいいんだわ。人生を知る努力なんていらないんだわ。だって人生は簡単に人の口にのぼるもんだし、そういったものは決まって薄っぺらなものだと聞かされたような気がするわ。人生と一言いったときに人は他人と同じ人生を歩まなければならなくなるんだわ。喜んで悲しんで飲んで食べて死ぬ。他人と違うことなんかありゃしないんだわ。だから人生ってもともと退屈にできてるの。人生を知る前にそのことを知っていなければいけないんだわ。……いままで経験したことのない眠りだった。体が溶けていくような感覚のなかであたしは生まれたときからいままでをもう一度体験していたわ。二十三年間の出来事。たった二十三年間。あたしの頭の上には宇宙空間が広がっていてそのあたしの二十三年間をバカにしているようだったわ。二十三年間でこの宇宙の謎が解けるわけないし、あと生きたとしても四、五十年。たったそれだけで全宇宙を旅することなんかできやしない。そう思ったとき小さいころ父親の背中で見た満月のことを思い出したわ。それは夏の終わりの夜空で、ああこの満月のこの瞬間はたったいまでしか見れない、いまと同じ時間を体験することはないんだなと思ってあのときあたしは一人で遠くへ飛ばされてしまうような感覚に襲われていたの。眠りのなかで繰り返された二十三年間にあの夏の夜もあって。あたしは忘れていたその感覚を思い出していたの。病院のベッドで目覚めてことの顚末を聞いたわ。あたしたちがかかった病気は初めルドルフやミスター・モッコリが治そうとしたらしいけど結局だめで、産婦人科医の見事なオペで助け出されたらしいわ。すぐ退院して街を歩くと街は変に静かで黒一色に統一されていた。不思議なことはそればかりじゃなくてテレビ番組も普通のものじゃなくて、人々は行列ばかりしたがったわ。尋ねても誰も答えてくれない。仕方がないからあたしは歩いたわ。地下鉄にも乗らず久し振りの街を歩いて歩いて歩いたわ。たまにスキップを踏んで。そうやってたまにやってくる幸福感を手の平につかみとっていたの。

舞台、明るくなる。都庁である。林田がいる。森高、舞台に上がる。

森高　ハロー、リンダ。今日は映画を見てバーでカクテル飲んでスイス料理を食べない？　次長も誘って三人で。

林田　田中重男、四十七歳。自動車会社営業部課長。鈴木俊治、五十一歳。商社勤務。小林三郎、五十歳……

林田は電子手帳を手にしている。

森高　どうしたのスイス料理はいや？

林田　三人でだって？　無理だよチサト。そういったことはね無理なんだ。無理だということをそろそろ君も知らなければならないんだ。

森高　どうして。どうして三人じゃいけないの。楽しいじゃない、うれしいじゃない。

林田　三人でいるとな、いずれ三人のうち誰かが一人を排除して二人だけになりたがる。それが人間ってものだ。

森高　いやだわ。
林田　それが人生ってものだ。
森高　人生なんて言っている。リンダ、退屈だわ。どうしちゃったのリンダ、ふさぎの虫が治ってないんじゃないの。あ、わかった。花岡さんに嫉妬してるんだわ。
林田　そんなことじゃない。

花岡、やってくる。

花岡　さあまずは映画行こうか、三人で。いやあ、あれから体が軽くてねえ。なんかおれ元気だよ。ふっ切れちゃったよ。いやあ愉快で仕方ないんだなあ。ばりばり仕事もしちゃうしさ。全部緑の手が悪かったんだよ。あれがこの私の疲れの元凶でもあったわけだ。さ、映画に行こうか、映画。
林田　ちょっと待って花岡さん、映画の前に弁当でもかきこみませんか。
花岡　弁当？　あれ、スイス料理食べるんじゃなかったっけ。いや君がそうしたいというんならやぶさかではないがね。弁当？　そう弁当もいいねえ。食べようか、弁当。
林田　ミソ汁もどうですか。（ミソ汁を取り出す）
花岡　……君、何が言いたいんだ。
林田　チサト、飲んでごらん。

チサト、飲もうとする。

花岡　やめろ！

と、チサトの手をはたく。

森高 なに、なんなのこれは。

林田 花岡さん、あなたの電子手帳です。大久保病院でのドサクサの最中ぼくはこれを拾いました。悪いと思いながらぼくはこの手帳にびっしりインプットされているサラリーマンたちの名前を目にした。彼らとは去年過労死でこの世を去ったサラリーマンたちです。花岡さん、あなたは彼らの名をインプットしていったい何をしようとしたのか。ぼくたちがあちらの世界でスッタモンダをしているあいだこの地上でそれなりに捜査が進められていた。生活文化局の推理の間違いはですね、女子トイレの怪奇現象と都庁に勤める人々の虚無症をすぐさま結びあわせてしまったことにある。いやこれはあなたにとって好都合だったのかもしれない。あなたの犯罪の計画のいっさいが緑の手のせいにできたからです。これはあなたの復讐だった。

森高 キャイーン、わかんないよお。

林田 花岡次長が手配した弁当屋のミソ汁からコカインが検出されたのです。

と、手錠をはめられ、刑事につきそわれた弁当屋が出てくる。

弁当屋 花岡さん、おれはなんにも言ってねえ、大丈夫だ、何も言うんじゃねえよ。

林田 彼こそがメデジン・カルテルの運び屋だった。花岡さん、あなたの企みはこの都庁をコカイン漬けにすることだった。

刑事が出てきて花岡の腕をつかむ。

林田　なんとか言ったらどうなんだ花岡！

花岡　……よくわかったじゃないか林田君。さすが私の部下だけのことはある。恋愛ごっこのかたわれ演じてるふりしてしっかり私を調査、観察してたとはねえ。あっぱれ林田、次長は君だ……

林田　なぜなんです。

花岡　いやちょっとした遊びだよ。働きすぎて死んじまうなんて、あなたこんな不幸なことありますか。こんな、人間にとって、こんなバカなことありますか。働いて働いてそれでぽっくりと死んで、その無名の死によってこの日本が支えられているというなら、あたしはね、林田君、もう日本の繁栄もくそもどうでもなりゃいいと思うのよ。だからね、ひとまずこの都庁をね、コロンビアからやってくる白い粉でね、休ませてやろうと思ってね。白い粉は日本人への愛なんだ。なんて愛おしいんだろうねえ、優柔不断であいまいな日本人って連中は。……（急に）バカヤロウ！（急に戻り）ま、そういうことだよ。森高君、林田君といっしょになりたまえ。こいつは頭も切れるしいいやつだ。

刑事　ぼちぼち行こうか。

花岡　ドラマだねえ、ドラマだドラマだ。

笑いつつ連行される。森高、ぼんやりと便所の「パリ」の前に立つ。

森高　……キャ……イーン。

森高、なかに入る。

林田　チサト！

林田、開けるとなかに誰もいない。

林田　帰っていったというのか、しかし普通のＯＬでしかないおまえがいったいどこに帰るあてがあるというのだ。

騒ぎがする。一斉に出てくる喪服の記者たち。一人の女子レポーター。彼女はルドルフに似ている。

レポーター　こちらは総理官邸です。平成の時代が終わり、新しい元号がただいま菊池官房長官から発表される模様です。あ、官房長官が出てまいりました。

やってくる長官。それはミスター・モッコリに似ている。

長官　偉大なる物語作家滝沢馬琴一世が崩御せられ、われら日本国民はいま世界の一員として新しい時代を迎えようとしております。その時代が幸多き健やかなることを願い、識者の方々のご意見等を参考に新しい元号が決定したしました。

長官、色紙を表にする。「無為」の二文字。記者たちのどよめき。

長官　無為。中国の故事より為すこと何事も無しの意味であります。

たかれるフラッシュ。長官、去る。一人のサングラスをしてブランドスーツ姿の青年が動く椅子に乗ってやってくる。記者たちは彼を取り囲む。彼は作家である。記者たちが次々と質問する。

——滝沢馬琴二世さん、発表された新元号についてどう思われますか。
二世 さしたる感慨はありません。
——あなたはベストセラー「物語の死」ですでにこの事態を予測されていましたね。
二世 どうということはありません。誰にでも予測できることだったでしょう。
——あなたは馬琴一世に対していまどのような思いでいますか。
二世 その死に意味があるとは思えませんね。
——あなたはこれから言うなれば無為の作家と名づけられるわけですが。
二世 光栄です。作家とは何もしない者のことですから。
——セックスは週にどれくらい。
二世 インポです。
——湾岸情勢について一言。
二世 日本に徴兵制度が復活しない限り、不毛な議論でしょう。
——社会主義国の挫折についてどう思われますか。
二世 それによってのらりくらりとした例えば日本のあいまいな自由主義が認められたとは思いません。
——これからの日本について一言。
二世 〝ま、いいか〟と〝どうにかなるさ〟で生き延びるでしょう。文化状況を言えば絶望的です。失礼、執筆時間ですので。

二世、ワープロの前に座る。記者たち、去る。ワープロを打ち、

二世　騒乱情痴遊戯性愛……ふん、いささかエキセントリック。アルコールか何かに酔った者じゃないと書けやしないな、こんなこと。それとも幻想としての祭に酔っていたのか……そんなバカな。とにかく騒乱というのはいささかどぎつすぎるな、そのどぎつさを遊戯で中和させているつもりらしいが、いまや遊戯にどれだけの意味があるってんだい。情痴か。情なんてうっとうしいばかりだ。古典落語じゃあるまいし。問題は痴だな。バカはバカであるにすぎない。性愛か、どこまで楽天的なんだろうねえ。やれやれ。（打つ）和は平和の和、合は合体の合、平の一文字はここにいれて、安は安らかなの安、虚空はそのまま、淡は淡いの淡、醒は覚醒の醒。和合平安虚空淡醒。犬どもは安らかにして平凡なる和合のなかで虚空を見つめて淡き夢から醒める。いいじゃないか。品があるってもんだ。

ジュディが出てくる。

二世　よお、悪いけど勝手に添削させてもらってるよ。
ジュディ　はっきりさせたいことがある。
二世　ああわかってるよ。最初にやっておこう。それが二世の役目ってもんだ。

都知事、出てくる。

ジュディ　立ち会ってくれるね。
知事　もちろん。もう職も失ったし、なんでもやらせてもらうよ。いえなに知事の椅子、都民からリコールにあいま

してね。いまじゃお手柄の秘書がやっています。本気のつもりで言った約束じゃなかったのに本当にあいつ知事になっちまいやがった。やはり空を飛び、大衆をバカにしている政治家はまだ早すぎたようです。

ジュディ　あなたはもしかして。

知事、一個の玉を取り出し、

知事　その通り。情の文字です。ねえ、大衆とはバカですよね。

ジュディ　さあ……しかしこの街々の奇妙な静けさはなんなのでしょう。我々の兄弟の一人に遊介というのがいましてね。彼は馬琴の死の混乱に乗じてパソコンにクーデターを入力していた。しかしこの静けさだ。それで彼はテレビ局を占拠していて、テレビモニターから自分の作った映像を流そうとしたんだが、ただ馬琴追悼のフィルムが無人の局に流れ続けていて、呆然とするのみだったといいます。

知事　何もできなかったというわけですか。

ジュディ　いっさいは彼のパソコンに入力されていたはずなんだが。

二世　作家をいつまで待たせる気だ。

知事　始めましょう。

と、ジュディと二世に決闘用の古ぼけたピストルを渡す。

知事　ルールはもうご承知の通りです。

二世　ケッサクだな。さっさと作者殺しをしちまおうってんだから。少しばかり人間も進歩したってことか。

ジュディ　がたがた言うない。

知事　一、二、三、

背中合わせになったジュディと二世はその合図で歩く。

知事　四、五。

二人、向きあう。撃つ。間。

二世　外すと思っていたよ。どうすんだい。受け入れるのかい。和合平安虚空淡醒の八文字を。

ジュディ　分裂を生きるさ。分裂を。……（遠くを見て）儀式の始まりだ。

背後に富士山の絵。次にその中央部分に「無為」の二字が掲げられる。花道より馬琴のお棺が運ばれてくる。ゆっくり出てくる喪服の人々。舞台はその人々で埋まる。雨が降っているらしく、傘を開いている。お棺、舞台の中央までやってくる。血まみれの遊介、やってくる。

遊介　誰なんだ、誰なんだおまえは。

お棺に向かう。周囲の人々はお棺を置き、銃を客席に向けて構える。遊介、棺を開く。と、そこから数本の緑の手！　緑の手、遊介をひきずりこもうとする。いつしかそこにいた青年、切腹する。他の犬士たちが出てきて、遊介を助けようとして、次々とお棺のなかに引きずりこまれていく。最後にジュディ、かろうじて身を守っている。ジュディ、叫ぶ。やがて力尽きて棺のなかにひきずりこまれる。

傘をさした林田がいる。

林田　その日から降り始めた雨はそれからやむことはなかった。雨は降り続け、街々の汚れを洗い落とし、人々に安らぎを与えたかのようにも見えた。雨が舗道を打つ細かな音だけが支配し、川という川の水かさが増していき、ダムが決壊を繰り返していった。二十四階の生活文化局女子便所から水はあふれ出し、フロアーを浸し、都庁の窓という窓から流れ出て、車を店々を襲い、人々はそのなかを泳ぎ続け、ゆっくりと再生の二文字を忘れていき、洪水はさらに流れを増し……

背後の装置が割れる。洋式便所を型どった船の上に八犬士と森高が乗っている。

森高　リンダ、こっちだよんよん。
林田　！

林田、その船に乗る。「騒乱情痴遊戯性愛」「和合平安虚空淡醒」がかき乱れる。船はゆっくりと動き、去っていく。

――幕――

※唐十郎『ジョン・シルバー』、アントン・チェーホフ『かもめ』から一部引用させていただきました。

第四巻　華麗なる憂国

登場人物

八犬士たち
岡田
井口
七人の影の内閣
荒木
真崎
ワン
ホワン
カルロス
マヌエル
ウマール
グエン
ヌット
リン三姉妹

ジョン
ミレナ
コウ
ウェイトレス
赤犬
磯部
野中
香田
安藤
村中
栗原
林
河野

第一幕

日本は「無為」の時を迎えた。
舞台奥から前へ八本ほどの縄が張られていて、片方の先端を日本の人々が引っ張る。と、そこから巨大な富士山の書き割りが立ち上がり、「無為」の二文字が掲げられる。富士山の書き割りは一幕が終わるまで堂々と姿を現わしているか、あるいは垣間見えている。
その労働が終わると舞台はスピードを伴って変幻し続ける。

『帝都凡庸ニュース』

ニュース映画が始まる。

『NO. 232　花開く無為のルネッサンス』
きわめて凡庸なるニュース映画ふうの音楽。ナレーションが始まる。ナレーションとともに舞台はスピードを増す。
「平成から無為へ。日本国は新たに無為の元号を得、国民はまだ慣れないながらも無為を受け入れようとしています。無為に一番乗りで婚姻届けを出そうと区役所に並ぶ若いカップルたち。一番乗りで葬式を挙げようとさっさと自殺してしまう老人も現われました。こちらは杉並区のラーメン屋珍々軒のご主人・佐々川無為さんです。」

佐々川無為さん　テレビ見ながらキャベツ切ってたらよお、おいらの名前出たんでよ、手元狂って腕ぶった斬っちまったよ。ほら、おいらもう片腕。

レポーター　ほう、それはご災難でしたねえ。

佐々川無為さん　そんなこたあねえよ。せっかくだからよ、その右腕、スープの鍋ん中ぶっこんでだしとったのよ。そしたらみんな、うめえうめえって大騒ぎよ。

「ご主人の右腕をスープのだしにした杉並区の無為ラーメンは無為の時代のヒット商品第一号となりました。文化もまた新しい花を咲かせます。映画監督が自作を酷評した評論家を次々と殺害するという事件が起きました。映画監督は最新作『帝都オナニー・マシーン』の映画評が気に喰わないと映画評論家の家に押し入り、生首を斬りとってダーツの的代わりにしていたということです。ファッションもまた多様です。原宿で開かれた山本関東の新作は、いかに美しく貧乏を見せるかのビンボー・ショウです。ぜいたくに飽きた日本のこれもまた変わった現象と言えましょうか。帝都婦人連盟の反対運動に遭い、ついにミス・コンテストが廃止となりました。代わりに登場したのがミスター・コンテスト。これは足立区が主催する日本お祭り野郎コンテストの模様です」

審査員　一番の方から女性に何を求めるか答えてください。

熊本お祭り野郎　誠実さです。

仙台　〃　やさしさです。

大阪　〃　力強さです。

名古屋　〃　包容力です。

北海道　〃　月並みですが、お金では買えないものです。

「こちらは相変わらずの人気で大忙しの作家滝沢馬琴二世さん。『物語の死』に続く『物語の復活』もまた驚異のベストセラーとなりサイン会は大にぎわいです」

レポーター　次作の構想は。

馬琴二世　今後の日本経済と恋愛論を絡めた大河ロマンになるでしょう。タイトルは『大自然の驚異』です。

「支持率82パーセントという多大な数字を背負い岡田新内閣が誕生しました。時代を反映してか女性閣僚の姿も目立ちます。混迷を深める国際情勢の手綱さばきが注目されます」

岡田　まあね、アメリカはアメリカだし、まあソ連も結局ソ連なわけですよ。そうしますと中東はイラク、クウェート、サウジアラビア、イスラエルといったところでね、アジアは一挙に中国、シンガポール、フィリピン、日本というわけですよ。まあいろいろ複雑に絡まる問題をね、ひとつひとつ解決していくと、そういった所存でありますが、存外簡単にはいかない。

「野党第一党の井口委員長も負けてはいられません」

井口　あの岡田首相という方はですね、包茎ですからね。しかも真性ですよ。そのような方にですよ、国際感覚があるわけがない。

「井口委員長の包茎発言は予想以上の物議をかもし、日本真性包茎財団は強く抗議に出、包茎者に対する差別発言として謝罪を要求しました。岡田内閣打倒を目指す井口委員長の思わぬ勇み足です。新宿区で同時刻に数千人の人々が夜空に光る物体を目撃したと新宿はＵＦＯ騒ぎでもちきりです。元号が無為に変わってから都庁周辺に銀色に光る物体が飛来するのをこれまでも幾人もの人が見たという情報はありましたが、これほど多くの人が同時刻に見たというのは初めてです。目撃者によりますと、葉巻型の光る物体が都庁の上空を浮遊し、あっという間に消えたということです。気象庁は雲がそう見えたのではないかとUFO説を否定していますが、目撃者の一人である落語家の立川談志氏は『そんなわけはねえ、UFOであるに決まってらあな』と憤慨気味です。渋谷は円山町のラブホテル街が宇多川町にまで拡大するに及んで、二・二六事件慰霊像がカブキ町に移転と決まり、今日がその除幕式です。軍国主義の復活を懸念するカブキ町の中国系東南アジア系市民の反対デモと日本の右翼が激しく衝突し、カブキ町は季節外れの騒乱でにぎわいました」

衝突するアジア系市民と右翼。そして機動隊が発砲する催涙ガス。
その騒ぎの中央で右往左往するスーツ姿の男がいる。

右翼の一人　ちょい待ちちょい待ち。この騒乱ちょいと待ったあ。
市民の一人　パカヤロ。南京大虐殺に待ったは効いてたのかよ。
右翼の一人　その問題はひとまず棚上げにしてよ。許せないのはここに一人の中立がいることよ。
市民の一人　許せないのは南京の大虐殺アルヨ。日本人はまた殺してやろうとでもいうのか、わがアジアの同胞を。
右翼の一人　こいつは純粋なる対立よ。対立を飼育しない国家は脆弱であるにすぎん。見よ、このようにして対立を獲得したわが日本はこんなにまで活発に動いているではないか。さあこの日本より出ていくのだ外国人!
市民の一人　ついに言ったか本心を。こんな軍隊の慰霊像とやらをカブキ町に持ち込みやがって、いま一度侵略に出ようって腹はもうお見通しよ。
右翼の一人　無知なるアジア市民よ。二・二六の将校たちは侵略者ではない。ただ、国を想う憂国の士よ。
市民の一人　おれたちにとっちゃどっちも同じよ。侵略者。

右翼の一人　バカやろう。ここは日本だぞ。日本にいるてめえらを追いかけてどこが侵略者だあ。

と、中央でふらふらしていた男がいつのまにか慰霊像に上がり、そのオッパイをもんでいる。

右翼の一人　あ、てめえ何してやがんだ。

男　へい、たまってるもんで。

右翼の一人　こっちにもあっちにもつかねえで中立を気取ってふらふらしていると思ったら、てめえやっぱりあっち側の人種か。

男　だってここはカブキ町でしょ。

右翼の一人　そらっとぼけやがって。なに人だおめえ。

男　（像から下りながら）それがなに人なのかわからなくて、どこかの歴史のゾーンでパスポートも落としてしまって。

市民の一人　シャブ中アルヨ。

男　歴史と物語のゾーンを往復するうちに意識を失ってしまって。ここが日本だということはわかるけど、ねえいまは西暦何年？

右翼の一人　西暦だと。やっぱりこいつは日本人じゃねえ。

男を市民のほうに押しやる。

市民の一人　こんなブランドで着飾ってるやつは日本人に決まってらい。

と、押し返す。

男　とにかくぼくをファッションヘルスに案内してください。詳細は欲望を消化させたあとすっきり、ゆっくり。

右翼の一人　この野郎せっかく対立見つけて意気軒昂なおれたちに冷や水浴びせようってんだな。

男　ああ、そんなにお怒りならぼくは日本人であってもかまいません。

右翼の一人　侮辱したな、いたいけな日本人を。

と、右翼たち、男をなぶりにかかる。
と、降り注がれる銀色の光線。舞台の人々、一斉に上空を注視する。

市民の一人　出たアルヨ。また出たアルヨ。

右翼の一人　こいつのことだったのか。光ってやがるぜ、まるでもうひとつの太陽のようだ。

市民の一人　バングラディシュでも見たことあるよ。こいつが現われると決まってひどいことが起きた。こいつは天災か人災の前兆よ。いままで調子よくやってきたけど、これで日本もぼつぼつおしまいよ。

右翼の一人　なに言ってやがんでえ。こいつは新しい世界の始まりよ。おお動いてくぜ。どうやら市ヶ谷のほうに行くつもりらしいぜ。

人々、銀色の輝きに引かれて行く。男だけが残る。

男　行ってしまった……。あっち側でもこっち側でもない中立であるらしいぼくを残して。なるほどこの地はまたしても懐かしさに彩られた対立のベクトルにあって、何もわからないぼくを排除する空気で満ち満ちているのか。

とするとここもさして昔と変わっていないということになる。いや、懐しさは忘れてしまえばすぐに新しさになる。対立は新しさに彩られているんだな。新宿。わが生誕の地。放蕩息子の帰還を気取っていま一度ここに足を踏み入れれば、ぽかんと空洞になってしまった意識の喪失を取り戻せるのかと思ったが、この地に回復と安息を求めた自分はやはり甘かったというわけか。この地の混乱ぶりはやはり夢の中の日常だ。ぼくには二本の足で地面を踏みしめているという現実感がないのだ。いやもしかしたらそんなものは初めからもっていなかったのかもしれない。ただ、ぼくはかつてその現実感をもっていたのかもしれないという微かな記憶を拠りどころにして、回復と安息を求めているだけなのかもしれない。わが新宿に戻ればどうにかなるだろうと。それが着いていきなりあっち側かこっち側かはっきりしろなんて言われるとは。……定石通りのモノローグの進行をお許しください。本当はこんなことしたくはないんです。モノローグなんてモノローグと言いながら、人に聞かれることを意識した、カマトトより始末の悪い自意識過剰のうわ言であることはわかっているんです。ただ意識に空洞をもったぼくは、他人とコミュニケーションする術を失って、こうやってもじょもじょと性的欲求不満をまぶしながら苦悩のモノローグをつぶやいているしかないのです。誰かの助けを望んでいるわけではないが、ただ新宿に救われたいとここにやって来たのです。ああこんなことをしている暇はないはずなんだ。とにかく手頃の性的欲望処理場を捜して射精の傑作を完成させ、正しい思考を取り戻さなければ。せめてパスポートを落とさなければ、まだ自分の国籍が判明できたというのに。ゾーンの突風にあおられるうちにズボンの尻ポケットから落ちてしまったのだろう。ベルリンで壁の破壊に立ち会ったと思ったらすぐに広島で被爆を体験してしまい、混乱しているうちに気がつくとそこはバグダッドでアメリカの爆撃を浴びていた。走って建物に避難するとそこはアウシュヴィッツのガス室だった。そしてここは新宿。しかしいったいいつの時代の新宿なのだ。（と、慰霊像を見て）二・二六事件だって。よおしゾーン・メモリーで確認してみよう。（と、なにやら熟考）昭和十一年。ここが昭和十一年の新宿だっていうのか。ああ思考が濁っている。透明さを回復しなければ。客引きはいないのかあ。ソープかヘルスの客引きはいないのかあ。

と、人影。

男　お、客引きさんですね。
人影　お客さん、名はなんてえんだい。
男　なんだ、近頃じゃ名乗らなきゃ案内もしてもらえないのか。
人影　新宿の掟です。
男　ぼくは情児だ。
人影　ジョージだと。

と、何かの合図。するとと多人数の人影があちこちからバラバラと。

男　おい、こんなにたくさんは射精しねえぞ。せいぜい二回ぐらい——
人影　うるせい、この黄色いバナナ野郎!

一斉に情児に襲いかかる人影。さっと散るとパンツと靴下だけという姿の情児。

情児　ひぃー。おいはぎーっ。

笑い声がする。

情児　ひっ。誰だあ、人の不幸笑う奴は。

物影から出てくるフィリピン人、カルロス。

カルロス　世の中で、一番笑えるのは他人の不幸だよ。お、靴が、靴が汚れてやがる。おれの靴があ。

身をよじらせる。靴磨きの少年マヌエルがすっ飛んできてカルロスの靴を磨く。

カルロス　早いとこ早いとこきれいにしてくれ。そうじゃねえと呼吸ができねえ。
マヌエル　待っててカルロス、いますぐ、ダイヤみたいにピッカピカにしてやるからな。
カルロス　おれはよお、きれい好きのフィリピン人なんだあ。
情児　それにしちゃあ、しけた恰好してるじゃないか。
カルロス　靴だけピッカピカなら他はどうでもいいんだあ。東京に着いたときよ、いきなり足元見られてひでえ目に遭ったんだ。だからおれはよお、靴だけはピッカピカしてなきゃと思ったのよ。これが東京で生き延びる処世術よお。
情児　なるほど。

と、つかつかとカルロスに近づき、靴に唾を吐く。

カルロス　うわー、なにしやがんでえ。
情児　あんた、本気だな。

マヌエル　いきなり汚ねえぞ、ジャップ。

情児　それが日本人かどうかもわからないんだ。

マヌエル　嘘ぬかせえ。ジャップじゃなきゃここでおいはぎになんか会うもんけ。

カルロス　どうでもいいから、早く靴磨いてくれえ。

マヌエル　おっと、ごめんよカルロス。

カルロス　（次第に呼吸が整いながら）日本人じゃねえんなら、あんなブランドスーツ着込んでんじゃねえよ。しかも名前がジョージだと。どう考えてもアメリカかぶれの日本人としか思われねえぜ。新宿に救われに来たとか言ってたな、てめえ。

情児　聞いていたのか、モノローグを。

カルロス　安くてつれえ仕事しかねえぜ、ここには。よお、手伝わねえかおれの仕事を。

情児　ここであんたに会ったのも何かの縁だろう。よおし乗ろうじゃないか。

カルロス　聞いてから、びびって逃げるなよ。

マヌエル　よおしカルロス、あんたの足元はピッカピカだあ！

カルロス　よっしゃあ。（と、軽くタップを踏み）足元見るんじゃねえよ日本人社会。ヤクが必要とあらばどうぞご遠慮なく、お電話ください。

情児　なんだ、そんな仕事か。

カルロス　おー、強気だなてめえ。

情児　昭和十一年の新宿にコカインとにおもしろいじゃないか。

カルロス　なに言ってんだてめえ。昭和十一年にフィリピン人がうろうろしてたまるかってんだよ。いまはそう、無為元年よ。

情児　無為元年!?

カルロス　マヌエル、着せてやるんだ無為のファッションを。

マヌエル、労務者風の上着とズボンを情児に着させる。

マヌエル　よおし、これでおまえも立派なカブキ町の住人よ。それじゃあ行こうか、われらが「腰巻亭」へ！

舞台には素早く酒楼「腰巻亭」が組み立てられる。慰霊像はひっこめられる。「腰巻亭」という朱色の古ぼけた看板。中華風のテーブル、椅子ではあるが中華料理店と一言ではくくることのできない、さまざまなアジアの要素をいっしょくたにしたような雑多な店内。ただし、〝無国籍風な〟などという凡庸なる発想はしてはならない。吊るされている豚、ニワトリ、皿に乗せられた猿の頭、一升瓶に漬けられたマムシ、トカゲの類等々。一杯のテーブル。さまざまな客層。日本人のサラリーマン。マレーシア人の労働者たち。うなぎを割いているヴェトナム人。寿司を握っているインドネシア人。大きな声でメニューを言っているのは中国人のウェイトレス。店先につながれている赤犬。夕刊を手売りしているカンボジア人の少年。マヌエルはすぐに日本人サラリーマンのところへ飛んで靴磨きをする。

情児　「腰巻亭」。なんという大胆な酒楼だろうか。しかしだ諸君、さまざまな物語と歴史のゾーンに立ち会い、ボロボロになって意識を失ったわが身にまだこのような〝アジアの無国籍風なる〟幻惑が、通用すると思っているのだろうか。

カルロス、おおいに笑い、タップを踏む。

情児　疲弊し続けるキリスト教圏文化を横目で見やりながら、愛すべきアジア像を出現させれば誰でも納得すると思ったら大間違いだぜ、フィリピン野郎。

カルロス　たいそうなこと言ってくれるじゃねえか。フィリピン野郎だと。（と、タップを踏み）汚なくてよつらくてよ安い仕事請け負うおれたちにでけえ口叩けるのかよ、日本人野郎。

情児　ぼくは日本人じゃないと言ってるだろう。その証拠にぼくはこんな「腰巻亭」を見たっていっこうに感激しない。

カルロス　どういった因果関係だ。

情児　日本人がアジア的なる風景を見て感激するのは、自分たちはアジア人ではない他の何者かであるという確信のためなのではないだろうか。

カルロス　正しい。な、なんでえ。てめえ本当に日本人じゃねえ気でいるな。

　情児、どこからか一個の玉を取り出す。「情」の一字が書かれた玉。

情児　この玉がぼくをさまざまなゾーンに誘惑する。ゾーンのなかでぼくは与えられた歴史と物語のキャラクターを生きる。次に玉の存在に気づくまでぼくは覚醒せずにキャラクターを演じ続ける。没頭し覚醒し、また急激に酔い続け、醒める。その急施回を繰り返すうちに不意にやってきた意識の凪。自分が誰なのかを問うているのではない。自分が何者でもないことはすでにわかっている。ただぼくはやってくるはずの没頭と集中の時間を何度もやりすごして、玉の存在を初めから気づき、覚醒したままの自分の処理に困っているのだ。チェッ、またモノローグだ。モノローグがこうやって多いのもこの厄介な覚醒のせいだ。

　玉は光り始める。

カルロス　まぶしい。

周囲の客たちもまぶしがる。

情児　どこにいるんだ。騒太郎、乱蔵、痴草。こんなふうに覚醒したままでいるのはぼくだけなのか。おまえたちは相変わらずどこかのゾーンで活躍しているというのか、八個の玉よ。

カルロス　おい、その玉隠せ。

情児　あらかじめ八犬士の一人であることを知った犬士はどう活躍すればいいのだ、世界史よ。

カルロス　おい、てめえ。ここは迷宮の地でも鏡の中の世界でもねえんだからよ。ここは単なる現実だ。このダイヤもらっとくぜ。

と、玉を奪う。情児、必死になって奪い返し、玉を飲み込む。と、周囲は平常に戻っている。

ウェイトレス　お客さん、なにするよ。ラーメンかギョウザか。

情児　いやあ、いま食べたばっかりで。

ウェイトレス　飲みもんはなにするか。ビールかパイカルか。

情児　いや、あの、その。

ウェイトレス　早く決めるよ。

と、情児の尻を蹴る。

情児　痛えなあ。脱肛んとこ蹴りやがって。

カルロス　なあ、痛みは本物だったろう。だから言ってるじゃねえか、ここは現実なんだって。こいつは日本人喜ばすための風景じゃねえんだ。「腰巻亭」っていう現実よ。見てみな、Ｈａｎａｋｏにも載ってるぜ。

情児　（読む）「アジアというアジアをお腹一杯。もうこれであなたもエスニックの通」。なんだ結局、日本人喜ばす風景じゃねえか。

カルロス　勝手に喜んでいろ日本人。笑おうが泣こうが無為の現実は変わりゃしねえ。なぜっておれたちゃ日本人のパンツ、トランクスにブリーフに腰巻とくらあ。

と、カルロス、ステージらしきところに上がり、マイクをとる。

カルロス　レディス・アンド・ジェントルマン。イッツ・コシマキ・ショー！

現われるコシマキ・ガールズ。きらびやかな歌と踊りを披露する。そのなかの一人のリン、情児に近づく。

リン　坐ったらどうですか。

情児　ああ、どうも。

リン　なに飲む。ビール？

情児　いや疲れているんで、酔っ払って眠ってしまいたい心境で。パイカルを一杯。

リン　パイカル。

ウェイトレス　やっと決めたか、やっと決めたか。なにモタモタするよ。みこすり半でどうせ早えくせに、なんで決めるのはモタモタよ。

と、パイカルをグラスに注ぐ。ぐいと一口で飲む情児。

ウェイトレス　おー、酔っ払って、酔い酔いになってリン姉さん口説く気ね、あんた。でもそんなことしたらワンさん黙ってないよ。絶倫のワンさん、他人のアヘアヘキライよ。

リン　でも、ワンさんのアヘアヘあたしに関係ないヨ。

ウェイトレス　そうかね、リン姉さん。ワンさんのアヘアヘ担当知っているよ、ワタシ。

リン　きいーっ。

と、ウェイトレスに飛びかかる。止めに入る妹と末妹。リン三姉妹。

妹　姉さん、やめるよ、やめるよ。

末妹　ケンカすると涙出てきちゃうよ。

リン　おとといおいで、外省人。

ウェイトレス　アヘアヘ女。ワンさんにいいつけるよ。

リン　きいーっ。

妹　姉さん、落ち着いて。さあ一杯。

と、パイカルを飲ます。リン、パイカルでうがいして、末妹の差し出すバケツにバッと吐く。

リン　アー、すっきりした。

末妹　さ、飲み直しましょ。

と、三姉妹、情児のテーブルに坐る。情児、あ然としているが、はっとして目の前のパイカルを飲み、うがいして吐く。

情児　ハハハハ、確かに気持ちいい。すっきりするね。

あ然と見ている三姉妹。

妹　なにこの人。

リン　汚ない人。

末妹　行儀悪い人。

三姉妹　キャーッ！

と、情児をバタバタと叩く。

情児　やめろ、不親切な暴力は。そんなにするならこの店の流儀を教育してみろこのぼくに。

リン　日本人ね、あなた。その流暢な日本語はヨ本人。くんくん。日本人の匂い。かつて日本人と恋に落ちたあたしにはわかる。あんたたち子供にはまだ無理よ。あたしのこの上手な日本語はね、その彼から教わったの。細かいアクセントまでいちいちね。くんくん。そうやって次第次第に日本人になっていくんじゃないかという恐怖を抱えながら、それでもあたしはのめりこんでいったわ。くんくん。あたしは本気だったわ。いつでも本気だけど、いつにもまして本気だったわ。幼いころから日本人のことよくは聞かされてなかったけど、周囲に反対されるからなおさら燃えあがるなんてわけでもなかったの。くんくん。あたしは日本人でもなんでもない、人間としての彼を好いたのよ、くんくん。でもね妹たち、これって大変なことなの。いまあたしは〝人間として〟なんて言ったけどね、いまのあたしは絶対そんなこと言えやしないのよ、くんくん。

末妹　言ってるじゃんか。

リン　だから、それはかつてのあたしが言ったのよ。

末妹　それでも言ってることには変わりないじゃん。

リン　語りの法則ってもんがあんだよ、わかってねえガキだな、こいつ。きぃーっ。

と、妹、パイカルを飲ます。リン、吐くと正常になる。

リン　だからね〝人間として〟なんて安直な言葉にだまされちゃだめ。人間はね、人間である前にタヌキだったり、サンショウウオであったりするのよ。

妹　それでその恋はどうしたの、お姉ちゃん。

情児　あの、なんか結末は聞かないほうがいいんじゃない。

妹　なんで。

情児　この声のトーンで幸福な結末になるわけないでしょうが。

末妹　それでどうなったのお姉ちゃん。

情児　ああ、やめろ。情況を飲みこむのが下手な末の妹。

リン　（すっくと立ち）あの男は人間である前に日本人だったのだあ！

情児　ほら見ろ。

末妹　それはどういうことなの、お姉ちゃん。
情児　ああ、やめろ、修羅場と知らずに火に油を注いでしまう末の妹。
リン　あの男には日本人の妻がいた。八歳になる息子がいた。会いにいっても居留守を使った。手紙を書いても返事をよこさない。いっさいをあいまいさのうちに葬り去ろうとした。あたしとの過去など最初からなかったかのように。

と、日本人のサラリーマンの一人が、

サラリーマン　よ、姉ちゃん。なんか日本の歌、歌ってくれよ。
情児　出たあ、自分の周りの情勢がまるでわかっていない日本人。
リン　歌えっていうのかい、日本の歌を。
サラリーマン　ほう、あんた日本語うまいねえ。まるで日本人じゃねえか。なんか歌謡曲歌ってくれよ。
リン　きいーっ。

妹と末妹、パイカルのグラスとバケツを持って走るが、転んで間に合わない。リン、まさにサラリーマンの首を締めようとする。

カルロス　やめろ、リン・シン。台北生まれのクラブ歌手。おまえにはまだ未来がある。将来がある。いま一度気づくがいい。ここは単なる日本であるにすぎない。

歌謡曲のイントロかかる。リン、締めようとしたその手でサラリーマンの肩をもむ。それにならって妹と末妹も他のサラリーマンの肩をもむ。

サラリーマン　よおしこんどはおれが歌うぞお。カラオケでよ、サザンのなんかたのむぞお。

中国人の一人、ホワン。ハリウッド映画の〝謎の中国人〟風のその姿。

ホワン　あいにく、カラオケは置いてございません。

サラリーマン　カラオケがねえだと、それで飲み屋っていえるのかよ、てめえ。いまからカラオケ借りてこい、てめえ。

ホワン　あいすみません。店主がカラオケを好みませんので。

サラリーマン　客をなんだと思ってんだ、この中国人。

別のサラリーマン　いいからアカペラでやれ。

サラリーマン　よおし、てめえら手伝え。

と、サラリーマンたち、自分たちでイントロを歌い『チャコの海岸物語』あたりを歌っている。ゆっくりと他の客が去っていく。カルロスも行こうとする。

情児　おい、まだ宵の口だってのに。

カルロス　ヤクが欲しけりゃいつでも言ってくれ。いくら日本人でもあんたは好きだよ。

情児　おれは違うって。

カルロス　そう自分たちを卑下するこたあねえじゃないか。あんたはどこから見ても日本人よ。いいじゃねえか、完

壁な民族なんてありゃしねえ。（と、去る）

赤犬が遠吼えをする。

情児 なんだ、おまえまで行ってしまおうってのか。ほら、ギョウザだ、ギョウザ食え。

赤犬 おいら春巻のほうが好きなんだがな。

情児 注文の多い犬だな。ほれ、春巻だ。

情児がいたテーブルに末妹がちょこんと坐っている。

情児 ああ、あなたはいらしたんですか。

末妹 みんな銭湯行ったよ。

情児 そりゃあよかった。湯につかれば疲れもとれていがみあいもなくなるってもんですよね。

末妹 ここのすぐ裏手にあるよ。「龍骨湯」いうの。

情児 もう一度その名を言ってみてください。

末妹 龍、ドラゴンの骨と書いて「龍骨湯」よ。店の中を通っていけるよ。ほら、「龍骨湯」の富士山の看板見えるよ。

確かに店の奥に見える。それは冒頭に掲げられた富士の山の絵看板でそのあたりから湯気がたちのぼっている。

情児 なるほど、店にたちこめるこの湯気は裏の銭湯からのものだったのか。

と、裏手から銭湯のざわめきが聞こえてきて、「おーい、ヘチマねえぞヘチマー」というリンの声。

末妹　あいよー。

と、ヘチマを裏手に投げる。「おーい、軽石ねえぞ、軽石ーっ」という妹の声。

末妹　軽石、軽いよおー。（と、投げる）

「おおしとったぞ軽石」と男の声。「なにすんだよこの乞食」と妹の声。「うるせい、毛深いぞおめえ」「手深い女は情が深いんだよ」と言いあい。

情児　な、なんだあれはっ。
末妹　混浴よ。
情児　混浴!?
末妹　滅びゆく銭湯はね、ついに混浴という最後の切り札でかろうじて生き延びてんの。トーキョー・ヌーディスト・クラブね。
情児　（慌てて）ちょいとひとっ風呂浴びてきます。
末妹　お話があるんですけど。
情児　ヘソの穴きれいにしてから。
末妹　リン姉ちゃんのさっきの話みんな嘘なの。

情児　なんだって。
末妹　あれを耳にした日本人のあなたには話しておきたくて。
情児　だから何度も言うようにぼくは違うのであって。
末妹　お姉ちゃんが妻子ある日本人にだまされたなんていう事実はないの。でもお姉ちゃんのなかでは事実ではないけど真実なんだ。そういうふうなね、事実ではないけれどありがちな真実をね、とにかく受け入れてしまわなければ、不幸好きの姉ちゃんはこの日本では生きてられないんだ。
情児　不幸好きって、なんですかそれ。
末妹　お姉ちゃんはね、自分が本当に不幸だと思ってるんだけどね、本当は不幸が好きなの。好きで好きでたまらなくって、不幸を誘いこんでんだけど、本人はナルシスティックなまでに不幸と戯れちゃって好きだっていう自覚がないの。ねえそういう人っていない？
情児　いるよいるよ。つきあってる男がみんな死んでしまうとかはしゃぎまくって人生相談に来る女。
末妹　いるいる。
情児　何回堕胎したか自慢して競争している女。
末妹　いないいない。
情児　いないかあ。
末妹　でもね、そうやってお姉ちゃんは自分を守ってるんだ。そういう役割でいることがここでは安心されるんだから。
情児　そういう役割って。
末妹　被害者よ。ここではあたしたちは被害者でいる顔をしていれば受け入れられるの。
情児　それが日本人のせいだと。
末妹　そんなふうに歴史のなかでまずは規定したのが日本人でしょ。

情児　でもその歴史は過ぎ去った。
末妹　被害者のほうでは忘れない。忘れろということなの、いまの言葉。
情児　決められた役割を破ろうとしないのは君らの勝手だろう。
末妹　破りたいよ。
情児　破っちゃえよ。
末妹　破らせようとしないよ。破ろうとすると圧力かけるよ、この無為の社会は。だからお姉ちゃんみたい生き方が一番利口なのかもしれない。
情児　そのことが、ただ日本のせいだけとは思えないな。
末妹　日本人はね、日本の社会はね、あれ好きねモノノケガタナ。
情児　モノノケガタナ。
末妹　みんなモノノケガタナ懐に持ってるね。
情児　さてどのようなカタナだろう。
末妹　役割をすぐ押しつけるね。あたしたちには被害者の役割。だからといって謝るわけでもなし。勝手きままなのは許さない。悲しいとき、うれしいとき、怒るときみんなルールに乗ってて、それから外れたもの理解しようとしない。これがモノノケガタナ言います。あんた知らない？　教養ないね。
情児　紋切り型か！
末妹　そう、それ。モノノケガタナ。
情児　しかし、どんな民族も国家も紋切り型から逃れることができないのではなかろうか。
末妹　そんなことないよ。
情児　そうかね。そう言ってくれるとなんだか元気が出てくるけどね。

末妹　あんた何者。あんたもモノノケガタナの日本人とちがうの。

情児　うーん、ちがうなあ。まあ言ってみればモノノケガタナに斬られそうになって逃げまわっている新宿の犬ってところかな。

赤犬　チェッ、カッコつけやがって。

情児　うるさいぞ赤犬、焼肉にして食っちまうぞ。

末妹　誰としゃべってんの。（赤犬の言葉は彼女には聞こえないらしい）

情児　いや、心の友と。

末妹　変わった人ね、あんた。

「こらー、一番下の妹、早く入れー」と、リンの声。

末妹　あいよー。それじゃゆっくりね。お風呂行ってくるね。

情児　ぼくも入るよ。

末妹　きゃあああ。やめてけれ。やめてけれ。やめてけれよお。

と、あたりの皿や物を手当たり次第に情児に投げて去る。情児、ラーメンを頭から垂らしながら、

情児　はははは。まあいいでしょう。（と、頭に垂れるラーメンを食べながら）モノノケガタナか。するってえと日本のビジネスマンはモノノケガタナを腰にさした新種のサムライってわけか。そのサムライがアジアに近代ヨーロッパにアメリカ大陸にそしてユーラシア大陸に幅をきかしているとすれば、世界はたったいまもモノノケガタナを渇望しているというわけか。しかしリン三姉妹よ、君たちもまた祖国に宿るモノノケガタナから逃げようとこ

の日本にやってきたのではなかろうか。その未知なるカタナはおそらく日本固有のものではない。モノノケガタナからはじき飛ばされるようにして、ゾーンを旅するぼくたちにはそれがわかりきってしまっている。ああ、とここで感嘆符。だからといって、ぼくが君たちにそのことを教え諭したところで、アジアのきびしい現実とやらに生きる君たちにどれだけの利益をもたらすというのだろう。懐しいなあ、新宿。そう感じたそばから、この郷愁が巨大なモノノケガタナに支配されていることをぼくは知っている。とするとぼくにはただ黙りこみ、失語症を装いながらモノノケガタナがゆっくりと頭上を通過するのを待つしかないのだろうか。

赤犬の遠吼え。

情児　赤犬が鳴いた。悲しげな遠吼えなどとは言うまい。誰がそれを悲しいと規定できるのだろう。日本人の酔っ払いたちが立ち去ると裏手の「龍骨湯」からまたアジアの人々が店に戻ってきた。晴れやかなお湯の匂いが充満する。赤犬がまた鳴いた。日本の芸能界でデビューしたいというカルロスが靴磨きのマヌエルとタップの練習を始める。

カルロス　コカインルートで芸能界のコネはバッチリよ。

マヌエル　やったねカルロス、あんたの靴はいつだってピッカピカだあ。

情児　台北出身のリン三姉妹がビールの栓を抜き、中国人のウェイトレスたちが食べ残しの豚足を片づける。マレーシア人の労働者たちが焼酎のコップを片手に静かにマレーシア国家を歌いだす。ヴェトナム人の板前はまたうなぎを割き始めた。それを見て負けてはならじと寿司職人のインドネシア人がシャケの腹を割き、イクラをかき出す。

インドネシア人　ごらんください。こんなに大きなイクラです。

と、木箱に整然と詰められた赤いイクラ。確かにゴムボール大である。

情児　なんというイクラだろう。

ヴェトナム人　だんな、だんな。そんなイクラなんかにだまされちゃダメエ。うなぎよ、うなぎ。アジアのスタミナ源はうなぎ。蒲焼き食わなきゃダメエ。

インドネシア人　商売の邪魔すんねえ。

ヴェトナム人　えばるのダメエ。

と、うなぎでインドネシア人を叩く。ひいひい言うインドネシア人。

情児　ヴェトナム人グエン・ミン・スエンはうなぎの使い手で自分の手足のごとく動かした。インドネシア人のウマールはそれでもイクラに凝り続けた。

カンボジアの少年が「ペーパー、ペーパー」と夕刊を売りにくる。

情児　新聞売りの少年はカンボジアからやって来たヌット・ニャン・マーだ。おいヌット・ニャン・マー、大きな事件はあるかい。なければいらないよ。

ヌット　しけてやがんな、日本青年。

情児　日本人がみんな小金持ちだと思ったら、大間違いだよ。

ヌット　大事件あるぞ。大ありよ。おいてめえ、のんびりこんなところでギョーザ食ってるバヤイじゃねえぞ。日本はよ、またゆっくり孤立を画策されてるぜ。知らねえよ、おれまた戦争起きても。

情児　（新聞の見出しを読む）「米議会、日本の無為貿易法を激しく非難」。なるほど。
ヌット　読んだな、読んだなてめえ。金はよこせ。

情児が財布をとり出すとヌット、ぱっと奪って逃げる。

グエン　あいやー！

と、うなぎを投げる。ヌットの首に巻きつくうなぎ。

グエン　この店でドロボー、ダメエ。
ヌット　こんちくしょう。
情児　いや、いいんだよ。どうせ中身は空っぽだ。

と、いつの間にか情児の足元にいるマヌエルが、

マヌエル　ええっ。金持ってないのかおまえ。せっかく磨いてやったのにどうしてくれんだよ。
情児　磨いたっておまえ、靴下の上に靴墨塗ってどうすんだよお。
マヌエル　靴下で歩いてりゃ靴下が靴だろうが。
カルロス　いまの理屈は正しいぜ。
情児　おまえはツツモタセか。

と、カルロスの靴に唾を吐く。

カルロス　ああ、おれの靴があ。
マヌエル　うわー。

あたふたする二人。赤犬が二本足で情児に近づく。

情児　ザマーミロ、てんだ。
赤犬　ちょいとダンナ、ダンナってば。もういいじゃないのダンナ。
情児　なんだ犬のくせして。二本足で歩きやがって。てめえまさか木馬座にいたとか言うんじゃないだろうな。
赤犬　なに言うてけつかるのダンナ。ダンナかて同じ犬やんしょ。
情児　まあそれもそうだが。
赤犬　さっきから見てるけどね、ダンナあんまりここで目立たないほうがいいよ。あんたみたいな犬はね、どうやら危ないみたいだよ。
情児　ぼくのような犬？
赤犬　この半年ばかりにね、あんたみたいな日本人みたいで日本人でない、ぼんやりとなんか物欲しそうな顔した青年諸君がな、ここに出入りして酒飲んでたのよ。一人で飲みに来る日もあったし、三人いや四人で来ることもあったよ。みんなえらいでっかいダイヤ持っててなあ。不用心たやっちゃと思っとったのよ。
情児　これのことか。（と、「情」の玉を出す）
赤犬　そや、これや。こいつにそっくりや。
情児　彼らは騒太郎、乱蔵と名乗ってなかったかな。

赤犬　さあ。

情児　それとも戯ル、遊介。いや性人28号か。

赤犬　性人28号？　なんやねんそれ。

情児　まあいいだろう。彼らはいまどこにいる。

赤犬　それがね、急にパッタリ消えてしもうたんですわ。

情児　来なくなったのか。

赤犬　いやそういうわけでもないんですけどね。便所へ行ったまんま、それとか裏の「龍骨湯」に行ったまんま消えてしもうたんですわ。

情児　うーむ、神隠しか。

赤犬　でもねダンナ、同じ犬の縁で言いますけどね、どうも臭いのは——

と、ドラが鳴る。

赤犬　ダンナ、またあとでゆっくり。

一人のシンガポール人が鯨を引きずってやって来る。

シンガポール人　クジラがあ、クジラが獲れましたあ。わたくしシンガポール人のジョン・リョンです。

ウェイトレス　あんたあ、こんなもんどうするよ。クジラ獲っちゃって白人カンカンよ。

ジョン　いいよいいよ、どうせ日本の漁民のせいにすりゃいいのよ。

末妹　やったね姉ちゃん。

妹　今夜はクジラの丸焼きだあ。

リン　おーっ。

一同、歌いながらクジラの丸焼きの準備を始める。

〽あたしゃニッポン人　大好きい
優秀なニッポン人　大好きい
細かいニッポン人　大好きい
残酷なニッポン人　大好きい
〽あたしゃニッポン人　大好きい
働き者ニッポン人　大好きい
あいまいなニッポン人　大好きい
酔っ払うと人変わる　大好きい

情児　（なぜか震えながら）これは和製ミュージカルだったのか！

一人のコックが両手で皿回しをしながらやってきて、

コック　ワタシ、香港のコック長コウ・チョーケンてちゅ。クチラの料理はおまかせくらちゃあい。

グエン　ダメエ、みんなでクジラばかり可愛がるから、うなぎが嫉妬して暴れ出したよお。

水槽から飛び出すうなぎたち。

グエン　ダメエ。つかまえて、つかまえてくれえ。

一同、うなぎをつかみにかかるが、なかなかうまくいかない。すったもんだのうなぎ騒ぎ。

ウマール　もうみんなでうなぎのことばかりかまって。イクラはどうなるんだよ、イクラは。
グエン　イクラよりうなぎだ。バカダメエ。
ウマール　もう我慢なんねえ。こんなうなぎなんざ、こうしてくれるわ。

と、踏みつぶしていく。

グエン　ダメエ、おれのうなぎダメエ。コンチクショウ。

グエン、包丁をかざす。ウマールもすでにかざしている。二人の斬りあい。やんやの一同。グエンとウマールを中心にしてどっと去る一同。残ったのは赤犬と情児。

情児　頭がくらくらする。騒々しい夜だ。
赤犬　ダンナ、いまのうちだ。この「腰巻亭」の謎ひっぺがしてやろうぜ。
情児　よし来た。
赤犬　おれはなどうも奥の豚肉貯蔵庫が怪しいと思うんだ。

赤犬、先に行く。情児、行こうとすると悩殺のフィリピン娘ミレナが下着姿で立っている。

ミレナ ジャスト・ア・モーメント・プリーズ。

情児 えっ。(と、振り返り)おおーっ!?

ミレナ いっちょいくう?

情児 ええ、この奥に。

ミレナ ノー。もっといいところ。いっちょいくう。

情児 (赤犬の行った先を気づかいながらもついに)オッス。

ミレナ ちょっと高いけど味はまろやかあ。

情児 オッス。

ミレナ いっちょいくう。

情児 オッス。

二人、それを繰り返しながら去る。中国人ワンが静かにやってくる。

ワン うなぎだ……うなぎだらけだ。死んでいるのもいる。ぬるぬると動いているのもいる。死体と断末魔か。南京の虐殺は歴史的事実だ。事実に変わりはない。ぬるぬるとうごめくうなぎ。ばかな。中国人を蒲焼きにしたってうまくはなかろうが。このアジアでは栄養をたっぷり摂った日本人の蒲焼きが一番に決まっている。アブラがたんとのってるだろうし……。もっと明るいところに出てきたらどうだい、平成の、いや無為の妖怪荒木さん。

現われる荒木。

荒木　妖怪だなんて買い被っちゃ困るよ。私は政界の便利屋、雑用係みたいなもんなんだから。

ワン　誰もがその雑用係をあてにしている。どの世界も同じです。実は雑用係が一番重要なんだがそのことがわかっていない。

荒木　首相は岡田で続投させますよ。

ワン　リリーフも新たなエースもなしというわけで。

荒木　純情な岡田ならどうとでも動かすことができる。約束のものです。（と、アタッシュケースを出す）予定通り「八個のイクラ計画」を続けます。

ワン　大東亜共栄圏の復活と言いたいわけでしょう。

荒木　新たなるものです。心配なさらないで。同じ過ちは繰り返さない。わがアジアは新たなる繁栄を迎えるでしょう。

ワン　しかしあなた方は私たちにここを立ち退けとつきつける。こいつは地上げ屋と同じレベルのやり口じゃないですかね。

荒木　（笑い）ワンさん、あなたも本当に皮肉屋だ。私らはなにもあなた方の国土に侵略しようってわけじゃない。いいですか、ここは日本ですよ。日本にとって、いやアジアにとっていまここが必要なんだ。少しばかり協力してくれたってバチは当たりませんよ。

ワン　他の連中がなんて言うか。

荒木　あなたの腕の見せところだよ、ワンさん。

ワン　なぜそんなにここが必要なんです。

荒木　何をいまさら……うなぎ、うなぎだらけだ。（ワンを見て）東京のなかで唯一ここが日本ではなく、アジアだからですよ。

ワン　ホワン。

ホワン、おごそかに出てくる。アタッシュケースの中を調べる。

ホワン　確かに。

荒木　こんなふうに淡々となんのケレンもなく、また歴史の一ページが刻まれましたよ。

ワン　いいんですかね、これで。

荒木　判断は後世の歴史家に任せましょう。（空を見て）ほうら、飛んでる飛んでる。銀色のあの物体はこんなふうなアジアの夜空、ネオンとビルからもれる光で明るい空がいっとうふさわしいんです。物体のなかの彼らは我々の会話に耳を澄ましてくることでしょう。

ワン　未確認飛行物体ですか。

荒木　もう確認はされてるんです。彼らの資源さえ手に入れば、私たちは自立できる。

ホワン　お話中まことに失礼ですが。お耳に入れといたほうがよいと思われる情報がありまして、八犬士の一人がまたどうやら現われたようで。

荒木　なにっ！

と、情児とミレナが駆けてきて、あとをカルロスとマヌエルが追う。

カルロス　てめえ、人のスケに手出しやがってきっちり金置いてけ。

情児　おまえやっぱりツツモタセじゃないか。

カルロス　（このとき初めて情児と気づいたらしく）あ、なんだおまえか。喜んでフィリピン娘抱こうとするなんざ、やっぱりおまえ日本人じゃねえか。
情児　偏見はやめろ。な、偏見はな。
ホワン　やつです。
ワン　ウマール、どこにいるウマール。またどでかいイクラの収獲期がやってきたぞお。

と、血まみれのグエン。

グエン　ダメエ。あいつ野蛮。ダメエ。あいつ残酷。
ホワン　どうしたグエン。
グエン　ウマールは狂っとるよ、ダメエ。

と、血まみれの包丁を二本両手に持ち、死んだうなぎを口にだらりとくわえたウマールがやって来る。

荒木　八犬士の一人よ、あなたは日本に帰化しますか。
情児　えっ、ぼくのことを言っているのか。
荒木　ごまかしても無駄です。君らはすでに研究し尽くされています。君は日本への帰化を承諾しますか。
情児　なんだかぼくは事情がわからないぞ。
荒木　帰化を承諾しますか！

と、店の奥より赤犬が何かをひきずるようにくわえてくる。

赤犬　やい同志、やっぱり謎は豚肉貯蔵庫だあ。

と、くわえてきたものはミイラ。

情児　騒太郎！

と、四体のミイラがひきずられてきて、舞う。

情児　乱蔵、痴草、性人28号！　四人とも肝を取られている！

ウマール　肝なんかじゃねえ、イクラだよ。

と、イクラの詰まった箱を見せる。中の四個が「騒」「乱」「痴」「性」の字を浮かび上がらせて光っている。

情児　四個の玉だ！

と、「腰巻亭」の奥が割れて、銭湯の湯船がせり出している。中に入っているのは岡田首相と井口委員長で、傍らには真崎幹事長がいる。

岡田　なあわかったろう委員長。ぼく包茎じゃないって。

井口　ズルムケやんけ。

岡田　だから委員長ここはひとつ仲良くやろう。アジアの繁栄のために。

井口　でもいちおう反対はしときますよお、便宜上。追い風が吹いている。風呂は動いた。

真崎　総理、みなさまお揃いのようですよ。

岡田　アイム・ソーリー。

真崎　いささか単純すぎたようで。

岡田　雄弁部出身の岡田です。

と、井口にしっかり握手する。

岡田　やったぞ、秘密の銭湯対談。

荒木　総理、帰化を承諾しない犬はあの者です。

岡田　よおし、腹かっさばけえ。

情児　やめろ、ぼくはただ事情が飲みこめないだけなんだあ。

ドドッと出てくる右翼の一群

右翼の一人　てめえまだ中立でいやがるなあ。

右翼と対峙するアジア系市民たち。

ホワン　やめなさい。国家間での決着はすでについています。

ウマール　ついちゃいねえよ、もらうぜ日本人、てめえのイクラを。
情児　ぼくは日本人じゃない。
荒木　だから聞くのだ、帰化するかを。

ウマール、情児に近づこうとするところ、赤犬がその腕にかみつく。

ウマール　なにしやがる、クソ犬が。

赤犬の喉をかっ切ると一斉に天井から降ってくるゴムボール大の大量のイクラ。情児が宙に浮く。

情児　ああ、ぼくはいまだわからないぼくでしかないのか。

地上は降ってきたイクラと格闘して、イクラ騒ぎである。

第二幕

銭湯のざわめき。たちこめる湯気。うずくまっている情児はやがて意識を取り戻す。

情児　（咳込みつつ）ちきしょう、毒ガスか。一九四三年アウシュヴィッツ。そのときぼくは灰色の収容所のユダヤ人として死んでいくだろう。肺のなかにたくさんの毒ガスを吸い込んで。そうやって毒という毒がぼくの細胞を破壊し尽くしたとき、一九九一年八月、ポツダム広場でぼくは元東ベルリンに住むネオナチの一青年として甦るだろう。細胞は停止しいったん瓦解を経験するとまた新たに構成される。構成の元素は偉大なるモノノケガタナ、華麗なる紋切り型だ。このカタナによって細胞の終着点を往復するぼくはあっち側かこっち側かに身を置くことができる。昼か夜か。男か女か。大人か子供か。右か左か。祈りか剣か。覚醒か眠りか。侵略者か被害者か。ああ毒ガスが。第二次大戦史のなかのチクロンBがまたぼくの細胞を壊していく。このまま壊し尽くして早くこの身をモノノケガタナで引き裂き、どちら側かの人間として再生してくれ、物語のゾーンよ。そうでなければこの身はいつまでたってもユダヤ人のネオナチでいるままなのだ。……（と、息を吸い込む）ん？　これは毒ガスなんかじゃない、ただの湯気だ。

と、周りが明るくなると、どうやらそこは「龍骨湯」らしい。背後に大きな富士山のペンキ絵。湯船の前に裸の人々が洗面器を椅子にしてペンキ絵のほうを向いている。湯船のなかには二人の寿司職人が立ち働いていて、人々が「まぐろ」、「納豆巻き」などと注文してくるのに威勢よく反応している。「あがり」、「ビール」とかいうと女の店員が「あーい」と返事をして持ってくる。
と、ヌットが「号外、号外」と走ってくる。

情児　おい、新聞少年。

ヌット、無視して新聞をまいて去る。

情児　（新聞を手にし読む）「第二次太平洋戦争勃発。ついに日米開戦。昨夜未明、マンハッタンを爆撃。予想以上の成果を生む。自由の女神も爆撃で破壊」。なんてこった。なんというモノノケガタナだ。歴史は本当に繰り返してしまっている。（と、ふと気づき）「ナイタイレジャー・号外版」（と、裏を見て）「特選吉原ソープベスト20」だと。なあんだ、ナイタイの号外記事かあ。ん？　するとここは新宿。そうだ記憶が甦ってきたぞお。イクラだ、イクラにされた四個の玉。思い出したぞ、イクラを捜さなきゃ、イクラだ！

その声に湯船の客たちが振り返る。

客たち　なに、イクラだと。
情児　イクラです。これぐらいの大きさで朱色に輝くイクラです。
客たち　イクラを食べたいのか、おまえ。
情児　確かにイクラです。くじらでもうなぎでもない、イクラです。
客たち　いくら払おうってんだい。
情児　ははは。そんなダジャレ、木久蔵でも言わねえぞ。

客たち　おれたちゃ歌丸のファンなんだよ。
情児　何を怒ってるんだ。日曜日にどこへも遊びに行かずにごろごろテレビ見てる人々。
客たち　悪いか。
寿司職人　まあまあ皆さん、ここはおれっちの店っスから。ケンカはやめて。おさえてつかあさい。ここはひとつおれっちの顔立てるつもりで。

客たち、おさまる。情児、客たちに混じって坐る。

寿司職人　ほい、青年、イクラだよお。
情児　違う、こんな小さなイクラなんかじゃないんだ。
客の一人　もう我慢なんねえ。
客の一人　たたんじめえ。
情児　蒲団じゃないぞ。
客の一人　うるせえ。日本人怒らすとどうなるか見せてやる。こんな面していながら日本人じゃねえ日本人じゃねえとぬかしやがって。
客の一人　悩んで謝ってるふうにしてりゃ許されるってもんじゃねえんだよ。

客たち、情児の頭を湯船の湯に入れたり出したりしながら、

客の一人　侵略なんてどこでもやってんだよ。虐殺なんてどこでもやってんだよ。
客の一人　日本人だけがやってるようなこと言いやがってよ。

客の一人　カラオケで騒いでどこが悪いんだよ。
客の一人　団体行動ばかりしたがるからってどこが悪いんだよ。
客の一人　パープリンでどこが悪いのさ。
客の一人　外交オンチのウサギ小屋でどこが悪いんだよ。
客の一人　アリのように働くのがどこが悪いんだよ。
客の一人　ひとのことばかり言いやがってよ、泣き言ぬかすんならとっとと国へ帰りやがれ、国へよ。
寿司職人　まあまあ、お客さん、このへんで勘弁してやって。ここはおれっちの顔立てて。
客の一人　平べったいてめえの日本人顔は立ちようがねえんだよ。
寿司職人　まあまあそう言わずに。ここはおれっちの顔立ててくださいよ。

と、寿司職人、へらへら笑いながら客たちをぶん殴っている。

寿司職人　顔立ててやってくださいよ、顔立ててやってくださいよ。

もう一人の職人と女子店員も「お願いします、お願いします」とペコペコしながら客たちをぶん殴っている。
と、湯船からマシンガンを持った荒木がフンドシ姿で現われ、マシンガンを空に向けて連射する。

荒木　何を騒ぐか、同胞たちよ。
客の一人　ナショナリズムの問題よ。新宿の寿司屋はいつだってナショナリズムでいっぱいだあ。
荒木　安心するがよい同胞たち。アジアのアナーキーを気取る「腰巻亭」は取り壊しにかかっている。
客の一人　アナーキーだとよ。その一言いっただけで全部を語っていると思うなよ、アジア。

荒木　政治家の言葉だからしゃあないだろが。

取り壊しの音。それに抗議する喚声、悲鳴など。

荒木　わめき、泣き叫んでいるぞアジアの同胞が。

客の一人　黙らせろやつらを。寿司屋の常連が歌うナショナリズムは黙っちゃいねえぞ。

どどっと去る客たち。

荒木　もうすぐスタディの時間だから。わかってるだろうけど準備しといてね。

寿司職人　はい。

荒木、去る

情児　なんという時代なんだろう。これじゃ無為どころか、いろんなものがありすぎるじゃないか。

女子店員　物がありすぎるのは日本の特徴だよ。

寿司職人　物も人種もイデオロギーもここは一杯ですわ。

もうひとりの職人　ここはもうアジアの火薬庫だからな。

情児　いやアメリカから押しつけられた平和憲法がある限り、（と、彼らのほうを見て）君たちは！

三人、玉を手の平に持っている。女子店員は「愛」、寿司職人は「戯」、もうひとりの職人は「遊」の玉をそれぞれ持っている。

戯ル 長い旅やったようやな、情児。よおカッパ巻きでも食べて元気だしいな。
情児 ありがとう。ゾーンの層が厚く深すぎたんだ。ぼくはすでにいっさいを見失った。
遊介 おまえだけじゃない、おれたちみんなそうだぜ。無為の時を迎えたこの日本では歴史と物語のパラレルワールドが成立していないんだ。
情児 どういうことだ、遊介。
遊介 過去も現在も未来もなく、ただ未知の時空間に並列する歴史に物語のキャラクターとして縦横無尽に活躍できるのがおれたちだった。だからいまいるこの時間もこの場所も日本国の未来でも現在であるわけでも、ましてや過去であるわけでもない。ここは並列する時間の一部であるにすぎないはずだ。
情児 ああ、その通りだ。
遊介 しかし、ここから先の時間が明らかに途切れてるんだ。
情児 途切れている？
戯ル 前々からそこにあるはずの未来がないんですわ。勝手にわいらで作り出せえっちゅうことですわ。わいらはわいらのままですわ。キャラクターを演じることがでけんのですわ。
情児 するとここは言い尽くされたただの現在というわけか。バカな、そんなモノノケガタナが通用してたまるか。
遊介 違うよ、紋切り型が通用しねえんだよ、もう。
情児 嘘だ。そんな簡単にそれが通用しなくなってたまるか。
遊介 錯乱してるぞ、おめえ。
情児 だって、もしそうならそれはゾーンの消滅を意味するんじゃないか。
戯ル そういうことですわ。

情児　それじゃあぼくらはいったい何をすればいいんだ。
遊介　おれたちに任されたのは歴史を作れっていう難題よ。
情児　そんなことは無理だ。
戯ル　なんでや。
情児　ぼくらは歴史と物語からはみ出した存在でいることができる。しかしぼくらは気づくべきなんだ。そうしていられるのは、ぼくら自身が紋切り型の使者であるからなんだ。そのことをただぼくらは気づかないふりをし続けるだけなんだ。
戯ル　お、言いよるねえ。
遊介　だからそれがどしたい。
情児　紋切り型の使者は紋切り型の歴史しか作ることができない。
遊介　歴史ははなから紋切り型だぞお。
情児　そんな歴史なら作らないほうがいい。
愛身　そんなに自分を苦しめないで情児。カッパ巻き食べて元気出して。
情児　そんなキョンキョンがテレビドラマで言うようなセリフを言わないでくれ、愛身。君は知っているのか、騒太郎、乱蔵、痴草、性人のあの変わり果てた姿を。
愛身　……ええ。
情児　悲しくないのか。それに君は騒太郎を愛しているのではなかったのか。
愛身　やめてよ、そんな宇津井健みたいなセリフ。前はそうだったけど、あたしはいまは情児、あんたが好きなの。
情児　それは君、田中美奈子あたりのつもりか。
愛身　わからないわ。ああだめ、あたしのなかでいろんなキャラクターが錯綜している。
戯ル　ええやないの、あいつらはあいつらの道選んだんやし。愛身責めるんならおかど違いでっせ、ダンナ。

情児　道を選んだ？

戯ル　あの四人はなあ、日本に帰化するの拒否したんや。

情児　するとぼくらはやはり日本人ではなかったのか。

戯ル　その通り、日本人とちゃいまっせ。馬琴いう日本人が書いたから、モンゴロイドの顔つきしてはりますけどな、わいらのルーツ調べりゃすぐにわかりますわ。わいらはのう、新宿カブキ町の女乞食伏子とフィリピン人の殺人鬼サミー、通称〝犬〟いう男との子でっせ。混血やがな。しかも日本の戸籍にもフィリピンのほうにもわいらの記録はないんや。

情児　ああカルロス、マヌエル、ぼくにも君たちと同じ血が流れていたんだよ。

愛身　情児、あなたはホントに感激屋さんね。

遊介　おれたちを調べた日本政府はそこでまず帰化させて、プロジェクトに参加させようとしたのよ。このプロジェクトはとりあえず日本国籍をもってねえと意味がねえ。日本国の未来を担う大プロジェクトだからなあ。おれたちゃもうれっきとした日本人よ。

三人、赤いパスポートを情児に見せる。

遊介　日本政府はね、歴史の転回点になるとキャラクターに乗り移って登場するおれたちの存在に気づき、ずっと内偵していたらしいんだな。昭和の初めから、東条内閣が陸軍中野学校に指令を送っていたらしい。人智を超えた力を持つ八犬士を捜し出せとね。おれたちのこの力を宣導に使いたかったらしい。

遊介、念じると遠くで爆破音がする。

遊介　現実にそうなってりゃ本当に戦争に勝てたかもしれないぜ。

戯ル　それから約百年ですわ。やっとわいらの尻尾をつかみよった。テクノロジーの勝利ですわ。宙ぶらりんで苦しんどるわいらに日本は国籍くれたんですわ。情児、あんたもそうするがええ。楽でっせ、生活は保障されとるし、超ＶＩＰ扱いですわ。

情児　おまえら寿司屋やってるんじゃないか。

戯ル　これは趣味やがな。暇で暇でしゃあなくてな。政府はわいらの体と脳を調べとる。これからの科学のためらしいですわ。わいらスタディの時間いうそれに協力して、あとはプロジェクトに参加すればええ。

情児　ぼくらに何をさせようというんだ。

愛身　「八個のイクラ計画」。

遊介　もっとも四個は拒否したがね。

戯ル　ＵＦＯとの交信ですわ。

情児　ＵＦＯとの交信!?

荒木、出てくる。

荒木　スタディの時間です。

岡田、井口、真崎、ワンが出てくる。

愛身　うわー、会いたかったわあ、おじさま。

岡田　膝の上乗んな、膝の上。ちゃんと勉強してたかなあ、愛身ちゃん。

愛身　ううん、愛身遊んでばっか。だっておじさま全然顔出してくれないんだもん。
岡田　すまなんだ、すまなんだ。ちょいとヨーロッパとアメリカ回ってたもんでね。アメリカなんて勝手でよお、相変わらず怒ってばかりでよお、もうなんだか疲れちゃったよ。面倒臭いからさ、こうなったら戦争よ、戦争。
愛身　うわー、そしたら愛身、女スパイになっておじさま助けたげえる。
岡田　うわーい、オッパイつっついていい。
愛身　いいよ。
井口　ま、なんたるざまでしょ。若さを武器にして飼い犬みたいに。
愛身　このおばさまは。
岡田　国民党の井口委員長だよ。
井口　なんたるスキャンダルざましょ。
岡田　怒ろうったってテレビカメラはどこにもないぞ。
井口　わかってるわよ、まったく腹立たしいったらありゃしない。
岡田　大人になれよ、な、国民党。
井口　あなた方のやり方を受け入れることが、この日本では大人になるということなの。
真崎　その良識あるジャーナリズムふうな言い方が子供なんだよ。
荒木　井口委員長、ま、こっちもこれほどまでに手の内見せてるってことなんだから。
井口　あたしにだけ見せてもらったって困りますわよ。影の内閣制度を受け入れるからには、あたしども内閣全員に開陳してもらわなければ。
真崎　下手に出てりゃ調子に乗りやがって。
井口　なんですか真崎幹事長。「八個のイクラ計画」には表向きはどうであれ、秘密裡には野党第一党、すなわち影の内閣の協力が必要だと最初に説いたのはあなたでしょう。

真崎　つけ上がれとは言っていない。

井口　帰ります。だいたいバカバカしいったらありゃしない。宇宙人と条約を結んで資源を獲得するなんて。

荒木　まあまあ委員長、ここはもうお互いここまでやって来たんだし。

井口　あなた方のＳＦファンタジーにつきあっている暇はありません。

真崎　火星には資源があるんです。あふれるほどの石油、ありあまるほどの鉱物資源。彼ら火星の民は実に明治時代より日本の空を飛来し信号を送っていた。しかし我々にはその信号を受信する術をもたなかった。いまは違う。火星の民の声が我々には理解することができる。彼らの力によって。

愛身　おじさまベンツ買ってね。

戯ル　新しいＡＶどんどん仕入れてや。ネタは新鮮なもんやないとあきまへん。

遊介　おい、今日の昼飯手ぬいてたな。しゃんとしたもん食わせろよな。

井口　この飽食の不良がいったいなんだっていうの。

真崎　この犬たちがＵＦＯからの信号を読み取るんです。見てください、これがいままでの結果です。

と、テレックスの用紙。

井口　（読む）「ドッグコール NO. 289　こちらは燃えさかるマース。我らは幾たびかの思念の結果、日本を貿易のパートナーとすることを決意する」

真崎　火星の民がなぜわが国を選んだのか。それもまたさらなるドッグコールで判明しております。彼らは日本のテクノロジー技術を、彼らにはない新種の発想として注入したがっているのです。ＵＦＯをあやつる彼らです。テクノロジーは地球上のものを超えている。しかし彼らはまだ地球のテクノロジーのいっさいを掌握したわけではない。行き詰まった自分たちの技術へのカンフル剤を求めている。

井口　その見返りとして鉱物資源を。

ワン　日本はアジアの盟主としての独立をはかっています。大東亜共栄圏ですな。もっともこのことを声高に言うものはいないが。特に私のようなアジア人の前ではね。申し遅れました。中国から来ていますワンです。いや荒木さんとはひょんなことで知りあいましてね、侵略戦争のないアジアの独立の思いに共鳴しました。日本人以外の証人としてね、この計画に立ち会わせてもらってるんです。

井口　こんなこと信じられるもんですか。

荒木　信じてもらうために来てもらったんだよ。

井口　それならば私の目だけでなく、影の内閣に見てもらいたいわ。

岡田　まったくもう井ぐっちゃんは強引なんだから。ま、いいでしょ。

真崎　総理。

岡田　いいからいいから。

井口　出でよ国民党、女だけの影の内閣。もちろん私どもミスコンには反対です！

ドドッと出てくる七人の女たち。

愛身　うわー、みんなオバハン。

八人　うるさいパープー娘。

A　通産の下つきです。

B　厚生の上つきです。

C　大蔵のフェラ好きです。

D　文部のオナ好きです。

E　自治のパイパンです。

F　外務の太平洋です。

G　運輸のナリタ離婚です。

八人　もちろん、ミスコンには反対します！

と、なにやら党歌らしい団結の歌を歌う。選曲はかまわないが、おもしろくなかったらカットも可。

井口　さあ見せてもらいましょうかね。

荒木　君たちスタディの時間です。

なにやらマシンが出てきて、犬士たちの頭になにやらが被せられる。

荒木　おや君は。（と、情児を見る）

真崎　この者はまだ帰化しておりません、総理。

岡田　なに意地はってんの、あんた。

情児　おまえらはただ利用されてるだけではないのか。

戯ル、遊介、愛身、笑う。

愛身　甘ちゃんね、情児。

遊介　いろんな物語につきあわされてきたおれたちだ。そんなこと百も承知よ。利用されてやってんのよ。そうするほうがおもしろそうだから。
岡田　帰化しますか、苦悩する君は。
情児　ぼ、ぼくは……
真崎　やい青年、ここで一人お決まりの拒絶のアウトローやってみたところで、物語はそううねりゃしねえぜ。もっともおたくがそれを望んでないなら、仕方がないことだが。
岡田　帰化しますか、お決まりの君は。
情児　ぼくはお決まりではない。（と、なにやらを被り）帰化します。
戯ル　ひゃっほー。そうこなくっちゃ。
情児　どうすればいいんだ。
愛身　自然にしてて。ただ自然に。
荒木　初めての君は少し調べさせてもらうよ。ワン博士、よろしくお願いします。
ワン　わかってますよ。（情児を調べつつ）いやなに私は医者でも科学者でもないんだがね、中国四千年の歴史のなかに中国大陸を縦横無尽に活躍した君たちと同じような犬の記述が載っていてね。大陸の犬は五匹いたらしいが、動乱が起きるごとに一匹一匹死んでいって、最後の一匹は一九八九年天安門広場で死んだらしい。私はずっとその五匹の消息を追っていたんだが、調査するうちに日本の八犬士を追う荒木さんと出会ったんだ。
荒木　ワンさんは最初日本人嫌いでね。私に会ってくれようともしなかった。大陸で日本兵士がした所業の記憶が消えない限り絶対会わないとね。
井口　なあるほど興味深いお話ですわね。
影の内閣の七人　それであんたはどうしたの。
荒木　何度も土下座して謝ったよ。
岡田　土下座なんていっくらでもできるよ、おれ。

ワン　そうでしょう、だから私はそれでも信じなかった。しかし人間というものはたとえ国が違い、言葉が違っても結局は人間同士だということなんでしょうなあ。私はこの人の人間に惚れてしまったんですわ。人間としてこの人を認めてしまったんです。

七人　それであんたらどうしたの。

荒木　徹底的に話しあいましたよ。二人で山ごもりをして殴りあったこともありました。口先だけではなく体と体でぶつかりあったのさ。私はなんとしてでもワンさんの協力が欲しかった。

七人　それで結局どうしたの。

ワン　私たちは理解しあいました。

岡田　ホントかね。

真崎　あなたはそれでも政治家か。

荒木　落ち着け真崎。いま少しの辛抱だ。怒りをすぐに表に出しては総理の椅子は遠のく。

真崎　何をおっしゃっているのだか。

岡田　聞こえたよ、いまのおれにも聞こえちゃったよ。（と、手鼻をかむ）

井口　何をしているのですか、あなたたちは。

七人　あんたら何をしたいのよ。

ワン　（情児を見て）犬の目だ。そして犬の脳髄。この男がこの者たちと同じ種族であることは間違いない。うーむ、脳ミソが多少充血している。血をぬいておこう。

情児の頭から血が噴き出す。

情児　あうあう。

荒木　電波を送ってください。

ワン、操作する。馴れていない情児だけが体をびりびりと震わせて反応する。

ワン　映像が受信されました。

人々、パソコンのようなマシンの画面前に集まる。マシンは背を向けていて客席には見えない。

七人　な、なんですねん、これは。

荒木　この犬たちの脳髄にはいっさいの歴史、いっさいの物語が内蔵されています。つまりこの犬どもはどの国のどの時代の歴史へも一登場人物として参画し体験することができる。同じようにどの物語へも入り込むことができる。小説、オペラ、映画のなかの一登場人物として。そしてあらゆる絵画のなかの一点景人物としてです。

井口　こ、これは『パルムの僧院』。

A　『罪と罰』。

B　『アイーダ』。

C　『ゲームの規則』。

D　『白鯨』。

E　ベラスケス。

F　ゴッホ。

G　セザンヌ。

荒木　歴史においてはいっさいの過去も未来も〝今〟とひとくくりにされております。つまり犬どもにおいては

井口　〝今〟はいっさいの時間を含んだ〝今〟である。
荒木　それでは日本の将来も見られるってわけね。
七人　理論上ではそうなります。
岡田　それならあんたら見してみい。
荒木　やっちゃえ、やっちゃえ。
ワン　どうするワンさん。
何度やっても無駄だとは思うが、やってみよう。犬よ、さあ無為の涯てをつっきっておくれ！

四人、吼える。吼えまくり苦しがる。マシン、煙を噴いて壊れる。

荒木　やっぱりだめだ、将来は遮断されている。

飛び出してくるリン三姉妹。

リン　ワンさんあなたどうするつもりね。「腰巻亭」壊してどうするつもりね。
ワン　リン、いまはわからないだろうが、いまにわかる、いまにわかるよ。それが歴史というものだ。
リン　こんなニッポンの政治家といっちょに何してるの、あんた。
ワン　ここが必要なんだ、仕方ない。
リン　あたしたちを追い出して、ワンさん、あたしたちの味方じゃないのか。
ワン　味方だよ。長い目で見てくれ、リン。いまアジアにとってここが必要なんだ。
リン　なにニッポンの政治家みたいなこと言ってるよ。

ワン　仕方ないじゃないか、あの連中がここを好きだというんだから！
リン　だれが！
ワン　あの空の人々が！

と、上空を指す。直立不動になる四犬士。

四犬士　ドッグコール。ドッグコール NO. 3401　着陸を望む。着陸し、地を踏みたし。
荒木　ついにやってくるぞ。
四犬士　着陸場所は元「腰巻亭」付近。理由は裏手の「龍骨湯」に着陸後すぐにつかり、疲れをとりたいため。
岡田　それでここを指定していたのか！

あたり銀色に包まれる。

真崎　見えたぞ！

と、ペンキ絵の富士山の上空にＵＦＯが飛んでいる。

四犬士　着陸後、すぐさま条約交渉に入りたし。
岡田　いつだってカモンカモンよ。これぞ無為の黒船来航だあ。
リン　悪魔あるよ、悪魔の上陸あるよ。

ペンキ絵のＵＦＯ、除々に近づいてくる。襲撃音。転がる一同。湯船からすっと立ち上がる八人の宇宙人。黒ずくめ。無表情の白い顔。

岡田　出たあ。

宇宙人、手話のように手で合図する。

愛身　地球の皆様、初めまして。ナダ星雲からやってきたナンダルシア人です。地球の地をやっと踏むことができて光栄です。ここから新たなる地球の、宇宙の歴史が始まるでしょう。ところで、通訳はあたくし愛身ちゃん。長旅で疲れました、とりあえずお湯につからせてもらいます。

宇宙人たち、腰を下ろし、やれやれとくつろいで湯につかる。

荒木　変わるぞ、政治も文化も、人類の営為のいっさいが変わり始めるぞ！　皆さん、万歳いたしましょう。万歳、万歳！

一同、万歳をする。

『帝都凡庸ニュース』

ニュース映画が始まる。

『NO. 233　ナダ星雲からこんにちわ。帝都に宇宙人ついに現われる』

「新宿はカブキ町三丁目の銭湯「龍骨湯」にナダ星雲からの使者ナンダルシア人の宇宙船が降りたちました。これによってUFOと宇宙人の実在は証明され、岡田首相は二年前より極秘裡にコンタクトをとり始め、この日に備えていたことを認めました。国会に招かれ日本とナンダルシアの友好を演説するナンダルシアのリーダーです。地球上の数多い国家のなかでなぜ日本を選んだかについて、ナンダルシアのリーダーは日本人の先天的な優秀さについて力説しました。

歓迎パレードで靖国通りを練り歩く八人の使者たちです。ナンダルシアの旗の図柄がわからないため仕方なく白旗を振って熱狂する日本国民です。最初は戸惑い気味だった彼らも次第に地球人にうちとけ、デパートと和菓子屋を見てまわりました。

岡田首相との友好条約をめぐる第一回会談は明るい友好的な雰囲気のなか約一時間行なわれ、双方の条件を確認しあいました。

日本人の普通の家庭を見てみたいというメンバーの要望により、世田谷区の医師高橋友男さん宅が選ばれ、日本を味わう一刻を過ごすナンダルシア人です。どうやら赤ちゃんは宇宙からの異人にびっくりのようです。

両国で女大相撲を観戦するメンバーたちです。一人が興奮し、土俵に乱入するハプニングに国技館は大喜び。

国立病院の田原徹教授が、宇宙人の生態系をこの機会に調査したいと政府に申し込んでいることが明らかにされましたが、ナンダルシア側ではまだそれには時期が早すぎると拒否した模様です。文化人もまた次々と面会を申し込みます。あらゆる近代的知からまったく離れた宇宙人の感情と知性によって、根本的な人間の見直しが行なわれるだろうと興奮気味に話す滝沢馬琴二世さんです。

国内での興奮と裏腹に各国の反応は冷ややかです。アメリカのケビン・コスナー大統領は各国の合意もなく、極秘裡に行なわれた今回の宇宙人招聘計画は明らかに日本の独断先行、国際社会にあるまじき暴挙として激しく非難しています。またフランスのソフィー・マルソー女性首相は、やっぱり日本は信じられない。こうなったらこっちもとことんやる、と明言したものの、何をとことんやるのかという質問には答えなかったとのことです。宮中晩餐会に招かれ、皇族の方々と話をするナンダルシア人です」

皇族とワルツを踊るナンダルシア人たち。

『ついに銭湯条約調印成る』

「龍骨湯」である。日の丸と白旗が旗めいている。すでに岡田、荒木、真崎、ワン、井口と七人の女性影の内閣閣僚がいる。音楽が鳴り、おごそかに八人のナンダルシア人たちと愛身、戯ル、遊介、情児が入ってくる。握手して坐る岡田とナンダルシア人リーダー。次々と書面にサインしていく。

荒木　とどこおりなく完了いたしました。

一斉に周りの拍手。岡田、握手をかわそうと手を出す。リーダーも手を出そうとすると、リーダーの手に握られた生身の日本刀。

リーダー　尊皇！
他の七人　討奸！

日本刀、岡田の首に突き刺され、抜かれる。岡田、悶絶して絶命する。

荒木　き、きさまらは⁉

と、宇宙人のコスチュームがはらりと脱げると帝国陸軍の青年将校たち。

リーダー　内閣総理大臣岡田啓介に天誅を加えたり！　敬礼！

八人、岡田の死体に敬礼する。

リーダー　歩兵第三連隊、野中四郎であります。
A　同じく歩三の安藤輝三であります。
B　歩兵第一連隊の香田清貞。
C　同じく歩一の栗原安秀。
D　磯部浅一であります。
E　村中孝次であります。
F　河野寿であります。
G　林八郎であります。
野中　再度維新のためにやってまいりました。人はあれを二・二六事件と呼ぶそうで。
荒木　皇軍の兵か！
磯部　いいえ、自分たちは必ずしもそれにこだわるものではありません。
荒木　すると、君たちは最初から叛乱軍を名乗るつもりなのか。

野中、合図すると周囲の人々を日本刀で威嚇して縛り上げていく。

戯ル　なんやおかしなことになってしもうた。
情児　こいつらの目的は。
遊介　二・二六の亡霊とすれば――ちきしょう、わからねえ、もっと昭和史勉強しときゃよかった。
村中　われらは亡霊ではないぞ。

と、日本刀をかざす。

愛身　キャッ、すてき。
村中　われらは天空の民に救われ、おおいにそこで勉学に励み、この時を待っていたのだ。無為のこの時は維新せねばならぬ。誇りを失い、惰眠をむさぼる日本は維新せねばならぬ。
戯ル　宇宙人や、やっぱりこいつら宇宙人や。
野中　テレビカメラはそのまま。

と、野中、調印式の机に坐り、一枚の紙を広げる。

野中　蹶起趣意書。

と、同時にペンキ絵の富士山の上から布が垂らされて覆う。そこには蹶起の作文が書かれている。

『内外真《まこと》に重大危急、今にして国体破壊の不義不臣を誅戮《ちゅうりく》して稜威《みいつ》を遮《さえぎ》り御維新を阻止し来《きた》れる奸賊《かんぞく》を芟除《せんじょ》するに非《あら》ずんば、皇護《こうご》を一空《いっくう》せん。恰《あたか》も第一師団出動の大命渙発《たいめいかんぱつ》せられ、年来《ねんらい》御維新翼賛《よくさん》を誓ひ殉国捨身《じゅんこくしゃしん》の奉公を期し来りし帝都衛戍《えいじゅ》の我等同志は、将《まさ》に万里征途《ばんりせいと》に上《のぼ》らんとして、而《しか》も顧《かえり》みて内の世状憂心転々《うたた》禁ずる能《あた》はず。君側《くんそく》の奸臣《かんしん》軍賊を斬除《ざんじょ》して彼の中枢《ちゅうすう》を粉砕するは我等の任として能《よ》く為《な》すべし。臣子《しんし》たり股肱《ここう》たるの絶対道《ぜったいどう》を今にして尽さざれば、破滅沈淪《ちんりん》を翻《ひるが》へすに由《よし》なし。

慈《ここ》に同憂志機を一《いつ》にして蹶起《けっき》し、奸賊を誅滅《ちゅうめつ》して大義を正し、国体の擁護開顕《ようごかいけん》に肝脳《かんのう》を竭《つく》し、以《もっ》て神洲赤子《しんしゅうせきし》の微《び》衷《ちゅう》を献ぜんとす。

皇宗《こうそう》の神霊　冀《こいねがわ》くば照覧冥助《しょうらんめいじょ》を垂《た》れ給《たま》はんことを。

昭和十一年二月二十六日

陸軍歩兵大尉　野中四郎
外　同志一同』

野中　いまの若者も読めるようにきちんとルビもふりました。
遊介　ルビあったって意味がわかんねえや。
安藤　無礼者。自分で調べろ。
野中　テレビカメラはそのまま。計画通り行動を実行する。林と河野は市ヶ谷の自衛隊駐屯地へ。安藤、村中、栗原は変電所を襲撃。磯部、香田は警視庁を襲撃せよ。動くぞ千四百名のわが陸軍部隊が。

銘々、散って去る。

井口　こんなことが許されるものですか。

荒木　皇軍ではないとのたまいながら、趣意書はいまだ昭和十一年のままではないか。

野中　その通り。歴史が示した通りにわれらは大いなる矛盾の者なり。われらはすでに裏切られた。だからわれらは皇軍を名乗らぬ皇軍。叛乱軍とも革命軍とも違う、日本国の軍隊。

井口　そんな詭弁が通用すると思って。

野口　通用するかどうかやってみせようぞ。それでは帝都に闇を迎えましょう。

ポンと暗くなる。ややあってろうそくの火がともる。愛身が本を開いている。情児は落ち着きなく歩いている。戯ルと遊介は湯船の向こうの趣意書に懐中電灯をあてている。

遊介　「内外真に重大危急」。これはわかるよな。「今にして国体破壊の不義不臣を誅戮して、稜威を遮り御維新を阻止し来れる奸賊を芟除するに非ずんば」これどういう意味だ。

戯ル　要するにこの日本はあかんということやろ。

遊介　ちゃんと訳してみろよ。

戯ル　わい古文苦手や。

遊介　これ古文か。

戯ル　なんや知らんけど、けったいな日本語や。

愛身　あった、あった、あったわ。

情児　なんだ。

愛身　見て、これ二・二六事件の写真。空にほら小さくＵＦＯが写ってる。

戯ル　ほんまや。

愛身　見て、これにも、これにも。外で写されたもので空が写っている写真にはよおく見ると全部ＵＦＯを見つけることができる。
遊介　やっぱり本当なんだ。処刑された亡骸をＵＦＯが天空に導いたというのは。
情児　でもなんのために。
遊介　日本のためだろ。
情児　なんで宇宙人がそんなに日本のためを思わなきゃなんないんだ。ぼくはこう思うんだよ。彼らは宇宙人に助けられたのではなくて、天空に上がっていった彼らが宇宙人なのだと。
遊介　うーむ、どっちなのだろう。
戯ル　本人たちに聞いてみるのがええやろ。ほれほれ一人帰ってきよりましたわ。

磯部、暗然たる面持ちで入ってくる。

戯ル　磯部はん、磯部はんでっしゃろ、おたく。
磯部　会ってからまだ少しだというのに気安く名前を呼ばんで欲しいなあ。
戯ル　軍人やねえ。まあそう固いこと言いっこなしで。ひとつ尋ねさしてもらいまさ。あんたら宇宙人に助け出されたんですか、それともあんたらが宇宙人とちゃうの。
磯部　勉強していたのだよ、長い時間。宇宙の涯ての闇のなかでさまざまなことを学び知ったのだよ。いまの日本のこともずいぶんと学んだ。しかしこんなに変わり果てたとは。想像以上だ。ますます悪くなっている。
戯ル　何が悪いいっちゅうねん。
磯部　ここで生活してしまっている君たちにはわからんのだ。君たちは盲目の生活者だ。……都市に戒厳令が施かれた。我々には好都合となるだろう。ゲリラ戦のあとはひとまず籠城だ。言っておくがね君たち、国家というやつは何があろうとも絶対に信用すべきではないね。見てみるがいい。（と、額を見せる。そこには弾痕）この傷跡は終生消えることがないだろう。われらは国家の転覆破壊を画策する。

情児 日本をぶっつぶそうというのか。

磯部 バカな。われらはなにより美しく誇り高い日本を希求している。国家という魔物のトリックを破壊せしめたとき、本当の日本が現われる。機関とは別個の本物が浮上する。

情児 それは具体的に何なのだ。

磯部 我々だ。日本とは天空より舞い降りてきた我々の肉体そのものだ。

遊介 （笑い）なんたるナルシシズム！

磯部 それがもしナルシシズムだとしても、待ち続けたわれらをどうして笑うことができるのだろうか。

安藤、やってくる。興奮している。

安藤 すごい、さすが日本だ。見たか磯部、この日本の成長、発展ぶりを。やはり日本人はこの地球上で最も優秀な民族だ。おれはうれしい。おれたちの死ももしかしたら無駄ではなかったのかもしれない。おれたちの蹶起が人民の目を醒まさせて、こうやって実を結んでいるのかもしれない。

磯部 甘いぞ安藤。君は目にしなかったのか、薄汚れてくたびれきった目をして生気を失くした人民の姿を。あれがいったい日本人と言えるのだろうか。

安藤 確かにそうでなければ。いっさいが順調であるならば、我々の存在は必要でなくなる。しかし本当に我々は必要とされているのだろうな。

磯部 何を弱気なことを言っているのだ。

安藤 どう思いますか、日本の若者たち。

遊介　まあな。
安藤　まあなとはどういう意味でしょう。
遊介　そこそこですよ。
安藤　それもまたどういう意味でしょう。
遊介　困っちゃうな。
磯部　学んだ通りだ。日本の若者はすでに自分で物を決定することができない。すなわち君はこれからの日本には不要の者なのだ。

と、日本刀をぬいて、遊介を斬ろうとすると、遊介、見えない力を出す。磯部は動けなくなる。

磯部　おおっ、なにやつ。

村中が走ってやってくる。

村中　暴動だ。カブキ町が暴動騒ぎだ。どうやらおれたちのこの行為が引き金になったらしい。おれたちの蹶起を祝福するような暴動騒ぎだ。
情児　暴動だなんて。日本人が？　嘘だ。
村中　嘘とは無礼であるぞ。
情児　おまえらの誰かが煽動したな。こいつは作られた暴動だろう。
磯部　いくら優秀な工作者であろうとこんな短期間に民衆を暴動に導くことなどできはしない。思えばわれらが前の維新の失敗は国民感情との遊離に起因していた。もしいま暴動が引き起こされているとするならば、われらが夢にまで見た民衆との距離の近さを獲得することができたということだ。

村中　安藤！

安藤　村中！

と、ひしと握手する二人。

安藤　やっと報いられるときがやってきたのだ。

磯部　喜ぶのはまだ早いぞ。忘れたか、大きなものの動きによって形勢は二転もし三転もする。われらは昭和十一年、大きなものの巨大な働きによっていっさいを覆されたのだ。

村中　磯部よ、おれはあえて君を懐疑主義者と呼ぶことにしよう。君は我々と違って処刑を一年延ばされた。君の懐疑は申すまでもなく延ばされた監獄の一年間で培われたものだろう。その一年間で君は我々が見られなかったさまざまなものを見た。宇宙の涯での勉強室で我々が主に君をリーダーとして扱ったのはこのためだ。我々は君の懐疑を信頼した。そして勉強室では君の懐疑から生まれた大きなものについて学んだ。そうしていくうちに我々は大きなものの磁波から脱却することができたはずではないのか。

安藤　村中の言う通りだ。磯部、われらがなにより広大無辺の宇宙を選びとったのは、大きなものが支配する地球を見下ろすためではなかったのか。

磯部　確かに我々は克服し、そして日の丸にたち帰った。

安藤　その通りだ。

磯部　監獄での幽閉が被害妄想のファシストのような人間を作り上げたのかもしれない。それでもおれは疑わざるをえんのだ。

村中　なぜ？　大きいものの上に君臨するさらなる大きなものを見つけ出してしまったとでもいうのか磯部よ。

磯部　この額の弾痕がなぜか疼くのだ。この穴に小さな虫が入りこんだように。（と、少し苦しむ）この傷跡がつぶやいているようなのだ。いま一度新たにここに弾丸をのめりこませよと。

村中　そんなことを言われるとこのおれの弾痕も。

安藤　バカな、神経質なやつらめ。と言いつつこのおれも。

三人、額を押さえて苦しむ。と、林と河野が入ってくる。敬礼する。

林　何をしておられる。

三人、慌てて敬礼する。

安藤　いやなんでもない。磯部の言う悪い冗談にみんなハラをかかえていた。

林　さて、オデコをかかえていたようにも見えましたが。

村中　市ケ谷のほうはどうだった。

林　学んだ通りでした。要するに歴史は繰り返されたということです。

安藤　バルコニーから蹶起を呼びかけたのか。

河野　はっ。いっさいを資料通りに執り行ないました。

安藤　すると最後は自衛隊の同志諸君、ともに死のうと言って締めたのか。

林　実験的に言ってみてもいいなとは思っていたのですが、やはりやめました。ともに闘おうと締めました。ありきたりですが。

磯部　バルコニーの下の反応は。

林　私の言葉のほとんどは野次にかき消されました。
村中　昭和史の通りか。わかりきっていたこととはいえ、現実にそうであると少し寂しい気もするな。
磯部　甘いぞ村中。
林　天皇陛下万歳三唱は削除しました。それがいいことか悪いことか判断に苦しみましたが。
安藤　いや、いいだろう……

頭を血だらけにした栗原が入ってくる。

安藤　栗原、誰にやられた。
栗原　わからん。不覚だった。カブキ町を歩いていたらいきなり後ろからやられた。暴動のさなかだった。催涙ガスを水平撃ちする機動隊とあらゆる物を投げつける市民だ。
村中　きさま、ガス弾を狙い撃ちされたのでは。
栗原　いや違う。おれは市民の側にいた。女の叫び声とともにいきなりガツンとやられた。
村中　うーむ、すると市民のほうにもわれらの敵がいるということか。そうだとするとこいつは一筋縄じゃいかんぞ。
磯部　当たり前のことだろう村中。われらが引き起こしたのは混乱だ。皇軍をすでに名乗らぬ皇軍がわれらであるぞ。大いなる矛盾が引き起こした混乱であるぞ。この混乱は極限までおし進められるだろう。誰が敵であり誰が味方であるかなどということは問題にならぬかもしれない。
栗原　われらはどうする。
磯部　暴動と戒厳令。当分は両者の綱の引きあいだろう。なあに引き起こしたものが矛盾を矛盾でなくするだろう。
遊介　いまだ。

と、遊介、戯ル、愛身が湯船に飛び込む。

村中 逃げるか。

戯ル 勝手に戦争ごっこやりいや。

村中 きさまらそれでも日本人か。

戯ル ほならもう日本人やめますわ。

と、三人、パスポートを将校たちに投げつける。

愛身 情児、早く！

情児 お、おれは。

逡巡する情児を将校たち押さえつける。三人は逃げる。

情児 離せ。おれはまだ日本人だ。

将校たち、ゆっくり離して去っていく。

情児 逃げようと思えばそうできたのだが、ぼくは残った。二日が過ぎた。情勢に大きな動きはなかったが青年将校たちに焦りはなかった。晴天が続き、変電所の破壊のために夜は闇に包まれた。いっさいの報道活動は停止され、情報は少なく、東京は孤島のようだった。その状態を将校たちは喜んだ。情報を拒絶した闇の日本は、闇の深さとともに本来の純粋な美しさと誇りを取り戻すと話しあっていた。

ろうそくの火がともると、荒木、真崎、井口と影の内閣の七人、野中、香田がいる。

荒木　資源を獲得し、自立した国家を生み出そうというんなら、われらの考えは一致をみてるじゃないか。いったい何が不満だというのかね。

井口　荒木さん、あなたはこの軍国主義の亡霊を認めようというのね。

荒木　この者たちが軍国主義かどうかなんてこともまるでわからないじゃないか。何者であるかもわからないというのに。

香田　一度死んだ皇軍だと言ってるじゃありませんか。

井口　ほうら見なさい。このコスチュームを見れば軍国主義であることは明白よ。

香田　しかし服装ですべてを判断されても困りますね。われらにはただこの軍服しか残されていなかったというだけで、外見で決めつけることはやめていただきたい。

井口　それじゃあ、あんたたちみたいな恰好した社会主義者がいるっていうの。

七人　いるっていうの。

野中　いるかもしれませんね。われらは矛盾の者ですから。

井口　まあ開き直って。

香田　われらが憂えるのは経済的繁栄と反比例して堕落していった美しい日本の姿です。ただそれだけです。そしてただその一点において、あなた方現政府の方々と立場を異にする。あなた方の理念にそれはないはずだ。政府は腐敗しております。

真崎　まったくのところ青年らしい主張だが――

香田　年齢で云々言うのはやめていただきたい。
井口　結局右翼じゃないの。
香田　そのように決めつけるのもやめていただきたい。
井口　そうやって大声で威そうとするやり口が右翼なのよ。
香田　なにを。
井口　そうやって女を排除しようとするところが右翼なのよ。
香田　このアマ。
野中　香田、やめとけ。相手にするんじゃない。
荒木　落ち着いて。皆さん落ち着いて。
香田　そうやって調停役を気取りながらしっかり自分たちの利をはかっている政府のやり方にはもうだまされないぞ。
荒木　そうは言っても、とにかく君らの要求を聞かなくちゃならない。君らの要求はぼんやりとしていてまったくわけがわからない。いまのままでは、ただの若者の社会に対する怒りとしてしか受け取れない。いいですか、政治のプロフェッショナルに対してそのような恣意的な反抗を試みても無駄であることは君たちも十分ご承知でしょう。それとも三たび、敗北の倫理を掲げようとでもいうのでしょうか、諸君。
野中　違いますね。
井口　はっきりしてますわよ、この方たちの要求は。つまり天皇陛下を主権とした国家でありましょう。
野中　違いますね。
井口　違う!?　するとあなた方は一歩譲って天皇機関説でいこうというのね。
野中　それも違いますね。私どもはすでに北一輝先生の呪縛からも解き放たれておりますから。
井口　ぼんやりだわ。本当になにもかもぼんやりだわ。
野中　先程来から言ってるではありませんか。われらは皇軍でない皇軍であると。

香田　それでもわれらは地球へ到り着くまで迷っていたのです。そう名乗ることを決意したのは宮中での晩餐会です。光栄にもわれらは無為の時代の皇族方と手をとりワルツを踊らせていただいた。そのときはっきりわかったのですよ。われらが望んだ昭和の天皇はここにはおらず、われらもまたすでにあのときの皇軍ではないと。

荒木　すると君たちは誰がこの政府を導けばいいというのか。

野中　我々八人の肉体です。一度国家の銃弾を浴びた我々の肉体です。出でよ肉体の内閣。

あとの六人、さっそうと出てくる。

井口　なんというぼんやりとした男性原理でしょう。

野中　すべてはあまりにもはっきりしています。

井口　許しておけるのでしょうか、こんなものを。さあみなさん激しい抗議を繰り返しましょう。

井口を含めた八人　あんたらどうするつもりなの。あんたらどうするつもりなの。

そのフレーズを言いつつ、攻めていく。

安藤　ひるむな、諸君。

将校の八人、日本刀で威嚇する。

井口　見るがいい、この正体。

影の内閣A　なぜ。

〃　B　なんで。
〃　C　なぜかしら。
〃　D　なぜだろう。
〃　E　どうして。
〃　F　オセーテ。
村中　この日本のためなのだ。
井口　日本のためだって。
影の内閣A　ジャパン。
〃　B　ハポン。
〃　C　ジパング。
〃　D　ジャップ。
〃　E　イエロー・モンキー。
〃　F　なに日本のためって。
磯部　こんなにも日本は病んでいるではないか。
栗原　こんなにも腐っているではないか。
香田　こんなにも疲れているではないか。
安藤　こんなにも貧しいではないか。
荒木　貧しいだと？
井口　日本のどこが貧しいんだこの野郎。
安藤　われらは見たぞ、疲弊し貧しい人民を。あちらこちらの舗道で。
磯部　これは昭和十一年の疲弊した時代とまるで同じではないか、日本よ。

と、湯船から戯ル、遊介、愛身が出てくる。三人ともソフトクリームを舐めながら、

遊介 貧しくなんかねえよ。ただ貧乏ごっこが流行ってるだけさ。

戯ル マクドナルド・ハンバーガー。

愛身 ケンタッキー・フライドチキン。

遊介 日本は裕福だよ。いろんなもんが余りっ放しよ。

と、湯船から出てくるソニー電気製品の化け物。さまざまなソニー製品から合成された巨漢の怪物ソニー。

戯ル ほうれ、余って捨てられた物たちの怨霊がとりついた怪物ソニーだ。

ソニー ウオッウオッウオッホ。

安藤 デマゴーグだ、これはデマゴーグにすぎん。われらは現実に見たのだ。われらの維新を待つ貧しき人々を。

遊介 貧乏はファッションなんだよ。贅沢と美食に飽きた日本人の趣味さ。ケッ、だまされたんだよ、あんたら。

磯部 あの貧乏が、あの鼻をつく異臭がどうしてニセの貧乏でありえようか。あれは本物だ。その証拠に街々で勃発する暴動を見るがよい。

村中 そうだ。あの暴動こそ真の国民の怒りの声ではないか。

遊介 あれは日本人じゃない。日本にやってきたアジアの民だ。

荒木 やっぱりそうか。こんなはずではないと思っていたんだ。

遊介 そうか。（笑い）そういうことだったのか。なんという勘違い。あんたら変電所破壊していっさいの情報を封鎖したはいいが、そいつが裏目に出たようだな。

荒木　違うぞ。君たちは最初からの誤りに気づかなかったんだ。天空から見た貧しき人々を日本人と見間違え、君たちはいまカブキ町にいるアジアの民のために叛乱を起こしている。なんと皮肉な維新じゃないか。

八人の青年将校、明らかに動揺している。

磯部　この目で見るまでは、この目で確かめるまでは信じられん。……幾度となくわれらはだまされ、ごまかされてきたのだから。

と、怪物ソニーが暴れ、将校たちに食ってかかる。将校たち、日本刀で応戦するがソニーには敵わない。と、ソニーに何かが命中する。煙を噴いて倒れる。バズーカ砲を持ったリン三姉妹、現わる。

情児　ああ君たちまでもか！
リン　戦わせてもらいます。日本のモノノケガタナと。
妹　さ、腰の刀をわたしらにむけてみろ。
末妹　斬り刻んでみろ。

八人、日本刀を鞘に収める。

リン　なんでしまう、モノノケガタナを。
野中　行こう。

八人、去りかける。と、リンが何かを投げる。それが安藤の頭にこつんと当たる。

安藤 おのれ無礼者。

磯部 やめろ、安藤。

安藤、一瞬のうちにリンを斬り捨てる。

情児 発端は台湾人のリンが投げた一個のペプシコーラの空缶だった。缶はこつんと歩三の安藤輝三大尉の後頭部に当たり、誇り高い軍人の直情を刺激させた。缶は銭湯のタイルの上をからからと転がった。待ってましたとばかりに荒木が叫んだ。

荒木 見ろ、暴徒が襲ってくる。さらに勢いと人数を増して日本人を殺そうと、この日本をつぶそうと。君たちやってくれるね。日本のために。

迫り来る暴徒の地響き。八人、ゆっくり日本刀を取り出す。

磯部 それでは斬りにまいりましょう。わがアジアの同胞を。

八人、斬りにかかる。

情児 日本刀は再び血にまみれた。カブキ町は死体と断末魔と泣き叫ぶさまざまな言語で満たされた。八人の青年将校たちの表情は興奮から静けさに移っていき、微かに後悔の念も読み取ることができた。

井口　やってしまったのね、また日本は。
荒木　いやここは日本国内です。侵略における虐殺と意味が違う。もう出てきても大丈夫ですよ、総理。

湯船から岡田が顔を出す。

岡田　いやー、いい湯だった。

将校たち、口々に「岡田」を口走る。

荒木　捕獲。

と、空中から網が落下して八人を捕える。

野中　きさまっ！
荒木　替え玉だよ。なんのことはない、戦国時代からの側近の心得さ。君たちはいま一度岡田という首相を討ち損じたというだけのことだ。
真崎　見事だ。荒木さん、あんたは相変わらず見事の一言に尽きる。
荒木　（コードレスホンを持ってきて）総理コスナー大統領から直通電話です。
岡田　やあケビン。いやあ大丈夫、大丈夫。いろいろあったけど。鎖国？　自立？　なに言ってんのあんた。あんたらあってのあたしらじゃないの。軍国化？　平気平気、ちゃんと処刑するから。心配すんなって。民主主義はね、あんたらから教わった民主主義はしっかり守ったから。うん、またいずれ一杯やりましょう、それじゃあ。

ワンが走ってくる。

ワン 荒木さん、あんた約束違うじゃないか。なんだよこのザマは。

荒木 興奮しないでワンさん、こいつはうなぎだ。うなぎの死骸だ。

ワン どういう意味だ。

荒木 わかってくれとは言わないがね。うなぎと思わなければいけなかったんだ。私としては。

ワン、殴りかかる。荒木、応戦する。

情児 ワンと荒木は殴りあいながら北上し、海を渡り、樺太まで行き着いてもなおも殴りあいをやめなかったという。岡田内閣の続投は決定し、青年将校たちの裁判は異様なほどの早さで銃殺刑に決まった。文字通りの暗黒裁判だった。アジアの暴徒を鎮静した者として将校たちを英雄視するむきもあったが、国際社会でそれを声高に言うのはタブーだった。世論は、天空から舞い降りていま再び銃殺されようとする将校たちに複雑な思いを隠せなかった。無論、噂された日米開戦は現実味を帯びることはなかった。

銭湯の湯船に目隠しをされた八人が立ち、銃を持った自衛隊員が向かいあっている。この隊員はみな女性で、井口を含めた八人の影の内閣の女たちが演じる。

情児 刑執行の朝、将校たちの表情に苦悩の色はなく、全員晴れやかな顔をしていた。その彼らを見ていると、いま一度こうして処刑されるために彼らはやって来たのではないかとも思われるほどだった。突如、空砲射撃の演習が始まった。市民から死刑執行の銃声をまぎらわすためだった。

自衛隊員　構え。

香田　天皇陛下万歳を三唱しようではないか。

青年将校たち　天皇陛下、万歳。万歳。

自衛隊員　撃てえ。

発砲される。八人、湯船の中に倒れる。八人の自衛隊員、ゆっくり去る。

情児　それからぼくは待った。太陽が隠れ、あたりが銀色に包まれＵＦＯが彼らの遺体を待ち去っていくのを。しかしいくら待てどもＵＦＯは現われなかった。

戯ル、遊介、愛身がやって来る。

戯ル　ケッ、まったくあのクソババア、ドタマにくるねん。飲んだビールは確かに十本や。それをなんで十二本で計算するねん。

遊介　おまえがマイク独占するからだよ。

戯ル　カラオケで歌いまくって何が悪いんや。

遊介　おまえの歌なんぞ聞きとうないわい。

愛身　ねえ、三日ぐらいで車の免許取れる方法知らない？

遊介　荒木のダンナにでも頼んでみるこったな。

愛身　だって樺太行っちゃったじゃない。

遊介　じゃあ真崎の幹事長のダンナにでも頼むこったな。
戯ル　ああ暇や暇や、どうしてこう暇なんやろ。よお情児、おまえも暇そうやなあ。おまん明日はどないして過ごす。
情児　明日？　わからない。
愛身　あたしはとにかく免許取んなきゃ。ベンツ乗るもんね。
遊介　おれは午後からパーティーだぜい。首相官邸で「芸術文化関係者の懇親のつどい」だあ。パープー芸能人たくさん来るぜい。変な記念のメダルくれるんだぜい。
戯ル　ええなあ。なんでわいは呼ばれへんのや。わいだってＶＩＰのはずやで。
遊介　おまえはな反体制的な言辞が多いからだめなんだよ。
戯ル　わいのどこが反体制や。ああアホらし。明日はわいはまたパチンコかいのう。
情児　イクラの詰まった木箱を見なかったか。
遊介　あ？
情児　ここらにあるはずなんだ、イクラの詰まった木箱。捜してみてくれ。
戯ル　なんや、食べたいんかイクラ。
愛身　情児あんたも自分勝手ねえ。
遊介　これか。
情児　あった。
戯ル　なんやまた寿司屋ごっこやって欲しいんか。
情児　念じてみてくれ。頼む。
愛身　あまり無駄に力を使うと怒られるんだけどなあ。
情児　ここに詰められた四匹を甦らせよう。頼む。
戯ル　しゃあないな。

四人、玉を出し念じる。

情児　情。
遊介　遊。
戯ル　戯。
愛身　愛。

と、木箱が湯船から出された釣り竿によって釣られてなかに入る。と、出てくる青年将校姿の騒太郎（磯部）、乱蔵（村中）、痴草（安藤）、性人（栗原）。四人、玉を持っている。

情児　騒太郎、おまえら。
騒太郎　ありがとう情児。さあ無為の維新を始めよう。乱蔵、痴草、性人、位置につけ。
情児　おまえらまだそんな夢物語みたいなことを。
騒太郎　夢ではないよ。見るがいい、サラリーマンの蹶起部隊を。

と、向こうから日本のサラリーマンがほうき、シャベル、ゴルフクラブといった長めの日用品を銃のように肩に抱え、足並みを揃えて軍隊よろしくやってくる。何か白いものが空から降ってきている。

乱蔵　全体止まれ。
騒太郎　これより無為維新に向かって行動を起こす。すでに言ったとおり、妻帯者や親一人子一人の者は残留を命ずる。該当する者はすみやかに隊列を離れよ。ではただいまより第一攻撃目標国会議事堂に突入する。

騒太郎、行こうとすると情児が遮るようにして立つ。

騒太郎　どいてくれ、情児。
情児　このぼくにも武器をくれ。
騒太郎　乱蔵。
乱蔵　しかし——
騒太郎　いいから。

乱蔵、情児に日本刀を投げてよこす。

情児　宙ぶらりんはもうやめだ。君がこちら側ならぼくはあちら側についてみよう。ぼくはいまでもわからない。わからないからこうしてみる。
騒太郎　しかし、なぜだ。
情児　これで互角だ。
騒太郎　やはりどかないつもりだな。
愛身　二人ともやめてってば。
情児　チェッ、なんというモノノケガタナだろう。
騒太郎　おあつらえむきに雪が降ってきたな。
愛身　情児、わからないならやめな。

情児　封じてみせるぞ、観念の軍隊を。

二人、刀をぬく。相討ち。と、ペンキ絵の富士山が噴火する。

騒太郎　（血を吐き、血だらけの手の平を掲げつつ）こいつは雪じゃない、火山灰だ。

遊介　ペンキ絵の富士が噴火を始めたぞ！

噴火、繰り返される。絵から溶岩が流れている。激しく灰が降り、人々のあいだに新たにパニックが生じる。

――幕――

第五巻　犬街の夜

登場人物

新宿ジャンゴ
新宿亀
闇だまり光
隈取り刑事
岡っ引き
猫飼
猫目ママ
滝沢
暗がりママ
大宮
姫川まき

犬山涼
犬塚明
犬田ゴン
犬飼健
犬川洋
犬坂透
犬村純
犬江アユ
警官1
警官2
司会者
犬たち
カブキ町の人々

第一幕　港　街

1

燃えるような夕陽。人々が行き交う新宿の路上で、カブキ町の新宿ジャンゴが棺桶を引きずりながらやってくる。立ち止まり、背後の夕陽をながめる。新宿亀がやってくる。

新宿亀　ジャンゴ。
ジャンゴ　おお。
新宿亀　葬式か？
ジャンゴ　いいや。
新宿亀　ホトケそうじか？
ジャンゴ　ああ。
新宿亀　どこから頼まれたんだ？
ジャンゴ　自分用よ。
新宿亀　冗談いうなよ。
ジャンゴ　年とったよなあ。
新宿亀　まだまだだよ、あんた。

ジャンゴ　この街のことだ。

新宿亀　カブキ町か。

ジャンゴ　ああ。この街は厚化粧をした年寄りになっちまった。また一花咲かせてやりたいところだが。

新宿亀　咲かせてやろうぜ。

ジャンゴ　無理だな。

新宿亀　あっさりいうなよ。

ジャンゴ　見ろよ。……変な色あいの夕陽だぜ。

新宿亀　（見上げて）カラスがいっぱいだ。

新宿ジャンゴ、棺桶から自動小銃を取り出す。

新宿亀　なにすんだ、あんた……

新宿ジャンゴ、自動小銃を空に向けて連射する。隈取り刑事がやってくる。

隈取り刑事　なにやってんだ。

ジャンゴ　そうじだよ、そうじ。退屈のそうじ。

隈取り刑事　おまえ、タイホね。（ジャンゴに手錠をかける）

ジャンゴ　（新宿亀に）あとは頼んだぜ。

新宿ジャンゴ、隈取り刑事に連行されていく。

新宿亀　あとは頼んだといわれても、あんたのいないこの町なんざ、コマ劇場のないカブキ町みたいなもんだ。待てよ。コマ劇場はもうねえんだった。いまだここに住むおれたちは、どうすればいいってんだよ、ジャンゴーッ！でもおれはおれでいそがしいんだ。またなあ！（ジャンゴとは違う方向に走り去る）

犬山涼がきらきらと現われる。

涼　なぜ、こんなにきらめいているのかとお尋ねかね。わたくしにもわからない。謎は謎のままおいておくのが一番。街に開発は不要。なぜなら街はわたくしと同様、謎だらけだからだ。港街カブキ町。誰でも受け入れるはずのこの街が、排除と選別に走るというのならば、都庁よ、わたくしの上に降る雪に真っ赤な血が混じることを覚悟されなければならない。こんなにきらめいたテロリストなどいるはずもないと指摘するか、誰かさん。だいじょうぶ。この街ではまだ私の姿が見える者は誰もいない。（なにやら呪文のポーズをとり）立ち上がれ、無意識の世騒ぎの使徒よ！

新宿ジャンゴが置いていった棺桶から、闇だまり光が立ち上がる。手に血に染まったナイフを持っている。

光　ここは地獄ですか？
涼　なぜ、そう思う世騒ぎの使徒よ。
光　どなたですか？
涼　さすが、わたくしが見えるのだな。
光　地獄の門番？

涼　だから、なぜそう思うのだ、無意識の騒乱罪よ。

光　人を殺してしまったからです。

涼　なぜ殺した？

光　倫理的な復讐。

涼　どういった倫理だ？

光　リリの仇です。

涼　沖縄のホステスか？

光　ぼくのリリ。垂れ下がった長い耳は路上の塵芥をそうじし、つぶらな瞳は人の心を読んだ。あの当時コッカスパニイルは大人気だった。江藤淳がかわいがっていたのもコッカスパニイルだった。読んだよなあ、『成熟と喪失』。埴谷ユータカ先生の『死霊』も愛読書の一冊だった。ああ、一度でいいから首猛夫とホッピー飲みたかったなあ。

涼　よく読んでますね。

光　夏休みの読書でした。

涼　いつの？

光　小学生です。

涼　おお、見込んだ通りの君よ、わたくしはいま猛烈に感動している。街の見えない風がおまえを呼んだ。

光　とっととかぐわしき地獄に案内してください。

涼　おまえの名は？

光　小市民の嫌われ者、人呼んで闇だまり光。

涼　人殺しだから嫌われるのか、嫌われるから人殺しなのか？

光　犬殺しの人間に、そんなこと聞かれる筋合いはないな。

涼　わたくしは人ではない、犬なのだ。闇だまり光よ、いまからわたくし、犬山涼がおまえに犬街の力を与えよう。

光　おまえはいまからもう闇だまりではない、闇あがり光だ。

涼　ぼくを名づけないでください。

光　そうら、おまえの好きなリリからの手紙だ。

涼　リリの手紙!?

光　また会おう。

犬山涼が消えると同時に手紙が降ってくる。闇だまり光、それを拾い、読む。

光　「ひかりさん。おひさしぶりです。リリです。ひかりさんの、くろいこっかーのリリです。ごめんなさい、あたしはかってにおうちをでて、まよいいぬになってほけんじょのひとにほごされました。そこからあたしは、いまいる犬の街にうつりました。ここにはなかまのいぬたちがたくさんいますので、さみしくはありません。ひかりさん、しんぱいしないで。あたしはここでげんきにくらしています。ひかりさんとまたあえるひをこころまちにしています。リリ」……リリは夕焼けの犬だった。わかるだろうか、この意味が。夕焼け時はさみしい。昼間のスイッチを夜に切り替えなくちゃならないのが夕焼け時だ。不器用なぼくはなかなかそれがうまくできなくて、その時間がおそろしくさみしくて死にたかった。そんなぼくを救ってくれたのがリリなんです。リリと一緒なら夕焼け時も楽に過ごすことができたんです。夕焼けの犬リリ。おまえがいなくなってから、昼と夜のスイッチの切り替えがぼくはできないままだ。だからリリ、ぼくはもう昼をあきらめて完璧な夜の人種になったんだ。リリ、犬の街ってのはどこにあるんだい。

ふたりの警官がやってくる。

警官1　ちょっとちょっと、そのナイフはどういう意味ですか？

光　意味ですか？　別にありません。

警官2　やっぱりそうだ、先輩、こいつは意味のない病に冒されています。

光　この人生に意味などない。（手紙を口のなかに放り込む。と、なにやら光の内部に異変が生じた様子）「いーぬーのーおまわりさん、こまってしまってわんわんわわーん、わんわんわわーん」

警官2　歌ってます。

警官1　はい。クスリやってるね、おたく。

光　この歌は間違ってる。犬はおまわりさんじゃない、おまわりさんはおまわりさんだ。（警官1を刺す）

警官2　あ、やりやがった。

闇だまり光、棺桶のなかに逃げる。

警官2　待て。

警官2も棺桶に入る。なかで犬のうなり声がする。やがて闇だまり光が再びすっくと立つ。警官2の生首を手にしている。

光　ぼくを探さないでください。これは自分探しの旅なんかじゃないんですから！

岡っ引きがやってくる。闇だまり光は走り去る。

岡っ引き　御用だ、御用だ。ええい、御用だ、御用だ。いかんなあ、こんなとこに置きっ放しってのは。まったくこのお江戸は、穏やかなんだかあぶねえんだか、わかりゃしねえぜ。

岡っ引き、棺桶を引いて去る。犬村純と犬川洋が話しながら歩いてくる。

純　相談に乗ってくれるか。
洋　もう乗ってるよ。
純　おれはもうなにがなんだかわからなくなっちまったんだ。
洋　おれもわからない。
純　なんだ、おまえもか。
洋　なんかふわふわしちゃって自分がいるんだかいないんだかわからないんだ。
純　おれもそうだ。おれは、本当の自分の影なんじゃないかって気分なんだ。
洋　そりゃおまえ、いまの自分に不満だってことだ。
純　それがな、最近勃《た》ちが悪いんだ。どういうわけだかだめなんだ。撮影がおれのせいで進まないんだ。モデルが冷たい顔で見やがんだ。焦れば焦るほど勃たないんだ。
洋　そういうもんさ。
純　いままでこんなことなかったのにな、どういうことだ。
洋　不景気だからさ。
純　不景気と勃ちは関係あるのか。
洋　あるさ。おれの店もまるでだめだ。
純　この街を愛せなくなったせいだと思うんだ。

洋　好きだったときがあるのか、この街を。

純　いつだったかあったと思うんだ。

洋　いつだよ？

純　思い出せない。

洋　実はおれも転職を考えてたんだ。このさい、ラーメン屋やろうかなって。

純　おれもそうしようかな。

洋　いずれにせよ、不景気不景気っていってると本当の不景気になっちまうんだ。

純　じゃあまだ本当の不景気じゃないのか。

洋　いや、みんなで不景気不景気って口にしすぎていまはもう本当の不景気になっちまったんだ。

純　そうか。口にしなければよかったんだ。

洋　こうなったら二丁目でも行ってみるか。

純　そっちのほうで勝負してみるか。

犬田ゴンとすれちがう。

洋　ハケン切りか。

純　ネットカフェ難民か。

洋　いずれにせよ住まいはないとみた。

純　ああいうふうにはなりたくないな。

ゴン　よくわかったじゃないかよ。なんでわかった？

洋　なんとなく、おれたちと同じ匂いがするからさ。

ゴン　ってことは、おまえらもいずれ、おれと同じだ。だがな、仕事切られてこうなったんじゃない。もともと仕事をしたくないんだ。
純　嘘ついてやがる。
洋　強がってやがる。
ゴン　っきしょう。なんだっておれの心を読んじまうんだよ。
純　AV出て一旗上げないか。
ゴン　栄養がないんだよ、栄養がっ。体にいきわたってないんだよ、栄養がっ。
純　オロナミンC飲めよ。おごってやるからよ。
ゴン　っきしょう！（純に向かう。ふたり、もみあいになる）
洋　やめろ、やめろ。
ゴン　おぼえてろ。貧乏人を馬鹿にしやがって。
洋　おれたちだって貧乏人だぞ。
ゴン　それじゃ闘いにならないじゃねえかよ。
洋　そういうこった。
ゴン　がんばって金持ちになれよ。（去る）
純　ああはなりたくないな。
洋　ここは一刻も早く二丁目だ。

ふたりは二丁目界隈に着く。そこには女装をした犬坂透が、大道芸をやっている。

透　二丁目の魔術師、不思議なトールちゃんです。では、これから、あたし手品やりまーす。（なにやら宴会芸のような手品を見せ）楽しんだらお金ちょうだい。

洋　……

透　離れる前にお金をちょうだい。

純　……

透　この糞詰まり野郎どもがっ。

洋　希望はなさそうだな。

純　ああ。三丁目でビールでも飲んで帰らないか。

洋　安い店でな。

純　そう。いちばん安い店でな。

透　死ね死ね死ね死ね死ね死ね死ね死ね。

猫飼が、リヤカーを引いてやってくる。犬村純と犬川洋とすれちがい、ふたりは去る。

猫飼　ご家庭で職場で不要になったわんちゃんはございませんかー。ただいま、わんちゃん回収車がいらなくなったわんちゃんの回収にうかがっております。

透　手品見てってえ。

猫飼　手品なんていらねえよ。

透　馬鹿にするのね。

猫飼　手品で世の中よくなるわけねえんだ。地道な努力が必要ってなもんよ。

透　死ね死ね死ね死ね死ね死ね死ね死ね。

猫飼　（透を殴り）年に自殺者三万人の時代に死ね死ねいうんじゃねえ。

透　生きろ生きろ生きろ生きろ生きろ生きろ。
猫飼　うるせい。（また殴る）
透　暴力はダメよ。見ていなさい。手品で世の中変えてやりますからねっ。（走り去る）
猫飼　血統書つきから雑種、大型犬から小型犬まで、種類の区別なくなんでも引き取ります。ご家庭、職場でいらなくなったわんちゃんはございませんかー。

猫目ママがやってくる。

猫目ママ　やい、猫飼。
猫飼　なんだ、猫目ママさんじゃないか。
猫目ママ　あんたいつまでこのあこぎなビジネス続けるつもりだよ。
猫飼　どこがあこぎなんだ。おいら人助けのつもりだぞ。
猫目ママ　いちど聞こうと思ってたんだけどさ、あんた犬に恨みでもあるのかい。
猫飼　そんなもん、あるもんけ。生きるためよ、生きるため。
猫目ママ　まあ、なんとなく目つむってってやるけどさ、あたいらに手を出し始めたら、黙っちゃないからね。
猫飼　どうするってんだよ。
猫目ママ　あたいらの結束は固いよ。
猫飼　自分勝手に生きてるてめえたちになにができるってんだ。
猫目ママ　あたいらを馬鹿にしてると、いずれ街に復讐されるよ。
猫飼　いずれにしたって、猫には用はねえんだよ。ねずみ食ってな。頼むぜ、カブキ町の裏手にはどでかいクマネズミがわんさかだからよ。

猫目ママ　くやしーっ。

猫飼、リヤカーを引いて去る。

猫目ママ　コンニャロー、この街を、この路上を仕切ってるのはあたいらだってこと、気がついてねえな。犬やうさぎやフェレットにクマネズミが退治できるかってんだ。（爪研ぎをしながら）だめだめ。あたい、落ち着かなくちゃ、落ち着かなくちゃ。

滝沢がやってくる。

滝沢　あのう、すいません。
猫目ママ　（爪研ぎの姿勢で）みたなあ。
滝沢　なにを？
猫目ママ　なにをしていると思った？
滝沢　えっ？　銀杏拾いですか？
猫目ママ　許そう。なにか用？
滝沢　ここいらに昔グランド・キャバレーだったところがあるって聞いたんですが。
猫目ママ　あそこに行こうというのか、あそこに行こうというのか、あんたは！
滝沢　あそこが、そこだとはわかんないんですけど。
猫目ママ　行きたいというなら行くがいいさ。あたいはどうなっても知らないよ。
滝沢　どうなるんですか？

猫目ママ　どうにかなっちゃっても知らないよ。
滝沢　どうにかなっちゃってもいいんです。
猫目ママ　どういう意味よ。
滝沢　どういう意味って……このままほくほく生きていてもつまらないし。
猫目ママ　その影を踏んでごらん。
滝沢　影？
猫目ママ　そのビルの影。
滝沢　夜に影はありません。
猫目ママ　いいから、その誰かが吐いたゲロの跡近くの路上の染みに踏み出してみろ。
滝沢　ここですか？（踏む）

なにか音がする。

猫目ママ　ニャハハハハハハ。ほんとに踏みやがった、ほんとに踏みやがったあ！

一気にそこは廃屋のなかになる。

滝沢　ひいーっ。しっかりして、しっかりしなきゃだめよ、あたし。（気を取り直して）どなたかおいでですか？

暗がりママが、暗がりから出てくる。

暗がりママ　だあれ？
滝沢　あの、東京スポーツの記者なんですが。
暗がりママ　日曜日以外なら毎日読んでるわよ。
滝沢　都市伝説についての記事を担当していまして。ここは、グランド・キャバレー・バルトですよね？
暗がりママ　かつてのグランド・キャバレー・バルト。いまはただの暗がり。
滝沢　あなたはもしかして伝説の暗がりママさんでは？
暗がりママ　名づけられてたまるか。
滝沢　感動だ。いたんだ、暗がりママってのは本当にいたんだ。
暗がりママ　過去形でいうな、東スポ女記者。
滝沢　すいません。暗がりママさん、取材を申し込みたいのですが。
暗がりママ　街角淫タビューか。「新宿カブキ町の女の巻」ってわけか。処女？　とか聞きたいのか。ええ。あたしまだ未経験。体位で好きなのはバック。
滝沢　残念ですが、その枠ではなくて。
暗がりママ　なにを知りたい？
滝沢　八犬士のことです。八〇年代、新宿カブキ町に八匹の犬、八犬士がいたっていうんです。まるでスーパーマンのようにカブキ町を救ったというんです。騒乱情痴遊戯性愛。それが八犬士が持つ玉に浮かび上がった文字だといいます。これは都市伝説です。でも私はこれがただのうわさだとも思えないんです。河童じゃないです、ゴム人間でもないんです。
暗がりママ　さしずめツチノコか。
滝沢　ツチノコでもないんです。
暗がりママ　帰んな。

滝沢　なぜです。
暗がりママ　私のことじゃないんなら、つまんない。
滝沢　ママさんのことは、またじっくり。そのときには一面で掲載させてもらいますので。
暗がりママ　どういう記事でだ？
滝沢　「どっこい生きてた、伝説の女」
暗がりママ　だめだな。
滝沢　こういうのはどうです。「伝説のカブキ町ママ、初ヌード！」
暗がりママ　……いいでしょう。
滝沢　ええっ、いいの!?
暗がりママ　本当に一面だな。
滝沢　だいじょうぶです。
暗がりママ　よおし、八犬士を知りたいというなら、まずはその書物をひもとけい。

指し示す先には一冊の本がある。

滝沢　（本を見て）新宿八犬伝。
暗がりママ　フフフフフ。東スポの女記者にそのページを開く勇気があるかねえ。いまの新宿にとって、それはパンドラの箱、なぜなら……

滝沢は本のページを開く。

暗がりママ　この馬鹿、簡単に開きやがった。

開いたページが輝く。声が響き渡る。

「騒。かぐわしき一輪の花のような騒ぎを愛し、」
「乱。乱れ飛ぶ蝶のような祭を画策する。」

滝沢、ページをめくる。

「情。あらゆる情欲には好奇心とともに貪欲に接し、」
「痴。幼児のごとき痴呆なる純真さを重ね持つ。」

滝沢、ページをめくる。

「遊。おもしろき遊びとなれば、何千何万里離れたりとも、その地におもむき、」
「戯。悪とも善とも同時に戯れる。」

滝沢、ページをめくる。

「性。むろんセックスとなれば地の果て宇宙まで追いつづけ、」
「愛。そのすべてを愛する。愛しいものすべてを愛する。」

滝沢、ページから顔を上げる。

滝沢　やっぱり八犬士は実在してるんだ！

ページから風が吹いてくる。滝沢の背後でなにかが爆発する。その突風に乗ってどこからか歌声が聞こえてくる。
それは八犬士のテーマだ。

むかしむかしの街のにおい
風に散りゆく物語
闇にうもれた飛行船
ああだったわたし
こうだったあなた
めぐりめぐって路地裏に

今はむかしの風のかおり
ジュクをかけゆく八犬士
広場にあらわる魑魅魍魎
どこへいく君は
たどりつくぼくら
走り走ってカブキ町

ぼくらは生きている
街が死んでも生きている

今は今わの犬がほえる
思い出知らずの物語
闇と光がとけあって
こうなったわたし
そうなったあなた
季節めぐってよみがえる

わたしは生きている
忘れられても生きている

2

裏道の路上で、犬山涼と新宿亀が向き合っている。

新宿亀　まぶしいんだよ、おめえ。
涼　おめえ呼ばわりたあ、ありがたや。（歌う）ありがたや、ありがたやあ。

新宿亀　歌うな。

涼　語ることにするよ。

新宿亀　あいさつしろい。

涼　不思議だ。なぜにしてこのチンピラやくざ風情にわたくしの姿が見えるのか。ああ、新宿はとことん落ちたのだ。情けなや情けなや、こんな輩にわたくしを見えさせてしまうとは、ここはもうかつての新宿ではないのだね、ダイドー。

新宿亀　コーヒー好きか。

涼　ああ、無学の君よ。

新宿亀　てめえ、さしずめこの新宿亀さまを馬鹿にしてんな。

涼　なに、新宿亀？　そんな亀はこの千年万年見たことないぞよ。それはいったいどういう亀かな、亀さんよ。

新宿亀　ちゃんと新宿つけろいっ。（拳銃で涼を撃つ）

涼　（弾丸を手でつかみ、食べる）ポーリポリったらポーリポリ。おいしい、新宿の柿の種。（消える）

新宿亀　お。おれにも食わせろ。（探しつつ去る）

腰にバスタオルを巻いた裸の犬村純が歩いてくる。エロ雑誌を必死になって見ている。ホストの犬川洋が通りかかる。

洋　こまったな。

純　こまった。

洋　やっぱり勃たないのか。

純　ああ。どうやって食ってきゃいいんだ。

洋　こっちも地獄だ。ぱったり客がこなくなってもう四日目だ。どういう街になっちまったんだ、ここは。
純　フーゾクがなくなっていって、この街はどうなるってんだ。
洋　ラーメン屋の街だ。
純　お。
洋　どした?
純　なんか、ちょっとむずむず動いてきたぞ。
洋　よかったじゃないか。

猫目ママがやってくる。

猫目ママ　洋。
洋　あ、キーボー。
猫目ママ　キーボーだと。
洋　間違えた、猫目のママさん。
猫目ママ　キーボーってのかい、今度の相手は。
洋　いえ、あの……
猫目ママ　洋、あんた、だましたね。
洋　だましてません。
猫目ママ　だましたよ、あんた。(包丁を取り出す)
純　お。
洋　やめときましょうよ、ね、ママさん。落ち着いて話せばわかりあえることなんですから。

犬川洋は猫目ママに近づく。猫目ママは包丁を洋の股間に刺す。

洋　あ。

猫目ママ　タマ切り取ってやる。

猫目ママが包丁を引くと、切っ先に輝く玉が刺さっている。

猫目ママ　なんだ、こりゃー。

洋　ぼくが聞きたい。

純　おうおうおうおうおう!

犬村純の股間が丸く膨らみ、輝いている。

3

テレビ局。

司会者　では次はいま話題のカブキ町のマジシャン、犬坂透さんにご登場願いましょう。

犬坂透、出てくる。

透　マジシャンではありません。ポスト超能力者と呼んでください。

司会者　郵便局じゃあるまいし、なんでもポストつけりゃいいってもんじゃねえぞ。

透　態度が変わりましたね。

司会者　おいらインテリ嫌いの司会者さ。

透　ぼくはインテリではない。

司会者　いいから、さっさと手品見せろや。

犬坂透が気合いを入れると、司会者は透の思いどおりに動かされる。

司会者　（動かされながら）信じない、おいら、まだまだ、信じない。こんなもんはただの催眠術にすぎない。

透　もっと大きいことをやって見せようか。

司会者　金がかかるトリックはもういいい。

透　破壊活動をお見せしましょう。

犬坂透、一個の玉を取り出す。

透　戯れの破壊活動。

玉が輝く。なかから「戯」の一文字が浮かび上がる。

司会者　やっぱり手品でしたね。ではまた来週。ごきげんよう。

司会者の背後でセットが崩れる音。

司会者　あわわわわ、セットが壊れるう！

4

犬村純が暗闇に向かって激しく腰を振っている。

純　調子いいっすよ、発情期きたっすよ、バスバスっすよ、おれ。ワオーン。（発射した様子）

5

犬川洋が骨をくわえて走り過ぎる。犬飼健が追ってくる。

犬飼　こらー。待てー。

6

司会者と犬坂透がいる。

司会者　おみそれしました。どうぞ、高級仕出し弁当食べてください。

犬坂透、いきなり犬食いでがつがつ食べる。

司会者　……以上、カブキ町からの中継でした。

7

カブキ町の夜の街。猫飼が、リヤカーを引いている。

猫飼　ただいま、わんちゃん回収車がいらなくなったわんちゃんの回収にうかがっております。ご家庭、職場でいらなくなったわんちゃんはございませんかー。

闇に闇だまり光がたたずんでいる。

光　こんばんわ。
猫飼　へい。承ります。おいら猫飼ってけちな野郎でござんす。以後お見知りおきを。
光　ひとつ質問をしていいですか？
猫飼　質問？
光　引き取った犬をどうするんですか？
猫飼　ショップで売るんでござんす。
光　買い手のない犬はそのあとどうするんですか？
猫飼　処分するんでござんす。
光　そうですか。
猫飼　なんだ、ただの冷やかしか。
光　違います。
猫飼　どこにも犬はいねえじゃねえか。
光　ぼくを引き取ってください。
猫飼　なんだと？
光　ご家庭からも職場からも不要になったのが、ぼくなんです。引き取ってください。（リヤカーに乗る）
猫飼　こら、勝手なことすんじゃねえ。
光　引き取れ、いたいけなぼくを。（ナイフを取り出す）
猫飼　わかりました。
光　行ってください、この街の哲学の道を。なぜなら真の哲学とは卑俗のなかにあり。
猫飼　おいらの店に行けばいいんですね。

光　君の店の店頭に並んだとして、誰がぼくを買う？　保健所へ向かえ、保健所へ。我こそはあらかじめ処分されるために生まれた存在。暗闇を歩め。資本主義の暗闇を。

猫飼　へい。

猫飼、リヤカーを引き出す。犬飼健が片手を血だらけにしてやってくる。

猫飼　お、犬飼、おめえなにやってんだ。

犬飼　ダシ用の骨を取られました。

猫飼　取られましたって、誰に？

犬飼　犬に。

猫飼　犬に？

犬飼　ええ。そいで噛まれました。

光　君は誰？　ショップの人間？

犬飼　ええ。犬飼っていいます、よろしく。

光　君が犬飼で君は猫飼か。

犬飼　とはいうものの、猫は扱っていないんです。ねえ、猫飼さん。

猫飼　おれの先祖が猫飼ってたんだろな。

犬飼　ぼくの先祖は犬飼ってたんだ。

光　命拾いしましたね。

犬飼　どういう意味です？

光　いいから、行くのだ、保健所という名の資本主義へ。

リヤカーが動く。

8

東京都庁にぬける地下道。毎晩十一時に響き渡るホームレスたちへの警告アナウンスが終了する。それを合図にしたかのようにホームレスたちが段ボールでおのおののねぐらを作り始める。そのなかのひとり大宮、作り上げた段ボールに横になろうとして、

大宮　（客席に）え？　どういうことだって？　いまの十一時のアナウンスが終われば、警備員はもう来ない。（ほかのホームレスたちに）なっ。

ホームレスたち　そういうこと。

大宮　（客席に）覚えといたほうがいいよ。アンタ方もいつ何どきこっち側にくるか知れたもんじゃないんだから。なっ。

ホームレスたち　そういうこと。

大宮　さてと寝るとすっか。今日の仕事はつらかったあって、仕事してねーけど。（段ボールに入る）

犬田ゴンがやってくる。

ゴン　（大宮の段ボールに）だんな、だんな、起きてっか、だんな。

大宮　（顔を出し）なんだよ。
ゴン　眠れねえんだ。
大宮　将来が不安ってわけか。おめえ、まだまだ若いな。そんな心配は乗り越えちまいな。おれたちには今しかないんだから。
ゴン　そういうんじゃねえんだ。なんか体が熱くて眠れねえんだ。
大宮　おまえ、オロナミンC飲んだな。
ゴン　保健所から犬たちが脱走したってんだ。殺される運命の犬たちを誰かが逃がしたってんだ。それ聞いたら体がカッカしちまって。
大宮　明日の活力としてとっとくんだな。
ゴン　保健所の人が殺されたってんだ。喉笛を食いちぎられて。あ、あれ。

その視線の方向で犬たちの吼え声がする。数頭の犬たちが大宮と犬田ゴンを取り囲む。

大宮　おれは犬が大嫌いなんだ。シッシッ。

犬たちが大宮を襲う。

大宮　うわーっ。
ゴン　待て。

その声に犬たちは行動を止める。

ゴン　明日のない者どうしが殺し合いをしてどうする。

犬たちは犬田ゴンの言葉に聞き入る。

ゴン　闘おうぜ。
大宮　やめとけ。負けるだけだ。
ゴン　おれは負けない。
大宮　おまえは、ばかだ。
ゴン　おれは、ばかだ。
大宮　おまえ、なんだ、そりゃ。
ゴン　あ？
大宮　おでこがてかてか輝いてるよ。文字が読める。痴だ。白痴の痴だ。やっぱりおまえ、ばかなんだ。

犬たちが犬田ゴンに擦り寄る。

9

新宿ジャンゴの事務所。古いダイヤル式の黒電話が机の上にひとつ。新宿亀がひとりでいる。棺桶を引いてジャンゴが帰ってくる。

新宿亀　あれま、こんなに早く出てこられたんだ。
ジャンゴ　ま、世の中こんなもんだ。
新宿亀　留守番やってたよ。
ジャンゴ　恩に着るぜ。なんかあったか。
新宿亀　いろいろ電話があったけど、全部忘れた。
ジャンゴ　忘れた？　メモしといてくれっていったはずだろ。
新宿亀　いわれたことも忘れたんだな。仕方ないな。
ジャンゴ　……
新宿亀　電話って不思議なんだな。右の耳から聞いてるもんが全部左の耳から出て行くんだ。
ジャンゴ　こまったもんだな。
新宿亀　こまってるんだ。
ジャンゴ　なんだか、外はやたら警官が立ってるな。
新宿亀　爆発騒ぎだ。
ジャンゴ　爆発？　どこで？
新宿亀　風水会館の四階。
ジャンゴ　ああ。昔、バルトだったところだ。
新宿亀　爆裂弾ってうわさだ。
ジャンゴ　キャバレーの跡地爆破してどうしようってんだ。どっかの組のしわざじゃねーのか。
新宿亀　そういう情報はないな。謎だ。
ジャンゴ　謎か。そうしとくにこしたことはない。あそこはもう人がいるはずがない場所だからな。

新宿亀　ってことは、誰かがいるってことだ。
ジャンゴ　……おまえ、なんでこういう勘は鋭いんだ。
新宿亀　新宿亀だからな。
ジャンゴ　よくわからんね。
新宿亀　最後に勝つのは亀だ。
ジャンゴ　根拠のない自信だな。
新宿亀　それだけで生き延びてきたさ。そのキャバレー跡地には誰がいるんだ？
ジャンゴ　自分で調べな。
新宿亀　そういうと思ったよ。

電話が鳴る。新宿亀がとろうとする。

ジャンゴ　おまえ、とらなくていいから。（受話器をとる）はい、カブキ町マカロニよろず相談所。なんでも受けるよ。電話ではなんだから、一度こちらに来ていろいろ詳しい話をしてもらって、それからということで。場所？　場所はだいね、説明しにくいんだけどね、カブキ町にスカラ座って喫茶店あったでしょう、深海魚ってソープランドのそば。スカラ座。いまはないけどね。そのスカラ座は関係ないんだけど、むかしロッテリアの隣に交番あったでしょ、いまはないけど。そうそう、ロッテリアもうなくなっちゃった。そいでなくなった交番の向かいのビルの地下にアシベホールってライヴハウスがあってね、その前の道行って角海老ってソープランドを抜けるとバッティングセンターがあってそれを右に曲がって次の小道左にいって次の次を右に行くと、もうラブホテル街なんですけどね、まあだいたいそこまで行くとたいていの人はずいぶん迷ったなあとか思って呆然としてしまうらしいんだ。だからアルタ前あたりで誰かに聞いてきてくれる？　はい、どうも。（受話器を置く）

新宿亀　それでよくやってんな。

ジャンゴ　なあに、心の地図がしっかりしてれば、だいじょうぶ。

新宿亀　携帯ぐらい持ったらどうかね。

ジャンゴ　いやだね。

新宿亀　携帯は持たないのに棺桶は持ってる。

ジャンゴ　身寄りのない身にとっちゃ、携帯より大切だ。おまえも持ったほうがいいぞ。

新宿亀　なにを？

ジャンゴ　棺桶。

新宿亀　そんなもんかね。

ジャンゴ　旦那、ここは港街、新宿カブキ町だよ。かっこよく生きて、かっこよく死なないと。それに棺桶で寝ると な、死んだようによく眠れるんだ。寝ることと食べることしっかりやっとけば、だいじょうぶ。仕事がないとき はよけいなことはしない。さてと、寝るか食べるか。

新宿亀　腹減ったたな。

ジャンゴ　よし。おれ、ワンタンメン。おまえは？

新宿亀　サンマーメン。

ジャンゴ　なんだ、それ？

新宿亀　いいから、頼めよ。

ジャンゴ　（電話のダイヤルを回して）マカロニだけどワンタンメンとサンマーメン。（受話器を置く）なんだよ、サン マーメンってのはよ。

新宿亀　サンマーメンってのはね……

10

縛られた猫飼と犬飼健がいる。かたわらにナイフを手にした闇だまり光。光が、犬飼の口に受話器を当てていたのを切って置く。

犬飼 ワンタンメンとサンマーメン、出前です。
光 なんですか、サンマーメンってのは。
犬飼 ぼくもよく知らないんです。
猫飼 サンマーメンも知らないのか。
光 いらいらするな。
猫飼 おいらに作らせればわかるよ。
光 作る気でいるのか。
猫飼 出前だからな。
光 作ってみせてください、サンマーメン。
猫飼 縄をほどけよ。
光 へたなことをすると、保健所員のようになりますからね。わかっていますね。
猫飼 あんた、残忍だよ。
光 残忍なのは誰ですか。ワンチャンやネコチャンを毎週回収するってのは、誰ですか。引っ越すからといって、飽きたからといってワンチャンやネコチャンを捨てるってのは、誰ですか。そのワンチャンやネコチャンを殺して処分するってのは、誰ですか。最後のやつだけははっきりわかる。それは保健所員です。
猫飼　確かにひどい客はいるよ。流行りの品種の犬と交換してくれとかな。
光　あなたがいう権利はない。なんだ、このペットショップは。ワンチャンを見世物みたいに狭いショーケースに入れて。ワンチャンのストレスを考えたことがあるのか。ワンチャンに服を着させるんじゃない。
犬飼　それは違うと思いますよ。
光　なにが違う。
犬飼　ワンチャンたちは、服を着たいんですよ。寒くて震えてるワンチャンだっているでしょ。
光　服を着ないと震えるような品種を作った人間が悪い。服を着ないと生きられないように育てた人間が悪い。
犬飼　それは違うと思いますよ。
光　君、反論ですか。
犬飼　犬ってのは、飼い主が喜ぶのがうれしいんです。だから服を着るのが嫌なわけじゃないんです。
光　犬がそういったのを聞いたんですか。
犬飼　はい。
光　え？　聞いたの？　あんたほんとに聞いたの？
犬飼　聞きました。
光　聞きましただとお。眠たいことといってくれるじゃないですか、犬飼さん。あなたたち、ワンチャンたちの忠実さをもてあそびやがって。ぼくのリリを返してくれってんだ。
猫飼　それが殺された犬の名前ですか。
光　なんで事情を知ってるの。
猫飼　あなた、さっき保健所員の目の玉をえぐり出すとき、叫んでましたから。「復讐だ」って。さしずめリリが保健所で処分されたんですね。

光　そうなんだ。ひとりで外に遊びにいったリリを野良犬と間違えて犬殺しが連れていったんだ。ぼくが小学生のときさ。
猫飼　小学生?!
犬飼　そんな昔?!
光　ふしあわせな幼年期の唯一の友だちが、リリだった。ああ、一度でいいからロンパールームで牛乳一杯飲んでみたかったよ。
猫飼　おれもだ!
光　リリ。コッカスパニイルのリリ。知ってますか、コッカスパニイル。耳が長く垂れ下がった猟犬。東京畜犬《とうきょうちっけん》のおじさんが狂犬病の予防注射をしていったなあ。
猫飼　コッカスパニイルを野良犬と間違えるか。
光　話の矛盾を指摘したつもりで得意顔になっていますね、この凡人。すべては手違いだったんだ。そう、コッカスパニイルを野良犬と間違えるのも手違い。探してる飼い主も待たずにとっとと殺してしまったのも手違い。公務員の手違い。公務員だって人間だから手違いもある。わかるだろうか、こうした民衆の小さな手違いの積み重ねが、巨大なバウムクーヘンとなって、やがて国家は滅びていくのだよ、諸君!
猫飼　サンマーメン、どうすんの。
光　……作って。
猫飼　いっとくがな、うちのラーメン、Ｈａｎａｋｏにも載ったんだぜ。来いよ。裏手が厨房だ。
光　なんでペットショップがラーメン屋やってるんです。
犬飼　その質問よく聞かれることなんですけどね。いいダシとれるんですよ、犬の骨ってのは。
猫飼　おまえ……。
光　……

犬飼　ああ、いまのはほんの冗談ですけど。

光　きいちゃった、きいちゃった、いーこときいちゃった、いってやろー、いってやろ、せーんせいにいってやろー。

（ナイフをかまえる）

猫飼　やめてくださいね。

闇だまり光、猫飼を刺そうとすると猫飼、犬飼健を盾にする。光のナイフは犬飼の腹部に刺さる。

犬飼　うっ。

しかし、闇だまり光のナイフは押し返される。光は何度か刺すが、押し返される。

光　おまえ、ゴム人間！　ぼくはゴムが嫌いだっ。（走り去る）

11

新宿ジャンゴの事務所。ジャンゴがいる。新宿亀は棺桶のなかに横たわっている。

ジャンゴ　さっきの話だが、バルトの爆破は爆弾なんておおげさな話じゃないな。取締り強化のための警察の口実だと思うね。おれが推理するにはな、ガス漏れか、コンロつけっぱなしとか、そういう類いのことだと思うんだがね。おい、聞いてんのか、聞いてんのかよ、亀。

新宿亀　（上半身を起こし）新宿をつけろや、てめえ。
ジャンゴ　きさま、寝ぼけたな。
新宿亀　あんたのいう通りだ。すぐに爆睡しちまった。
ジャンゴ　眠らない街で、人間が眠れるのは棺桶のなかしかない。
新宿亀　棺桶持つよ、おれ。またいい忠告もらったぜ。
ジャンゴ　間違っても、おれをいい人だなんて思うなよ。
新宿亀　思ってないよ。
ジャンゴ　やりたいことやってると、人のためになってたってだけなんだから。
新宿亀　ああそうかい。
ジャンゴ　ほんとのことというとな、おれぐらいのワルはいないかもしれないぜ。
新宿亀　ああそうかい。
ジャンゴ　遅いなあ、ワンタンメン。おまえが変なの頼むからだよ。
新宿亀　変なのとは失礼だぞ。

滝沢が入ってくる。

滝沢　おじゃまします。カブキ町マカロニよろず相談所はこちらでしょうか。
ジャンゴ　あなた、さっきの電話の人？
新宿亀　すごい。あの説明でよくたどりついたな。
滝沢　いえ、電話はしていません。
新宿亀　そうか。そうだよな。やっぱりな。

滝沢　あの、新宿ジャンゴさんという方は？
ジャンゴ　おれだけど。誰から聞いてきたの？
滝沢　暗がりママから、聞きました。
ジャンゴ　暗がりママ？　あんた、誰だ？
滝沢　東京スポーツの滝沢といいます。
ジャンゴ　あんた、東スポの記者？
新宿亀　読んでるよ、おれ！
滝沢　ありがとうございます。
ジャンゴ　よくあのママが新聞記者と会ったもんだな。まあ、座ってよ。
滝沢　ありがとうございます。
新宿亀　へー、こういう人があんなエロ記事書いてんだ。
滝沢　男センの記事は男性記者が担当しています。
新宿亀　そんなことないよ。最近女性記者がAVの感想とか書いてるよ。（ジャンゴに）なっ。
滝沢　そうなんですけど、あたしの担当は……
ジャンゴ　亀、おまえ、うるさいよ。で、どういう用事？
滝沢　今度カブキ町の都市伝説の特集を企画してるんです。それで、八犬士についてのお話をうかがいたいんです。
　二十五年前、カブキ町に八犬士がいたと聞きまして。
ジャンゴ　誰から聞いたの？
滝沢　ですから暗がりママさんが、あなたなら八犬士のことをよく知ってると。
ジャンゴ　ママのことは誰から聞いたの？
滝沢　社の上司、デスクからです。

ジャンゴ　そのデスクは実際に見たの、八犬士を？
滝沢　さあ、そこまでは聞きませんでした。
ジャンゴ　（新宿亀に）この件は、おまえに頼む。
新宿亀　なんでよ。
ジャンゴ　おれの手に余る。
新宿亀　おれだって知らねえよ、八犬士なんてよ。
ジャンゴ　まあ、そういうわけだから、お嬢さん、帰っておくんなさいまし。
滝沢　ええ、これでおしまい!?　でもせっかく……
ジャンゴ　帰れっていってんだよ。
滝沢　帰れません。
ジャンゴ　なぜだ。
滝沢　東スポ魂です。
新宿亀　おれ、好きだよ、東スポ。
ジャンゴ　頼んだぜ、亀。
新宿亀　八犬士なんて知らねえっていってるだろ。
ジャンゴ　おれも知らねーんだよ。
滝沢　ママはあなたがよおく知ってるといってました。
ジャンゴ　そりゃ夢のことをいってんだ。八犬士がいたカブキ町。ありゃ何千人が同時に見た夢なんだ。
滝沢　やっぱり見ていますね。
ジャンゴ　見たといっても眠りの夢のなかでだ。そこから覚めて二十五年も経ったいまとなっては、すべてはあいまい。あいまいってことは、見てもいなかったし、知らないってことだ。

滝沢　思い出しましょう。ＵＦＯに誘拐されたって人々もなにも覚えていないっていうんです。でも催眠療法を施したりすると、消された記憶を語りだします。だいじょうぶ、東スポはこういうことは得意なんです。
ジャンゴ　ここは相談所なんだよ。あんたのは相談じゃない、お願いじゃねーかよ。帰れよ。
滝沢　……わかりました。いえ、わかりません。しつこく何度も来ますので、よろしくお願いします。
ジャンゴ　もう日刊ゲンダイにくら替えすっからな。
滝沢　ひどい。
ジャンゴ　（新宿亀に）おまえもそうするよな。
新宿亀　……
ジャンゴ　なに黙ってんだよ、てめー。
滝沢　おじゃましました。失礼します。

帰ろうとする滝沢とやってきた隈取り刑事が鉢合せになる。

隈取り刑事　あんた、ここでなにやってんだ？
滝沢　いや、あの……（去ろうとする）
隈取り刑事　ちょっと待った。任意取り調べだ、岡っ引き。

岡っ引きが出てくる。

岡っ引き　御用だ、御用だ。
滝沢　任意なら拒否します。

隈取り刑事　東スポ、もう買わねえぞ。
滝沢　（その言葉に立ち止まる）
新宿亀　なんだなんだ、でけえ面してこの隈取り刑事が。
隈取り刑事　よお。さっそく亀も一緒か。臭うな。おれのワキガ並みに臭うぜ。
岡っ引き　臭うぜ。
ジャンゴ　手術しろよ。
隈取り刑事　おせっかい焼くな。マカロニと亀、この組合せはいつものことだとして、なんでここに東スポがいるんだ。
岡っ引き　なんでいるんだ。
新宿亀　新宿をつけろい！
隈取り刑事　おめえさん方、なんか知ってるんだろ。
岡っ引き　知ってんだろ。
ジャンゴ　なにを？
隈取り刑事　バルトの爆弾よ。その現場にいたのが、この東スポ女。さんざっぱら事情を聴いて帰したが。どうも腑に落ちなくてなあ。なんであんな場所にのこのこあんたのような若い女がいたかってことだ。
岡っ引き　いたかってことだ。
滝沢　もう決して若くはありません。
岡っ引き　決して若くはありません。
隈取り刑事　もう決して若くはないあんたのような女が、どうしてあの場にいたかってことだ。
滝沢　ですから都市伝説の……
岡っ引き　ですから都市伝説の。
隈取り刑事　はいはい、それはわかっております。しかし、あんたがここでうろうろしているのを見たいまとなっては、そうそう簡単には引き下がれないねえ。ジャンゴ、おまえバルトの爆弾のことでなにか知ってるな。
岡っ引き　知ってるな。
ジャンゴ　ばか抜かせ。おれはそのとき、おたくの留置所だ。
隈取り刑事　となると、亀絡みか？　亀絡みってことは、自然にジャンゴ様にも絡んでくるって寸法だ。
新宿亀　新宿つけろい！
岡っ引き　新宿つけろい！
隈取り刑事　おまえは混乱の源だっ！（岡っ引きを殴る）
岡っ引き　（思わず）御用だ、御用だ。
ジャンゴ　なんにも知らねーよ。
隈取り刑事　気になるな。もう知り尽くしてますって顔つき。
ジャンゴ　はなからそういう顔なんだよ。
隈取り刑事　（新宿亀に）おまえはなんか知ってるな。
新宿亀　そういう顔なんだよ。
ジャンゴ　ひとの顔にいちゃもんつけんな。
隈取り刑事　ジャンゴ、あんたには貸しやったばかりなんだからな。噴水広場で自動小銃ぶっぱなして、こんなに早々に釈放されると思うなよ。
ジャンゴ　そんな借り、大熨斗つけてすぐに返してやらあ。
隈取り刑事　へー。
岡っ引き　へー。
ジャンゴ　おまえさん、こいつが欲しいんだろ。（机の引出しから白い粉を出す）
隈取り刑事　お、こいつは、大量のシャブ。（不意に壊れて）しゃーぶしゃぶ、しゃーぶしゃぶ。しゃーぶしゃぶったら、しゃーぶしゃぶ。（と、歌いつつ指に粉をつけ歯茎をこする）はっ、見てなかったことにして東スポの記者さん。

滝沢　はい。これが世の中というものですものね。理解できます。なぜって、私、東スポの記者ですから！

隈取り刑事　えらいぞ、東スポの私！

ジャンゴ　よおし。これで全員が全員、フィフティ・フィフティだ。

隈取り刑事　しまった。（岡っ引きに）これは幻だよな。

岡っ引き　へい。

ジャンゴ　隈取り刑事、あんたはもうかえんな。

隈取り刑事　はっ。肝心な用件を忘れていた。保健所員殺しの容疑者を見かけたら、すぐに通報するように市民のみなさまのご協力よろしくお願いします。

滝沢　あの、写真かなにかはないんですか。

隈取り刑事　人相書きならあります。岡っ引き。

岡っ引き、取り出す。

ジャンゴ　なんだ、この下手くそな絵は。

岡っ引き　えーっ、目撃者から聞いて書いたのに。

隈取り刑事　ここいらうろうろしていたら通報しろよ。

ジャンゴ　こんな人相書きじゃ、一生捕まらないぞ。

岡っ引き　えーっ、一所懸命書いたのに。

隈取り刑事　ご協力よろしくお願いします。（白い粉を手に取る）

ジャンゴ　持ってくの？

隈取り刑事　もらいもんだろが。

岡持ちを持った猫飼と犬飼健がやってくる。犬飼は首輪をしてそれを猫飼がリードしている。

猫飼　まいど。

隈取り刑事は粉を抱えたまま、慌てて棺桶のなかに隠れる。

岡っ引き　あっ。
ジャンゴ　遅いぞ。
猫飼　すいません。いろいろ立て込んじまって。へい、ワンタンメンにサンマーメン。
新宿亀　ほらな、サンマーメン。
ジャンゴ　これがそうか、ちょっと食わせろ。
新宿亀　いやだね。
ジャンゴ　けち。
新宿亀　サンマーメンをばかにしたやつにサンマーメンを食わせることはできない。
滝沢　なるほど。ハマッコの意地ってやつですね。
新宿亀　わかってるな、あんた。
ジャンゴ　てめー、横浜亀じゃねーか。
新宿亀　ハマにはいられないことがあってな。先祖は千葉の下総だってんだけど、流れ流れてカブキ町よ。
犬飼　わんわんわんわん。

猫飼　「わかるわかる」っていってます。
ジャンゴ　どうしたんだ、これ。
猫飼　こいつ、犬になっちまったんです。
ジャンゴ　ねとぼけてんなよ。
猫飼　最初はゴム人間だったのが、ゴム犬になっちまったんです。こんなふうです。（ゴムまりをつくように犬飼をてんてんてまりをする）
犬飼　わんわんわんわん。
猫飼　「暑くて服なんか着てられるか」っていってます。

犬飼健、服を脱ぎ出す。

滝沢　都市伝説だ、新たな都市伝説だ！（写真を撮る）
犬飼　わんわんわんわん。
猫飼　「なんだ、おまえは」っていってるぞ。なんだ、おまえは。
滝沢　東スポ記者です。明日の一面はこれだ、「歌舞伎町にゴム犬あらわる！」
猫飼　やめてくれ。
滝沢　なぜです。
猫飼　東スポに載ると全部が全部、嘘になってしまう。
滝沢　ひどいっ。
新宿亀　（噴き出し）おい、こりゃサンマーメンじゃねえぞ。
ジャンゴ　このワンタンメンもひでーや。

猫飼　だめなのはメンですかスープですか。
ジャンゴ　スープだ。
猫飼　やっぱりダシは犬の骨に限るんだ。（ギロリと犬飼を見る）
犬飼　わんわんわんわん。
猫飼　「やめてけろ、やめてけろ」といってます。フフフフフフ。
犬飼　わんわんわわーん、わんわんわわーん。
猫飼　「保健所に連れて行くのだけはやめてください」っていっています。だいじょうぶ。片腕を切り取るだけだから。（中華包丁を取り出す）
滝沢　これも一面。「歌舞伎町に出没する犬殺しの猫！」

コツン、コツンという音が鳴り響いてくる。全員、それが聞こえる。

ジャンゴ　なんだ、この音は……

姫川まきが歩いてくる。白い杖をついた盲人。全員、彼女を注視する。犬飼健が走り寄る。

猫飼　おい、おまえ……

犬飼健は姫川まきの足にすりすりする。

猫飼　なれなれしいぞ。

姫川　（犬飼を犬にするように撫ぜて）いいこちゃん、いいこちゃんね。

犬飼　くぅーん、くぅーん。

猫飼　すいませんです。こいつ、ちょっとおかしくなっちまってまして。

姫川　いいんですよ。かわいいワンちゃん、なんて名前？

猫飼　え？　犬飼ってけちな野郎で。

姫川　それをいうなら飼い主のあなたが犬飼じゃなくって。

猫飼　ところが、わたしは猫飼なんです。

姫川　不思議ね。……あの、カブキ町マカロニよろず相談所はこちらでしょうか。

ジャンゴ　あなたですね。さっき電話でここの場所を聞いてきたのは。

姫川　はい。

新宿亀　よくあれでたどりついたな。

ジャンゴ　迷いませんでしたか？

姫川　簡単でしたよ。

新宿亀　目が見えないからかえって混乱しないんだな。

ジャンゴ　相談者の来訪だ。みんな、出てってくれ。

誰も動こうとしない。

ジャンゴ　そういうわけなんで、場所を移動しましょう。

新宿ジャンゴと姫川まきは出ていく。杖の音が響く。

滝沢　あの杖、なんであんなに響くんでしょう？
新宿亀　ありゃ、仕込み杖だな。
滝沢　なにが仕込まれてるんでしょう？
新宿亀　たぶん、いろいろだ。
滝沢　いろいろですか。
犬飼　くうーん、くうーん。
猫飼　「ぼくをおいていかないで」だと。おまえにはおれがいるだろがっ！

猫飼、犬飼健の中華包丁で片腕を切り落とす。

犬飼　きゃいーん！
滝沢　ひーっ。
岡っ引き　ひーっ。
犬飼　きゃいん、きゃいん、きゃいん。
猫飼　「あの保健所員殺しにいいつけてやる」といっています。
隈取り刑事　（棺桶から起き上がり）保健所員殺しだとお！（全身、白い粉まみれ）
猫飼　うわー、シャブの化けもん！
隈取り刑事　犬飼、てめえ、なにか知ってやがんな。
犬飼　きゃんきゃん、きゃんろっぷ。
隈取り刑事　訳せ。猫飼。

猫飼　おいら、なんも知らねえ、なんも知らねえよお。（逃げ去る）
隈取り刑事　逃げるか、猫。
岡っ引き　御用だ、御用だ。

隈取り刑事と岡っ引きは猫飼を追う。

犬飼　……
新宿亀　大久保病院とか行ったほうがいいと思うよ。
犬飼　ありがとうございます。

滝沢がふらりと倒れる。

新宿亀　お。
滝沢　あ、だいじょうぶです。ちょっとめまいが……
新宿亀　お嬢さん、こいつがカブキ町ってやつです。
滝沢　想像以上です。
新宿亀　お茶しません？

見つめあうふたり。

犬飼　（去りきれずに）……

12

夜の都庁通路。大宮が段ボールを持ってやってくる。

大宮　「きょうのしごとは、つらかったあ」ってなんにもしてねえけどな。（つぶやきながら段ボールの家を作る）人生、いちど負け癖がついちゃうと、やっぱりだめだねえ。負けてないとかえって落ち着かねえんだな。いいことありそうだとびびっちゃって逃げ出しちまうんだな。

大宮、段ボールのなかに入ろうとすると、闇だまり光がぬっと顔を出す。

大宮　うわー。なんだ、あんた。ここはおれのねぐらだぞ。
光　すいませんでした。
大宮　まあ、行き場所がないってんなら、いろよ。
光　滅相もない。ぼくがここで寝たらあなたはどうするんです。
大宮　添い寝だよ。
光　やめてください。
大宮　安心しろよ、元気ないんだ、おれ。
光　違います。あなた、臭いんです。
大宮　そうか、そうだろうな。じゃ、おれ、向こう行って寝るから。

光　待ってください。なんでそんなにいい人なんです。
大宮　こんな御時世だからよ。こういうときこそ、お互い助けあわなきゃ。
光　そんなふうだから、負け癖がついてしまうのです。
大宮　人にいわれたかないね。
光　あなたみたいな方を探していました。
大宮　負け組の男をか？
光　いい人をです。
大宮　おれにたかったって、鼻血もでねえぞ。
光　いい人ぐらいあぶない人はいないんです。わかりますか、いい人っていうのは、実はうちでは奥さんに暴力ふるっていたり、突然豹変して怒鳴り散らしたりするもんなんです。ぼくはこれまでいい人にさんざっぱらひどい目に遭わされてきたから、こんなことがいえるのです。あなたは穏やかで親切だ。だが、なにかの拍子で人格が豹変する。実はプライドも人並み以上だ。なんで自分がこんな仕事をといつも不満をもっている。それやこれやで爆発を繰り返して、人生失敗の連続というわけだ。
大宮　なんで、わかるんだ。
光　でも、そんな人生も今夜限りです。
大宮　あんた、何者？
光　あなたはいまから自分のなかのいい人の支配者になるんですよ。我慢と忍耐の生活は終わりです。
大宮　そんなことというんなら、酒をくれよ。
光　この世界の支配者になるんです。
大宮　酒をくれ！
光　酒です。（ボトルを取り出す）

大宮　酒だ、酒だ。

光　口を開きな。

大宮、いわれた通りにする。闇だまり光はそこに注ぐ。

大宮　熱い、熱い、体が焼けるう！

闇だまり光、大宮の喉のあたりに噛みつく。

大宮　エ、エクスタシー！（痙攣する）

犬田ゴンがやってくる。

ゴン　どしたんだ、おっさん。（去ろうとする光に）待てよ。なにしたんだ、あんた。

光　犬田ゴンさん。

ゴン　なんで知ってんだ。

光　体験してもいない記憶が、いつも語りかけます。

ゴン　なにいってんの、あんた。

光　犬街への地図を知りませんか？

ゴン　あ？

光　リリがぼくを待ってる。

ゴン　なんだか知らないが、おれはいま闘いで大忙しなんだ。
光　爆弾闘争は、やめといたほうがいいですよ。
ゴン　あ？
光　爆弾闘争は子々孫々何代までもが犠牲者になる。そんなことより、犬街への道筋を知りませんか。
ゴン　そんなもん、知るか。
光　そうですか。では。
ゴン　（去ろうとする光の腕をつかみ）待てよ。おっさんになにした……（と、光からなにか気のようなものを伝達されたようで）うっ。（微かに痙攣する）
光　ぼくも犬として生まれたかったよ。（去る）

犬村純と犬川洋が歩いてくる。大宮と犬田ゴンは固まっていて動かない。

純　なんだ、あれ。
洋　大道芸かな。
ゴン　うっうっうー。
純　どうしました。（ゴンに触れる）
ゴン　（触れられて硬直が解かれ）ありがとう。そのおっさんを寝かしてやって。
純　君は誰だ？
ゴン　はやく。
洋　不良にでもやられたんですか。
ゴン　まあ、そんなもん。

三人、大宮を段ボールのなかに横たえる。

ゴン　やあ、助かった。ありがとう。（洋の手を握る）君は誰だ？

洋　君は誰だ？

ゴン　（純に向かって）君は誰だ？

純　だから君は誰だ？

天空より犬山涼の声が響き渡る。

涼　「八個の玉に告ぐ。この世はふたたびかみたびか、未曾有の渦のなかにある。至急、結集せよ。」

空より一枚の紙切れが降ってくる。犬田ゴンが取り上げる。三人で見る。

ゴン　地図だ。犬街への地図だ。

13

カブキ街のどこか。新宿ジャンゴと姫川まきがいる。

姫川　いなくなってしまったんです。捜し出してほしいんです。カルマを。
ジャンゴ　それが盲導犬の名前ですか。
姫川　ええ。
ジャンゴ　盲導犬といえば、ゴールデン・レトリバーかな。なんとかレトリバーってのもいたな。
姫川　ラブラドール・レトリバー。
ジャンゴ　そっちですか。
姫川　一月前の朝、起きたときにはどこにも姿がなくて。
ジャンゴ　盲導犬が逃げるってことあるんですかね？
姫川　ありえません。
ジャンゴ　誰かが誘拐したとか。
姫川　わかりません。とにかく、一刻も早く見つけないと、大変なことが起こる。
ジャンゴ　大変なこと、ですか。
姫川　ええ。
ジャンゴ　あなたがこまるんじゃなくて？
姫川　……この界隈でひとり歩く犬を見かけませんでしたか？
ジャンゴ　見ないねえ。
姫川　そうですか。
ジャンゴ　警察には届けましたか？
姫川　警察は信用していませんので。
ジャンゴ　そりゃまたなんで？
姫川　……

ジャンゴ　信用しないに越したことはないんですが。かたぎの人にしては珍しいことなんでね。
姫川　いろいろあって……
ジャンゴ　いろいろね。わかりました。
姫川　私、犯罪者の娘ですから。
ジャンゴ　そうですか。
姫川　動揺なさらないんですね。
ジャンゴ　ここはカブキ町の相談所ですよ。いくら表向きはきれいになったといっても、裏ではいろんな塵芥であふれかえってる。
姫川　私の相談も塵芥ですか。
ジャンゴ　……どうしてここを選んだんです？
姫川　裏も表も対等に引き受けると聞いて。
ジャンゴ　誰に聞いたんです？
姫川　風のうわさです。
ジャンゴ　そんなもん簡単に信じてだいじょぶなのかね。
姫川　人を簡単に信じるよりましです。風というのは思いのほか正直ですから。
ジャンゴ　なるほど。姫川さん、あなたの依頼請け負わさせていただきます。
姫川　ありがとうございます。これが連絡先です。（名刺のようなものを差し出す）あと費用はこのカードで現金をおろして使ってください。（カードを差し出す）
ジャンゴ　いや、明細は後日まとめて……
姫川　めんどうなことは簡単にしといたほうがいいんです。暗証番号は８３８３。
ジャンゴ　……８３８３か。

姫川　なんですか。
ジャンゴ　８３８３。闇闇と覚えようと。
姫川　そうですね。闇闇。
ジャンゴ　これは私の勘ですが、もしかしたらこの件は闇の世界のほうに一直線ってことになるかもしれませんよ。
姫川　闇の世界？　ヤクザ屋さんたちのこと？
ジャンゴ　それをいうなら闇社会でしょう。私がいってるのは闇世界です。闇世界は闇社会より深い。
姫川　だいじょうぶです。私はもうとっくに暗がりの世界に生きていますので。
ジャンゴ　……後日連絡します。
姫川　待ってます。

姫川まきが、杖で探っていこうとするのを、新宿ジャンゴ、手を引く。

姫川　……
ジャンゴ　ずっと以前、どこかで会ってませんかね。
姫川　いいえ。

片腕の犬飼健がやってくる。

犬飼　ああ。ここにいたんだ。ずいぶん探したよ。
ジャンゴ　おまえ、その腕どしたんだ。
犬飼　人にくれてやったよ。

ジャンゴ　もうてめえんとこから出前は取らねえからな。
犬飼　犬の居場所なら知ってるよ。
姫川　私の犬のことをいってるの？
犬飼　カルマだろ。
ジャンゴ　てめえ、立ち聞きか。
犬飼　なんだか急に耳がよく聞こえてね。離れたところの会話が聞こえるんだ。聞こえすぎて、頭んなかががんがん痛いくらいなんだ。
姫川　カルマはどこにいるの？
ジャンゴ　ちょっとあんた、いかれた野郎の言葉を簡単に聞かないほうがいいぜ。
姫川　カルマはどこ？
犬飼　さっき犬山ってやつから手紙があったんだ。その犬もたぶん犬の街さ。（走り去る）

姫川まき、それを追う。

ジャンゴ　ちょっと、あんた。

姫川まきは杖頼みなので、転倒する。新宿ジャンゴが駆け寄る。

姫川　離してください。（追って去る）
ジャンゴ　……

14

新宿ジャンゴの事務所。なぜか滝沢がひとりラジオ体操をしている。滝沢の携帯電話が鳴る。

滝沢　（携帯電話で）はい、滝沢です。あ、デスクですか。いままだマカロニ事務所にいて、ラジオ体操していたところです。そう、最近運動不足なもんで。爆弾騒ぎ？　あの、あれからはわかりません。あたしもあの場所にいた被害者ですから。でもなんかあたし刑事に疑われてんです。ひどいですよ。保健所員殺しの逃亡？　知りません。犬たちの脱走ですか？　よくわかりません。あんた馬鹿ですか？　それもよくわかりません。いや、すぐに会うことはできないんです。ヤクザがドトール・コーヒー買いに行ってるんです。ヤクザにお茶さそわれたんです。でもなんか怖いから断ったんです。そしたら、ヤクザ、ドトール・コーヒー買ってくるって出て行ったきり、なかなか帰ってこないんです。ここですか？　そちらは、どうなんですか。あれからなんか手掛かり……

犬江アユが入ってくる。

アユ　おはよっす。

滝沢　あ、またあとでかけ直します。（携帯を切る）

アユ　夜中だけどおはよっす。

滝沢　おはようございます。

アユ　仕事柄おはよっす。ジャンゴは？
滝沢　ジャンゴさんはただいま外出中です。
アユ　あんたバイトってことね。ジャンゴに伝えといて。あたしんち、ゴミだらけだからそうじしてって。でも、これにはちゃんとした理由があってね、あたし、片づけられない女ってんじゃないの。朝ごみ出しに起きられなくて仕方なくこうなっちゃってんの。前はあたしんちのマンション自由にゴミ出せたんだけど、最近うるさくなっちゃったのよ。そういうわけだから、わかった？　ジャンゴにこの通り正確に伝えてね。
滝沢　わかりました。
アユ　ほんとにわかったの？　あたしがいまいったこと、いってみて。
滝沢　だらしのない女が、朝のゴミ出しを頼みにきました。
アユ　ちがうだろ、ワレッ。
滝沢　ああ、間違えました。ふしだらな女が、部屋のそうじを頼みにきました。
アユ　なめとんのか、ワレッ。

新宿ジャンゴ、戻ってくる。

アユ　ジャンゴ、このバイト、使いもんなんねえぞ。
ジャンゴ　この人はバイトじゃない。東スポの記者さんだ。
滝沢　取材中です。よろしくお願いします。
アユ　東スポの記者か。どうりで人の話、脚色すると思ったよ。ジャンゴ、頼みがあるんだけどさ。
ジャンゴ　犬の散歩をしてくれってことだろ。まったく自分で散歩もできなくて飼うんじゃねえってんだよ。
滝沢　犬の散歩ですか。

ジャンゴ　いやあ、昨今のキャバ嬢連中ってのはなってなくてね、カワイイとかいって客に子犬買わせるんだよ。悪質な子だとペットショップと裏で結託して客に買わせた犬をまたショップに戻すんだよ。

アユ　子犬をプレゼントにする客が悪いんだよ。あたしらカワイイもんをバカ面してカワイイ、カワイイいってるだけなんだから。仕方ないじゃない、カワイイ子犬はカワイイんだから。それでバカな客が子犬をくれるでしょう。そりゃ断れないよ。でももらったところで自分で育てられないからペットショップに返すのよ。これのどこが悪いの。

ジャンゴ　客の性欲とてめーたちの打算のあいだを行き来させられるワンコたちが迷惑だってんだよ。

アユ　わかってるわ。だからあたしみたいにいちど胸に抱いたワンコを手放せなくなって一緒にいるキャバコもいるってわけじゃない。……あたしらだって、バカじゃないんだ。

ジャンゴ　わかってるよ。

アユ　ジャンゴ、今度あたしらユニオン作ろうと思ってるんだけど、協力してくんない？

ジャンゴ　ユニオン？

アユ　遅刻に罰金五万円、無断欠勤に十万円なんて、あたしらをバカにしてなくない？

ジャンゴ　そりゃ、遅刻、無断欠勤するほうが悪いね。

アユ　冷たいこといわないでさ。このあいだお客さんにいわれたんだ。むかし賃金闘争とかやってたっておっさん。「おまえら若者は闘争のやり方を知らない」ってチチもんできた。手ー払ったら、「チンチン闘争だ」って騒いで店出されてた。ジャンゴ、組合闘争のやり方とか教えてよ。

ジャンゴ　ひとりで闘え。

アユ　そういうと思ったよ。

ジャンゴ　他人なんてあてにできるもんじゃない。遅刻無断欠勤するやつは闘争にも遅刻無断欠勤する。

アユ　あたしが最初ここに相談に来たときも、そんなふうにいってた。覚えてる？「死にたい」っていうあたしに

ろって。「死ねば」って。「ひどい」っていったら、「死にたい他人を止めることはできない」って。なんて相談所なんだ

ジャンゴ　そりゃ、悪いことしたね。

アユ　でも、そのおかげであたし生きてんだよね。不思議だな。

ジャンゴ　まあ、いろいろあるわな。頼みってのは、いまの相談のことだったのか？

滝沢　違います。この人、だらしない女なので、部屋のそうじをしてほしいってことです。

ジャンゴ　ああ。そうなの。

アユ　考えてみれば、その通りだ。東スポはやっぱり正確なんだ。

滝沢　あの、さっきの目の不自由な方はどうしました？

ジャンゴ　知らねえ。

滝沢　依頼、断ったんですか？

ジャンゴ　あんたは、もう帰んな。

滝沢　あの、八犬士はいまどこにいるんでしょうか？

ジャンゴ　知らねえ。

滝沢　刑事さんのいう通りです。知ってる顔でとぼけないでください。居場所だけを教えてくださいひとりで取材にいきますから。ご迷惑はおかけしません、絶対です。

ジャンゴ　八犬士の居場所を知りたいのか？

滝沢　はいっ。

ジャンゴ　ここにいるよ。ちょっと待ってな。

新宿ジャンゴ、奥からなにやら風呂敷包みを抱えて机に置く。

ジャンゴ　二十年ぶりのご開帳だ。あんた、これをいまから見せてやってもいいが、目がつぶれても、なにかが今後あんたに取り憑いてもおれは責任とらねえからな。
アユ　なにが始まるっての？
ジャンゴ　アユ、責任とらねえからな。
アユ　あたし、帰る。
ジャンゴ　それが身のためだあ。
アユ　東スポ読んでないし。あたしが読んでるのはニッケイだもんね。（去る）
ジャンゴ　さあ、あんたはどうするねえ。
滝沢　日本経済新聞に負けてたまるか。
ジャンゴ　ならば、見るがいい、お嬢さん。

風呂敷を取る。小ぶりな人型のなにかが現われる。

滝沢　な、なんすか、これ。
ジャンゴ　八犬士のひとりのミイラ！
滝沢　ミイラ⁉　どしたんすか、これ。
ジャンゴ　暗がりママから誕生日プレゼントとしていただきました。ああ、これを日の目に晒してしまった。なぜ、おれが八犬士を避けていたのか。それを話題にすると人が大勢死に始めるからなんだ。
滝沢　八犬士はカブキ町の正義じゃないんですか？
ジャンゴ　その正義が微妙だな。なぜおれが西部劇じゃなくて、マカロニ・ウエスタンを名乗るのか、理解してるか、おねえちゃん。

滝沢　マカロニ・ウエスタン自体よく知りません。ウィキで検索……

ジャンゴ　六〇年代に製作されたイタリア製西部劇。西部劇のヒーローってのは、正義のために銃を撃つ。だが、マカロニのガンマンたちはもう全員が賞金稼ぎ。生活のために銃をぶっ放す。そこが私は信用できるんです。

滝沢　正義が嫌いですか？

ジャンゴ　正義をふりかざすやつが嫌いなんだ。信用できない。

滝沢　お金が一番信用できるってことですか？

ジャンゴ　とにかく生活が一番だ。そう考えれば他人と働くことができる。正義じゃそうはいかない。なぜだかわかるか？

滝沢　理解していません。

ジャンゴ　おれの正義とあんたの正義はいつも違うからだ。

滝沢　まあ、おいおい検討させていただくとして。マカロニ・ウエスタン、TSUTAYAにあるかな。マカロニ・ウエスタンってタイトルですね。

ジャンゴ　違うってば。それは全部の呼び名。代表作は……

タイミングをはかったかのように新宿亀がリンチにあったガンマンのような風情でよろよろとやってくる。ドトール・コーヒーの紙袋を持っている。

ジャンゴ　なにやってんだ、おまえ。

新宿亀　水くれ、水。

ジャンゴ　コーヒーしかねーな。

新宿亀　コーヒーは買ってきたから、いらねえ。そうだ、ドトール・コーヒー飲もう。これはあんたに。（滝沢にひとつカップを渡し、自分のカップを飲み）あつあつあつあつーっ。
ジャンゴ　どうした、新宿亀。
新宿亀　それがだな。

またひとりでよろよろとする。

新宿亀　とまあ、こういうわけなんだ。
ジャンゴ　そりゃ、大変だな。
新宿亀　わかったのか？
ジャンゴ　なんとなく。
新宿亀　なんとなくじゃ、困るぜ。
ジャンゴ　なにがあったんだよ。

新宿亀、またよろよろとしようとするのを新宿ジャンゴ、羽交い締めにする。

ジャンゴ　身体表現はもういいから。
新宿亀　（ミイラを見て）なんだこのテレビに出てくる河童のインチキミイラみたいのは。
滝沢　やっぱり、そうですよね、そうとしか見えませんよね。
ジャンゴ　てめえたち、おちょくりやがってえ。
滝沢　すいません。

ジャンゴ　もう帰れ、小娘。
新宿亀　いま外には出ないほうがいいぞ。
ジャンゴ　なんでだ。
新宿亀　カブキ町が警官と犬でいっぱいなんだ。

猫飼が岡持ちを持ってやってくる。

猫飼　まいど。丼もらいに来やした。
新宿亀　猫も来たよ。
ジャンゴ　おい、おめえんとこからもう出前は頼まねえからな。
猫飼　そうですか。残念っすね。
ジャンゴ　おい、ちょっと待て。最近おまえんとこでラブラドール・レトリバーを売りにきたやつとかいないか。
猫飼　いないですね。お探しですか。早く見つけてやんないと処分されちまいますよ。
ジャンゴ　いたらすぐに知らせてくれ。
猫飼　いや、あんた、知らせてくれってのんきなこというねえ。それどころじゃないんだよ、犬どもみんな逃げちゃったよ。
ジャンゴ　逃げた？
猫飼　どういうんだかわかんないんだけど、勝手にケージ開けて逃げたのよ。
ジャンゴ　犬がどうやってケージ開けけんだよ。
猫飼　見てないからわからないんだけどね。ではまいど。かたいこといいっこなしで、お互い人間同士なんだから、またお願いしますよ。（去る）

ジャンゴ　犬づくしだ。
滝沢　なんていいました？
ジャンゴ　犬だらけの夜だっていってんだ。

猫飼が慌てて戻ってくる。

猫飼　ちょっとやばいのが来てる。ごめんなすって。（棺桶のなかに隠れる）

闇だまり光がやってくる。

光　カブキ町の相談所ってのはここでしょうか？
ジャンゴ　ああ。
光　あの、道をお尋ねしたいんですが。
ジャンゴ　道ぐらいだったら交番行け。
光　そうですか。犬街というところに行きたくて。
ジャンゴ　そんなもんはここいらにはねえ。
光　そうですか。（去ろうとして猫飼の岡持ちに気がつき）なんですか、この岡持ちは。出前をやられている？
ジャンゴ　ああ。二十四時間営業で人助けの出前をな。
光　それをいうならぼくを助けてください。ひとりぼっちで土地勘のない街をさまよっているんです。夕焼けの時間がまた甦ってきそうだ。なんか猫の匂いがするぞ。（棺桶に抱きつき）猫の匂いがするぞ。
新宿亀　あんたは血の匂いがするぞ。

光　……（新宿亀と向きあう）犬の匂いがするぞ。

新宿亀　亀の間違いじゃないのか。

光　あなた、どなた……

と、闇だまり光、ナイフを取り出す。新宿亀がそれに身構えると、光はナイフを棺桶に突き立て、哄笑して走り去る。

ジャンゴ　おい、猫飼、だいじょうぶか。

棺桶の蓋を開けると、丼の底にナイフが刺さっている。

猫飼　丼はおれの命の恩人だ！

姫川まきと犬飼健がやってくる。犬飼は盲導犬用のハーネスをつけて姫川に従っている。

姫川　ごめんください。ジャンゴさん、いらっしゃいますか。

ジャンゴ　ここにいますが。

姫川　この犬が犬街への道を知ってるというので、私これから行ってまいります。

ジャンゴ　犬街だと？

猫飼　犬飼、おまえ、なにやってんだ。

犬飼　ワオーン、ワオーン。ワオワオーン。キャンキャンキャンキャンキャイーン。

猫飼　グランド・キャバレー・バルトの爆破でできた穴が犬街への道だといってます。

姫川　さあ、犬飼さん、まいりましょう、犬の街へ。

ジャンゴ　おれも行くぜ。

闇の底から暗がりママが現われる。

暗がりママ　ウオッホホホホホホホホ。みなさん、今宵もご来場ありがとうございます。

かつてのキャバレーの酔い客、ホステスたちが幻想のように立ち現われ、そこはにぎわいの場所となる。

ジャンゴ　ここは、バルト！

キャバレーの奥が爆発する。

暗がりママ　さっ、行けい、犬街へ！

爆破でできた穴に向かって姫川まきと犬飼健、飛び込む。と、そこから突風が吹き荒れ、次にそこに吸い込まれるようにして新宿ジャンゴが近づく。そのジャンゴの腕を新宿亀がつかみ、新宿亀の腕に滝沢がつかまり、滝沢の腕に猫飼がつかまって、一同、穴に吸い込まれる。

暗がりママ　甦れ、快楽！

キャバレーの喧騒は続く。やがて、犬山涼がきらきらと現われる。

涼　こちらが、楽園への入口になります。

犬山涼の手招きに従ってキャバレーの全員が穴の暗がりに向けて旅立つ。闇だまり光が現われて涼と向きあう。

涼　さあ、世界を変えますぞ。（光を手招きして穴に消える）

光　……リリ。（涼のあとを追う）

ひとり残された暗がりママ。

暗がりママ　やれるかな。今度こそはやれるかな。やってみな、犬ども……

第二幕　犬　街

1

騒乱の物音。犬たちの喧騒と、おそらく機動隊との闘いの物音。一陣の突風によって視界は明瞭になる。おお、ここは犬街。

多くの犬たちの喧騒。一枚の絵のようなタブローが現われる。その構図はドラクロワの『民衆を導く自由の女神』そっくりで、自由の女神は犬坂透であり、犬街を象徴するデザインの旗を振っている。まわりの銃を携えた民衆は犬川洋、犬村純、犬田ゴンと犬たち。倒れている死体は人間たちだ。そこから少し離れた路上には、そのタブローとはまったく無関係といったていで猫目ママが香箱座りで眠っている。そこにリヤカーを引いた猫飼がやってくる。

猫飼　ご家庭、職場で不要になった人間はいませんか。ただいま、町内を人間回収車が回っています。お子様からお年寄りまで。性別、国籍は問いません。いらない人間を回収しています。

タブローのなかの人間たちがゾンビのような動きで絵から出てきて、リヤカーに群がる。

猫飼　はい、乗った乗った。よし、行くぞ、人ども。（リヤカーは動かない）多すぎて動かない。おまえとおまえとおまえ、降りろ。

人間1　おーおーおー。

人間2　うーうーうー。
人間3　えーえーえー。
猫飼　行き場所がないのか。そいじゃ、自力でついてこい。なんとかしてやっから。なっ。
人間1　あーあーあー。
人間2　わーわーわー。
人間3　やーやーやー。
猫飼　そうか、うれしいか。よしよし。働かなくても住める場所に連れてってやっからな。
猫目ママ　ニャーゴ、ニャーゴ。
猫飼　なんだよ、猫語で声かけんなよ。
猫目ママ　あんたの変わり身の早さといったらないね。
猫飼　世界経済の動向にすばやく反応しただけのことよ。
猫目ママ　恥知らず。
猫飼　商売人と呼べ。優秀なビジネスマンと。昨日の家来が今日の主人。これが資本主義のルールってもんよ。いっちょこの商売、乗らないかね、猫目ママさん。
猫目ママ　あたいに向いてるとは思えないね。
猫飼　あんたら少しは向上心ってもんがないのかね。
猫目ママ　余計なお世話ね。おまえのどこが猫飼だ、このインチキ猫。
猫飼　いいか、おいらは猫飼だよ。猫を飼っている、すなわち人間よ。まっこと理に適った名前だよ。それでな、人間にはお金やら権力が必要なんだよ。
猫目ママ　なんでそんなもんが魅力なのか、あたいにゃわかんねえんだ。
猫飼　そりゃ、おまえ、うまいもん食べて、うまい酒飲んで、いい女と出会うためさ。

猫目ママ　金がなくてもできるさ。

猫飼　そこが人間様とおまえたちとの違いよ。やめやめ、おまえとしゃべってても埒あかない。行くぜ、人間ども。

人間たち　（力なく）おー。

猫飼　無気力な声だ。なんだって人間はいつのまにかこんなになっちゃったのかねえ。でも犬どもより、こいつら処分するほうが気が滅入らないのは、どうしたわけだ。

猫目ママ　そりゃあんた、よくいうことじゃないか、この世で一番たちの悪い生き物は人間だって。

猫飼　そういうことだ。おいら、はなから人間が大嫌いだったんだなあ。

猫目ママ　猫に戻りな、猫飼。

猫飼　シーッ。馬鹿いってんじゃないよ。そんなことこの界隈で口にしないでくれよ。

人間4　おたく猫なんすか？

猫飼　（殴り）黙ってろ、この人間野郎。

人間4　すいませんっ！

猫飼　（つぶやく）馬鹿いってんじゃないよ、馬鹿いってんじゃないよ……（リヤカーを引いて去る）

猫目ママ　（大きく伸びをしながら）フンニャー。

犬江アユがくる。

アユ　あの。

猫目ママ　いらっしゃあい。

アユ　は？

猫目ママ　なに飲む？

アユ　意味わかんない。
猫目ママ　ここ、あたいのお店、バー猫目。
アユ　ただの路上だけど。
猫目ママ　うるさいガキだね、あたいのいるところがお店になるんだよ。なに飲むね？　マタタビハイボールいくか。
アユ　ちょっとそれは。
猫目ママ　あんた犬だもんね。
アユ　え？　あたし犬？　なにいってんの。
猫目ママ　こういう自分が何者かもわかっていない連中ばかり生まれるから、この世の中よくなんないんだよ。帰りなさい。
アユ　だってここは路上。
猫目ママ　あたいのテリトリーが見えないのか、この犬っころ。
アユ　なんであたしが犬なの？
猫目ママ　出てこい、バイトのバーテンダー。
透　はいはーい。（背後の絵から飛び出してくる）バイトの女バーテンダーです。サービスで超能力もご披露します。
アユ　手品なんていま見たくない。助けてくれない？　勤めてたお店に誰もいないの。倒産したらしいの。今週分のお給料もらってないし。これからどうしたらいいんだろ。
透　悩むことはありません、同じ種族の君。ワオーン。（なにやらポーズをとる）

天空に一個の玉が輝く。さらにその玉に「戯」の一文字が浮かび上がる。

アユ　わーい。すごい手品。（拍手する）

透　手品ではありません。（さらにポーズ）

天空にもうひとつの玉。

アユ　また出た。
透　あなたのお名前なんてーの。
アユ　犬江アユと申します。
透　それみなさい、あなたは犬です。
アユ　なにがなんだか。
透　犬だと認めるのです。（アユに抱きつく）
アユ　いやーん。
透　（くんくんと嗅ぎ）そうら犬の匂いがする。認めるのです、君だけがもつ犬の愛を。
アユ　犬の愛……
透　人間が必要としている、人間が救われる犬だけがもつ愛を。
アユ　あたし、感じる……

玉に「愛」の一文字が浮かび上がる。

猫目ママ　ただのワンコロじゃにゃかったのね。
透　はい。３Ｄ画像でもありません。ああ、選ばれし者の恍惚と不安。

背後の絵から犬村純が出てくる。

透　またまた同じ匂いの君。君もまたこの匂いに誘われてここに辿り着いたね。
純　選ばれし者のチンポコと勃起。

犬村純、いきなり超速度のスクワット運動を開始する。それに応じるかのように天空に玉が現われる。

純　（万歳の恰好で）どっぴゅーん。

玉に「性」の一文字。背後の絵から飛び出した犬川洋が駆け込んでくる。

洋　ああ、おれは一足遅れてるぞ。
猫目ママ　洋。
洋　あ、キーボー、じゃなかった。
猫目ママ　こんニャロメ、こりずにまたのこのこと。
洋　ママ、すまない。またおれを刺してくれ。
猫目ママ　にゃんだとお。
洋　おれにはそういう癖がついちゃったんだ。あんたに刺してもらわないと、おれの魂は熱くならないんだ。
猫目ママ　いくらでも刺してやるよ。
洋　やったねママ、明日はホームランだッ！（ママにナイフを渡す）
猫目ママ　借金返せ、売れないホスト！（洋の股間を刺す）

洋　すごくイッテー！

天空にさらに玉。

洋　イッテーなんてもんじゃないぐらいイッテー！

玉に「遊」の一文字。

純　やっぱりこいつのキンタマも遊び過ぎなんだ。

猫目ママ　（ナイフを抜き）ああ、犬だらけ、犬の匂いはやだやだ。さあさあ儀式は終わり、どいつもこいつも出てってくれ。

透　出てってっていわれてもここは路上。

猫目ママ　うるせい。出てけ、出てけ、出てけー、クソワンコロども！

猫目ママ、大いに暴れる。犬たちは逃げる。ママはさらにタブローのなかの犬たちを蹴散らして去る。路上には誰もいなくなる。新宿ジャンゴがやってくる。手にしている袋からLPレコードのジャケットを取り出し、しげしげとながめる。新宿亀がビニール袋のシンナーを吸いながらやってくる。

ジャンゴ　おい。

新宿亀　やあ。お元気？

ジャンゴ　おめえ、なにやってんだ。

新宿亀　見りゃわかんだろ。シンナー吸ってラリってんだ。

ジャンゴ　いにしえだな。

新宿亀　ほう、いにしえってシンナー・メーカーなんだ。

ジャンゴ　どしたんだ、それ。

新宿亀　もらったんだ。道端でやってたやつに。

ジャンゴ　フーテンだな。

新宿亀　ふーん、フーテンって人なんだ。気持ちいいぜ。あんたもやるか、フーテンさんのいにしえ。

ジャンゴ　これ見ろよ。（LPレコードを見せる）ジャズの名盤だけどよ、こんなの普通に紀伊國屋で売ってやがんだよ。むかし買ってなくしたやつよ。

新宿亀　よかったじゃないの、あんた。

ジャンゴ　なんか、ここはひとむかし前の新宿だぞ。

新宿亀　どうりでひとむかし前だと思ったぜ。アルタはあるぞ。

ジャンゴ　アルタはあるが、二光もある。なくなったはずのジャズ喫茶もあった。なんか昔と今が混じってんな、ここは。

滝沢が携帯電話をかけながら、やってくる。

滝沢　（ジャンゴたちをみとめて）だめです。ここ携帯通じません。

ジャンゴ　誰にかけてたんだ？

滝沢　社のデスクです。

ジャンゴ　ふーん。

滝沢　ここってなんでみんな平気で路上喫煙してんの？
新宿亀　路上シンナーもあるよ。
滝沢　もしかして、ここは六〇年代？
ジャンゴ　いや、あそこに見えるノーパン喫茶やテレクラ。ありゃ八〇年代だし、ディスコはありゃ七〇年代だ。
滝沢　歩いてる人、少ないですね。もしかしたら、これって大がかりなテーマ・パークなんじゃないですか。
ジャンゴ　テーマ・パークか。なるほど。だとしたらこのテーマ・パークの世界を仕切ってるのはどこのどいつだ。
滝沢　謎ですね。
ジャンゴ　謎ですねって、あんたプロみたいな顔してるけどさ、なんでついてきたんだよ。
滝沢　邪魔ですか。
ジャンゴ　足手まといになること請合いだよ。
滝沢　（新宿亀に）あなたはなんで来たんですか？
新宿亀　そりゃ、おめえ、暇だからよ。いまの新宿になにがあるってんだよ。
滝沢　そういうことなんです、ジャンゴさん。私のいまになにがあるっていうんでしょう。
ジャンゴ　まだ若いんだ。
滝沢　若さがなんだっていうんです。私たちの若さに未来の保証はないんです。このことがわかりますか？
ジャンゴ　若い時分は誰だって不安なもんだ。
滝沢　そういうことではなくって。私の知らない時代を生きてきたジャンゴさんがうらやましいんです。だってとってもおもしろい三十年だかに見えるからです。私たちのこれまでの十年だか二十年は本当につまらなかった。だからこの先、私たちの生きていく時代がおもしろいものになるという気がしないんです。
ジャンゴ　過ぎた時ってのは、輝いて見えるもんだ。
滝沢　退屈だった？

ジャンゴ　退屈する暇はなかったたな。
滝沢　ほら、やっぱり。
ジャンゴ　時代は君たち自身がおもしろくするもんなんだよ。
滝沢　いやだ。どっかのセン公みたいな言い草。
新宿亀　そうだ、そうだ。セン公みたいだぞ、おめえ。
ジャンゴ　おまえ、そっちかよ。
新宿亀　ヤクザやっておもしろおかしい時代は終わっちまったよ、ちっきしょう。いやだなあ、暴力団って呼ばれ方。暴力振るうから暴力団。身も蓋もねえじゃん。せめて極道っていってくんねえかなあ。

姫川まきとハーネスをつけた犬飼健がやってくる。

ジャンゴ　ご無事でしたか。
犬飼　おいらのおかげさ。
姫川　ダウン。（犬飼は伏せをする）シット。（犬飼はお座りをする。白杖を落とす）フェッチ。（犬飼はくわえる）アウト。（犬飼は杖を離す）グッド。（犬飼の頭を撫ぜる）一生懸命仕込みました。
ジャンゴ　では、依頼は打切りですか。
姫川　いいえ。いくら仕込んだといってもこれは利口な犬ではありません。
犬飼　うえーん。
ジャンゴ　では、捜査は続行ということで。
姫川　ええ。せっかくこの街に来たんですし。
ジャンゴ　いろいろわかってきましたよ。

姫川　カルマの居所？
ジャンゴ　いえ、そいつはまだ皆目なんですが。
姫川　犬が多すぎますものね。人はいないのに犬ばかり。
ジャンゴ　犬が多すぎる？
姫川　路上に犬がいっぱい放し飼い。（サングラスを取る）
ジャンゴ　見えるんですか？
姫川　見えないの？　いまも目の前に犬がこんなにいっぱい。
ジャンゴ　目が見えるんですか？
姫川　犬が見えるの。
ジャンゴ　見えてるんですね、あなた。
姫川　見える？　見えるのは犬。あなたは見えないの？
ジャンゴ　目は見えるけど犬は見えません。
姫川　（ジャンゴを見て）見える。そういう顔だったのね。私の目に光が戻ってる。
ジャンゴ　（新宿亀を引っ張り）この亀も見えますか？
姫川　（新宿亀の顔に触れ）亀……
滝沢　奇跡の人だわ！
姫川　（さらに撫ぜ回し）亀、これが亀ね。
新宿亀　新宿つけてくださいね。
姫川　（犬飼に）あなた、もうけっこうだわ。
犬飼　うえーん！（走り去る）
ジャンゴ　ということは、捜査は打切りと。

姫川　何度いったらわかるの。そういうことじゃないんだってば。カルマを捜し出さなければ大変なことになるんです。
ジャンゴ　その大変なこととはどういう意味なんだ？
姫川　私にとって大変なことということです。
ジャンゴ　ほう。
姫川　……
ジャンゴ　カルマははたして見える犬なのだろうか。
姫川　見える犬？
ジャンゴ　あなたに見えている犬は、私らには一匹たりとも見えません。見えないのはおれだけか？
滝沢　見えません。
新宿亀　おれも。
ジャンゴ　となるとですよ、あなた、カルマが見えない犬だとすると、私らにはもう打つ手なしということです。
姫川　自分の力で探せということですか。
ジャンゴ　見えないものを探せというのは無理だということです。
姫川　せめて私をひとりにしないでください。見えたといっても、いきなりの光はまだ眩しいばかりで暗闇も同然です。
ジャンゴ　この街は港街新宿とは勝手が違いすぎる。私はたぶんここでは頼りにならないでしょう。それでもいいんですか。
姫川　かまいません。
ジャンゴ　わかりました。それにしてもどうしたもんかなあ。

大宮がのっそり出てくる。

大宮 お困りのようですね。なんならご案内しましょうか。

ジャンゴ あれ……

大宮 みなさん、どうやらたいそうお困りのようにお見受けしますが。

ジャンゴ 君は……

大宮 しばらくぶりですね、村上さん。

ジャンゴ 生きてたのか、大宮君。

滝沢 記者根性をかき立てる登場ですね。どういったお知りあいで？

ジャンゴ いやね、この人とはずいぶん前、新宿の断酒会で一緒だったんだ。おれは断酒に成功したんだが、大宮君はなかなかうまくいかなくてね。油断すると手出しちゃうんだ。

大宮 街歩いてるでしょ。テンプラ揚げる匂いとか、焼き鳥の煙浴びるともう我慢できなくなっちゃってねえ。

ジャンゴ おれらみたいな依存症ってのは、一口でも飲むともうとことんまでいかなきゃすまないって性《さが》でね。大宮君はそれを何回か繰り返して、やがて行方知れずとなった。

大宮 お恥ずかしいこってす。

ジャンゴ で、結局やめられたのか？

大宮 おかげさんで。やっとこうして働かせてもらってます。

滝沢 お仕事は何？

大宮 犬街カブキ町案内人です。中国人に雇われてやす。

ジャンゴ よかった、本当によかったな、あんた。

大宮 ええ。なんとか生き延びてやすよ。ご案内しやすよ、まいりましょう。

ジャンゴ　犬は見えるのか？
大宮　何いってやんすかね。さっ、こちらへ。

何個かのガラス張りの箱が出てくる。それはペット・ショップでよく見られるガラス・ケースだが、従来のものより大きめであるのは、なかに人間が入れられているからだ。

大宮　ここが、ペット・ショップです。どうです、お気に入りのがいたら買ってやってください。
人間1　（ジャンゴたちを見て）ああ、人間だあ。
人間2　出してくれよお。
人間3　助けてくれよお。
人間4　なんにも悪いことしてないんだよお。
人間5　ただ歩いていただけなんだよお。
人間6　名もなく貧しい人間だよお。
ジャンゴ　これは、どういうことだ？
大宮　ですからペットです。
人間2　ペットじゃねえ。おれは八百屋だあ。
人間4　おれはラーメン屋だあ。
滝沢　なんでこういうことに？
人間1　わかんねえんだ。なにがなんだかわかんねえままに、こんなことになっちまったんだ。ちなみにおれは居酒屋やってんだ。
大宮　ま、可愛くはないやつらですが、人助けだと思って、どうです？　こいつら売れ残っちゃうと処分ですからね。

人間3　処分はやめてくれ、なんでもするから殺さないでくれ。
大宮　うるせい。てめえたち、そんなこと言えた義理か。
滝沢　これは、ホロコーストではないでしょうか。

猫飼、出てくる。

ジャンゴ　姿が見えねえと思ったら、猫飼、さっそくおまえのしわざかっ。
猫飼　大宮、こいつら処分しろ。
大宮　へい。では、観光名物・人間処分をやらせていただきます。
人間たち　ひーっ。
大宮　さっさっ、出た出た。

ケースから出る人間たちは後ろ手を縛られている。大宮は人間たちを縄で囲む。大宮、こん棒で人間たちを叩き始める。

大宮　このやろう、おれをさんざ馬鹿にしくさりやがって。（叩く）
人間6　あんたのことなんて知らないよお。
大宮　誰だっていいんだ。おれにはもう誰だっていいんだ。（叩く）おれを馬鹿にしやがった、このくそ世の中めがっ。（叩く）
ジャンゴ　大宮、やめろ。
大宮　村上さん、あんたシー・シェパードに入りなすったか。だが、これはクジラでもイルカでもねえ、人間だあ！

ジャンゴ　シー・シェパードじゃないけど、やめろよ。

大宮、丸い浴槽のようなものを引き出してくる。

大宮　さあて、きたねえてめえたちを風呂に入れてやるぜ。
人間2　わーい、風呂だ。
大宮　だが、風呂といってもこいつは硫酸風呂だあ。
人間たち　ひーっ！
滝沢　なんとかして。
ジャンゴ　狂ってる。あの男は狂ってる。

大宮がひとりの人間を浴槽のようなものに入れようとすると、新宿亀が拳銃で大宮を撃つ。大宮は浴槽のようなものに落ちる。

大宮　あつあつあつあつあつあつあつっっつぅ！

やがて浴槽のようなもののなかが、静かになる。

猫飼　まったく、面倒だな。

猫飼が浴槽のようなものに近づくと、顔と全身が溶けた大宮が上半身を出す。

大宮　ウヘヘヘヘヘヘヘヘヘヘヘ。

飛び出して走り出す。そこにいる者たちは恐怖で大宮から逃げ惑う。それをおもしろがって大宮は追う。

大宮　ウキキキキキキキキキキキ。

ジャンゴ　狂ってる。この男は狂ってる！

大宮、立ち止まる。

大宮　狂ってないもーん。（縄で囲まれた人間たちを見て）食べちゃおう、みーんな、食べちゃおうっと。

人間たち　ひーっ！

大宮　がぶり。（人間5の腕にかぶりつく）

人間5　ひーっ。

猫目ママが出てくる。

猫目ママ　猫飼、あんた、いいかげんにおしっ。

猫飼　誤解だ。この男の怨念は、おれのしわざじゃない。

猫目ママ　なんで猫が人間を助けなきゃにゃらないんだあ。（と、なにやら呪術のポーズ）

大宮　（急にねずみのようになって）ちゅうちゅうちゅうちゅう。

猫目ママ　ゴロニャーゴッ！（と、大宮に襲いかかる）
大宮　いやーん、いやーん。（苦しむ）

闇からこっそり闇だまり光が現われる。

光　読書の最中だってのにうるさいなあ。『１Ｑ８４』やっと読み終えるところだったのに。
猫飼　（おびえて）あんた……
光　（猫飼に）どうしてもムラカミハルキを好きになれないぼくは間違っているのだろうかっ！
猫飼　わ、わかりません。

大宮、猫目ママの手から逃れて、闇だまり光のもとへ行く。

大宮　親分、あの猫があっしをいたぶりやがんです。
光　猫はこの物語に、不要だ。
猫目ママ　あんた、誰よ。
大宮　親分、やっつけちゃってくださいよ。
光　（大宮に）君もまた、用なしだ。（大宮の頭を抱え）ラ・フランスッ。（首を折る。大宮、絶命する）

隈取り刑事と岡っ引きが出てくる。

隈取り刑事　見つけたぞ、闇あがり。

姫川　カルマ……
光　（姫川を見て）！

闇だまり光と、大宮の死体は消える。

ジャンゴ　知らねーよ。
隈取り刑事　どこいったんだ、どこいったんだ。どなたかご存じかな。
岡っ引き　御用だ、御用だ。（消えた地点に辿り着き）消えています。
隈取り刑事　待てー。

猫目ママ、人間たちを解放する。

人間1　ありがとうございます。猫がおれたちを助けてくれたんだ。
人間2　もう猫をいじめません。
人間3　孫の代まで語り継ぎます。
人間4　これから猫様と呼ばせていただきます。
人間5　マタタビ食べて暮らします。
人間6　名もなく貧しく猫らしく生きていきます。
猫飼　チェッ、いつだって猫は人間どもを助けてるんだ。人間どもが気がつかないだけだ。
猫目ママ　早く逃げにゃ。

人間たち、走り去る。

猫飼　てめえばっかかっこつけやがってよ。

猫目ママ　ただの気まぐれよ。シャーッ。（威嚇する）

猫飼　シャーッ。（威嚇する）

猫目ママ　ケッ。（去る）

猫飼　（見送り）猫に正義は似合わないんだよ。

ジャンゴ　（去ろうとする猫飼に）おまえも妖術使いなのか？

猫飼　さあて、どうなんだろうね。（去る）

新宿亀　あの野郎、ここに来てからなんか横柄だぜ。

姫川　たぶん……

ジャンゴ　なんですか。

姫川　人間じゃないからでしょう。（走ろうとする）

ジャンゴ　ちょっと。

姫川　止めないでください。（光の消えた地点に向かって走り、止まり）やっぱり、人の手は借りません。ひとりでやります。（去る）

新宿亀　そうか。あいつが容疑者か。何度か街で見かけてるぞ。事務所にも来たよなあ、ジャンゴ。

隈取り刑事　なんだとお。なんで知らせねえんだよ。

新宿亀　あんたの似顔絵のせいだよ。

岡っ引き　す、すいませんですっ。

隈取り刑事　シャブよこしな。

新宿亀　ここにはないね。なんで、おたくが自然な顔してここにいるかもわかんねえしよ。

隈取り刑事　寝とぼけたこといってんじゃねえや。ここにはもう用はねえ。いくぜ、岡っ引き。

岡っ引き　へい。（隈取りと岡っ引きは去る）

滝沢　あの人、ひとりでやるって。どういうことなんでしょう。

ジャンゴ　……（答えない）

新宿亀　ジャンゴ、どしたんだよ。

ジャンゴ　……

滝沢が携帯電話を取り出している。

ジャンゴ　またデスクに電話か。

滝沢　え？　ええ。どっかに電波が出てる場所があるはず。（と、いいつつ去る）

ジャンゴ　おい、亀。この街はまっこと一筋縄じゃいかねえぜ。

新宿亀　新宿つけてね。

ジャンゴ　ちょいと調べ物をしてくる。（去る）

新宿亀　ノーパンしゃぶしゃぶっての行ってみっかな。（誰にともなく）うわさによりますとね、しゃぶしゃぶ食べてる最中にお客が飲み物注文するらしいんですわ。で、アルコールのボトルがテーブルの上の棚に置いてあって、そこでウェイトレスがそのボトルを取ろうとテーブルに乗るらしいんですわ。そうするとミニスカートのなかがのぞけるってことらしいんですがね。これのなにが楽しいんですかね。私、元来神経質なもんですからね、ウェイトレスの下の毛が鍋に落ちてこないか心配なんですけどね。

犬山涼が出てくる。

涼　ったく、猫ちゃんパブの猫ちゃんたちの無愛想ぶりったらねーぜ、っきしょう。

新宿亀　おまえ……

涼　ややややや。おぬし、かつての。

新宿亀　ここで会ったが、百年目。

涼　もしもし亀よ、亀さんよ。

新宿亀　うるせい。

涼　なぜにして君はわたくしを目の仇にする。

新宿亀　理屈はねえ。なんだか、おめえはおれをむしゃくしゃさせるんだ。

涼　やややややややや。もしや、おぬし……（と、新宿亀に近づき、抱きつき）おぬしは、おぬしは……

新宿亀　二丁目でやれ、二丁目で。（と、離し、拳銃を取り出す）

涼　暴力犬はこの街には不要ぞ。

犬山涼は新宿亀より早く人差し指から弾丸を発射する。弾丸は何発も新宿亀に命中する。

涼　また会おうぜよ。

新宿亀　やられた。（しかし、自分がなんらダメージをうけていないことに気がつき、自身の体から弾丸を取り出し、食べてみる）柿の種だっ。（さらに食べて）おいしいっ。

2

暗がりに犬山涼、犬田ゴン、犬川洋、犬坂透、犬村純、犬江アユの六犬士がいる。

涼 祭騒ぎのなくなった街は、もはや街とは呼べぬものだ。
アユ なぜなくなったの？
涼 その間、犬街にいたわたくしめはよく理解しておりません。
ゴン おれにはわかる。祭騒ぎは犯罪を生むからだ。二十一世紀初頭、人類は有史以来もっとも完璧な管理と監視の世界を作り上げた。おれのような馬鹿者は徹底的に不必要なものなのだ。
透 あたしもまたこの世界では余計者。種でもなく畑でもないあたしは、用なしの荒れ地。
純 腰振るだけのおれもまた余計者。
アユ 必要なのは誰なの？
洋 それはたぶん静かな人間でしょう。しかし、静かな人間とは聡明な人間を意味しない。静かな人間は、騒ぎはしないが、匿名でこっそり他人を刺しまくる。
アユ それはどういうことなの？
涼 『こども電話相談室』か、おまえは！
アユ なにそれ？
涼 わたくしは無着成恭ではないっ！
アユ 誰それ？

涼　ふくろう先生でもないっ！
アユ　ますますわからないっ！
洋　ぼくが答えよう。街は確かに犯罪者と流れ者とヤクザ者を排除した。でもそのかわりに変質者と無差別殺人者と自殺者を生んだのだ。
涼　騒げ、騒ぐのだ、者ども。
洋　遊べ。
透　戯れるのよ、濁って汚いものとも戯れるのよ。
アユ　やだ。あたしはきれいでかわいいのが好き。
透　なによ、あたしだってそうよ。でも汚いものと戯れないと真に美しいものを見極めることはできないのよ。
アユ　それって真実？
透　たぶん、真実。
純　セックスは悪ですか？
涼　それを悪とすれば人間も犬も滅びます。
純　風俗店はなぜいけないのでしょうか？
アユ　街が荒れるからじゃない？
純　なんで荒れるの？
透　いけないもののように扱われてるからよ。
純　ほうら、やっぱり人間にとってセックスは悪なんだ。子供が少なくなるはずだ。
洋　いっそ犬みたいに発情期が決まっていれば事は速やかに進むのに。
透　ああ、人間！　いっつも発情期の人間、哀しき人間！
純　人間にも発情期を固定させるように教育を施そう。

涼　いいでしょう。街の再生には教育は必要不可欠。特に人間どもには！

洋　快適だった昔のものをどんどん取り入れよう。

アユ　快適って、それは人間にとってのもの？　犬にとってのもの？

洋　両方だ。この再生計画は人間と動物が同等に快適に生きられるのが目標なんでしょう？

涼　正しいっ！　人間と犬の合いの子である我らの使命はそこにありっ！　新たな街のために、騒げ！

ゴン　馬鹿になれ！

洋　遊べ！

透　戯れろ！

純　セックスしろ！

アユ　……

洋　アユ、君の番だよ。

アユ　なにをいえばいいの？

洋　君の玉の文字は「愛」。だから、わかるだろう。

アユ　そんなこと、いえない。世界がそんなに簡単に片がつくとは思えない。

涼　正しいっ。しかし、我らが使命とは、複雑怪奇と化した世界の錯覚を解くこと。人間は自らの存在を複雑だと傲慢に錯覚している。それは彼らのエリート意識にほかならない。生きて死ぬという一本の木によけいな枝々はないということを、人間は我らとともども認めなければならない。そう、我らもまだ不完全、あとふたりが揃わなければ、騒乱と情痴が成立し得ぬ。ああ、早く自分に気づくのだ、「乱」と「情」の玉を持つ同志よ！

姫川まきが走ってくる。

涼　ウェルカム・トゥ・ザ・ドッグ・シティ。皆の衆、われらが姫がご登場になられました。
純　あなたが、おれたちを生んだんだな！
涼　このわたくしめもあなたが生みの親。
姫川　なにをいってるの。
涼　姫であるあなたとわたくしめが最初に出会ったのが、確か半年前。
姫川　ここが本当にあなたが話していたその楽園なの？
涼　あなた次第です。あの新宿でわたくしの姿を見ることができたのは、あなただけでした。つまり、そのときから、あなたはこの世界でのわたくしどもの生みの親になったのです。人々の忘却の暗がりから、あなたはわたくしどもを再びこの世界に引きずり出した。なぜなら、あなたにはわたくしが見えてしまったから。
姫川　ああ、犬山涼、あんたがなにをいっているのか、わからない。
涼　たったいまも犬街と新宿港街はゆっくりと溶けあっております。
姫川　カルマになにをしたの。
涼　知りません。勝手にやっておられるだけです。
姫川　カルマを返して。
涼　そもそもあのお方を放したのはあなたご自身でしょう。
姫川　それは犬街への道筋を知りたくて。
涼　ではもういまとなっては、どうでもいいではありませんか。
姫川　よくないの。私とあの子にとっては、なにも解決されてないの。
涼　そんなことより、姫、あなたの生んだ犬士の晴れ姿をご覧ください。
姫川　私は誰も生んでなんかない。
涼　いまさらそれはないでしょう。犬山涼、騒！

ゴン　犬田ゴン、痴！
洋　犬川洋、遊！
透　犬坂透、戯！
純　犬村純、性！
アユ　犬江アユ、愛！
涼　姫、あなたの深夜の夢想がいま着々と現実となっております！

風とともに消える犬士たち。新宿ジャンゴがやってくる。

ジャンゴ　どうです、見える世界は？
姫川　……
ジャンゴ　見えたってのに、あまり喜ばないんだな。
姫川　……
ジャンゴ　目のかわりに口がきけなくなったか。
姫川　いったでしょ、もうひとりでやるって。
ジャンゴ　わかってるよ。だからいまも勝手に話しかけてるだけだ。ひさしぶりの世界はどんなふうに見えるね。
姫川　なつかしい。もっと変わってると思ってたんだけど。
ジャンゴ　そりゃここが犬街だからだ。本当の新宿は、あんたの目が見えてたときと比べるとまったくの様変わりだと思うね。賢い不良と人生通のアウトローが牛耳ってた時代は過ぎ去った。王国は消えた。
姫川　王国？
ジャンゴ　王国だよ。どういう王国かわかるかね。

姫川　きれいな水も濁った水も同じように飲み込む……
ジャンゴ　ああ。
姫川　闇と光が溶けあって……
ジャンゴ　うん。
姫川　なんか、とってもあいまいで、そのあいまいってのが、文字通りのあいまいじゃなくって、なんか淡い色をしたきれいなあいまいで……
ジャンゴ　そうだ。まったくいまの街ときたからにゃ、なにすんなかにすんなって。街のルールってのは国の法律じゃない、そこに住んでそこを行き来する人間たちの思いが、ルールなんだ。
姫川　大声出さないで。犬たちが怪訝な顔で見てるよ。
ジャンゴ　いるのか？
姫川　そこにひとり。こっちにひとり。あそこにふたり。
ジャンゴ　なんでおれには見えないんだ。
姫川　犬に聞いてよ。
ジャンゴ　……これ、返すよ。（カードを差し出す）
姫川　（受け取り）これまでの分は引いてもらっていいんだからね。
ジャンゴ　暗証番号８３８３……ヤミヤミ。すぐに気づくべきだった。
姫川　……
ジャンゴ　あんたはおれのことを知っていて、仕事を依頼してきたのか、それともただの偶然なのか？
姫川　なにいってんの。
ジャンゴ　ヤミヤミのことは知っていたのか？　いや、知っていたに決まってる。それだからこんな暗証番号をつけたんだろう。だとすると、あんたはおれになにかシグナルをよこしたということなのか。自分がヤミヤミの娘だという。

姫川　……

ジャンゴ　８３８３。組織でのあいつのコード番号。仲間内ではヤミヤミと呼び合ってた。５３５３。これがおれのコード番号。ゴミゴミだってよくからかわれたもんだ。おれのことをゴミゴミだと知っていて、近づいたんだろう？

姫川　違います。知りませんでした。

ジャンゴ　なるほど。それならそれでいいとしよう。世の中ってのは、ありそうもない偶然で成り立ってるってもんだ。いいだろう、あんたがおれに仕事を依頼してきたのは偶然だった。そこでだ、おれは、あんたに会ってる。たぶん四十年前、まだ五歳かそこらだったあんたに。覚えてるか？

姫川　……

ジャンゴ　いまから考えると牧歌的なもんだが、アジトにヤミヤミは幼い娘を連れてきた。覚えてないか。いろんな大人が出入りしていたからな。

姫川　アジトのことは、ぼんやり……

ジャンゴ　あのとき、あんたの目は見えてた。それから組織は急激に過激化していって爆弾闘争路線に向かった。ヤミヤミはその路線の中心にいた。新宿殲滅計画。新宿じゅうの交番に時限爆弾を仕掛けるという計画だった。おれは反対だった。怖かったからだ。ヤミヤミは、おれをゴミゴミ、本当のゴミくずだといって批判した。おれは、組織から逃げた。裏切り者だ。組織の手の届かない土地を見つけてはそこに潜んだ。暗がりから暗がりへ。製造中に爆弾が作動して爆発し、ヤミヤミが死んだと聞いたのは、五年後だった。

姫川　その爆発の現場にいたのが、私。

ジャンゴ　え。

姫川　十歳の私、生き残った私。でも、視力は失った。

ジャンゴ　そうか、そのときに……

姫川　犯罪者の子供。

ジャンゴ　それは違うだろ。ヤミヤミの計画は結局、実行されなかったんだから。

姫川　でも世間はそうは見ないの。私はもう立派な犯罪者の子供でした。だから、見えなくても苦ではなかった。見えていたらもっと深い闇に立ち会っていたかもしれなかった。見えないから、父親ほどに世間を憎まずにすんだのかもしれない。悪いのは私たちのほうなんだって思いでずっと生きてきました。でも、楽園があると聞いて、そこに行きたいと思った。

ジャンゴ　この街のことか。

姫川　まだわからない。素性が知られると、どの街も意地悪になるの。だからずっと片隅で目立たないように生きてきたんだけど、どこにも底意地の悪さは沈殿している。目が見えないと人の悪意をひしひしと肌で感じてしまうものなんです。裕福な生活なんて望んでない、せめて気持ちの余裕のもてるせいせいした空気の場所で暮らしたい。都会の喧騒は苦にならない。聴覚が敏感でいると静寂がかえっておそろしい。街のざわめきは、いつだっていとおしい。人が活発に動く気配はすてき。ただ、そこに悪意のつぶやきが忍び込んできて、それはあっというまにいたいけな微笑みを意地の悪い含み笑いに変えてしまう。不思議よね、悪意はいつだっていちばん強い伝染力をもっている。そのうちに自分もまた果てしなく底意地の悪い人間になっていくようで……私の願いは街のざわめきに囲まれながらカルマと暮らすこと。いたいけで活発な街の人たちの声、私にしか聞こえない声を聞きながら、いつかそれを文章に書いてみたい。……カルマは最初、私が街に放したんです。

ジャンゴ　なんで?

姫川　楽園への道をあの子に見つけさせようと考えて。でも、あの子は戻ってこなくなってしまった。

ジャンゴ　ここが期待した通りの街だといいがね。

姫川　そうだとしたら、ここで暮らしたい。

ジャンゴ　まずいな、酒が飲みたくなってきたな。
姫川　飲めば。
ジャンゴ　できないんだな、それが。
姫川　あっちの新宿に帰って。ここはもうひとりでやるから。
ジャンゴ　……カルマとつぶやいただろう。
姫川　……
ジャンゴ　おれにははっきり聞こえてたよ。聞いちまったんだよ。保健所員殺しの容疑者に向かって、あんたは犬の名前をつぶやいた。……なぜだ。
姫川　帰って。
ジャンゴ　あいつは犬なのか。
姫川　ほっといて。
ジャンゴ　光明が見えてきたぞ。少なくともやつは見えない犬じゃない。
姫川　私はもうあなたを解雇しました。
ジャンゴ　だから、もうこれからは趣味でやらせてもらうよ。ここでヤミヤミの物語と出会ったからにゃ、そうそう簡単に引き下がれるかい。カルマを見つけだしてやる。
姫川　あっち側に帰って。
ジャンゴ　ああ、帰れるもんならな。グランド・キャバレー・バルトに行ってみたんだ。遠くから幻聴のように犬の吼え声が聞こえるだけで、おれたちがここに来るのに通り道にした穴がどこにもねえんだ。どうやらおれたちはもう帰れないみたいだぜ。

犬川洋、犬村純、犬田ゴンが新宿ジャンゴを囲む。

純　おい、なにやってんだ、おまえ。
洋　おまえ、さしずめ人間だな。
ジャンゴ　犬に見えるっていうなら、犬でもいいぜ。
ゴン　ふざけたこと言ってんじゃねえ。人間は十二時以後は外出禁止だって知らねえのか。
ジャンゴ　知るか、ばか。
純　知ってろ、ばか。

背後から犬田ゴンがこん棒で新宿ジャンゴの頭を殴る。

ジャンゴ　あいた。いてーじゃねーか、この野郎！
姫川　あんたたち、なにやってんの！

犬村純が携帯ガスを新宿ジャンゴの顔に吹きつける。

ジャンゴ　酒くれ。酒。（意識を失う）
純　ペット・ショップ行きか。
洋　いや、こいつはペットにはならないだろう。
ゴン　殺処分か。
洋　ああ。直行だ。犬江アユ。

犬江アユ、出てくる。

洋　最初の仕事だ。

アユ　ええっ⁉

姫川　あんたたち、人間の真似してんじゃないよ。

ゴン　姫、いまは過渡期だからとりあえずはこうするしかないのです。

洋　犬江アユ、頼んだぞ。

犬村純、犬川洋、犬田ゴンは去る。

アユ　ジャンゴを処分なんて無理だよ。こまったなあ、こまっちゃったなあ。（姫川を見て）すいません。まだ、あたし、あの人たちみたい、犬士になりきれてなくて。

姫川　私、犬山涼にかけあってくる。（去る）

犬飼健が走ってくる。

犬飼　ああ忙しい、ああ忙しい。なんだかわかんないけど忙しい。

アユ　ちょっと、あんた。

犬飼　あ、君はもしかして昼キャバのチェリーちゃん。なんでこんなところに。

アユ　なんでこんなところにじゃないよ。もしかしてあんたも匂いがするよ。

犬飼　トンコツっすか？

アユ　あれよ。

指さす天空に「愛」の文字が浮かんだ玉が輝いている。

アユ　ベタすぎ。

犬飼　（恥ずかしがりながら）あります。二個。

アユ　玉はないの？

犬飼　どういうお月さんなんだあ！

犬江アユ、犬飼健のなくなった片腕の付け根に噛みつく。

犬飼　おーっ、イタきもちいいいいっ。（なくなった腕が生えてくる）腕が、腕が戻りましたあ！

天空に「情」の文字が浮かんだ玉が輝いている。

アユ　ほら、あんたの玉だよっ。

犬飼　おっおっおっおーっ。

アユ　あの玉の力だよ。あんたも八犬士のひとりなんだよ。

犬飼　なんだかまだ事情はよく飲み込めてないが、そうだったんだあ。

アユ　あたしら、ジャンゴを殺さなきゃならない羽目に陥ってんだよ。どうするよ。

犬飼　そんなことできるわけないよ。

アユ　そうだよな、そうだよな。逃がしちゃう？
犬飼　どしたんだ、これ。
アユ　意識を失っています。
犬飼　今夜は飲んだくれてやろうと思って買ってきた角瓶を飲ましてやろう。おい、ジャンゴさん、飲もうぜ。飲まなきゃやってられねえよな、こんな世の中よお。（飲ませる）
ジャンゴ　（急に上半身を起こし）飲ませたなあ、飲ませたなあ、このおれに。誰だあ、飲ませたやつは。
犬飼　ぼ、ぼくです。
ジャンゴ　ぼく、もっと飲ませろ。
犬飼　へい。（角瓶を渡す）
ジャンゴ　（ラッパ飲みでごくごくやって）てめえ、おれがどういう男だか知ってっかあ。
アユ　ちょっとなら。
ジャンゴ　おれがどういう思いでここにいるのか知ってっかあ。
犬飼　知りません。
ジャンゴ　納得いかねえ人生だよ、納得いかねえ人生だよお。（歩いて去る）
アユ　やばいよ、追おう。
犬飼　おれ、あんたについていくよ。

犬江アユ、犬飼健、追って去る。
闇だまり光が現われる。立ち止まり、前に腕を伸ばして手の平を上にする。なにかが起こるのを待つ。なにも起こらない。

光　ぼくはまだ八犬士じゃない……そこにいますね。さっさと出てきたらどうです。

犬山涼が現われる。

涼　さすが鼻が利きますなあ、光さん。どうですか、ここ犬街の住み心地は？

光　やっと自分の居場所を見つけた気分です。

涼　そうでしょうそうでしょう。新宿のいろいろな時代のおもしろどころを抽出してぱっちわーくしておりますからね。光さんのような方にはお似合いの場所と思われますです。

光　なんだってここはこんなに自由なんだろう。

涼　けっこうなことです。本当のことをいえば、わたくしめはずっとコミュニズムとアナキズムとの融合の世界を夢想していたのですが、それが絶対いいという自信もなかった。そこで辿り着いたのが犬主義です。わたくしどもは犬主義なのです。

光　ほほう。

涼　犬の目線で生きるということです。さすれば万事は小事にすぎないということがわかります。

光　あなたはこの自由をどうやって生み出したんだ？

涼　ただの偶然です。ですからこの偶然はすぐに消えるかもしれない。偶然とはそうしたものです。しかし、これを消えさせてはならない。偶然を体系化してシステムにしなければ。時間が間に合うだろうか。

光　がんがんやってください。

涼　あなたにもお力添え願いたい。そのようなためにあなたをここに呼んだのです。なにか力になってくれるだろうとこの街に吹く風に頼んだのです。期待した通りのあなただ。風さん今夜もありがとう。

光　でも、リリにまだ会えないんだ。

涼　コッカスパニイルならたくさんおります。
光　でも見つからないんだ。
涼　お手伝いしましょう。犬坂透。

犬坂透、現われる。

透　呼びましたか。
涼　黒のコッカスパニイルのリリを探すのじゃ。
透　了解。
光　ちょっと待って。なんで黒とわかったんです。ぼくはコッカスパニイルとしかいってなかったはずだ。
涼　あれ、いわなかった？
光　いわなかった。
涼　コッカスパニイルといえば黒でしょう。
光　茶色もいるぞ。
涼　黒じゃないかなあと思っただけよ。当たっちゃったのね。
光　嘘をついているな。
涼　バレたぜ、ベイビー。リリの手紙を書いたのは、この私だっ。殺人鬼の君をこの街に呼ぶために。
光　このクソ犬さんめ。
涼　居心地いいんだから、いいじゃないの幸せならば。
光　よくない。ぼくは幸せなど信じない。なぜぼくに会う前からリリのことを知ってたんだ。
涼　それはいいえません。

光　いえ。
涼　墓場までもっていきます。死なないけど。
光　食らえ。

闇だまり光、手の平からなにかを発する。犬山涼も対抗する。なにかとなにかがぶつかりあい、どちらも一歩も引かない。

涼　さすが殺人鬼、人間のくせになんというエネルギーだろうか。透、加勢しなさい。
透　はい。

犬坂透、手の平からなにかを発する。光、ひざまずく。

光　ちきしょう……
涼　小異を捨てて大同に就こうぞ、光さん！

犬山涼、犬坂透、消える。

光　小異だと。リリのことは小さくないぞ。ごめんね、リリ。ぼくはずっと君のことを忘れてしまっていた。十二歳のとき、君の死によってぼくは誕生したんだ。最初の復讐は同級生。野良犬をいじめるひどいあいつの腹にぼくは鉛筆けずり用のナイフを突き入れてやった。闇だまり光、そうぼくを名づけたのは、当時ぼくの精神鑑定をした医者だった。リリ、ぼくのなかで甦ってくれてありがとう。そうだ、ぼくはなにをいってるんだ。リリは死ん

ではいないんだった。どこにいるんだ、リリッ。（走り去る）

3

じゃじゃじゃじゃじゃーんと再び人間用のガラス・ケースが出てくる。なかには滝沢、新宿亀、隈取り刑事と岡っ引きが入れられている。猫飼が出てくる。

猫飼　さあさあ、人間いかがっすか。珍しい人間そろえましたよお。かわいいかわいい人間ちゃんはいかがっすか。かわいくないのもいるけど。

犬村純、犬川洋、犬田ゴンがやってくる。

猫飼　どうですか、旦那。ひとつおみやげにでも。
純　（滝沢を見て）お、かわいいじゃん。いっちょ買ってくか。
洋　人間の世話ってのも大変らしいぜ。
ゴン　わがままだからな。
滝沢　助けてよ。
新宿亀　てめーら、いいかげんにしろよ。
純　こいつかわいくねえな。
猫飼　番人には最適ですよ。（隈取りと岡っ引きを指し）こっちのも警官出身ですから、空き巣よけにはいいと思いますよ。

隈取り刑事　なんでもしますから釈放してください。

ゴン　よおし。この警官野郎を見せてくれ。

猫飼　わかりました。出しますので、押さえててくださいよお。

隈取り刑事、ガラス・ケースから出される。犬村純、犬川洋が押さえている。犬田ゴンがこん棒を取り出す。

ゴン　人間の警官というのは、いばり過ぎている。ひとつおしおきをしなければ。

姫川まきが走ってくる。

純　お、姫、涼さんには会えましたか。

姫川　あんたたち、なにやってんのよ。こんなこと、やめなさいよ。

ゴン　いまは闘いの時期なんです。

洋　犬との平等、共生を受け入れない人間には罰を与えるしかないんです。

隈取り刑事　受け入れます、受け入れます。

純　ほら、これだから人間ってやつは信じられない。すぐに意見を変える人間。

洋　すぐに裏切る人間。

ゴン　人間を殺す人間。

純　戦争をやめない人間。

ゴン　そうした人間が多すぎる。

洋　だからそうした人間を少しは処分しなければ、この街はよくはならないんです。
姫川　処分するなんて人間と同じことをしても仕方ないじゃない。
洋　だから、何度もいってるでしょう。いまは過渡期。革命後すぐの混乱期はきまって血が流されるものなんです。
ゴン　あなたがいま体験しているのは『人間世界をゆるがした十日間』なんですよ。
姫川　私がこれを許しません。その棒を私にちょうだい。

犬田ゴン、こん棒を姫川まきに渡す。

限取り刑事　助かった。
猫飼　（こん棒を姫川から奪い）あめえんだよ、てめえたちゃ。

猫飼、限取り刑事を叩く。限取り刑事、失神する。

姫川　タァーッ。（猫飼に蹴りを食らわす）
猫飼　いてー。なんでそんなに強いの。
姫川　道場に通ってました。目の見えない私には変な誘惑も多いから。
猫飼　好きだ。
姫川　私だって人間なんだからね。殺処分でもなんでもしてごらん。

犬川洋、犬村純、犬田ゴンは互いに目配せして、姫川まきを押さえ、岡っ引きを出して姫川をケースのなかに入れる。

洋　すみません。姫、残念だけどしばらくここにいてください。

純　すみません。

ゴン　すいません、姫。

純　こいつはどうしよう。逃がすか。

ゴン　それはできない。

洋　仕方ない。殺処分だ。

岡っ引き　ひぃーっ。

純　よし、行こう。

岡っ引き、犬村純、犬川洋、犬田ゴンに連れられていく。

姫川　これは違う。間違ってる。

猫飼　そうでしょ。あんたら人間のやることは、いつだって間違ってるんだ。学習しない動物、それが人間。猫は学習する、犬も学習する、うさぎ、フェレット、亀、かえるも学習する。ところが人間ってやつは、何度も間違いを起こし、しかも同じ間違いどころか、間違いを倍増させてさらにさらに世界を衰退させていく。

姫川　あんただって人間やってんじゃない。

猫飼　だが、おいらは人間じゃない、猫にゃのにゃあ！　ニャーゴロゴロゴロゴロゴロ！

新宿亀　猫飼、きさま、そうだったのかっ！

猫目ママがやってくる。

猫目ママ　我慢できなくなって正体を現わしたね、猫飼。でもね、みんな、あれは特別性格の悪い猫なの。あたいとあいつを一緒にしないでちょうだいね。
猫飼　シャーッ。
猫目ママ　シャーッ。
姫川　私たちを助けて、猫ちゃん。
猫目ママ　猫にそこまでを求めても無理よ。目に見える助けをするもんじゃないの、あたいたちは。だから、こういうときはあたいらは見ているしか術がないの。
滝沢　やっぱり猫はあてにならない。
猫目ママ　あてにするほうが悪い。

犬坂透がやってくる。

透　あらあら新入りの人間ちゃんがいっぱいだこと。
猫飼　いらっしゃあい。
透　（新宿亀を見て）かわいいわ、この子。
猫飼　これかわいいですか。顔とかちょっと怖くないですかね。
透　そうね、ちょっとね。（滝沢を指し）この子の顔の要素を少し足したらいいかもね。
猫飼　品種改良ですね、やってみましょう。おい、おまえたち出ろ出ろ。

新宿亀と滝沢が出される。

猫目ママ　（香箱座りでながめながら）なんだい、品種改良ってのは。
猫飼　こちらのお客様の要望でおめえとおめえの合いの子を作ります。いいですか。
新宿亀　は？
猫飼　君たち、セックスしてちょうだい。
滝沢　……は？
新宿亀　いまここで？
猫飼　いまここでしなきゃいつするんだ、トウヘンボク。
姫川　逃げろよ、逃げろよ、おまえら。
新宿亀　セックスですか。
猫飼　品種改良です。
姫川　逃げろっていってんだよ。
新宿亀　しないとどうなんの？
猫飼　殺処分です。
新宿亀　じゃあ仕方ないな。（滝沢に）しようか。
滝沢　ええっ!?
姫川　さてはしたいんだな。
新宿亀　しょうがないですよ。しなきゃ殺されるっていうなら、普通するでしょ。（滝沢に）ねえ？
滝沢　そんな犬や猫じゃあるまいし。
猫目ママ　出たぞ、無意識の犬猫蔑視。
猫飼　このアマ、いまの発言は十分殺処分に値いするぜ。

滝沢　やります、やります。
新宿亀　ええっ!?
滝沢　亀さん、もうどうにでもしちゃってちょうだいっ。
新宿亀　……
姫川　こうなりゃいっちまえ。
透　いけ。
猫飼　いけ。
猫目ママ　いけ。
新宿亀　駄目だっ、これはあまりにお下劣過ぎるぅぅぅぅ！（暴れる）
透　（新宿亀を組み伏せ）てめえ、おれの顔に泥塗りやがったな。
新宿亀　うおおおおおおっ。（透を弾く）
透　（超能力のポーズで）静まれ、暴力団、タアッ！（と、なにか見えない力を投げつける）
新宿亀　（それを受け止め）ホイッ。（投げ返す）ドッコイショ！
透　（それに跳ね飛ばされ）な、なにやつっ。

天空に玉が輝く。そのなかに「乱」の一文字。

透　あんたは！

犬川洋、犬村純、犬田ゴンも出てくる。

純　あれを見ろ！
ゴン　乱の一文字！
洋　あなたが「乱」の玉を持つ犬塚明様でしたか！
新宿亀　おれ、クレージーキャッツ？
純　そちらの犬塚ではありません。
ゴン　あなたは犬なんです！
新宿亀　道理でたまに無性に骨しゃぶりたくなると思ったぜ。
洋　そうとわかったからには、犬塚さん、私たちと共にこの新しい世界を作り上げましょう。
新宿亀　そいつはできねえ。
洋　なんでですか？
新宿亀　おれはもう人間の世界に貸し借りがいっぱいだ。いまさら犬だといわれても、はいそうですかとそっちにしっぽ振るわけにはいかないぜ。

「あたしたちもそうよ」という犬江アユの声。
アユと犬飼健が棺桶をひっぱって出てくる。

アユ　「愛」の玉を持つ犬江アユです。
犬飼　「情」の玉を持つ犬飼健です。自分でもびっくりです。
純　てめえら、いったいどういう了見だ？
アユ　あなたがたの人間狩りにはつきあいきれません。
犬飼　人間には恩があります。猫飼さんにはお世話になりました。

猫飼　バーカ。おれは猫だ。

犬飼　ええーっ、そうだったの。では変更します。ジャンゴさんにはお世話になってます。

洋　全部の人間を否定しようというのではないぞ。おれたちがいまやってることは、殺されていった仲間の復讐だ。

アユ　復讐という発想は人間のものです。

純　わからんちんの人間をこらしめているんだ。

アユ　やり口が人間的であり過ぎます。

猫目ママ　さあて、これはおもしろくなってきたにゃあ。

猫飼　さあ、どっちもどっちも、どっちもどっちも。

アユ　あんたら、考え直しな。

洋　うるせい、顔洗って出なおしな。

アユ　やるか。(攻撃の構え)

洋　やるか。(攻撃の構え)

闇だまり光がふらふらと出てくる。

光　リリ。ぼくのリリはどこ。(犬士たちをひとりひとり見て) これはリリじゃない。こいつもリリじゃない。リリじゃない。みんな、リリじゃない。リリどころか、コッカスパニイルすらここにはひとりもいないじゃないか!

姫川　……カルマ。

光　……ねえさん。

姫川　カルマ、戻ってきなさい。

光　街にぼくを放したのは、ねえさんだろ。

姫川　戻ってきなさい。

光　リリのことを思い出させたのは、ねえさんだろ。

姫川　戻ってきて。

光　ぼくにまた人殺しを始めさせたのも、ねえさんってことだ。ぼくはリリを殺したやつらを……いや、リリはこの街にいるんだ。

姫川　あのリリの手紙は嘘なんだよ。

光　あいつにリリの手紙を書かせたのも、ねえさんなんだな。なんでだよ。

姫川　犬街への道を知りたかったんだ。

光　ぼくを利用したんだな。

姫川　おまえと一緒に楽園に行こうと思ったんだよ。

光　ぼくは一生、ねえさんの奴隷か。

姫川　おまえはひとりでは生きてはいけない子なんだから。

光　それじゃあ、ぼくは……あれ、目が見えるの。

姫川　うん。

闇だまり光、姫川まきをケースから出す。

光　よかった。ねえさんの目に本当の光が戻ったんだ。それならもう弟の光はいらなくなったんだね。それじゃあ、ぼくをもう自由にしてくれるね。

姫川　できない。

光　なぜ？

姫川　あなたは人を殺し続ける。
光　リリを探しに行くよ。
姫川　（去ろうとする光に）待って、カルマ。ほら、そこに。
光　えっ。
姫川　おまえには見えないの。そこ、黒いコッカスパニイルがいる。
光　どこ？
姫川　ほら、尻尾を振って、こっちを見ている。
光　見えない。
姫川　見えるでしょう。
光　見えないよ。
姫川　（見えない犬を抱き上げて）ほら、抱いてごらん。
光　（見えない犬を抱き上げて）これ、リリ？
姫川　リリだよ、おまえ。
光　おー、リリ、よしよし。やっと会えたなあ、おまえ。（急に両腕をだらりと垂らして）またぼくをだましたな。こうやってねえさん、あなたはずっとぼくを縛りつけてきた。ぼくはもうカルマじゃない。ぼくは自由だ。
姫川　（去ろうとする光の背後から抱き締めて）リリなんて犬は最初からいないんだよ、おまえ。その犬はおまえのなかにしかいなかった犬なんだよ。ずっとずっとふたりだけで生きてきたんだ。犯罪者の子供として、ずっとふたりで。

闇だまり光、姫川まきを引き離す。

光　リリを探しに行きます。殺されたリリを。（去る）

呆然と立ちつくす姫川まき。犬山涼が現われる。

涼　さあ、皆の衆、犬街の物語に不要な者たちの殺処分を開始してくださいっ。

犬川洋、犬村純、犬田ゴン、犬坂透が応じて、人間たちに迫る。犬江アユと犬飼健が棺桶の蓋を開ける。と、自動小銃を持った新宿ジャンゴがすっくと立つ。

ジャンゴ　（べろべろで）納得いかねえ人生だぜ。（自動小銃のトリガーを引く）

新宿ジャンゴの乱射によって大混乱、大混沌。

ジャンゴ　出口はどこだ、出口はどこなんだあ!

顔の溶けた大宮が、棺桶のなかでぼんやり立っている。

大宮　（手招きして）村上さん、こっちだよ。こっちだってば。

ジャンゴ　大宮。

4

静寂の路上に棺桶。やがて棺桶から新宿ジャンゴ、滝沢、隈取り刑事が這い出てくる。

ジャンゴ　あー、すっきり酔いが醒めた。
滝沢　あたしたち、戻ってこれたんですね。
ジャンゴ　まさか、ここが出入り口になってたとは、灯台下暗しだったな。（ふたりを見て）これだけか。
滝沢　（棺桶のなかをのぞき）穴はもうありません。
ジャンゴ　大宮のやつが……あんた、大宮のこと見えたか。
滝沢　いいえ。
ジャンゴ　そうか。やっぱりそういうことか。
隈取り刑事　あったまいてー。
ジャンゴ　おまえ、血ついてっぞ。早いとこ大久保病院いったほうがいいぞ。
隈取り刑事　オス。（走り去る）

棺桶から岡っ引きが這い出てくる。

滝沢　無事だったのね！
岡っ引き　ひいーっ。助かった、助かったあ。犬はもうたくさんだ、おいらもう犬のおまわりさんはやめる。

ジャンゴ　親分は大久保病院にいったよ。
岡っ引き　退職届、出してくらあ。

走り出すと、戻ってきた隈取り刑事とぶつかる。

隈取り刑事　犬だあ、犬だらけだあ。
岡っ引き　親分、おいらたち助かったんですよね。
隈取り刑事　いや、違う。ここもまた犬の街になってる！

大量の犬がやってきて、吼えまくる。スーツ姿の犬山涼が現われる。

涼　お静かに、市民のみなさん。お初にお目にかかるというわけではありませんが、あらためて自己紹介させていただきます。こんにちわ、都知事の犬山です。
ジャンゴ　都知事だと!?
涼　ご覧のとおり、ここはすでに犬街です。おわかりですか、革命は成功したのです。立法、司法、行政すべてを犬が仕切っております。猫は議会の最中にすぐ寝てしまうので、外しました。いやはや、この一ヵ月というもの大変でした。
滝沢　一ヵ月!?　そんなに経ってるの。
ジャンゴ　こりゃ、大がかりな詐欺かもしれないぞ。

犬飼健と犬江アユが出てくる。

犬飼　詐欺じゃないよ、ジャンゴさん。あちら側の世界に行くまで半月、戻ってくるまで半月かかってんだ。その間に犬街が勝ったんだ。

涼　そこでだ、新宿ジャンゴさん。あなたのお力を借りたい。人間通のあなたに、ひとつ人間側の代表として民衆を束ねていただきたい。

ジャンゴ　なにいってんだ、バカヤロめ。

涼　なぜにしてバカヤロめ？

ジャンゴ　おれは政治も政治家も信じねえ。民衆を束ねるだと？　人間をまとめられるわけがねえ。まとめられることを拒絶して生きてきたおれが、まとめるほうになびくわけがねえ。

涼　あなたのそのアナーキズムにわたくしは惚れたのです。

ジャンゴ　まとめられるのが嫌で爆弾作ってたんだ。まとめられる世の中を止めようとして爆弾仕掛けようとしたんだ。

涼　それでは爆弾破裂後の楽園をわたくしどもと建設しようではないか。

ジャンゴ　それはできない。

涼　なぜにしてそう思う？

ジャンゴ　おれが、おれたちが、どうしようもなく人間だからだ。

涼　ならば犬を信じなさい。犬になるのです、ジャンゴ殿。

ジャンゴ　空想科学を語るんじゃねえ。

涼　空想科学ではありません。出でよ、者ども。

八犬士がずらりと並ぶ。

犬たち （歓喜に満ちて）ワオーン。

ジャンゴ 亀、おまえなにやってんだ。

新宿亀 悪いな。おれは犬である自分を受け入れたんだ。

涼 ジャンゴ殿、あなたもまた、わたくしどものごとく、犬と人間の合いの子となり、人がもつ自己愛とエゴイズム、金銭欲と権力欲から解き放たれるのです。なぜにして犬が政治犬としていまこの世に誕生するのか。それはわたくしども犬の美徳、忠誠心を買われてのことにほかなりません。わたくしどもは、公共に対して忠誠を誓うのです。

犬たち ワオーン。

遠くから軍事用ヘリコプターの音が聞こえてくる。

涼 ややややや。

洋 来なすったようだな。

純 やっぱりやらなきゃなんないってことか。

ジャンゴ なにごとだよ。

犬飼 人間空軍の軍事用ヘリコプターです。この街の内紛を治めようと攻撃に来たんです。犬街の誕生は世界経済への大打撃だからな。

洋 人間はなにもわかっていないのだ、人間は。

純 どうすんの。やるんだね。こうなったからにゃ、あたしはやるからね。（去る）

アユ

ジャンゴ 亀、やめとけよ。こっちこい。

新宿亀　できない。
ジャンゴ　おれにはわかるんだ、こいつはただの大がかりな夢だぞ。
新宿亀　夢であってもけっこう。ジャンゴ、これまでいろいろありがとな。ここはとっとと避難したほうがいいぜ。一番の攻撃目標はおれたちらしいから。

犬江アユが自動小銃、バズーカ砲などの武器をどどっと持ってくる。八犬士は武装する。近くにロケット弾が打ち込まれた模様。

新宿亀　逃げて、逃げて。

新宿ジャンゴたち、人間の一同は去る。犬たちが撃たれてばたばたと倒れていく。八犬士たち、配置につく。

涼　騒。
新宿亀　乱。
犬飼　情。
ゴン　痴。
洋　遊。
透　戯。
純　性。
アユ　愛。

天空で八個の玉が輝く。戦闘が始まる。

犬飼 和平の道はないのか。

涼 戦ってから考えよう。

犬飼健、倒れる。

ゴン おれたちはまた負けたのか。

洋 いや、革命は成就したんだ。

純 そうだ。おれたちはいちど勝ったんだ。

犬田ゴン、倒れる。

透 超能力が効かない。

洋 落ち着け。

透 なんでこんな人間の武器で戦わなきゃならないんだ。

犬坂透、武器を捨てて超能力のポーズに入るが、撃たれて倒れる。

新宿亀 （撃ちながら）なんだかわかんねえ、なにがなんだかわかんねえ。

純 わかったぞ、わかってきたぞ。おれはただ暴れたい、それだけだ！

犬村純は乱射する。撃たれて倒れる。

アユ　いつまで続くの。

洋　疑うな。

アユ　（撃たれて）これっていつかあったことの繰り返しなんじゃない。（倒れる）

洋　たとえ繰り返しだとしても、こうやるしかないんだ、この世界にいる限りは！

新宿亀　なにをやってんだ、おれはなんのためになにをやってんだ！

洋　この世界にいる限りは！

新宿亀、倒れ、立て続けに犬川洋、倒れる。いつしか白杖をつきながら姫川まきが現われる。

涼　かりそめの玉砕、これはかりそめの玉砕であるに過ぎない。（姫川に気がつき、近づき）見えないのですね。

姫川　こっちに戻ったら、やっぱり見えない。カルマはどこ？　カルマを見なかった？

涼　あなたの革命はいちど成就しました。

姫川　革命？

涼　あなたの革命です。

姫川　私はそんなこと一言もいってはいません。

涼　いいえ、あなたが生んだわたくしどもの革命です。大昔よりすでにいたわたくしどもを、あなたがいまいちど産み落としたのです、伏姫殿！

姫川　伏姫……

涼　ああ、殺されていった犬たちの魂よ！（撃たれて姫川の胸に倒れる）革命に罪なし！

姫川まきに抱かれたまま、犬山涼は絶命する。戦闘の音が遠ざかっていく。闇だまり光がやってくる。光は姫川の背後に立つ。姫川はその気配に気がつく。

5

滝沢が立ったままで、ノート・パソコンを叩いている。

滝沢　そのとき、カブキ町の上空に飛ぶ軍事用ヘリコプターからアナウンスが響いた。「殺処分完了。殺処分完了」と。それから雨が降り始めた。激しい雨は三日間続き、私たちが見た夢のすべてを洗い流すかのようだった。何千人、何万人が同時に見た夢。でもそれはたったひとりが見た夢だとして、人々は忘れようとするのかもしれない。カブキ町は正常に戻った。この書き方は間違っている。正常に戻ったのかもしれない。なぜなら、私にはもうなにが正常なのか、わからなくなってしまったから。私はカブキ町の噴水広場に立っていた。見上げると黒いシートに覆われたコマ劇場ビルディング。何百年前を生きた人々からいま生きている人々の欲望と妄想のすべてが、まるでそこに封じ込められているかのような光景。この書き方はあまりにできすぎた夢物語だろうか。

滝沢はパソコンを閉じて、歩き出す。そこは新宿ジャンゴの事務所。棺桶の上に香箱座りで猫目ママがいる。

猫目ママ　あら、あんた、おひさしぶり。

滝沢　おひさしぶりです。どしたんですか。
猫目ママ　居心地いいから、ここに住み着くことにしたの。
滝沢　いいですねえ。そう、なんかこの事務所に足りないものがあると思ってたんだけど、そう、猫ね、猫が必要だったんだ。ここにお似合いですよ。
猫目ママ　あんがとね。それじゃ昼寝するから、ほっといてね。

猫飼が、やってくる。

猫飼　ごめんください、廃品回収の者です。あの、ご不要になった家具、電気機器、自転車、バイク、バイブ、オナホールなどなどはございませんですかね。
猫目ママ　不要なもんなんかはここにはひとつもないよ。いいかい、猫飼、この世に生まれてきた生きもので不要なものなんかひとつもないんだからな。よく覚えときな。
猫飼　そうでやんすか。では、また、よろしく。……オナホールが生きものかよ。（去る）

新宿ジャンゴが、来る。

ジャンゴ　来てたのか。
滝沢　あ、はい。
ジャンゴ　ここいら、人減ったろ。
滝沢　ええ。
ジャンゴ　心待ちにして東スポ見てんだが、記事まだなんだな。

滝沢　……はい。いろいろご協力、本当にありがとうございました。
ジャンゴ　ああ。だがな、やることがあるんだけどな。
滝沢　はい？
ジャンゴ　まだやることがあるんだ。
滝沢　……やることですか。
ジャンゴ　おれはもう若くはないから、そうそう物事を忘れてしまうわけにはいかないんだ。若い時分ってのはね、忘れようと思うことはすぐに忘れられる。でもな、年とると忘れたと思っていたそれがすごい迫力で甦ってくる。年をとるってのは、そういうことなんだ。だが、おれはもう年をとってるから、いまのことはいますぐ解決しなきゃならねえんだ。わかるかい？
滝沢　なんとなく。

新宿ジャンゴは、以前滝沢に見せたミイラを持ってくる。

ジャンゴ　これだ。これが八犬士のミイラじゃないことはわかった。だとしたら、これは誰のミイラかってことだ。
滝沢　暗がりママさんに聞いてみたら……
ジャンゴ　八犬士とともにどっか消えちまったよ。ここ数日ってもん、こいつを相手に問い続けたよ。「おまえは誰だ」と。そこで、ふとあんたのことを思って、ひらめいた。こいつはもしかして、『新宿八犬伝』の作者、滝沢馬琴のミイラなんじゃないかと。あんたはその子孫なんじゃないかと。
滝沢　……
ジャンゴ　笑ったな。江東区の東京スポーツ新聞本社に問い合わせたんだが、滝沢という女記者などいないということだったよ。

滝沢　……

姫川まきとハーネスをつけて盲導犬のように彼女を導く闇だまり光がやってくる。

ジャンゴ　あんたら……

姫川　カルマは無事戻りました。なにもかもジャンゴさんのおかげです。カルマ、おまえもお礼をいって。

光　ありがとうございます。

姫川　これ、今回の報酬ということで。（紙袋をジャンゴに渡す）ごめんください。

ジャンゴ　（去ろうとする姫川の背に）いつからそうなんです？

姫川　……

ジャンゴ　話せないわけがあるのか。

光　ねえさん、全部話しちゃえよ。

姫川　全部……

光　ぼくはもうねえさんがなにをどう話そうと怒らないから。

姫川　二十五年間です。二十五年間、この子が少年院を出た十五のときから、もうずっと私のそばに置いておこうと。

ジャンゴ　あんたの目としてか。

姫川　この子は私がいないとなにをするかわからないからです。では。

光　それだけ？

姫川　……

光　ねえさん、携帯を出して。

姫川　……

光　出してといったら出して。（携帯電話を受け取り、かける）

滝沢の携帯が鳴る。

滝沢　（観念して電話に出て）もしもし、デスクですか……
ジャンゴ　あんたら組んでたのか。
光　この人が、ねえさんの取材に現われたのは、一年前だった。ねえさんの語る物語をこの人が記述していった。盲人と代筆者のタッグの誕生。これはもしかしたら滝沢馬琴の人生が後押ししたのかもしれない。正直ぼくもこの符合にはなにか運命的なものを感じましたね。なぜなら晩年の馬琴はほとんど視力を失って、義理の娘に『八犬伝』を口述筆記させていたからです。
姫川　この子のいうことは信じないでください。滝沢さんは犯罪者の子供である私たちに興味をもっただけですから。
光　犬街という楽園も、犬の革命もねえさんの物語だった。だが、登場人物となって飛び込んだ楽園に失望したねえさんは、物語の最後で犬街を敗北させてしまった。
姫川　聞かないでください。全部この子の妄想ですから。
光　犬を勝たせるべきだったのに。
姫川　黙って。シット。（光は座る）ダウン。（光は伏せをする）グッド。（光の頭を撫ぜる）
ジャンゴ　いつまで経っても東スポ記事が出ないはずだ。
滝沢　すみませんでした。
ジャンゴ　いいよ、謝んなくても。
姫川　行こう。
滝沢　（行きかけて）ジャンゴさん、ひとつ聞きたいことがあるんですが……

ジャンゴ　なんだよ。

滝沢　あなたはもしかして、『新宿八犬伝・第一巻』で書かれていた登場人物、私立探偵フィリップ・マーロウさんではないですか？

ジャンゴ　……

滝沢　マーロウさんでしょう？

ジャンゴ　違うといっても、あんたはもうそうは思わないだろう。

滝沢　マーロウさんですね？

ジャンゴ　……違う。

姫川　滝沢さん、もう行こう。失礼します。

がたがたと棺桶の蓋が騒がしい。

猫目ママ　なんだコンニャロー。（棺桶から降りる）

棺桶のなかから隈取り刑事と岡っ引きが出てくる。

隈取り刑事　さんざっぱら人を巻き込んでおいて、「失礼します」はないだろう。

ジャンゴ　おまえ、いつの間に……

隈取り刑事　三日間張り込んだ甲斐があったってもんだ。

岡っ引き　御用だ、御用だ。

光　ねえさん、助けて。

隈取り刑事　姫川光、殺人容疑で逮捕だ。
光　（手錠をかけられ）助けて、ねえさん。刑務所はいやだ。狭いところはいやだ。
隈取り刑事　さ、ハーネスを外して。
光　外さないで。ぼくは犬なんだ。ねえさんの盲導犬なんだ。
隈取り刑事　（ハーネスを外しつつ）おまえは人間だ。人間だから人間を殺せたんだ。
光　いやだ。（逃げる）
隈取り刑事　おっ。
姫川　カルマ。

闇だまり光は高い場所に逃げる。

岡っ引き　御用だ、御用だ。
隈取り刑事　おい、おとなしく降りてこい。
姫川　ひかり！
光　安心して。ぼくがねえさんの楽園を作るから。

闇だまり光は向こう側に落下する。光が地面に落ちる音。

姫川　（叫ぶ）

隈取り刑事と岡っ引きは向こう側に向かって走り去る。姫川まきはその場所に行こうとするが、転倒する。新宿ジ

ャンゴが近づいて、

ジャンゴ　おれの肩に手を置いて。

姫川　……

ジャンゴ　大丈夫。（姫川の手を取る）おれが、あんたの盲導犬になるから。（肩に置かせる）

ふたりが行こうとすると、

猫目ママ　にゃんにゃ、こりゃあ！

見るとミイラの目が光り輝いている。

滝沢　馬琴だ、馬琴が生き返った！

八犬士のテーマが風に乗ってやってくる。

むかしむかしの街のにおい
風に散りゆく物語
闇にうもれた飛行船
ああだったわたし
こうだったあなた

めぐりめぐって路地裏に

今はむかしの風のかおり
ジュクをかけゆく八犬士
広場にあらわる魑魅魍魎
どこへいく君は
たどりつくぼくら
走り走ってカブキ町

ぼくらは生きている
街が死んでも生きている

今は今わの犬がほえる
思い出知らずの物語
闇と光がとけあって
こうなったわたし
そうなったあなた
季節めぐってよみがえる

騒乱情痴
遊戯性愛

（消費税別）

川村毅著
ジェノサイド
〔川村毅第一戯曲集〕八〇年代演劇の最尖端を疾走する第三エロチカの若きダダイスト、川村毅の初の戯曲集。現代演劇に構造的転換を画する問題作。「ニッポン・ウォーズ」を併録。　一八〇〇円

川村毅著
ラスト・フランケンシュタイン
〔川村毅第三戯曲集〕岸田戯曲賞作家の書下し第一作。自殺病の蔓延する現在を舞台に、形而上学的B級ホラーの黙示録。著者二十三歳の出世作「ラディカル・パーティー」を併録。　二〇〇〇円

ハイナー・ミュラー著／岩淵達治・谷川道子訳
〔ハイナー・ミュラー・テクスト集1〕
ハムレットマシーン
〔シェイクスピア・ファクトリー〕旧東独に留まりながらヨーロッパの歴史を拠りどころに強靱な批判精神を発揮した劇作家の注目のテクスト集。「タイタス解剖」ほか併録。　二八〇〇円

ハイナー・ミュラー著／岩淵・越部・谷川訳
〔ハイナー・ミュラー・テクスト集2〕
メディアマテリアル
〔ギリシア・アルシーヴ〕ギリシアはあらゆる文化・芸術の巨大な貯蔵庫である。ミュラーはそこからメディアやオイディプスを召還し、現代の息吹きを与える。ギリシア改作六篇。　三二〇〇円

ハイナー・ミュラー著／岩淵・越部・谷川訳
〔ハイナー・ミュラー・テクスト集3〕
カルテット
〔ミュラー・コンテンポラリー〕ラクロの書簡体小説「危険な関係」を改作した「カルテット」は演戯に演戯を重ね、暗喩と諧謔に満ちた政治的恋愛ゲーム。ほかにテキスト二篇。　二九〇〇円

ベルトルト・ブレヒト著／岩淵達治個人訳
ブレヒト戯曲全集（全八巻・別巻一）
二十世紀最大の戯曲作家ブレヒト。ベルリナー・アンサンブルの創設者であり、その「異化効果」という概念は以後の社会的演劇全体に大きな影響を与えている。　三八〇〇―四五〇〇円

スタニスラフスキー著／岩田・堀江・浦・安達訳
俳優の仕事（全三部）
俳優修業のための古典的名著をオリジナル・ロシア語版著作集より完訳した決定版。第三部は初めての日本語訳となる完結篇「俳優の役に対する仕事」。　四八〇〇―五八〇〇円

新宿八犬伝〔完本〕

発行――二〇一〇年九月二十五日　初版第一刷発行

定価――（本体五八〇〇円＋税）

著　者――川村毅

発行者――西谷能英

発行所――株式会社　未來社
東京都文京区小石川三―七―二
振替〇〇一七〇―三―八七三八五
電話・(03) 3814-5521（代表）
http://www.miraisha.co.jp/
Email:info@miraisha.co.jp

印刷・製本――萩原印刷

ISBN 978-4-624-70094-2 C0074

◎著者略歴

川村 毅（かわむら・たけし）

1959 年、東京都生まれ。劇作家、演出家、ティーファクトリー主宰。1980 年、明治大学在学中に第三エロチカ創立（2010 年、30 周年を機に正式解散）。1985 年、『新宿八犬伝　第一巻―犬の誕生―』で第 30 回岸田國士戯曲賞受賞。1991 年、映画『ラスト・フランケンシュタイン』を監督。1998 年、ニューヨーク大学にて三島由紀夫作『近代能楽集』英語版を演出。2000 年初演『ハムレットクローン』はフランス、ドイツ、ブラジルにて、2003 年初演『AOI/KOMACHI』はフランス、イタリア、アメリカにて上演されている。2007 年より京都造形芸術大学教授、2008 年より日本大学芸術学部非常勤講師。戯曲集に『ジェノサイド――川村毅第一戯曲集』（1984 年、未來社）『ラスト・フランケンシュタイン――川村毅第三戯曲集』（1986 年、未來社）『ラスト・アジア』（1986 年、白水社）『エフェメラ伝説』（1986 年、新宿書房）『フリークス』（1987 年、新宿書房）『帝国エイズの逆襲』（1988 年、新宿書房）『ハムレットクローン』（2000 年、論創社）『AOI/KOMACHI』（2003 年、論創社）。おもな著書に『砂のイマージュ』（1988 年、集英社）『美しい子供たち』（1990 年、角川書店）『ギッターズ』（1990 年、新潮社）『男性失格』（1997 年、イースト・プレス）『歩きながら考えた。やさしい演劇論集』（2007 年、五柳書院）ほか。http://www.tfactory.jp/

『新宿八犬伝』初演上演記録

『新宿八犬伝　第一巻―犬の誕生―』 1985年度第30回岸田國士戯曲賞受賞作品
1985年6月21～30日／アシベホール（新宿歌舞伎町）／第三エロチカ主催公演
CAST フィリップ・マーロウ　小宮孝泰／**奥方**　深浦加奈子／**警部**　水内清光／**二十九時の姫君**　木村千秋／**せむしの男（切り裂きジャック）**　海老原洋之／**皇帝ルドルフ**　香取早月／**モモコ姫**　郷田和彦／**シャロン**　黒澤幸代／**レバ刺し**　石井浩二郎／**ユッケ**　田沢文博／**ビビンバ**　佐久間 勝／**クッパ**　有薗芳記／**雲子**　保月ゆかり／**珍子**　黒澤幸代／**安子**　西村吉世江／**ヴァギ菜**　村松恭子／**影の滝沢馬琴**　宮島 健／**影法師1**　剣持 彰／**影法師2**　剣持 晋／**影法師3**　前田こうしん・中村俊弘／**司会者**　川村 毅
STAFF 照明　黒尾芳昭／**美術美粧**　加藤ちか／**装置**　中川正彦／**舞台監督**　宮島 健／**衣裳**　笠間富士子／**宣伝美術**　木村李介／**制作**　第三エロチカ制作部
初出　「新劇」1985年4月号（『新宿八犬伝』〔未來社、1986年〕収録）

『新宿八犬伝　第二巻―ベルリンの秋―』
1985年11月1～10日／アシベホール／第三エロチカ主催公演
CAST 三原由紀彦　有薗芳記／**霧島美輪子**　深浦加奈子／**支配人の大島**　水内清光／**あざアンネ**　黒澤幸代／**めくらアンネ**　北嶋美和子／**いざりアンネ**　西村吉世江／**どもりアンネ**　木村千秋／**アンネ・フランク**　吉村恵美子／**アドルフ・ヒトラー**　郷田和彦／**ヨゼフ・ゲッペルス**　香取早月／**ヘルマン・ゲーリング**　昆野博史／**ヘンリエッテ・フォン・シーラッハ**　星野静香／**シェパード犬ブロンディ**　西原 悦／**騒太郎**　海老原洋之／**乱蔵**　剣持 晋・笠原真志／**情児**　福本史郎／**痴草**　田沢文博／**遊介**　保月ゆかり／**戯ル**　石井浩二郎／**性人28号**　剣持 彰／**愛身**　村松恭子／**滝沢馬琴**　宮島 健
STAFF 照明　黒尾芳昭／**舞台美術**　加藤ちか／**舞台監督**　水内清光／**衣裳**　笠間富士子／**宣伝美術**　木村李介／**制作**　第三エロチカ制作部
初出　『新宿八犬伝』（未來社）

『新宿八犬伝　第三巻―洪水の前―』
1991年3月13～17日／シアターアプル（新宿歌舞伎町）／第三エロチカ主催公演
　　　6月1～2日／近鉄小劇場（大阪）／近鉄劇場提携公演
　　　6月5～6日／東別院NBNホール（名古屋）／名演会館共催公演
CAST 花岡　宮島 健／**森高**　真木愛子／**林田**　海老原洋之／**高田**　辻 美香子／**姫野**　吉村恵美子／**菅原**　工藤真由美・山崎千津子／**ミナコ**　神 由紀子／**ジュディ・コング**　松村藤樹／**青年**　哀藤誠司／**兵士**　小倉崇昭／**宗教家**　岡 義憲／**産婦人科医**　和田圭史／**都知事**　水口 勲／**少女**　十河恭子・湯本裕子／**秘書**　松浦 努／**弁当屋**　吉田幸三／**サダム・フセイン**　川村 毅／**ただのバカ**　五十嵐弘幸／**ミスター・モッコリ**　水内清光／**ルドルフ**　坂本容志枝／**滝沢馬琴**　郷田和彦／**滝沢馬琴二世**　五十嵐弘幸／**少年**　岡田好永／**看護婦**　湯本裕子・十河恭子
STAFF 美術　川村 毅／**照明**　黒尾芳昭／**音響**　原島正治／**舞台監督**　向井一裕・JAF／**宣伝美術**　森崎偏陸／**制作**　平井佳子・第三エロチカ

初出　「テアトロ」1991年3月号（『新宿八犬伝II』〔未來社、1991年〕収録）

『新宿八犬伝　第四巻―華麗なる憂国―』
1991年9月25～29日／シアターアプル／第三エロチカ主催公演
　10月4～6日／水戸芸術館ACM劇場／(財)水戸市芸術振興財団主催公演
　10月8～9日／仙台市青年文化センター／(財)仙台市市民文化事業団主催公演
CAST　**情児**　水口 勲／**遊介**　岡田好永／**戯ル**　岡 義憲／**愛身**　湯本裕子／**岡田**　松浦 努／**井口**　坂本容志枝／**真崎**　村田祐二／**ワン**　川村 毅／**ホワン**　石井コウジロウ／**カルロス**　哀藤誠司／**マヌエル**　十河恭子／**ウマール**　和田圭史／**グエン**　小倉崇昭／**ヌット**　小口ゆり／**リン三姉妹(姉)**　神 由紀子・吉村恵美子／**リン三姉妹(妹)**　辻 美香子／**リン三姉妹(末妹)**　真木愛子／**ジョン**　松村藤樹／**ミレナ**　丹羽克子／**コウ**　五十嵐弘幸／**ウエイトレス**　工藤真由美・山崎千津子／**赤犬**　岡 義憲／**磯部**　松村藤樹／**野中**　海老原洋之／**香田**　石井コウジロウ／**安藤**　小倉崇昭／**村中**　哀藤誠司／**栗原**　和田圭史／**林**　五十嵐弘幸／**河野**　笠木 誠
STAFF　**美術**　田澤 博／**照明**　黒尾芳昭／**音響**　原島正治／**舞台監督**　向井一裕・JAF／**宣伝美術**　森崎偏陸／**制作**　平井佳子・第三エロチカ
初出　『新宿八犬伝II』（未來社）

『新宿八犬伝　第五巻―犬街の夜―』
2010年9月25日／テアトルフォンテ（横浜）／横浜市泉区民文化センターテアトルフォンテ（指定管理者：神奈川共立・共立・山武共同事業体）主催公演
　10月2日／京都芸術劇場 春秋座（京都）／京都造形芸術大学舞台芸術研究センター主催公演
　10月11日／まつもと市民芸術館　実験劇場（松本）／まつもと市民芸術館・松本平タウン情報主催公演
　10月15～16日／西鉄ホール（福岡）／福岡市・福岡市文化芸術振興財団・（財）自治総合センター主催公演
　10月21～28日／新宿FACE（新宿歌舞伎町）／ティーファクトリー主催公演
CAST　**新宿ジャンゴ**　小林勝也／**新宿亀(犬塚 明)**　笠木 誠／**隈取り刑事**　伊藤公一／**犬山 涼**　丸山厚人／**闇だまり光**　手塚とおる／**警官1**　森 耕平ほか／**警官2**　大山法哲ほか／**岡っ引き**　五味伸之／**犬村 純**　高橋宙無／**犬川 洋**　中村 崇／**犬田ゴン**　田中康寛／**犬坂 透**　野々山貴之／**猫飼**　有薗芳記／**猫目ママ**　葉山レイコ／**滝沢**　桜田聖子／**暗がりママ**（日替特別出演）　五大路子（横浜）、鴨 鈴女（京都）、渡辺美佐子（松本）、古賀今日子（福岡）、銀粉蝶・渡辺えり・蘭 妖子・川村 毅（東京）／**司会者**　沖田 乱ほか／**犬飼 健**　伊澤 勉／**大宮**　宮島 健／**姫川まき**　広田レオナ／**犬江アユ**　藤谷みき／**カブキ町の人々、ホームレスたち、キャバレーの人々、人間たち、犬たち**　沖田 乱、森 耕平、小寺悠介、椎谷陽一、大山法哲、芹沢雅也、千賀由紀子、宮崎優里、萩 美香、柳生照美ほか各地オリジナルキャスト
STAFF　**テーマ曲作曲**　久米大作／**美術**　加藤ちか／**照明**　小笠原 純／**音響**　原島正治／**衣裳協力**　伊藤かよみ／**衣裳・演出助手**　小松主税／**舞台監督**　村田 明／**宣伝美術**　町口 覚（マッチアンドカンパニー）／**製作**　平井佳子・ティーファクトリー

全公演演出　川村 毅

るものではない。

それにしても、後世の読者、観客はこれら固有名詞から何を読み取り、イメージし、いかなる脳への刺激剤とするのだろうか。


私の〝犬と歌舞伎町の物語〟は終わった。

この終焉への感慨は、深い。もしかしたら、私は歌舞伎町にグッド・バイをしたのかもしれない。しかし、これで物語の欲求がなくなったわけではない。どのような形で今後立ち現われるのか、いまは不明だが、私には物語が必要だ。

最後に未來社の西谷能英氏、高橋浩貴氏、装幀の町口覚氏、写真を提供していただいた森山大道氏に心から感謝いたします。

二〇一〇年、気温三八度の八月に

川村　毅

「おまえ、ぼちぼち書け」と私の背中を押したのだ。

この時代は確実につまらないが、それは不景気だけのせいではない。どこか人々は健全という自らが課す檻によって、おもしろがる術をなくしてしまっているのだ。

つまらないとばかりつぶやいていても仕方ないので、私は新たに物語を書いた。


年月を経た自分の作品は、他人が書いたもののように読むことができる。今回、完本出版に際して第一巻から第四巻までを一気に読み通した。前の時代に作られた映画を見る楽しみに、撮影当時の街並みが見られ、同時にファッション、風俗等の確認ができることがあるが、八犬伝シリーズには、これと似た楽しさがある。上演当時の街が浮かび上がってくる。それはもちろん文体と行間から立ち現われてくるのだが、後押しするのが過剰なまでの固有名詞の群れだ。

固有名詞を戯曲に使うと、そこから古くなっていくという通説がある。しかし、すでに意味を喪失したそれら固有名詞群は、新たな名詞として機能し、確実にいま現在の歌舞伎町とは違う街を想像もしくは創造するように読み手を促す。

同時に、これらの物語は、八〇年代からの現代史、風俗史の貌をのぞかせる。

第一巻の背景には、執筆当時に施行された新風俗営業法がある。第二巻は、その年が、まだベルリンの壁が存在していて、そこからさまざまな思索を紡ぎ出すことができた時代だったことを語っている。第三巻は、天皇崩御から大喪の礼、昭和から平成に年号が変わるまでに、私たち世代が初めて遭遇した、日本の奇妙な時間が背景になっている。続く第四巻では、そうした奇妙な国に働きに来る外国人労働者の急増と、日本のナショナリズムが焦点になっている。

こうした現代史、風俗史を支えるのが、また固有名詞の数々だ。バブル期を舞台にした第三巻ではことさらにこの影響度が強い。

固有名詞は古くなるのではない、意味をなくしていくのだ。だから闇雲に上演時の固有名詞に変換して有効とさせ

完本へのあとがき

『新宿八犬伝』は新作・第五巻によって完結をみた。

第一巻、第二巻を書いたのが一九八五年、第三巻、第四巻が一九九一年。確か第二巻執筆後には第五巻完結をうたい、第三巻第四巻出版の折りには、このシリーズは新宿歌舞伎町の動静と伴走するかのように脈々と書き紡がれ、十巻ほどの長さになるかもしれないと語っている。

誰が？　私が、である。

ところが、それからすぐに第五巻が着手される気配はさらさらなく、月日は流れ、第四巻から数えると十九年経ったいま、やっと第五巻が書かれ、これをもって完結と決めた。

いったい何が私に八犬伝の新作執筆を止まらせ、反対に何が執筆を決意させたのだろうか？

と、はなから正解の望めない問いを設定してみる。

歌舞伎町を健全な街に、のスローガンのもとに行なわれた浄化運動は、その先のビジョンを導くことなく、ただ街の活気と景気を殺いだだけだった。おそらく浄化運動が目標にしたであろう、ニューヨーク・マンハッタン四二丁目界隈の風俗店とドラッグ・ディーラーの一掃から新たに生まれた、ディズニー劇場を中心にしたエンタテインメント地域の誕生が見られるわけではなく、閉館したコマ劇場は陸に打ち上げられてしまった巨大船のようで、街にはラーメン店と客引きのホストが目立ってばかりだ。

この事態は、歌舞伎町というアナキズムの奥の深さを逆証明しているのだろうか。あるいは、この街もまたいまの日本の行き場のない宙ぶらりんぶりを律儀に体現しているにすぎないのだろうか。

おそらく、こうした問いの数々が、私に八犬伝の新作を書かせたのだろう。物語風に言えば、健全に退屈した街が、

ぼくらは生きている
街が死んでも生きている

天空に八個の玉が輝く。
いつしか八犬士がそこにいる。その陰から闇だまり光が現われる。

光　ねえさん、ぼく、犬になれたよ。（吼える）

たくさんの犬の吼え声。カブキ町の夜の喧騒がどどっと舞台に押し寄せる。

——完——